二松學舍の学芸

今西幹一・山口直孝【編】

翰林書房

二松學舍の学芸◎目次

はじめに

本書『二松學舍の学芸』を今西幹一先生（二松學舍大学前学長）に捧げます。

今西幹一先生は、二松學舍大学が二〇〇七（平成一九）年一〇月に創立一三〇周年を迎えたのを潮に、二松學舍の学問、学術あるいは教育の淵源をたどり、二松學舍が教育研究の分野において果たしてきた貢献を回顧し、さらにそのことを通じて、二松學舍の存在理由を追求しようということで、連続学術講座「二松學舍の学芸」の開催（二〇〇九年一月から七月まで、全八回）と講座内容の公刊を企画されました。本書の刊行はその企画によるものです。

今西幹一先生は、二〇〇九年三月三一日をもって学長職を終えられ、同時に二松學舍大学をご退職されて間もない同年五月一日に急逝されました。今西先生は学長職三年目から重大な病気を抱えながらも、また多忙な職務の中でも、教育と研究に対する情熱を持ち続け、全身全霊を傾けた授業・研究指導を行い、著書と論文を執筆し、全力で突き進まれました。

今西幹一先生は、近代短歌の研究を中心として先駆的で深い研究業績を積み重ねてこられましたが、殊に、先生の文学研究の出発点となった佐藤佐太郎短歌の研究に対しては溢れんばかりの情熱を注がれました。

今西幹一先生は、関西学院大学大学院文学研究科日本文学専攻博士課程一年生のときの一九六七（昭和四二）年から二〇〇八（平成二〇）年までの四一年間の研究活動において、五冊の単著書、六冊の共編著書、一六二本の研究論文（短歌に関する論文一一三本、詩に関する論文一〇本、小説に関する論文一九本、書評論文二〇本）を発表されました。今西先生は、一九八九（平成元）年に博士学位論文「佐藤佐太郎の短歌の世界」により母校の関西学院大学大学院文学研究科から文学博士の学位を取得され、さらに二〇〇七（平成一九）年には、大著『佐藤佐太郎短歌の研究—佐藤佐太郎と昭和期の短歌』により「第六回日本歌人クラブ評論賞」を受賞されました。

今西幹一先生は、受賞作品の「あとがき」の中でご自身の研究に対する基本姿勢について、次のように述べておられます。

「（短歌の）研究には、書誌面、作者の事績面（伝記）での実証的な研究もあり、歌の解釈鑑賞に比重を置くものもある。私はそうした基礎的作業は重んじるべきだし、怠るべきでないと思う、実際には怠っていないつもりである。しかし、そうした基礎作業を水面下に沈めて表現された世界の、形成された内的世界の秩序、読む者をして感銘を与える仕組み（装置）をいかに解析し、論証し得るかに、研究者の使命として懸けている。またその世界がいかなる基調基層を形成し、その基調基層のもと文芸の世界がどういう縦深拡幅重層を有ち、時間的展開変化の相を提示しているかの認識、把握するかにある。」

今西幹一先生は、研究に対するこの基本姿勢を貫いた方であり、「文学を文学として最も純粋に研究している人」でありました。本書で取り上げられる文人たちは、今西先生がお選びになったのですが、先生はご自分の生き方・信念とこの文人たちのそれを重ね合わせ、心のどこかで共感するものの存在を認識されていたのかもしれません。

今西幹一先生は、ご退職後の活動について、「器の大きさも決まり、人間として幅員も定まったいま、小さくとも、狭くとも、晩熟だけは期したいと考えています。理想は、ほんとうに山梨に隠棲し、晴釣雨読の日々を送ることです。釣りは、幼少時代のように、清流での雑魚釣りです。郷里伊勢なら言うことがないなという思いがあります。」と粛然と述べておられましたが、また、「書きたいことは尽きない」と意気軒昂に研究意欲を示されておりました。今西先生はもっと先まで生きて悠揚迫らず研究を続けて行きたいと願っておられたに違いありません。それを思うと無念ですが、私たちは、今西先生は人生に対してまじめであり、密度の高い人生を送られた方であったと畏敬しております。

今西幹一先生は、寡黙にして真摯に、二松學舍大学の将来への責任を果たそうとされました。私たちは今西先生のご厚意とご努力に対して感謝と敬意を表するものであります。本来であれば、この「はじめに」は今西先生がお書きになるはずのものでしたが、如上の事情により私が担当することになりました。本文を万感の思いを込めて今西幹一先生に捧げます。

二〇一〇年三月

渡辺　和則（二松學舍大学学長）

夏目漱石・昭和戦後

梶木　剛

夏目漱石（なつめそうせき）、本名、夏目金之助《なつめきんのすけ》。一八六七（慶応三）年二月九日生〜一九一六（大正五）年一二月九日没。江戸の牛込馬場下横町（現在の東京都新宿区喜久井町）生れ。第一高等中学校（前の東京大学予備門、後の第一高等学校）時代に正岡子規と出会い、俳句を始めとした文学的交流を深める。帝国大学（前の東京大学、後に東京帝国大学）英文科卒業後、愛媛県松山で愛媛県尋常中学校教員、熊本で第五高等学校教授などを務めた後、イギリスへ留学。帰国後、東京帝国大学講師として英文学を講じながら、『吾輩は猫である』を雑誌『ホトトギス』に発表。これが評判になり『坊っちゃん』『草枕』などを書く。小説家、評論家、英文学者。朝日新聞社社員。『三四郎』『それから』『門』『行人』『こゝろ』『道草』『明暗』などの作品で広く知られる。

　二松學舍には一八八一（明治一四）年から一八八二（明治一五）年まで、塩原金之助《しおばらきんのすけ》の名で在籍。

一

近年、機会ある毎にわたくしはこういうことを言って来た。学生、大学生が書いたもの、評論としては、明治中期の正岡子規の「獺祭書屋俳話《だっさい》」と、昭和戦後の江藤淳の「夏目漱石論」とは希有《けう》な双璧をなす、と。

明治二十五年、正岡子規は二十六歳（数え）、帝国大学文科大学国文科の三年生であった。大学に入る前、東京大学予備門で一回落第したから一年遅れた勘定になる。来年の夏（七月）には卒業の予定なのだが、その見込みはたてがたかった。試験に通る見通しがまるでなかったのである。大学で落第すれば奨学金は打ち切りとなり、収入の道は閉ざされる。子規は新聞『日本』に潜り込むべく腹を固めた。叔父加藤恒忠《つねただ》（拓川《たくせん》）の紹介で顔見知りの社長、陸羯南《くがかつなん》の近所に引っ越し、羯南の勧めで書いたのが「獺祭書屋俳話」であった。六月二十六日から十月二十日まで、三十八回の『日本』連載であった。これが事実上の入社試験となり、子規は十二月一日、日本新聞社入社となる。大学の退学は翌明治三十六年三月、『獺祭書屋俳話』の刊行は五月になった（日本新聞社）。こういう経緯で、「獺祭書屋俳話」は紛れもなく、大学生正岡子規の書いた評論に外ならなかった。

これに対する、昭和戦後の江藤淳。昭和三十年、二十二歳、慶応義塾大学文学部英文科の三年生である。高校時に病気で一年休学しているから一年遅れている。知友、山川方夫《まさお》の勧めで「夏目漱石論」を書き、『三田文学』十一月号、十二月号に分載した。昭和三十一年、二十三歳、大学四年生、「続・夏目漱石論」を書き、七月号、八月号『三田文学』分載である。これの単行本化は早かった。正続

（第一部、第二部）併せ、十一月には『夏目漱石』〈作家論シリーズ〉として一冊になった（東京ライフ社）。江藤淳の大学卒業は昭和三十二年三月、四月に大学院進学となる。こうして、江藤淳の場合、単行本『夏目漱石』の刊行までを含めて、丸々、大学生なのであった。

わたくしが両者を双璧として提起する理由は二つあった。一つは、両者がともにすぐれた評論であること、それをはっきりさせたいということ、それであった。江藤淳の方を評論だと言って誰に異存のあろうはずもない。正しくそれは評論そのものだ。他に呼びようもない。ところが、正岡子規の方は全くそうではない。それを評論だと言えば、首をひねる向きの多いのが実状だ。そうじゃないじゃないか。表題に〈俳話〉の文字がある通りで、それは俳話であり、俳論であるものだ。そう呼んでどんな不都合があるというのか。明治二十五年の、一篇の発表時以来の考え方でそれはあった。

その言い方、俳話であり俳論であるという呼び方、それに間違いがある訳ではない。間違いはないが、何かが抜けている。それが評論の特殊な言い方であることが弁《わきま》えられていない。その呼び方、俳話であり俳論であるという言い方は、評論の、俳諧地方、俳句地域の呼び方なのだ。評論というトータルなものの、一地方、一地域の呼称としてそれはある。それが弁えられていない。そうであることで「獺祭書屋俳話」がどれほど損をして来たことか。俳話であり俳論であると遇されて来たことによって、俳句地方、俳諧地域に興味のないものには一切振り向かれることがなかった。何と損をしたことか。その点で何と不幸だったことか。一篇に展開されているのはそんなちゃちなものではない。俳句地域に、俳諧地方に、限定されるものではない。俳諧を俳句を材料とした、文学論が展開されてあり、表現論が展開されている。それらの普遍的な展開の詰まった一篇を、すぐれたそうであるものとしてのそれを、俳話であり俳論であるものとして地方的な特殊に閉じ込めて置く理由はどこにもない。直ちにトータルな評論の沃野に、解放しなければならない。わたくしの企図はそこにあった。評論「獺祭書屋俳話」を至当に位置づけるために、遙かに時代を隔てた、昭和戦後のすぐれた評論「夏目漱石論」と双璧をなすものとしてそれはある、としたのであった。そいうういうことだった。

二つ目、これが主なるところだが、明治中期の正岡子規のそれと、昭和戦後の江藤淳のそれとは、もろともに、若い清新の気の漲《みなぎ》る革命性を孕んだ展開をとっている、その点で両者は学生の書いたもの、評論として双璧をなすということなのだ。それでいて両者はともに、堂々としていて、何とも大人びた風貌を示す。その点でも両者は好一対をなし、両者がすぐれた若い評論として双璧をなす根拠となる。子規の方、正岡子規「獺祭書屋俳話」が俳諧改革の烽火であったことは周知のことだ。江戸時代後期から明治にかけて、俳諧が如何ほど堕落していたか、眼を覆いたくなる惨状を呈していたことは勝峯晋風《しんぷう》『明治俳諧史話』の描き出すところである。子規が矢を放ったのはそこであった。矢を放って俳諧改革の烽火を上げた。それが「獺祭書屋俳話」であった。この一篇によって俳句革命が緒に就く。一篇はそういう革命性を孕むものとして、展開した。

江藤淳「夏目漱石論」、正・続、のちの整理では第一部・第二部である。第一部は破壊に狙いが定められる。則天去私に至って悟入するという漱石神話を破壊し、苦悩する漱石を描き出す。第二部が狙うところは、発見の提示だ。他者の発見、その他者を発見した作品『道草』の高い高い評価、それは『道草』の発見と言ってもいいものだ。これまで貶斥《へんせき》されつづけて来た『道草』の、豊饒な価値の発見、その提示がここにある。かくて第一部、第二部を要すれば、則天去私神話を破砕して『道草』に高い評価を与える漱石像の塗り変えがここに展開されている、ということになる。この漱石像の塗り変え、漱石評価の転換という革命的な事柄が一学生の手によってなされた、それは驚嘆していいことだった。それに通じて、それと全く同じように、俳句革命の合図としての「獺祭書屋俳話」が一学生の手によって書かれたことも、驚嘆しないでは居られないものだった。

その点で、両者がもろともに清新な革命性を孕んだ展開をとっている点で、明治中期と昭和戦後というように大きく時代を隔てつつも、両者、「獺祭書屋俳話」と「夏目漱石論」とは評論の双璧としてある、ということなのであった。そういうことだった。

近年、わたくしが機会ある毎に言って来たのは、そういうことだった。そしてそこまでだった。明治中期の正岡子規の評論と昭和戦後の江藤淳の評論とは、学生が書いたすぐれた、革命性を孕む評論として双璧をなすというところ、そこまで。

ところが最近、それでは駄目だ、それだけでは事足りないと痛感させられる事態に直面させられることになった。その先、両者のその先を考えなければならないと、強く深く思わされたのである。

その先、正岡子規の場合、その先は明白だ。明治二十六年十一月十三日から翌年一月二十二日まで二十五回の『日本』連載、「芭蕉雑談」がそれだ。子規は、二十七歳。ならばそれに釣り合う江藤淳のその先は何か。昭和四十五年八月刊行の『漱石とその時代』第一部・第二部を持って来る以外にない。書き下ろし評伝、時に江藤淳は三十七歳。この両者に同等性はまるでない。以前の二者にあったような親しい同位性は何もない。あるのは差異ばかりだ。その先に至って明らかになる、正岡子規と江藤淳とのこの差異、この差異が重大な意味をもつ。

正岡子規の「芭蕉雑談」は「獺祭書屋俳話」の主題が真直ぐ突き詰められ、煮詰められている。神格化された芭蕉の偶像は破壊され、文学者芭蕉の抽出によって俳諧改革の第二の烽火が上げられる。俳句革命の鋭くて強い合図だ。前論に次ぐ第二の合図がぴたっと決まっている。それに引き換え、江藤淳の方はまるで様子が違う。以前の「夏目漱石論」（『夏目漱石』）と新しい『漱石とその時代』（第一部・第二部）の間には明確に、屈折があり、転回がある。以前の、晩年の『道草』評価に照準を置いた主題的な展開は反故《ほご》にされ、初期も初期、『吾輩は猫である』以前の最初期の漱石に照明を当てる展開がここではとられる。漱石像の塗り変え、漱石評価の転換に焦点を置くのではなしに、漱石像の追認をその出生から細密に濃密に辿るという展開が、ここではとられる。塗り変えではなしに塗り重ね、転換ではなしに出生・成長、『漱石とその時代』でなされているのはそれらだ。評伝で最初期を扱うのだからそれは仕方がない、などと言って貰っては困る。そうではない。それらをなすために都合のよい形式として評伝の最初期が選ばれたということ、それなのだ。

　ここからだ、漱石の初期へ初期へと注目が始まるのは。漱石の問題はすべて初期にあるかのような、初期へ初期へと草木も靡く情景がここから始まる。そして、だ。そして、戦前からの漱石評価の流れが次第に大きくなり、勢力を増してゆく。そう見なされる。

　とすれば、江藤淳はここに、戦前からの漱石評価の流れに大きく油を注いでいることになる。昭和三十年の「夏目漱石論」（正続）において戦前からの漱石評価に否を与え、大きく楔を打ち込んだ江藤淳だったが、十五年後の昭和四十五年、それを反故とし、屈折し転回して『漱石とその時代』（全二部）において、戦前的な漱石評価の流れに大きく寄与する挙に出るに及んだ。そう考えられる。そう考えなければ、何としても位置づけがたい現象があらわれている。

わたくしがそれらのことどもを考え詰めなければならなかったのは、ある本を読んだことによっていた。ある本を読んでいて、そんな現象に遭遇し、わたくしは眼を見張った。

二

ある本、それはダミアン・フラナガンという人の『世界文学のスーパースター夏目漱石』（大野晶子訳）という本だ。平成十九年十一月の刊行である。著者のダミアン・フラナガン、一九六九年、イギリス・マンチェスターの生れ。ケンブリッジ大学で英文学専攻、日本に留学して神戸大学大学院、博士課程を終わり、夏目漱石の研究で博士号を取得したという。日・英間を往復しつつ、著作活動に専念しているものという。

そのダミアン・フラナガンが書いている。とくに問題のある個所ではないけれども、ここから始めなければならない。

毎日新聞に掲載された「ひと」欄の記事には、挑戦的な見だしがついていた——「漱石はトルストイらをしのぐ小説の王様です」。その記事にたいするインターネット上の反応のなかに、興味深いコメントがいくつかあった。「まさか本気でそういっているはずはない！」。つまり漱石が世界一の作家だという考えに大きなショックを受ける人がいるということだ。しかし数ある小説家のなかでも、漱石が抜きんでていることは、わたしにとっては疑いようのない事実である。それどころか、わたしはもっと大きな問いをたびたび自分に発している。「漱石をシェイクスピアとくらべたら、どうなる?」。

長年にわたって日本とイギリスを行き来しながら、わたしはこの問いについてじっくり考えてきた。イギリスでシェイクスピアの舞台を観るたびに、そのセリフの美しさ、人間への鋭い洞察力、そして巧みな脚色術に心動かされ、こう考える。「シェイクスピアをしのぐ作家なんて、夢にも想像できない!」。

ところが日本で漱石のあまたの名作について考え、彼について書かれた批評を読み、彼の深い考えと多様性に富んだ執筆スタイル、作品の複雑な構成について思いをめぐらせると、「文学の帝王」という栄冠を漱石に授けたくなる。

日本の知識人に「夏目漱石」を持ち出すと、おそらくは『こころ』の表面的な分析が意識のどこかに潜んでいるからだと思うが、彼は保守的な作家であり、明治の精神に敬意を払った人物だ、というじつにありふれた漱石像ばかりが返ってくる。しかしわたしの漱石像はまるっきりちがう。わたしにとっての彼は、文学に大変革をもたらした、たぐいまれなる天才である。科学といえば、ニュートンを思い浮かべる。美術といえばミケランジェロ。そして文学といえば、漱石だ。わたしにとって、彼はそれほどの存在である。(『世界文学のスーパースター夏目漱石』〈大野晶子訳〉平成一九・一二)

イギリス・ケンブリッジ大学で英文学を専攻した研究者が、夏目漱石はシェイクスピアを凌《しの》ぐと言っていい、という。ほほう、そうか、漱石もようやくそう評価されるに至ったか、結構なことだ、と思う。トルストイを下流に見る小説の王様だ、漱石は、と言われても、別に驚くことはない。そうでありうる作家として、わが夏目漱石はいる、と常々思いなしているものであるから。漱石の天才は、科学のニュートン、美術のミケランジェロに並ぶ文学の代表と見なし得るものだ、と言われれば成程そうか、そういう見方がありえたかと、すぐに首を縦に振って頷くことにもなる。

　要するにわたくしはダミアン・フラナガンの称える総論に、とくに異存がある訳ではない。夏目漱石は〈世界文学のスーパースター〉だという総論。〈スーパースター〉という言い方が今日的に軽薄だというなら、〈巨匠〉と言い替えれば落着くことになろうか。〈世界文学の巨匠〉としての夏目漱石。わたくしはこの総論に何の異存もない。

　ところが、だ。ところが、各論になると、俄《にわか》に首を傾《かし》げなければならなくなる。ならば、〈世界文学の巨匠〉、夏目漱石の代表作は何か。漱石は何をもって〈世界文学の巨匠〉に列せられるのか。その頂点に位するのは何か。この問いに対する答え、それが各論になるのだけれども、その各論に遭遇した時、わたくしは思わず首を傾げ、軽い唸りを発しなければならなかった。うーん。眼を見張り、もう一度読み返す。

　ダミアン・フラナガンはこう書いていたのだ。

　じつは『草枕』は、英語圏の漱石読者に人気の高い作品だ。これは小説としてすばらしいのだが、いまの日本人にしてみれば少々読みにくい作品でもある。あまり見かけない漢字熟語がたびたび登場するからだ。ところが、一九六〇年代、イギリス人アラン・ターニーの名訳により、読みやすく、すぐれた翻訳作品『The Three Cornered World』に変身した。経験からいわせてもらうと、漱石の小説をこれから読もうと思う英語圏の読者にとって、これは最高の作品である。読めば、愛さずにはいられなくなる。日本文学にはとくに興味を抱いていなかったものの、わたしの勧めで英訳された漱石作品を三、四冊読んだわたしのオーストラリア人の恋人は、『門』は「退屈」で、『こころ』はおもしろかったけれど、いちばん気に入ったのは『The Three Cornered World』だった、とずばりといい放った。

世界的なカナダ人ピアニスト、グレン・グルートもまた、『The Three Cornered World』の大ファンだったという。おまけに早すぎる死を迎える前に、彼はそのなかから選んだ文章をラジオ番組のために読み上げてもいる。この作品で描かれる、世俗を離れたのどかさという画家のアイデアに、彼が大いに共感したのはまちがいない。

しかしおもしろいのは、以降、漱石が『草枕』タイプの作品を二度と書かなかったという点だ。じっさい多くの欧米の読者が、彼のほかの作品が『The Three Cornered World』とは似ても似つかないことに落胆している。なぜ漱石は、『草枕』のように美しくもユーモラスな小説にこだわらなくなったのだろう?（同）

ダミアン・フラナガン、『草枕』に首ったけの図である。英語圏の読者がどうの、オーストラリア人の恋人がどうの、グレン・グールドがどうのとあれこれ引き合いに出しているけれども、要するに、

『草枕』を愛しているのはダミアン・フラナガンなのだ。誰よりも『草枕』を好み、愛読し、夏目漱石の代表作はこれだと目しているのはダミアン・フラナガンだ。そのことの一つの言い方がここには書き連ねてある。〈世界文学の巨匠〉に列せられる夏目漱石は、『草枕』においてその頂点が窮まるということ、漱石は『草枕』だ、そうであることで〈世界文学の巨匠〉に列せられる、とそういう主張がこれらには展開されている。

〈世界文学の巨匠〉だ、漱石は、という総論、その漱石の代表作は『草枕』だという各論、ここへ来てそういう感覚に一挙に疑念が生ずる。おい、おい、大丈夫か、外国人は何を考えているんだ、というように。わたくしの眼から見て、『草枕』など一つもいい作品でありはしない。従って漱石の代表作などであり得る訳がない。それを〈世界文学の巨匠〉の頂点に位置づけるなど、出鱈目にも程がある、とそういうことだった。

『草枕』はどこが駄目なのか。ダミアン・フラナガンがいみじくも指摘する、一篇には「あまり見かけない漢字熟語がたびたび登場する」ことに関連する。『草枕』がとっているのは漢文脈の文体だ。従って必然的に「あまり見かけない」、難しい漢字熟語が招き寄せられる。そして目指されたのが美的世界。漢文脈の文体の必然として、漢文的（漢詩的）な詩美の世界の構築となる。これは逆に考えてもいい。漢文的な詩美の世界を構築するために、漢文脈の文体が選ばれたのだ、と。いずれにしても、漢文脈の文体の駆使がここにはある。それがよくない。その全体が駄目なところだ。それは写生文の行き方に背馳している。だから駄目なのだ。

子規、正岡子規が創始した写生文は、先ず何よりも、漢文訓読体の雅文からの離陸を目指したものだった。大袈裟で形容過多の雅文的表現を駆逐して、平易であることに狙いが定められた。それからもう一つ、明治二十年代に提起された、優美な言葉を連ねる擬古の美文にも馴染《なじ》まない。優美を狙うことは平易であることに背馳する。正岡子規の言葉を借りるなら、「古文雅語などを用」いるは問題外だということになる。それらを排して、ありのまま、見たるまま、感じたるままを写すのが写生文だ。平易にして耳だたぬ言葉を連ねるのが写生文表現だ。文章の内に不調和な難かしい漢語を用いること、優美な言葉を弄することは、写生文にとってはきわめて悪徳なるものである（以上「叙事文」）、とそういうことになる。

漱石の処女作『吾輩は猫である』はその線に沿って展開された。写生文の戯文調の展開、それが『吾輩は猫である』であった。もう一篇、それの成功した作として『坊つちやん』が認められる。漱石はその後、迷いに入る。美文、雅文体、戯文調、それらの折衷、種々の試みがなされて落着かない。『虞美人草』なぞはひどいもので、美文と戯文の折衷、ぐちゃぐちゃの失敗作というべきところだ。漱石が作品的に落着くのは『三四郎』からだが、そこにまだ残っている戯文調は次作『それから』の第十二章まで尾を引く。第十三章で戯文調を払拭した漱石が従うのが、真率な写生文体だ。以下、ようやく尋ね当てた真率な写生文体の、一作ごとの練れた展開となる。漱石の足取りの概略である。

そういう漱石の足取りの、迷いのなかの一作として『草枕』はある。何が迷いか。写生文の行き方に背馳して、漢文脈、雅文体にすっぽり嵌《は》まり、その必然として難かしい漢語を多用しているのが迷いだ。迷いの一作だっていい。それが好きだ、という人がいてもいい。いいが、そのことと、それが漱石を代表するということとは、全く同じではない。迷いの一作が一作家の代表作となるなどということが、あって堪るものではない。ましてや、〈世界文学の巨匠〉に列せられる作家の代表作として。外国人の眼なんて、信用するに足りない。こと、とくに、夏目漱石に関しては。そういうことになった。

と、そこまで考えて立ち止まった時だ、ちょっと待てよ、とある考えが閃いたのは。ちょっと待てよ、外国人ダミアン・フラナガンは確かにそう言っているけれども、大将は単なる外国人じゃないじゃないか。少なくとも大将が引き合いに出しているような、ぽっと出の漱石読者ではない。日本に留学し、神戸大学大学院で博士課程までを修め、夏目漱石専攻であった。とすれば当然に、漱石に関する文献も少なからず読み込み、視野も人並以上の広がりにおいて持っていたはずだ。漱石をめぐる論調、したがってそれもよく見えた。ダミアン・フラナガンは漱石をめぐるそれらの論調を睨み据え、ああいう立言をなした。漱石の代表作は『草枕』だ、と。この立言の根拠の大部分、支持はわが国の論調において与えられている。そう考えた方がいい。

そう考えれば、大正期から昭和戦前にわたる、『草枕』を傑作だ、ユニークだ、世界的にも類例がない作だなどという議論が一挙に思い浮かべられる。『草枕』を押し上げる議論の盛行する時代が、紛れもなくあった。

三

『草枕』は傑作だ、漱石の代表作はこれだという論調の典型を、島為男の『夏目さんの人及び思想』に求めてみる。

島為男、哲学研究者のようである。倫理学、教育学といった方面に関心が伸びている。漱石を伺うに、『草枕』一作があればすべての用は足りるといった面持である。『草枕』を論究するだけで一冊の漱石論を書き上げた。正しく、『草枕』は傑作だ、漱石の代表作はこの右に出るものはないと目しているものの、典型だ、これは。昭和二年十月の刊行。著者はこの当時、かつて漱石が勤めていた、熊本・第五高等学校の教員であった（わたくしの手許にあるのは昭和七年三月刊の〈修補再重版〉である）。

「夏目さんの人及び思想」といふ名をつけましたが、内容の三分の一は「草枕」を中心にした論究であります。で、内容から表題を考へますと、表題は必ずしも内容にぴつたり合つてはゐません。ですけれども、私の「草枕」の研究は、夏目さんの人乃至その生活と結合さした研究でありますから、その点から考ふれば、表題のみが徒らに大袈裟であるとは必ずしもいへないであらうと思ふてゐるのです。

とくに、「草枕」は、夏目さんの人、並に藝術、哲学、宗教を研究するになくてはならない作品でありますから、自然「草枕」に多くの頁を費すに至りました。（別して、著者が熊本にゐて、「草枕」の背景と親しんでゐる結果もこれに偏よる重要な原因となりましたが。）

夏目さんは、その意味において、可なり得意であったのである。「余が草枕」の終り方では

「で、若し、この俳句的小説が成り立つとすれば、文学界に新しい境地を拓く訳である。この

種の小説は未だ西洋にもないやうである。日本には無論ない。夫が日本に出来るとすれば、先づ小説界に於ける新しい運動が、日本から起つたといへるのである。」

と吹いてゐる。明治三十九年八月二十八日の、小宮豊隆宛夏目さんの手紙の末行には、

「今度は新小説に書いた。九月一日の発行のに草枕と題するものあり。是非読んで頂戴。こんな小説は天地開闢以来類のないものです。（開闢以来の傑作と誤解してはいけない）」

と書いてゐるし、越えて八月三十一日高濱虚子氏への手紙には、

野間先生が草枕を評して明治文壇の最大傑作といふて来ました。最大傑作は恐れ入ります。寧ろ最珍作と申す方が適当と思ひます。実際珍といふ事に於ては珍だらうと思ひます。

と書いてゐる位である。

（『夏目さんの人及び思想』昭和二・一〇、修補再重版　昭和七・三）

要するに島為男は、『草枕』は傑作であり、世界に類例のない作であり、従って漱石の代表作だ、ということを言いたい。そう言って、ゆえに、『草枕』の論究で全漱石を覆うことが可能となる、ということを言いたい。そう言うことが、『草枕』論究の一つの大きな流れをなす、という展開である。

右に「俳句的小説」という言い方が出てくる。漱石が「余が『草枕』」（明治三九年一一月）で提起した言葉だ。在来の小説は人生の真相を穿《うが》って川柳的だ。この外に美を生命とする俳句的小説もあっていい。『草枕』がそれだ、というように提起された。一年後、漱石は今度は「虚子著『鶏頭』序」（明治四〇年一二月）で、「余裕のある小説」という言い方を提起した。世の中には二種の小説がある、余裕のある小説と、余裕のない小説と。高濱虚子の作物、新作短篇は余裕のある小説の部類に属する、というように提起された。ここから、高濱虚子を指して余裕派と呼ぶことが生れ、その仲間の夏目漱石もまた余裕派に括られる、ということになった。先の俳句的小説の作家は俳諧派と言い替えられ、漱石を中心とするこの一派は俳諧派とも称されることになる。俳諧派、余裕派のおのずからなる成立である。

こうなると、では、俳諧派漱石の、余裕派漱石の代表作は何であろうかという問題が不可避的に浮上する。俳諧派漱石の代表作を指定するのは簡単だ。俳諧派の起源をなす俳句的小説という言い方の提起されたのが『草枕』に関していたことから、それは『草枕』だとすぐに指定される。それなら、余裕派の方はどうか。唐木順三が言っている。昭和十年代である。自然主義者の如く「逼《せま》つて居らん」、「ゆとり」があり、「不人情」であり、「余裕」があり、「遊び」もある。それら余裕派の全部の属性を網羅している作品、それは『草枕』だ、と（「近代文章史と写生文」『近代日本文学の展開』昭和一四年六月）。こちらからも、ぴたっと矢が刺さる、『草枕』に。

『草枕』、『草枕』、『草枕』を漱石の代表作とする時代が明らかにあった。大正期から昭和初年代、戦前へと続く流れでそれはあった。その流れを跡づけたのは福田清人《きよと》である。文学史叙述、文学辞典類を資料として、福田清人は大正期から昭和初年代までの流れを辿った（『写生文派の研究』昭和四七年四月）。島為男も暗にこの流れの上に乗っかっているのだ。いや、そう言うより、この流れに大きく棹さしていた、というべきだ。何分にもその種のものの典型が認められるのだから。

さて、それでは、その島為男が認めた『草枕』の核心とは何であろうか。それは何としてでも確かめて置かなければならぬ。

『草枕』が描き出したもの、それは詩美の藝術境だとした後、島為男はこう書く。

此の藝術の功徳は、だから、我を忘れ人を忘れ、損を忘れ得を忘れ、恥も外聞も気に止めぬ、超人間境への手綱である。かやうな、出世間的にして消極的、逃避的な詩味の盛られたものは西洋には少ない。東洋には、かうした天然と融合した詩歌が少くない。「菊を東蘺の下に採り、悠然として南山を見る」事や、「獨り坐す幽篁の裏、琴を弾じて復長嘯」する境地は即ちそれである。然し、人間界に住む吾人には、かうした超人間界へ住む必要も心掛けもいらないといわれるものがあるかもしれぬ。けれども、夏目さんにいはせれば、「二十世紀に睡眠が必要ならば、二十世紀に此の出世間的な詩味も大切」なので、王維の詩の如きは、此の生存競争の熾烈な世界を忘れて、グッスリ眠りこけるやうなものである。「汽車、汽船、権利、義務、道徳、礼儀で疲れ果てた後、凡てを忘却してぐつすりと寝込む様な功徳」があるのである。それが「草枕」の描いた美の標的なのである。

そこで、「草枕」は、先づ何よりも非人情でなくてはならない。非人情に自由に働ける世界は、どうしても超人間的出世間的な環境でなくてはならない。だから、「草枕」には非人情に働き、非人情に視る人間がゐるとともに、その人間達が自由に活動する為に、超現実的の世界が創造せられなくてはならない。前の役目を演ずるには、画家があり那美さんがあり、観海寺の坊主がある。後の世界を構成するには、雨の峠があり、茶屋があり、婆さんがあり、源兵衛があり、万葉の歌があり、那古井の妙な温泉があり、鏡が池があり、観海寺がある。（同）

『草枕』を如何にも傑作だとする読み方がここにある。しかるがゆえに、『草枕』は漱石の代表作なのだという読み方が、ここには提示されている。その点で、ここにはその種の読み方の、煮詰まった形の典型がある、と言っていい。

この読み方、これらの作品理解の最大の欠点は何であるか。文体が読まれていないこと、作品を描き出す文体が漢文脈、雅文体にすっぽりと嵌まってしまっていることが読まれていない、それである。島為男はさも得意げに王維の詩を引用しているけれども、その境地が、王維の漢詩の境地に準《なぞら》えられる藝術境が、漢文脈、雅文体の文体駆使の必然として導かれるものであることを、読みなしていない。それが最大の欠点だ。

そう言うと、ちょっと待て、『草枕』の時点（明治三九年）、その種の文体はまだ多く行われていたのだから、それは問題にならないという声が掛かるかも知れない。だが、その声は、当を失している。その時点までに漱石は、『吾輩は猫である』（明治三八〜明治三九年）、『坊っちゃん』（明治三九年）を書いてしまっている。戯文調に流れていたけれども、明確なる写生文体の駆使であった。それからもう一点、『それから』（明治四二年）以後の展開の問題。『それから』以後の真率な写生文体の展開については、誰もが見届けてしまっていることだ。それは知らないなどとは言わせない。漱石の死（大正五年）によって完了するそのことを、知らないものは誰もいない。漱石のそうした全作品展開から眺め返してみれば、『草枕』の、漢文脈、雅文体にすっぽりと嵌まった文体駆使が異様にして異数なのは、明白なところだ。それが読まれていない。文体が読まれていないとはそのことだ。その文体が読まれていない最大の欠点をふくめて、ここには『草枕』の読み方の典型が提示されている、と言っていい。

昭和初年代にすっかり定着する『草枕』のそういう読み方、これは戦前、昭和十年代の戦中までを貫いて流れ続く。昭和十一年、中野重治が〈暗い漱石〉を読み取らなければならないと、問題提起をしたのであるけれど（『小説の書けぬ小説家』）。そんなのはどこ吹く風で、戦後、昭和二十年代もなお、この流れは続く。

一例を示す。昭和二十四年七月、春陽堂文庫『草枕』に書いた片岡良一《よしかず》の解説。

『草枕』は『坊っちゃん』に少し遅れて明治三十九年九月号新小説に発表された。当時その雑誌を編集していた本多嘯月によれば、これだけの作品が凡そ一週間ほどで書き上げられたという。尤も、小宮豊隆の調査によれば、それよりもう一週間ほど前から取りかかられてはいたのだが、来客などにさまたげられて幾らも書けずにいたところを、嘯月に催促されて、それから後は一気呵成に仕上げたというのであったらしい。題材は、作者がまだ第五高等学校に勤めていた頃、明治三十年十二月の末から翌年一月のはじめにかけて、熊本の西、有明海の岸近いところにある小天温泉に友人山川信次郎とともに旅行した、その時の見聞から得たもので、女主人公那美さんのモデルになったらしい人もあったという。そういうことを調べた島為男の「夏目さんの人及び思想」によれば、この作のはじめに書かれている山路の様子や、温泉場やその周囲の情景などはほとんど写生といってもよいほど実際に近いものだということである。主人公の画家は、曾遊の地にも一度出かけて来たのであるように書かれているけれども、実際にはそういうこともなかったらしいので、それがすべて八、九年前の記憶によって書かれたものだということになる。いろいろな点に驚嘆すべきものの含まれている作品だといわねばならない。作者の意図した非人情の態度が、作者自身もいっている通り、この作を正に世界に類のないユニックなものに仕上げさせたということも、すでに多くの人々によって承認されている。(「『草枕』解説」昭和二四・七、『夏目漱石の作品』昭和三〇・八)

二葉亭四迷、尾崎紅葉から芥川龍之介、川端康成などまでにわたる重厚な研究書『近代日本の作家と作品』を上梓したのが昭和十四年、片岡良一は左派の研究者として戦中を潜り抜けた。その片岡良一が戦後になって書いた『草枕』解説である。島為男を援用し、その所論に乗っかり、『草枕』賛歌を奏でてみせる。驚嘆すべき作品だ、『草枕』は、世界に類のないユニークな作品だ、と。

昭和初年代、戦前とちっとも変っていない。おんなじだ。『草枕』の他の作品も多く論じて来《きた》っている片岡良一であるのだけれども、昭和戦前と選ぶところはない。そんな感じだ。島為男の右に習っている。左派の片岡良一において、なおそうだったということになる。ただ、片岡良一に従来と少しだけ違うところがなくはなかった。代表作をいう時、「初期の」という限定を付しているところだ。『草枕』は漱石の〈初期の〉代表作だ、というように。

ともあれ、『草枕』を推重する流れは、戦後、昭和二十年代にまで滔々と流れ込んでいた。この流れは昭和三十年代の劈頭に差しかかる。差しかかったところで、大きくて鋭い楔を打ち込まれる。ある論考、ある画期的な論考が展開されるのだ。

あの、若い江藤淳の「夏目漱石論」「続・夏目漱石論」がそれに外ならない。昭和三十年と昭和三十一年、後の年には早くも一冊になる『夏目漱石』がそれに外ならなかった。流れはここで塞ぎ止められた。

四

戦後、昭和二十年代の『草枕』推重の流れがそれまでと少し違ったのは、別のもう一つの流れを傍らに見なければならなかったことである。漱石の後期に眼を向ける流れ、中野重治が提起した〈暗い漱石〉を読む流れがそれであった。代表的なものを上げてみる。唐木順三「『明暗』論」（昭和二七・六、一〇、のち『夏目漱石』昭和三一・七）、荒正人《まさと》「漱石の暗い部分」（昭和二八・一〇、のち『評伝夏目漱石』昭和三五・七）、山室静《しずか》「漱石の『それから』と『門』」（昭和二九・五、のち『文学と倫理の境で』昭和三三・六）ということになる。

それらを統合して、平野謙が書く。題して「暗い漱石」、昭和三十一年の一月と二月。平野謙は中野重治の二十年前（昭和一一年）の問題提起、〈暗い漱石〉から始める。そう始めて、ひたすら『それから』以後を扱う。『三四郎』以前の初期など、問題にもしない。ここには『草枕』推重に象徴される、漱石の初期に固執する傾向への、暗に秘めた悪意がある。長い考察の果て、平野謙が結論的に書くところはこうであった。

むかしから私は漱石がもし『道草』を書かなかったら、首尾一貫してどんなに立派だったろう、という意見をもっていた。『道草』は漱石のたゆみない制作過程における一汚点にほかならぬ、とさえ考えていた。『道草』を褒める小田切秀雄と、その点で議論したこともある。しかし、『明暗』が書かれるためには、やはり『それから』から『こころ』にいたる作品群の反措定として、『道草』執筆の必要だったことをいまは認めざるを得ない。『明暗』には『こころ』のようなイプセン流の劇的時間は流れていない。しかし、『道草』のような私どもの周囲と同質のナマな日常的時間も流れていないのである。それはまさしく小説の時間としかよびようのない次元の上に構成されている。『こころ』までの主人公はつねに漱石自身のイデエを背負って、漱石と等身大かそれ以上の人物として、作者自身に密着していた。しかし、『道草』において日常的時間を導入することによって、はじめて、主人公を周囲の諸人物と同列にならべることのできた漱石は、『明暗』にあっては、患者に対する医者の立場にたっている。私はそのことを唐木順三の『明暗論』からまなんだのである。注意すべきは、『明暗』の主人公津田が、『それから』から『こころ』にいたる主人公たちとちがって、作者自身の理念をいささかも背負わされていないことだろう。漱石自身『鶏頭』序文において予兆した方法を、ここにはじめてリアライズしたのである。ここにも漱石の原体験みたいなものが微妙に作用している、といえばいえよう。（「暗い漱石」昭和三一・一、二、『藝術と実生活』昭和三三・一、岩波現代文庫『芸術と実生活』平成一三・一一）

「むかしから」と平野謙はいう。「むかし」とは何時か。中野重治が〈暗い漱石〉を提起する以前、昭和十一年以前である。従って、昭和初年代だ。昭和初年代の、夏目漱石を読み耽っていた頃、ということになる。もう少し詰めてみる。漱石を含め、文学書類を耽読する時期が高等学校（旧制）の時代に想定されるとすれば、それは昭和初年代の前半だ。平野謙の第八高等学校入学は大正十五年（一八歳）、卒業は昭和五年になる（二二歳）。この想定でそう大きな狂いはないはずだ。

むかし、昭和初年代前半から、平野謙の胸の底にいつもうごめくものがあった。漱石の後期の作品群の印象、『こゝろ』をひとつの頂点として、『それから』から『明暗』におわる作品群の印象がそれであった。暗いなあ、漱石って奴は、暗い暗い奴だったんだなあ、という呟きにそれはなるものであった。だから、中野重治の〈暗い漱石〉の提起も、直ちに肯うことが出来た。そうした漱石の後期の作品展開のうちで、何としても解《げ》せないものがあった。『道草』である。あれは何だ。あれが分からない。どう位置づければいいのか。結局あれは、「漱石のたゆみない制作過程における一汚点」とする他ないのではないか。右の引用の冒頭、二つのセンテンスを読解するとこうなる。

ここで立ち止まって、そう思ったのが昭和初年代前半であったことに注視を向ける。それはどういう時代であったか。あの『草枕』推重の盛行する時代に外ならなかった。わたくしが先にその典型を認めた島為男『夏目さんの人及び思想』の初刊が昭和二年十月、修補版の刊行は昭和七年三月である。

初刊がどれほど刷られたのか、何刷まで行ったのか、一切にわたってわたくしは知らない。しかし、五年の間に〈修補再重版〉を出すところまで行ったことは確かであった。それは少なからぬある程度の部数が捌《は》けていたことを意味した。その捌けぶりに象徴される、『草枕』推重の盛行する時代、それが昭和初年代前半であった。平野謙、若い平野謙が〈暗い漱石〉を思いはじめる時期が、ぴたりとこの時代に重なる。『草枕』推重に象徴される初期の〈明るい漱石〉の盛行に反撥を感じた平野謙は、『それから』以後の後期の〈暗い漱石〉に思いを馳せた。そうでありつつ、『道草』の位置づけに関しては困却しつづけなければならなかった。そういうことになる。

それから二十年、戦後になったけれども、『草枕』推重の流れは止まることなく続いている。〈明るい漱石〉の像が依然として光り輝く。左派の研究者として親近を感じている片岡良一さえ、『草枕』オマージュを繰り広げて疑わない。何とも嘆かわしいと平野謙は思った。

戦後、昭和二十年代も後半になってからだ、平野謙の眼に止まる論考が現われるのは。初期の〈明るい漱石〉の像を疑い、〈暗い漱石〉、後期の『それから』以後の漱石にきっちりと眼を向ける論考の出現であった。先に上げたところだが、繰り返しておけば、次の三篇がそれである。唐木順三「『明暗』論」（昭和二七・六、一〇）、荒正人「漱石の暗い部分」（昭和二八・一〇）、山室静「漱石の『それから』と『門』」（昭和二九・五）。

それらに接して、平野謙の頭はもの凄い勢いで廻転した。積年の思い、三十年来の思いが一気に思索に紡がれた。題して「暗い漱石」という論考の結実となる。一篇は『群像』昭和三十一年一月号、二月号の分載となった。三十年来の、『草枕』推重、〈明るい漱石〉の風に対する悪意を秘めつつ、分からなかった『道草』を、ぎりぎりまで追い詰める展開となった。『道草』を追い詰める、ぎりぎりまで追い詰める、とは、この場合、『道草』の位置づけにそれなりに成功したと感じるということだ。平野謙はこう位置づけた、『道草』を。「『明暗』が書かれるためには、やはり『それから』から『こころ』にいたる作品群の反措定として、『道草』執筆の必要だったことをいまは認めざるを得ない」、と。『明暗』が書かれる前提として、『道草』はあるという認識である。制作過程の一汚点から『明暗』の前提までの出世、これが平野謙のぎりぎりまで追い詰めた『道草』の位置づけであった。平野謙はいう、こうした『道草』位置づけのためには唐木順三「『明暗』論」に大いに学ぶところがあった、と。それだけではない。すでに指摘しているように、〈暗い漱石〉という認識、『それから』以後の漱石という捉え方のためには、荒正人、山室静の意見が大いに斟酌《しんしゃく》されている。とすれば、ここには、戦後の漱石論の最良の部分の結集があることになる。それらの結集にもとづく『道草』の位置づけがこれだ、というように。

もっと言える。戦後の漱石論の最良の部分ということは、別に言えば、全漱石論史のうちの最先端の部分ということだ。ならば、それらの結集は、全漱石論史の最先端の結集、ということになる。従って、こう言えることになる。平野謙のあの『道草』位置づけ、そこには全漱石論史の最先端の展開が認められる、と。平野謙の結論、『道草』は『明暗』が書かれるための前提として位置づけられる、には、全漱石論史の現在的な到達点が示された。

けれども、この到達は、『草枕』推重、〈明るい漱石〉の流れに大きく楔を打ち込むものとはならなかった。悪意は秘められたまま露出されることなく、その流れに〈否〉を与えることはなかった。『道草』の評価がなお小さくて、消極的に過ぎていたからである。

　平野謙はいう。『それから』以後の作品展開の流れのひとつの頂点として『こゝろ』はある、と。ひとつというのは、他にも頂点があるということだ。それは何か。『明暗』である。『明暗』はしかし、『こゝろ』と並ぶ同じ高さの頂点ではない。『こゝろ』からは飛躍の認められる頂点だ。その飛躍に与《あずか》って大きかったもの、それが『道草』だ。前提、スプリング・ボード、跳躍台。『道草』の位置づけである。平野謙の認識である。

　この認識では、『それから』から『こゝろ』への流れはスプリング・ボードとしての『道草』を介して、『明暗』につながっている。漱石の作品展開の流れは『それから』から『こゝろ』、そして『明暗』へと滞りなく流れている。『道草』を越えるとき、ちょっと波立ったけれども、その間に断絶はない。断絶はなく、一本調子で『明暗』の終極に至っている。そういう認識になる。

　それでは駄目だ。それでは、『草枕』推重、〈明るい漱石〉の流れに楔を打ち込むことにはならない。そうではなくて、漱石の作品展開に断絶を認め、その断絶を示した作品と『明暗』とのつながりをこそ見通すものでなければならない。その時に、漱石認識は転換し、漱石像は塗り変えられる。こうなればもはや、〈明るい漱石〉も〈暗い漱石〉もあったものではない。ただに、断絶以前、転換以後の二色の漱石があるばかりだ。苦に満ちた漱石の生涯の、転換以前と断絶以後の二色、その像。ここに至って『草枕』推重の風など、どこかへ吹き飛んでしまう。その断絶を示した作品、転換を印した作品に漱石の作品的頂点を求める他なくなるのだから、『草枕』推重の風など問題にも何もならなくなってしまうのだ。『草枕』推重の風、〈明るい漱石〉の流れが閉ざされるのは、そこで、だ。

こうして、ある作品が、焦眉の問題となる。ある作品、それは言うまでもない、『道草』だ。『道草』の積極的な評価、その価値の発見的な評価、それが焦眉の問題なのであった。

平野謙の認識の先にあるもの、それがその問題だ。全漱石論史の先端の先にあるもの、それがその問題だ。昭和戦後の漱石論の到達点の先にあるもの、それがその問題なのだ。

その焦眉にして重大な問題に答えたもの、それが江藤淳なのであった。若い江藤淳の「夏目漱石論」がその問題に答えた。驚嘆すべき革命的な出来事でそれはあった。

五

江藤淳は書く。

仮りに人間の資質を倫理的なものと、非倫理的――感覚的――なものとに分類出来るものとすれば、しばしば、自分でも語り、作中人物にも語らせているように、漱石はまさしく倫理的な人間であった。それにもかかわらず、彼が真に倫理的な主題を取り扱ったのは「道草」に於てを嚆《こう》矢《し》とする。つまり、ここではじめて自己と同一の平面に存在する人間としての他者が意識されるのである。「心」で愛の不可能性を立証している漱石は、多分メタフィジシアンの面影がある。

《世の中に片附くなんてものは殆どありやしない。一遍起こった事は何時《いつ》迄《まで》も続くのさ。ただ色々な形に変るから他《ひと》にも自分にも解らなくなる丈《だけ》のことさ》

これは日常生活を前にした思想家の嘆息というよりは、思想の無力を識《し》った生活者の苦々しい感慨である。「心」の先生は愛が不可能であることの証明を行って死ぬことが出来た。だが健三は、いつまでも続く日常生活の中で生きねばならぬ。そしてこの無定形なゼラチン状の世界には、彼も他の人間も同様にぶざまなかっこうで浮かんでいる。健三は孤独であるが、彼は無意味に孤独なのだ。この点で彼の孤独は、友人を裏切り、親族にあざむかれた、という確実な原因を有する「先生」の孤独より一層悲惨であるといわねばならぬ。所謂《いわゆる》私小説家の孤独と、これほどかけはなれたものはない。(「続・夏目漱石論」昭和三一・七、八、『夏目漱石』昭和三一・一一、新潮文庫『決定版夏目漱石』昭和五四・七)

『道草』評価の核心である。江藤淳の『道草』認識の核心である。「夏目漱石論」の正篇で、〈則天去私〉に悟入する漱石神話を破砕した江藤淳は、その上に立って、続篇でこのように、『道草』評価に躙《にじ》り寄る。その躙り寄った核心。

他者の意識化、生活者の孤独、生活者のたたかいの発見。これは逆に言った方がいいのかも知れない。他者の発見、生活者の孤独、生活者のたたかいの意識化、と。同じことだ。同じことをちょっと言い替えてみたに過ぎない。

ともあれこの二つ、この二つが『道草』評価の核心として摑み出される。『道草』にはそれがある。だから『道草』は凄いのだ、瞠目すべく画期的で、漱石の作品史の上でも転換をなす重大な作として評価される、とこういうことになる。

他者、という。『道草』には他者の発見があるという。他人、ではない。他者、だ。他人と他者はどう違うか。他人の対語は自分（私）だ。自分以外の他の人、それが他人だ。それは人（ひと）に限定される。しかるに他者は人（ひと）に限定されることはない。多様性を含む概念だ。

他者の対語は自己だ。自己以外のもの、それが他者だ。この他者は他人ではなくて人（ひと）に限定されることはないのだから、多様に変化する。自己を人間とすれば、他者はどうなるか。自然がそうだ、ということになる。人間以外のものとして、自然がある他に何があるはずもないのだからである。自己を個人とすれば、他者は社会だ。男にとっては女、妻にとっては夫、大人にとっては子供、それが他者だ。後のセンテンスに含まれるもの、それは逆もまた真である。もう一つ、そんな関係を上げて置く。知識人にとっての生活者、大衆、この逆もまた真である。ここには、そういうものとしての他者が存在する。そういうものとしての、他者の意識化がある。『道草』、ここには、そういうものとしての、他者の発見がある。

ならば、そのようなものとしての他者は、如何ようにして発見されたのか。如何にして意識化されたのか。自己と同一の平面の上に何物かが見えたとき、それは発見され、意識化された。自己が社会と同一の平面に並ぶ存在であることを知ったとき、夫あるいは男が自分と同一の平面に存在するものとして、妻あるいは女があることを自得した時、知識人（江藤淳は思想家という）が生活者の地平に下り立ったとき。

そのようにして発見され、意識化された他者のなかで、一切の特権は許されない。生活者の広がりのなかで、知識人の特権が許される訳がない。自然のなかでは、人間であることの、社会のなかでは、自己が中心であることの、男女の間では、男であることの、夫婦の間では、夫であることの、如何なる特権も許されない。すべて対等、同一の平面の上に並び立つ。如何な知識人も、生活者のなかでは、のべつ幕なしにつづく日常生活に堪え、孤独なたたかいをたたかう以外のどんな術も許されない。生活するとはそういうことだ。日常生活を営むとは、そういうことなのだ。それからの逸脱は生活の座礁を招き、日常生活、暮らしの破綻を呼ぶ。そういうことになる。

これは、他者の発見、他者の意識化が、必然的に生活者の孤独、生活者のたたかいを導くものであることを示している。従って、江藤淳が摑み出した『道草』評価の二つの核心は、詮じ詰めれば一つに帰着する。いわく、他者の発見、と。他者の発見、他者の意識化、その展開、『道草』の真価の核心はそこに極まる、と江藤淳は言ったことになる。

これが若い江藤淳のなした『道草』評価であった。これまでに誰もなしたことのない、『道草』の最も積極的な評価がここでなされた。全漱石論史の先端をその先に切り拓くもの、昭和戦後の漱石論の到達点をその先に導くもの、そういうものとしての『道草』評価がここでなされた。それをなしたのが、何と何と、まだ二十三歳の一大学生だというのだから、驚嘆も限りないということにならない訳にはゆかない。それは殆ど、奇蹟と呼んでもいいし、天佑と呼んでもいいような何事かであった。あの明治中期、明治二十五年、二十六歳の一大学生正岡子規が「獺祭書屋俳話」を書いたに等しい、革命的な出来事でそれはあった。

他者の発見、他者の意識化の展開をなしている『道草』が、『こゝろ』と如何に様相を異にするか、右の引用の後半で江藤淳が至当に指摘するところであるが、これは『こゝろ』までと『道草』との間に段差が生じているものと見なした方がより適切になろうかと思われる。『彼岸過迄』、『行人』、『こゝろ』と知識人の孤独を追究して来た漱石が、『道草』に至って、他者を意識化して生活者の孤独を追尋《ついじん》することに切り替えた、その間に生じた段差としてこれがある、というように。そう見なすことによって、『道草』における、『こゝろ』までからの転換がはっきりし、それがはっきりすることで、江藤淳の指摘の革命性もまた鮮明化するという訳だ。『道草』に印された漱石の作品史的な転換は、漱石像を塗り変える転換であった。『こゝろ』と『道草』の間にある段差、知識人の孤独の追究から生活者の孤独の追尋への転換は、明らかに漱石像を塗り変えるものとしてあった。これによってこれまでの、〈明るい漱石〉とか〈暗い漱石〉とかいう漱石像は一挙に封じられ、転換以前と以後との二様に塗り分けられる漱石像の現前となった。若い江藤淳の指摘はそうなす革命性を孕んでいた。その点でもこれは、あの正岡子規「獺祭書屋俳話」の展開に等しい出来事としてあるものであった。若い正岡子規のこの問題提起によって、俳諧は明確に二様に分かたれた、新派と旧派とに。

俳諧史を分断し、新派と旧派との二様に塗り変える革命的な力を、それは持っていた。同じだ。漱石像を塗り変えて、転換以前と以後とに分かつ革命性を孕むものとして、江藤淳の『道草』評価の核心はあった。そこに昭和戦後の漱石論の、到達と達成とがあった。

十年後、『道草』に拘泥しつづけた江藤淳の、これまた驚嘆すべき読み方が示される。こうである。

「道草」は、一般に文学史家から一種の私小説だといわれているようであります。なるほどちょっとみるとそうも思われます。この小説の主人公は健三という中年男でありますが、この男の生活の範囲は小説の上からはかならずしも明確だとは言えない。しかし、われわれはこの健三が漱石の分身であることを知っています。したがって漱石の年譜や伝記を補ってみることによって、「道草」の背景を埋めてみることもできます。このように、その人の伝記的な事実を頭の半分に置いて読むというような読みかたを要求する小説は、一般に私小説だということになっております。しかし、私は少し違う意見を持っている。私はこれは単なる私小説として読んではならない小説だと思うのであります。

　第一の理由は、「道草」が帰って来た男を主人公とする小説だからであります。ちょっと書き出しのところを読んでみましょう。

《健三《けんぞう》が遠《とほ》い所《ところ》から帰《かへ》つて来《き》て駒込《こまごめ》の奥《おく》に世帯《しよたい》を持《も》つたのは東京《とうきやう》を出《で》てから何年目《なんねんめ》になるだらう。彼《かれ》は故郷《こきやう》の土《つち》を踏《ふ》む珍《めづ》らしさのうちに一種《いつしゆ》の淋《さび》し味《み》さへ感《かん》じた。

《彼《かれ》の身体《からだ》には新《あた》らしく後《あと》に見捨《みす》てた遠《とほ》い国《くに》の臭《にほひ》がまだ付着《ふちやく》してゐた。彼《かれ》はそれを忌《い》んだ。一日《にち》も早《はや》く其臭《そのにほひ》を振《ふる》ひ落《おと》さなければならないと思《おも》つた。そうして其臭《そのにほひ》のうちに潜《ひそ》んでゐる彼《かれ》の誇《ほこ》りと満足《まんぞく》には却《かへ》つて気《き》が付《つ》かなかつた。

《彼《かれ》は斯《か》うした気分《きぶん》を有《も》つた人《ひと》に有勝《ありがち》な落付《おちつき》のない態度《たいど》で、千駄木《せんだぎ》から追分《おひわけ》へ出《で》る通《とほ》りを日《ひ》に二辺《へん》づゝ、規則《きそく》のやうに往来《わうらい》した》

　これはきはめて非私小説的な書き出しであります。何故かと申しますと、私小説とは、いわば帰って来た人間のではなくて　出て来た人間の小説だからであります。こう申しますと、何だか禅問答のようでおわかりになりにくいでしょうから少しくわしくいいますと、私小説は田舎から出て来た人間の自己実現の欲望を中心にして書かれる小説であるのに対して、「道草」のほうは英国という都会から日本の東京という田舎に帰って来た人間の幻滅と自己発見の主題を中心に書かれた小説だという意味です。（「「道草」と「明暗」」昭和四〇・一二、『決定版夏目漱石』昭和四九・一一、新潮文庫『決定版夏目漱石』同）

何が驚嘆すべきなのか。『道草』の書き出しから「帰って来た人間」という命題を抽き出していることが、である。この命題の抽出によって『道草』の全特質が一気に言い当てられることになった。ただし、全面的にして十全とはなしがたい。ほぼ、となる。この点、注意を要する。先ずは抽出された命題の限りで、一篇を読んでみる。

こう読まれる。『道草』は〈帰って来た男〉の物語なのだ、と。男は何処からどこへ帰って来たのか。「遠い所」から、「駒込の奥」の「世帯」に帰って来た。〈駒込の奥の世帯〉、他者との暮らしの只中だ。日本・東京・他者との暮らしの只中に帰って来た男の物語、それが『道草』だ、ということになる。他者を意識しつづけなければならない暮らしのなかの、生活者の孤独、生活者のたたかい、その追尋に『道草』一篇の主題は捧げられている、とこう読み取られる。

それでいいのではないか。それで『道草』の全特質は覆われた、ということになりそうだ。しかし、そうはならない。少しく、ほんの少し、この読み取りには、曖昧にして徹底性を欠くところが残された。それは右の引用を仔細に、仔細に検討することによって、明らかになるものだ。

一つは、「遠い所」を「英国という都会」としていることだ。これは実は曖昧で徹底性を欠く規定だ。

これでは『道草』を平板に読んでいるものに過ぎない。表面的な読みに過ぎないのだ。もう一つは、〈帰って来た人間〉と対照をなす〈出て来た人間〉の物語を「私小説」に求めていることだ。これも実は曖昧で、徹底性を欠く規定なのだ。これでは『道草』の、漱石の作品史の上での位置づけが出来ない。〈出て来た人間〉を漱石の作品史に引きつける徹底性を欠いている。その点に曖昧さが残っているのだ。ゆえに右の読み取りは、ほぼ、ということになる。

この「ほぼ」を払拭し、文字通りの全面的にして十全な『道草』の読み取りのためには、翌月を待たなければならなかった。翌月、年が改まった昭和四十一年一月、江藤淳はこう講演した。そこに『道草』の完璧な読みが示された。〈帰って来た男〉という命題からの、完璧な読み取りがそこには示された。

《健三《けんぞう》が遠《とほ》い所《ところ》から帰《かへ》つて来《き》て駒込《こまごめ》の奥《おく》に世帯《しよたい》を持《も》つたのは東京《とうきやう》を出《で》て何年目《なんねんめ》になるだらう。彼《かれ》は故郷《こきやう》の土《つち》を踏《ふ》む珍《めづ》らしさのうちに一種《いつしゆ》の淋《さび》し味《み》さへ感《かん》じた。》

これは読めば読むほど味が出てくるようなうまい書き出しであります。この書き出しの数行が、私にはあたかも漱石の全作家的生涯を象徴的に要約しているように思われる。そのなかでさらに鍵《かぎ》になる言葉はなにかというと、「遠い所から帰つて来て」という一句です。漱石は「遠い所から帰つて来」た作家であるがゆえに新しい。そして同時に「遠い所から帰つて来」た者の「一種の淋し味」をかみしめていた作家であるがゆえに新しいといえるのではないかと思う。そういっただけではなんのことだかよくおわかりにならないでしょうが、私のいいたいのはこういうことです。この「遠い所から」という一句は、文字どおり解釈すれば、ロンドンからという意味になります。しかしそこにはロンドンとか英国とかいう限定詞をつけられないような深い響きがある。それを一言でいうのは容易なことではありませんけれども、あえていえば自分に執着し自己追求するというような生き方から、人と人との間に帰ってくるということではないかと私は考えます。

(「漱石生誕百年記念講演」昭和四一・一、同)

これで書き出しから抽出された〈帰って来た人間〉、〈帰って来た男〉という命題からの、『道草』の読み取りは全面的にして十全となる。完璧だ。江藤淳は凄いという感嘆の声は、今でもわたくしの胸にとどろく。〈帰って来た男〉がいた「遠い所」とは何処か。「漱石の全作家的生涯を象徴的に要約」している果て、つまり、作品『こゝろ』の果てである。自死に至らざる得ないような、知識人の自己追求の果て、『こゝろ』の果てから男は帰って来た。何処へ、「人と人との間」だ。他者との暮らしの只中だ。『こゝろ』に象徴される知識人の自己追求の果ての「遠い所」から、生活者の鬩《せめ》ぎ合う只中に〈帰って来た男〉の物語、それが『道草』だということになる。

こう読むに当たって江藤淳は、「遠い所から」の言葉の響きを読んでいる。それが発する響きは、ロンドンとか英国とかいう限定詞をつけられないような「深い響き」を持っている、と。その深い響きに耳を傾けるならば、それが漱石自身の知識人としての自己追求の果ての「遠い所」であることにならない訳にはゆかないのだ、と読んだ。そう読むことによって、先の引用に残されていた曖昧さ、不徹底さは一挙に解消した。「遠い所」は「英国という都会」に限定されることはない。ロンドンとか英国とかの限定詞のつけられない〈遠い所〉、漱石の自己追求の果ての遠い所がそれだということになった。具体的には作品『こゝろ』の果てだ。従って、そこから〈帰って来た人間〉と対照をなす、〈出て来た人間〉、〈出て行く男〉が求められるのは「私小説」ばかりなのではなくなった。漱石自身の「全作家的生涯」の作品にも認められることになった。具体的には作品『こゝろ』までの全作品過程のなかに求められる。漱石は〈出て来た人間〉、〈出て行く男〉のいた〈遠い所〉、作品『こゝろ』の果てから「帰って来た」作家であるがゆえに、新しかったのである。

ここでこういう要約が可能となる。『道草』はこれまでのどのような「私小説」にも漱石自身の作にもなかった、〈帰って来た男〉の物語であるがゆえに新しかった。この新しさは、新しい価値ということだ。新しい価値『道草』は漱石の作品史に一大転換をもたらした。結果として漱石の作品史は二分された。『こゝろ』までと『道草』以後と。『道草』以前と以後とに二分された漱石像の塗り変えから見れば、『草枕』を推重する風など、戯《ざ》れ言に過ぎないものとなる。『草枕』を推重する風、〈明るい漱石〉の流れは江藤淳のこの『道草』評価によって完全に塞き止められた。〈暗い漱石〉さえも口を閉ざされた。漱石への関心はもっぱら、その作品史的な転換に注がれた。こういうことになる。

これが江藤淳の『道草』評価の整理されたかたちである。昭和戦後の漱石論の到達の、整理された姿でそれはあった。

江藤淳が「続・夏目漱石論」で『道草』評価を提起したのが昭和三十一年七月、八月、この整理されたかたちに至るためにはそれから十年の日子が必要だった。昭和三十年代が丸々費やさなければならなかった。「「道草」と「明暗」」の発表が昭和四十年十二月、「漱石生誕百年記念講演」が昭和四十一年一月だった。いま、それらの論考の刊行の次第を辿ってみる。「続・夏目漱石論」を「第二部晩年の漱石」として収録して『夏目漱石』〈作家論シリーズ〉が刊行されたのは昭和三十一年十一月である（東京ライフ社）。新装増補版が出るのが昭和四十年六月だ（勁草書房）。「「道草」と「明暗」」、「漱石生誕百年記念講演」の二篇がはじめて収録されるのが《江藤淳著作集Ⅰ》で、右の新装増補版に追加された収録となっていた。昭和四十二年七月の刊（講談社）。七年後、それまでの全漱石論考を集約して『決定版夏目漱石』の刊行となる。昭和四十九年十一月（新潮社）。これは五年後、新潮文庫『決定版夏目漱石』となった。昭和五十四年七月の刊行である。こういう次第であった。

この間に、江藤淳の論考に触発されて、多くの多くの漱石論が書かれた。それは夥しいと言っていいものであった。それらのうち特に、昭和四十年代の、漱石の作品史的な転換、『道草』前後に照明を当てた、相原和邦《あいはらかずくに》、桶谷秀昭、越智治雄《おちはるお》の論及が目覚ましいものであった。いま、それらの論考の集約をふくむ、その時期の代表的な著作を上げる。

宮井一郎『漱石の世界』昭和四十二年十月・講談社、越智治雄『漱石私論』昭和四十六年六月・角川書店、桶谷秀昭『夏目漱石論』昭和四十七年四月・河出書房新社（増補版・昭和五八）、梶木剛『夏目漱石論』昭和五十一年六月・勁草書房（新装版・昭和六〇）、神山睦美『「それから」から「明暗」へ』昭和五十七年十二月・砂子屋書房（改訂版・平成七）、相原和邦『漱石文学の研究——表現を軸として』昭和六十三年四月・明治書院（初刊『漱石文学——その表現と思想』〈塙選書〉昭和五五・塙書房、新版・平成一〇）。

それらの刊行がつづく間に、江藤淳自身はみずからの『道草』評価から大きく転回した営為に入っていた。『漱石とその時代』の展開である。

六

江藤淳の『漱石とその時代』、第一部、第二部の刊行は、昭和四十五年八月二十日と八月三十一日とである。日付がちょっと違っているが、同時の刊行ということだ。〈新潮選書〉で新潮社の刊。この同時刊行の二冊が扱うところ、夏目漱石の出生から、『吾輩は猫である』によって作家デビューするところまでである。人間の出生から作家の誕生まで。初期も初期、作家に足が掛かるところまでの最初期の漱石が扱われる。

作家以前の最初期の漱石を扱って、もっぱらその出生・成長に照明を当てるところに、この『漱石とその時代』第一部・第二部の狙いが置かれる。これは十五年前の「夏目漱石論」、『道草』評価から見れば、大きな大きな転回である。百八十度の転回と言っていい。十五年前、江藤淳は晩年の漱石の屈折、転換に照明を当て、〈帰ってきた男〉の物語としての『道草』を高く評価した。ところが今度は全くそうではない。その逆だ。最初期という枠組を設定し、そのなかで、屈折も転換もない、出生し成長する漱石を描き出すことに狙いを定めているのだ。いわば、純粋に〈出て行く男〉、〈出かける男〉を描き出すことに、狙いが定められている。

評伝で最初期を扱うのだから仕方がない。そうなるのが当然というものだ、などと言って貰っては困る。そうではない。ここで最初期が扱われているのは偶然ではない。出生し成長するものを描き出すことによって、屈折もなく転換もなく純粋に〈出て行く男〉、〈出かける男〉に就くために、借りられた枠組としてそれがある、とそういうことなのだ。それが証拠に、江藤淳は続編を書くことがなかった。長い間、二十年余り。

第三部が日の目を見るのはようやく二十三年後、平成五年十月であった。第一部、第二部とはまるで別の作品になっていた。体重のかけ方が違っていた。前作につづく時期が惰性的に扱われているに過ぎなかった。第四部が平成八年十月の刊、江藤淳の自死が平成十一年七月二十一日、未完の第五部の刊行は平成十一年十二月となった。著者江藤淳が自死したため、『漱石とその時代』は第五部で未完となって終結した。

第五部はどこで中絶しているか。『道草』の解剖に差しかかったところである。江藤淳はライフワーク『漱石とその時代』の、『道草』の場面を書き切れないまま、自死しなければならなかった。そういうことになる。これは逆に言った方がより真実に近づくことになるかも知れない。ライフワーク『漱石とその時代』の『道草』の場面を、ついに書き切れないゆえに、江藤淳は自死を選ばなければならなかった、と。若くして『道草』評価から出発した江藤淳なのだが、ここに来て『道草』解剖はすぐれて困難なものになっていた。第一部、第二部以来、〈出て行く男〉、〈出かける男〉を追い、辿り、濃厚に跡づけて来た江藤淳にとって、その筆法から〈帰って来た男〉の物語としての『道草』を解剖し、位置づける作業は頗る困難なものになっていたのだ。ベクトルが違う。かつてとは違うベクトルゆえに、それ、『道草』は、いまだ見ぬ異様な世界として現前した。江藤淳はその前で、みずからにおいて倒れなければならなかった。そういうことになる。

そうであるよりも何よりも、『漱石とその時代』第一部・第二部はそれ自体で完結している。屈折もなく転換もなく、純粋に〈出て行く男〉、〈出かける男〉を描き出す物語として、それ自体で自足している。その描き方、それがそのことを最もよく示す。

例えば次のような個所。ベクトルは強くはっきりときわやかに、〈出て行く男〉、〈出かける男〉に向かって伸びる。

学ばなければ彼は「捨てら」れる。それはやすとふたり切りですごしたあの白山の裏町の、大豆ばかり食べている生活に引き戻されることである。それればかりではない。「捨てら」れれば、ふだんから感じている自分と周囲の人間との親和力の稀薄さが、完全に金之助をおおいつくすにちがいない。しかし「能く学」べば、そういうことはおこり得ない。学んで「賢きもの」となり、有用の人になれば、淋しさも不安も、暗いいさかいの声も、もう決して追いかけては来ない。……「成績優秀」な金之助は、こんなことを考えていたかも知れない。

この明治七年版、『小学読本』巻一の巻頭の一節は、ほとんど金之助のこれ以後ロンドン留学までの生活の基調音を決定しているといってもよいのである。（『漱石とその時代』第一部、昭和四五・八）

九月十日付で、金之助は正七位に叙せられた。正七位高等官六等は、陸海軍武官でいえば大尉に相当する官等である。彼は今や国家の官吏であった。国家と彼のあいだには、愛媛県尋常中学校教諭のころには存在しなかったきずなが生まれていた。そしていったんこのきずなが生まれてみると、第五高等学校教授は、彼を国家に結びつけるのにふさわしい地位とは思われなくなりはじめた。十月にはいると、金之助は岳父中根重一にあてて、ふたたび転職依頼の手紙を書いた。

(同)

前者は、養子に出されていた漱石(金之助)が浅草寿《ことぶき》町の戸田学校に入学させられ、成績優秀だったことにもとづく感慨として描かれている。夏目家の末っ子として生れた漱石は両親の歓迎するものではなく、里子に出され、引き戻され、次には養子に出された。養父が女を作ったため、養母(やす)とともに別居となり(白山の裏町)、そのうちに養父に引き取られて学校入学となった。入学した漱石は明治七年八月発行の『小学読本』巻一を習ったはずである。そこにはこういう意味の記述があった。人には賢きものと愚かなるものとがある。多く学ぶと学ばざるとによって区別が生じる。賢きものは世に用いられ、愚かなるものは人に捨てられる。学んで、必ず無用の人となるなかれ。こういう記述である。漱石はこれを習った筈なのである。そして、必ず有用の人とならなければならないと考えた、と江藤淳は推測する。

こうした推測、さらにこの推測を漱石の、「ロンドン留学までの生活の基調音を決定」しているものというところまで引っ張るところに、〈出て行く男〉〈出かける男〉のベクトルが鮮明に浮き立つ。有用の人に向って、〈出て行く〉〈出かける〉が、江藤淳がここで敷いているベクトルの方位だ。

後者、漱石三十歳、明治二十九年九月の場面である。明治二十八年四月からこの四月まで愛媛県尋常中学校嘱託の任にあった漱石は、同じ四月、熊本・第五高等学校講師に転じた。七月、教授となり、高等官六等となった。そして九月、正七位に叙せられた感慨である。江藤淳のこの描き方によれば、少年漱石の必ず有用の人とならなければならないという考えは、国家に結びつけられることに向うものであった。そのことが明らかになる。有用の人、それは国家との絆を深めることに向うものである。〈出かける男〉〈出て行く男〉のベクトルがそこに向うものであることを、これはよく示す。そのことをよく示す描き方だ、これは。

このベクトルが漱石の「ロンドン留学までの生活の基調音を決定」している、とそういうことになる。

四年後、明治三十三年八月、漱石、ロンドン留学出発である。十月、ロンドン着である。それからの漱石に、楽しいことなど一つもなかった。ヨーロッパ文明の圧倒的な優勢の下、英語英文学研究の不如意を託《かこ》たなければならない日々であった。研究によって国家とつながるという、有用の人たりえない脱落感に苛《さいな》まれる。神経衰弱が萌ずる。明治三十五年九月、ついに「夏目狂セリ」の噂が立つ。その月十九日に没した正岡子規の訃は十一月上旬に接した。帰国の準備に忙しい最中であった。

漱石の帰朝は明治三十六年一月となった。四月、第一高等学校嘱託、東京帝国大学講師となる。だが漱石の気分はすぐれない。神経衰弱は下火になる気配を示さない。ロンドンにおいてそうであったものが、また噴き出すと言った感じである。ヨーロッパ文明の圧迫は尾を引いて止まることなく、無用の人の脱落感は漱石を苛みつづけた。しかし食わなければならない。食うためには働かなければならない。明治三十七年四月、明治大学講師兼任である。それより少し前、二月十日、日露は開戦していた。
その頃、漱石は衝動に任せてあれこれと書き散らす日々にあった。英詩を書き、新体詩を書き、雑文も書いた。俳句にも連句にも俳体詩にも手を染めた。時間は明治三十七年から三十八年へと推移した。

金之助は直接戦争を歌わず、戦況に言及することさえ稀であったが、かれの創作力の奔出の背後には、日本軍の勝利が微妙なかたちで作用していたかも知れない。難攻不落を誇った旅順要塞の二〇三高地は、十一月三十日から開始された第七師団の強攻によってついに陥落し、この高地に据えつけられた二十八サンチ榴弾砲は、旅順口内にひそんでいた戦艦レトヴィザン、ボルターワ以下の露艦をことごとく撃沈した。このような戦況の推移を聞きながら、おそらく彼は英国留学以来その頭上に重くのしかかっていた暗雲が晴れ、西洋文明の重圧が解き放たれるのをその意識の深部に感じていたのである。

高浜虚子が「ホト、ギス」派の文章会になにか書いて出さないかと金之助にすすめたのは、ちょうどこのころである。これは子規の生前からあった会で、「文章には山がなくては駄目だ」という子規の主張にもとづいて「山会」と呼ばれていた。出席者のうち主だった常連は虚子のほか坂本四方太、寒川《さむかわ》鼠骨《そこつ》、河東《かわひがし》碧梧桐《へきごとう》などであった。十二月のある日、虚子は根岸の子規庵でもよおされる山会に出る前に、果して文章が出来ているかどうかをなかばあやぶみながら千駄木町の夏目家を訪れた。

金之助は意外にも例になく愉快そうな顔で虚子をむかえ、

「一つ出来たからすぐここで読んで見て下さい」

といった。それは数十枚の原稿用紙に書かれた相当の力作で、虚子はまずその分量におどろかされた。金之助にうながされて彼がそれを朗読しはじめると、作者はさも楽しそうにしばしば噴き出して笑った。それは今まで虚子が山会で読んだどんな文章にも似ていなかったが、とにかく面白かったので彼はそれを推賞した。……（『漱石とその時代』第二部、昭和四五・八）

右の叙述構成、日露戦の戦勝が漱石に解放感をもたらしたという段落、それにすぐ接続して、漱石が一篇の長文を認《したた》めたというパラグラフが置かれる。これはこう読まれることを求めている。日露戦の戦勝は漱石に一つの解放感をもたらした。英国ロンドン留学以来、その頭上に重くのしかかっていたヨーロッパ文明の重圧が晴れ、近年になく伸び伸びとした気分に浸ることが出来たのだ。漱石に一篇の長い文章を書かしめたのはこの解放感だ。書くことで、無用の人の脱落感から離陸して、有用の人につながる道が開けるかも知れないという無意識の意識が、漱石にそうさせた。ヨーロッパ文明の重圧の晴れ間、これなら有用の人として立つことが出来るかも知れないという無意識の思いを込めて、一篇の長い文章が草された。と、こうである。

江藤淳は漱石がこの長文を草するにつけても、有用の人たるべきモチーフを外すものでなかったことを、ここで語る。そうすることで、必ず有用の人とならなければならないという少年期以来の「生活の基調音」が、ここまで貫き来《きた》っていることを証す。有用の人に向って、〈出て行く男〉、〈出かける男〉のベクトルの方位が、ここにもまざまざと生きていた。

だから、『漱石とその時代』第一部・第二部の最終的な結語は、こうならなければならなかった。

　この原稿には題がついていなかった。金之助は『猫伝』としようか、それとも書き出しの第一句をとってそのまま題としようか迷っているところだと告白した。虚子は即座に書き出しの一句をとるべきだといった。こうして「吾輩は猫である。名前はまだ無い」という書き出しは、そのままこの文章の題となったのである。

　虚子がこの原稿をたずさえて子規庵の山会に出たときには、定刻を大分すぎていた。参会者一同は虚子が朗読するのを聴いて、「とにかく変つている」と異口同音に讃辞を呈した。『吾輩は猫である』は、「ホト、ギス」明治三十八年一月号に掲載されることに決った。そのとき文科大学講師夏目金之助は、誰にも、おそらく彼自身にも気づかぬところで、作家夏目漱石に変身していた。（同）

最後の最後、作家として有用の人に変身していた、と読まれる。この結語はこう読まなければならないようになっている。

かくして漱石は、有用の人として作家デビューした。と、そういうことになる。漱石が有用の人として作家デビューする物語、『漱石とその時代』（一、二部）はそういうものとしてある、とそう言っていい。

江藤淳はそれを書いた。ひたすらそれを書いた。それ、有用の人として作家デビューする夏目漱石、それである。ベクトルの方位はぴったりと定まっていた。有用の人、国家と絆を結ぶ有用の人、それに向って〈出て行く男〉、〈出かける男〉、ベクトルの方位はそこに定められた。その果てにあるもの、それが夏目漱石の、有用の人としての作家デビューなのであった。『漱石とその時代』（一、二部）は、それを書いた評伝、それをひたすら追う物語としてあった。

これがかつての『道草』評価、漱石論の昭和戦後の到達とどんなに異なるか、すでに繰り返し指摘するところである。そこの〈帰って来た男〉のベクトルからすれば、百八十度転回した〈出て行く男〉のベクトルがここにはある。出生し、〈出て行く男〉として成長し、有用の人として作家デビューするものの評伝、物語としてこれはある。

江藤淳はこれを描くに、大きく大きく体重をかけ、描いたものを力作として提起した。その結果、漱石への関心は〈出て行く男〉の初期へ初期へと集まりはじめた。あの『道草』評価によって閉ざされていた〈明るい漱石〉の流れが、またぞろ少しずつ動きはじめた。かつてその流れを封じたのは江藤淳であった。いま堰を開け、流れの動きを導いているのもまた、江藤淳だ。

江藤淳が次に取り組んだのは、漱石の初期の、迷いの中の凡作、『薤露行』の研究であった。江藤淳はこの研究に情熱を傾ける。『漱石とアーサー王傳説——「薤露行」の比較文學的研究』は昭和五十年九月、東京大学出版会からの刊行となった。この結果、漱石の初期への関心は大幅に加速されることになった。しかも、凡作も駄作も知ったことではない関心、何にでも論点を求める関心が流れを作りはじめた。そして、次第に奔流化して行った。

いまその種の著作の代表的なものを何点か上げてみる。平川祐弘『夏目漱石――非西洋の苦闘』昭和五十一年八月・新潮社、蓮實重彦『夏目漱石論』昭和五十三年九月・青土社、大岡昇平『小説家夏目漱石』昭和六十三年五月・筑摩書房（ちくま学芸文庫版・平成四）、江藤淳『漱石論集』平成四年四月・新潮社、柄谷行人『漱石論集成』平成四年九月・第三文明社（初刊『畏怖する人間』昭和四七・冬樹社、増補・平凡社ライブラリー版・平成一三）。

　これらを代表的著作としてその下に、無数の、ほんとうに無数の著作、論考が積み重ねられた。そしてそれらが流れを作る。この流れは、夏目漱石の昭和戦後を反故《ほご》にした流れであった。

　昭和戦後を反故にした流れ、そうである故にその流れは、それ以前の、〈明るい漱石〉、『草枕』推重の風の流れとすぐに結びついた。結びついて、昔からの一本の流れであるかのような大きな顔をして、大きな流れを形づくった。現在に至っているのはその流れだ。昭和戦後の漱石を反故にした、その流れなのである。

　ここ四半世紀ほど、わたくしはいつも呟いていた。面白くないねえ、面白くない、漱石論が面白くない、と。漱石論というのは凄《すさま》じいのだ。単行本で年に六、七冊は出るという勢いだ。そのすべてに眼を通している訳ではないけれども、主なものに接して出る呟きが右の如くであった。どれもこれも分かっちゃいない、みんな漱石の昭和戦後を反故にしている、これじゃ駄目だよ、という沈黙の言葉がそれにつづく。あのダミアン・フラナガン、『草枕』を推賞して止まないダミアン・フラナガンが勉強したのは、その面白からざる流れの只中であった。平成元年から平成二年にかけて二年ほど日本に滞在した後、一旦ケンブリッジ大学に戻り、再来日して神戸大学大学院で学ぶのは平成五年から平成十一年までの六年間である。そこで夏目漱石関係文献が集中的に読まれる。主に読まれたのは、大正から昭和戦中、それからその流れにつながる、漱石の昭和戦後を反故にした流れであった。あの流れ、『草枕』推重の風の流れと、それにつながる、漱石の昭和戦後を反故にしてその風を復活させた流れである。

論点は散らされ、作品評価に鈍《なまくら》な論調のその流れは、昭和戦後の漱石の像を次第次第に霞ませ、その分、昭和戦前からの『草枕』推重の風を強く吹かせた。そんな只中だ、ダミアン・フラナガンが漱石文献を漁ったのは。昭和初年代、昭和戦前以来の蓄積にかかる、『草枕』賛嘆の論理が彌《いや》が上にも目についた。ダミアン・フラナガンはその論理を自分の好みに引きつけ、憚りなく『草枕』を漱石の代表作に推すことにした。これには日本の世論の揺るぎない支持があるという確信があった。

と、こういうことだった。こうして見れば、〈世界文学の巨匠〉としての夏目漱石の代表作が『草枕』であるとする大半の責任は、日本国内の論調にあることになる。そう推賞するのは英国人ダミアン・フラナガンだが、ダミアン・フラナガンがそうしていいという確信をえたのは日本の論調だった。昭和戦後の漱石像の構築によって、ひと度は封じられた『草枕』推重の風の流れだったが、堰を開けるものが現われて再び流れ出した、そこで起こった論調でそれはあった。ダミアン・フラナガンはそこから確信を汲んだ。

ならばどうするか。ダミアン・フラナガンの『草枕』推賞が当を得ていないことを明確にするには、どうするか。

夏目漱石の昭和戦後、昭和戦後の漱石の像に固執する以外に、どこにも道はない。端的にいえば、

『道草』を推賞する論理を、新しく、新しく編み出してゆくことである。『道草』以外のどこに、夏目漱石の代表作があり得るというか。名品『道草』のような作は、どこにもありはしないのである。

七

最後に、附論的に、近年のわたくしの漱石認識を見て置くことにする。その断片の二、三を並べる。そこには、昭和戦後の漱石に固執した認識が認められるはずである。それらは遠方から、本稿の趣旨を支援する筈である。

わたくしの近年の漱石認識は司馬遼太郎の所論に触発されてはじまった。司馬遼太郎の漱石論はあちこちに断片的にある。エッセーであり講演であり対談でありのあちこちに。最もまとまったものの見られるのは二篇である。「文章日本語の成立と子規」(『歴史の世界から』中央公論社・昭和五五年)、「言語についての感想」(『この国のかたち六』文藝春秋・平成八年)。次の一文はあちこちからの引用になっている。

最後に、先駆としての子規の写生文の文体を熟成させたのは漱石だと言うけれども、その具体がどうであったかを見て置く。

ついでながら、日本語は先にのべたように、江戸期の日本語を御破算にすることによって明治の新しい日本語が出発しました。その明治の日本語—とくに文章日本語—が、維新後、三十余年してやっと熟成し、その熟成した日本語を、十分の表現力をもって確立させたのが、夏目漱石(一八六七〜一九一六)でありました。(『春灯雑記』)

『浮雲』の刊行から十余年をへて、それまで英文学の先生だった夏目漱石(一八六七〜一九一六)がにわかに『吾輩は猫である』や『坊っちゃん』などを書きはじめ、いきなり評価をえた。『坊つちやん』にはなお式亭三馬のにおいがあったものの、世間は、口語の表現力のゆたかさにおどろかされ、あらそって読み、その文体に学ぼうとした。つまり漱石の文章日本語は社会にとりこまれ、共有されたのである。

その後、漱石の文体は『三四郎』以後落ちつき、未完の『明暗』で完成した。情趣も描写でき、論理も堅牢に構成できるあたらしい文章日本語が、維新後、五十年をへて確立した。(『この国のかたち三』)

正確にいうと、漱石の文体が本当に落着くのは『それから』からである。作品的には落着いたけれども、『三四郎』には戯文調が残っていた。細かく言うならば、『三四郎』を貫いている戯文調は『それから』第十二章にまで及んでいる。漱石が真率な文体を獲得するのは『それから』第十三章からである。そして特に、『行人』『こゝろ』『道草』『明暗』というように熟成する。それらの小説作品の文体的世界に対応するエッセーとして『硝子戸の中』があるのだけれども、それは子規『病牀六尺』に重なる文体的世界なのであった。(「司馬遼太郎の子規」平成八・六、『写生の文

学』平成一三・一三）

『道草』にもう少し焦点を絞る。写生文小説の都市的展開としての『道草』という把握。

練れた写生文の小説的展開、漱石の写生小説の行き着いた先は、都市小説の極北です。漱石は写生的都市小説の極北を開示した。『道草』『明暗』がそれです。都市小説という以上、対になる農村小説がなければなりません。では、それは何か。長塚節の『土』がそれです。『土』は写生文学の極北を示している、と言ったのは唐木順三です。その言を承け、それは、写生的農村小説の極北を示している、と私が言います。そして、対になる写生的都市小説の極北を、『道草』『明暗』に認める、とそういうことになります。

漱石の作品は、別にもう挙げるまでもありませんが、ただ、落とすものがあります。如何な漱石といえども、何もかもがいいものではありません。何とも感心しかねるものがある。子規が芭蕉にそうしたように、漱石にも良いところと悪いところがあると言わなければなりません。どうも面白くないというもの、それはそうとしてはっきりと指摘した方がいいのです。『吾輩は猫である』『坊つちゃん』これはいい。素晴らしい。あとは飛ばしてしまいまして、『三四郎』にいきます。『三四郎』『それから』『門』『彼岸過迄』『行人』『こゝろ』『道草』『明暗』。そして、小品文というかエッセーというか、写生文、『思ひ出す事など』というのがいいんです。それから『硝子戸の中』。これらによって夏目漱石はわが国の文学者で最高だ、ということになります。単発の評論類でいいのが幾つかありますが、今日は割愛します。（「文学に関する断片」平成一四・三、『日本文學誌要』第六五号・法政大学国文学会）

右に長塚節の『土』が出て来る。漱石がその『土』に付した序文が「『土』に就て」だ。そこに「北の方のSといふ人」という記述がある。「S」は自分だと佐久間政雄という人が名告った（「丘上の森のやうに」『新小説』大正一四年一二月号）。佐久間政雄が漱石に手紙を書いたのだという。先生の「満韓ところぐ〳〵」を長塚節がこっぴどく批判していましたよ、と。漱石はその批判は当を得ていると考えた。それで答え、弁明を『土』序文に書いた。次にちょっと触れられているのはそのことに関している。

「『土』に就て」はよく出来た批評文である。部分的には変なところがなくはないが、総体としては見事に仕上った批評作品になっている。漱石は凄いと思わず感嘆を発したくなる一篇、それは批評の名品と言っていい。漱石はそれを『土』に捧げた。誰もなさず、ただ一人だけがなした『満韓ところぐ〳〵』批判、長塚節への渾身の敬愛がそこには示された。そしてそれは、亡友子規が病牀で創始した写生文の、東国の野に大きく小説的に花開いたことへの、頌歌といっても同じであった。

以後も漱石は、真率な文体を崩すことなく作品展開に従った。いよいよ深刻に都市知識人の問題を扱って。しばしば胃病に犯され、時には強度の神経衰弱に襲われながら。『行人』（大正元年～二年）がそうであり、『こゝろ』（大正三年）がそうである。小説的に中休みのかたちで、いうところの小品、写生文、随筆の秀作として『硝子戸の中』（大正四年）を書き、『道草』（同）、『明暗』（大正五年）と展開し、『明暗』の途中の大正五年十二月九日に没した。五十歳、いまの数え方では四十九歳、胃潰瘍であった。

凄い。本当に凄い漱石は、それらの作品の中にいる。（「子規と漱石、写生文の開展」平成一一・四、『写生の文学』同前）

以上は附論的付け足しである。そうであるのだが、本稿全体の結語になるようにも、配置したつもりなのである。ここでは、『道草』が漱石の文学の全中心であるという見方をとっている。中心とは頂点の別のいい方だ。

主なる文献（精選六十点）

① 高濱虚子『漱石氏と私』アルス　大正七年（覆刻〈近代作家研究叢書〉日本図書センター　平成二年、岩波文庫『回想子規・漱石』岩波書店　平成一四年）

② 夏目鏡子述、松岡譲筆録『漱石の思ひ出』改造社　昭和三年（普及版　岩波書店　昭和四年、角川文庫版　角川書店　昭和四一年、文春文庫『漱石の思い出』文藝春秋　平成六年）

③ 正宗白鳥『現代文藝評論』「夏目漱石論」改造社　昭和四年（『文壇人物評論』中央公論社　昭和七年、『作家論㈠』〈創元選書〉創元社　昭和一六年、新潮文庫『作家論㈠』新潮社　昭和二九年、岩波文庫『新編作家論』岩波書店　平成一四年）

④ 小宮豊隆『夏目漱石』岩波書店　昭和一三年（増補版㈠㈡㈢　昭和二八年、岩波文庫版　上・中・下　岩波

書店　昭和六一年、昭和六二年）
⑤森田草平『夏目漱石』甲鳥書林　昭和一七年（新版　白山書房　昭和二二年、覆刻〈近代作家研究叢書〉日本図書センター　平成四年）
⑥吉田六郎『作家以前の漱石』弘文堂　昭和一七年（新版　勁草書房　昭和四一年）
⑦小宮豊隆『漱石の藝術』岩波書店　昭和一七年（新版　昭和五四年）
⑧森田草平『続夏目漱石』甲鳥書林　昭和一八年（新版　養徳社　昭和一九年、増補改題『漱石先生と私』上・下　東京出版社　昭和二二年、昭和二三年）
⑨片岡良一『夏目漱石の作品』厚文社　昭和三〇年（新版　鷺の宮書店　昭和四二年）
⑩唐木順三『夏目漱石』〈修道社現代選書〉修道社　昭和三一年（改訂増補版　創文社　昭和四一年）
⑪江藤淳『夏目漱石』東京ライフ社　昭和三一年（講談社ミリオン・ブックス版　昭和三五年、新装増補版勁草書房　昭和四〇年、名著シリーズ版　講談社　昭和四一年、角川文庫版　角川書店　昭和四三年、『決定版夏目漱石』新潮社　昭和四九年、新潮文庫『決定版夏目漱石』新潮社　昭和五四年、覆刻〈近代作家研究叢書〉日本図書センター　平成五年）
⑫平野謙『藝術と実生活』「夏目漱石」講談社　昭和三三年（講談社ミリオン・ブックス版　昭和三三年、新潮文庫版　新潮社　昭和三九年、岩波現代文庫版　岩波書店　平成一三年）
⑬山室静『文学と倫理の境で』「漱石の「それから」と「門」」寶文館　昭和三三年
⑭荒正人『評伝夏目漱石』〈作品と作家研究〉実業之日本社　昭和三五年（初刊『夏目漱石』〈現代作家論全集〉五月書房　昭和三二年、増補新版　昭和四二年）
⑮瀬沼茂樹『夏目漱石』〈近代日本の思想家〉東京大学出版会　昭和三七年（UP選書版　東京大学出版会　昭和四五年）
⑯千谷七郎『漱石の病跡—病気と作品から』勁草書房　昭和三八年

⑰高木文雄『漱石の道程』審美社　昭和四一年（新版　昭和四七年）
⑱宮井一郎『漱石の世界』講談社　昭和四三年
⑲北垣隆一『改稿漱石の精神分析』北沢書店　昭和四三年（初刊、岡倉書店刊　昭和一三年）
⑳吉田六郎『「吾輩は猫である」論』勁草書房　昭和四三年
㉑土居健郎『漱石の心的世界』至文堂　昭和四四年（角川選書版　角川書店　昭和五七年、新版　弘文堂　平成六年）
㉒駒尺喜美『漱石・その自己本位と連帯と』八木書店　昭和四五年
㉓江藤淳『漱石とその時代』〈新潮選書〉第一部　新潮社　昭和四五年
㉔江藤淳『漱石とその時代』〈新潮選書〉第二部　新潮社　昭和四五年
㉕越智治雄『漱石私論』角川書店　昭和四六年
㉖高木文雄『漱石文学の支柱』審美社　昭和四六年
㉗桶谷秀昭『夏目漱石論』河出書房新社　昭和四七年（増補版　昭和五八年）
㉘熊坂敦子『夏目漱石の研究』桜楓社　昭和四八年
㉙小坂晋『漱石の愛と文学』講談社　昭和四九年
㉚荒正人『漱石研究年表』《漱石文学全集別巻》集英社　昭和四九年（増補改訂版　昭和五九年）
㉛江藤淳『漱石とアーサー王傳説』東京大学出版会　昭和五〇年（講談社学術文庫版　平成三年）
㉜梶木剛『夏目漱石論』勁草書房　昭和五一年（新装版　昭和六〇年）
㉝平川祐弘『夏目漱石―非西洋の苦闘』新潮社　昭和五一年
㉞平岡敏夫『漱石序説』塙書房　昭和五一年（新装版　平成二年）
㉟玉井敬之『夏目漱石論』桜楓社　昭和五一年（新装版　平成七年）
㊱宮井一郎『夏目漱石の恋』筑摩書房　昭和五一年

㊲ 蓮實重彥『夏目漱石論』青土社　昭和五三年
㊳ 神山睦美『夏目漱石論―序説』国文社　昭和五五年（新版　砂子屋書房　平成七年）
㊴ 神山睦美『「それから」から「明暗」へ』砂子屋書房　昭和五六年（改訂版　平成七年）
㊵ 三好行雄『鷗外と漱石―明治のエートス』力富書房　昭和五八年
㊶ 小田切進『夏目漱石』〈新潮日本文学アルバム〉新潮社　昭和五八年
㊷ 佐藤泰正『夏目漱石論』筑摩書房　昭和六一年
㊸ 吉本隆明・佐藤泰正『漱石的主題』春秋社　昭和六一年（新装版　平成一六年）
㊹ 平岡敏夫『漱石研究』有精堂　昭和六二年
㊺ 大岡昇平『小説家夏目漱石』筑摩書房　昭和六三年（ちくま学芸文庫版　筑摩書房　平成四年）
㊻ 相原和邦『漱石文学の研究―表現を軸として』明治書院　昭和六三年（初刊『漱石文学―その表現と思想』〈塙選書〉塙書房　昭和五五年、新版　平成一〇年）
㊼ 平岡敏夫編『夏目漱石研究資料集成』全十一冊　日本図書センター　平成三年
㊽ 江藤淳『漱石論集』新潮社　平成四年
㊾ 江藤淳『漱石とその時代』〈新潮選書〉第三部　新潮社　平成五年
㊿ 柄谷行人『漱石論集成』第三文明社　平成四年（初刊『畏怖する人間』冬樹社　昭和四七年、増補・平凡社ライブラリー版　平成一三年）
51 大橋健三郎『夏目漱石―近代という迷宮』小沢書店　平成七年
52 江藤淳『漱石とその時代』〈新潮選書〉第四部　新潮社　平成八年
53 司馬遼太郎『この国のかたち六』「言語についての感想」文藝春秋　平成八年（『司馬遼太郎が考えたこと12』新潮社　平成一四年、新潮文庫『司馬遼太郎が考えたこと12』新潮社　平成一七年）
54 内田道雄『夏目漱石―『明暗』まで』おうふう　平成一〇年

㊺ 江藤淳『漱石とその時代』〈新潮選書〉第五部　新潮社　平成一一年
㊻ 梶木剛『写生の文学―子規・左千夫・節』「子規と漱石、写生文の開展」短歌新聞社　平成一三年
㊼ 清水孝純『笑いのユートピア―「吾輩は猫である」の世界』翰林書房　平成一四年
㊽ 吉本隆明『夏目漱石を読む』筑摩書房　平成一四年（ちくま文庫版　筑摩書房　平成二一年）
㊾ 秋山豊『漱石という生き方』トランスビュー　平成一八年
㊿ 三浦雅士『漱石―母に愛されなかった子』〈岩波新書〉岩波書店　平成二〇年

落合直文——「和」と「洋」の折衷、推進者——

今西幹一

落合直文（おちあいなおぶみ）、一八六一（文久元）年生～一九〇三（明治三六）年没。歌人、国文学者。陸前国（現宮城県）本吉郡松崎村字片浜出身。仙台藩士鮎貝太郎平盛房の二男亀次郎として生まれ、後に国学者落合直亮の養子となる。一八八一（明治一四）年上京し内藤耻叟につき、さらに二松學舍に入り三島中洲に学ぶ。翌年には東京帝大文科大学古典講習科に入学。一八八八（明治二一）年、皇典講究所の教師となり教育者・国文学者としての道を歩む。翌年からは多くの学校にて教鞭をとる傍ら、歌集、文学全書の刊行など多彩な文筆活動を展開した。一八八九年（明治二二年）には、森鷗外らとともに同人組織の新声社を結成し、八月に日本近代詩の形成などに大きな影響を与えた共訳の詩集『於母影』を刊行した。一九〇〇（明治三三）年、門弟与謝野鉄幹の創始した「明星」には監修で協力し、歌文を寄稿した。一九〇三（明治三六）年には、二松學舍の国文講師となり教鞭をとる。明治時代における国文学の復興と短歌の革新に最も大きな働きをした。

〈写真／日本近代文学館蔵〉

一　「二松學舍の学芸」の意図

こんにちは。今日の講座を担当する今西幹一です。

二松學舍大学は一昨年、創立百三〇周年を迎えました。それを潮に二松學舍の学問、学術あるいは教育の淵源をたどってみようということで、「二松學舍の学芸」という今回の企画を立てました。私の健康その他の都合で企画の進行が少し遅れましたが、今日の回を含めて全八回、第一部「二松學舍と文学者」四回、第二部「二松學舍の学術」四回、講座を行うことになっています。

二松學舍とゆかりのある文人を取り上げる上で一つ問題となるのは、資料のことです。太平洋戦争で校舎が焼けたことがあり、資料がなくなったり、充分に整理されていなかったり、しています。今回の講座で取り上げる中にも、どの程度、二松學舍と関わりを持ったか、不明の部分がある人もいます。例えば、次回の前田夕暮がそうです。平塚雷鳥も本学で勉学をしたことは事実で、九段キャンパスの二号館一階には大学資料展示室があり、雷鳥の写真も掲げられています。ただ、二松學舍に入ってどれぐらいの期間勉強したのかについては、詳細がわかっていません。夏目漱石については、日本近代文学館に二松學舍の卒業証書が所蔵されており、本学にもその写しがあります。当時の卒業証書は、現在のようにすべての課程を終えて、学業を全うした者に与えられるのではなく、一つ一つの課程を終えるごとに出されていたようです。ですから、一人の人が何枚も卒業証書を持っているということがある。

今回取り上げる落合直文も、二松學舍との関わりはあまりわからない。落合家には、直文が二松學舎で三島中洲の指導を受け、學舎随一の英才として称えられたということが伝わっており、関係資料もあるようですから、学んだことは間違いないだろうと思います。人によっては、在籍していたかどうかもはっきりしない場合があり、例えば、島崎藤村のお兄さんがそれにあたります。藤村記念館に行くと、家族の紹介でお兄さんが二松學舎で勉強したと書いてあります。けれども、二松學舎にはまったく証拠が残っていない。そのため、残念ながら卒業生として名前を挙げることができない、そのようなこともあります。

今後調査しなければいけないことも多くありますが、今回の講座は、一つの中仕切りとして企画しました。文学者と学者、二つの系列に分けてプログラムを作り、日程を組みました。幸い、どの講座も百人を超える申し込みをいただいています。中には一五〇人を超えた講座もあり、ある程度の関心を持っていただけたと感謝しております。

今日取り上げる落合直文、短歌の世界においては、現在忘れられた存在、あるいは存在感の薄い歌人と位置づけられていると思います。今日ご出席のみなさんも、直文をよく知っているという方はあまりいらっしゃらないのではないでしょうか。現在、直文の研究は、ほとんどなされていません。何かを論じる上で触れる人はいても、直文専門の研究者という方は存在しない。そういう意味でも、忘れられた存在と言えるでしょう。

次回、前田夕暮が取り上げられますが、前田夕暮の長男で前田透という歌人がいます。交通事故で亡くなられましたが、この方が直文の評伝（前田透『落合直文――近代短歌の黎明』〔明治書院、昭和六〇年一〇月〕）を書いており、かろうじて直文の研究者と言えるぐらいです。したがって、伝記研究もまだ進んでいないところがある。私も別段、直文をよく勉強しているわけではありませんが、当初お願いしていた方が、高齢ということで辞退をされたため、ピンチヒッターで私に役目が回ってきました。今日、ここに立っているのは、そういう理由からです。

みなさんにはレジュメ（本論最後に掲載）をお渡ししていますが、完全を期すことができなかった憾みを残しています。実は、完成したのは、今日の明け方なのです。不充分なもので申し訳ないのですが、現在、服用している薬の副作用で、視力が極端に落ちています。ひょっとしたら、このまま失明してしまうのではないかというような状況で、私の手元にあるレジュメは、特別に拡大コピーをしたものですが、それでもほとんど見えない状態です。あるいは、いささかとんちんかんなことを申し上げることもあるかもしれませんが、ご容赦ください。

私は、若い時分から、学術的なものを含めて、たくさんの講演を聞いてきました。しかし、自分の意に叶う講演には、なかなか出会うことができない感じを持っています。それには、いろいろな事情があるでしょう。自分が過去に感じた失望感を、今日は、私がみなさんに与える可能性があります。気をつけて、できるだけ充実した内容にしたいと思っています。弁明ばかりしてはいけないのですが、昔の講演はむろんレジュメなどございませんでした。講演者が何も使わずに、壇上からただ一方的に話すだけでした。それが聴衆にもっと内容を理解してもらおうという配慮から、だんだんと資料が配られるようになった。それが定着したのは、本当にごく最近のことでしょう。

資料の作り方も、話し手によってさまざまです。私にも私なりのスタイルがある。お手元にある資料をごらんいただくとお分かりになるでしょうが、話の材料は載せてあっても、話の内容そのものについては一切書いていません。話の柱や順序は示しておりますが、詳しいことには触れない、そういう特徴があるでしょう。一応、順序どおりに進めたいとは思っていますが、先ほど申し上げたように、あまりよく見えていないので、あるいは話が前後することもあるかもしれませんが、ご容赦ください(笑)。

講演のやり方が、昔と今とでは違う。それを考慮しても、なかなかいい講演というものにはめぐり合えない。私の記憶に一番印象に残っている講演は、学生時代に聞いた唐木順三という思想家、哲学者のものです。もっとも、内容は、五十数年前ですからすっかり忘れてしまいましたが(笑)。自分の記憶に照らしても、心に残る講演をするのは難しいという実感を持っています。

前回梶木剛氏による夏目漱石の講演が行われました。今日お越しの方の中で出席された方も多いと思います。梶木剛氏は、私と一つ違いですが、矍鑠とされており、声も明瞭です。漱石について深い造詣をお持ちで、私は公務の都合で最後の方しかお聞きすることができなかったのですが、印象深いお話であったとうかがっています。ただ、やはり漱石についてかなり深く、広く読んでいないと、梶木氏の話を充分に理解することはできないのではないかという印象も受けました。今日の落合直文についても、全く白紙の状態の方でもお分かりいただけるつもりで、計画を立ててきました。けれども、先ほど申し上げたように体調のことがある。行き届いた話ができるか、いささか不安ですが、よろしくお願いいします。

二　明治維新と落合直文の教養形成

近代の日本には、大きな激変の時期が何度かありました。その最たるものは、もちろん明治維新です。それからもう一つは、太平洋戦争の敗戦で、日本の国家構造が大きく変化します。そういう変化の時期に遭《ゆ》き合わせることは、その人にとって幸運の場合もあれば、悲劇の場合もある。しかしその時期に生まれた以上、歴史的な状況に直面することは避けがたく、どういうふうに生きていくかは、その人にとって、重要な問いになると思います。激変期は、比較的新しい、若い人たちが活躍できた時期です。戦後――と言っても、ずいぶん経つので、若い方で戦後をご存じない方も多いようですが――は、いわゆる戦争協力者の追放によって、各界の指導者層が一斉に退陣を余儀なくされました。その分、若い人たちに順番が早く廻り、活躍の場が与えられた。現在、四〇代というのはひよっ子でありますけれども、敗戦直後は、四〇代の人間が活躍の場を得て、日本を新しくしていったと言えます。

明治維新は、政治の実権を長い間握っていた武士階級が王政復古という形で、立憲的な民主主義の国家体制を作っていった時代でした。これは、ある意味では、もう革命に等しい状況であった。依然として政治の実権は武士の流れを汲む人たちが握ったわけですが、その中で特に若い人が活躍をした。今日では想像がつきませんが、伊藤博文を始めとして、明治期の指導者層はすべて二〇代、あるいは三〇代の初めでした。落合直文が遭き合わせたのは、そういう時代だったのです。

当時は、例えば、庶民階級の出身者が政治の実権者になっていくケースもありました。既に江戸時代の末には、戦国時代の下克上に等しい状況が生まれていた。本学の創設者は、三島中洲ですが、その先生である山田方谷は農民の出身で高梁藩の家老になっています。そういう考えられなかった身分変動が徳川の治世の末に起こってくる。それから、武士階級が、官軍・賊軍と二派に分かれるということがある。戊辰の役、その他の戦役が起こります。一旦官軍の立場に身を置きながらも、明治政府にうまく溶け込めなくて（あるいは締め出されて）反乱を起こすという例もある。反乱士族と言えば、これは西郷隆盛が筆頭ですが、そういう流れもあります。武士階級は、政治の実権を失っていきますが、その武士階級の中でも勝ち組と負け組とが分かれてくるわけです。

落合直文は、武士の出身ですが、負け組の出身ということになります。お手元の資料に落合直文の年譜があります。直文の年譜は、あまり数がないのですが、それらを参考にしながら、改めて私が作り直してみました。先ほど申し上げたように、私は、落合直文の専門家ではなく、勉強のつもりで作ったものです。残念ながら、健康であれば五分ぐらいでできるものが、病気のせいで一時間ぐらいかかってしまう。パソコンのモニターも大きな字を写せるように設定しているため、全体像が見渡せないという不都合がありました。気の付いたところは訂正しましたが、まだ間違いが残っているかもしれません。

直文が生まれたのは文久元年（一八六一）です。明治元年が一八六八年ですから、明治維新を幼児で迎えた年代です。文久元年の一一月一五日に生まれている。ただ、諸種の資料に当たりますと、誕生日が三通りぐらい出てきます。東京の区役所に直文が自筆で出した届けには、一一月五日と記されている。昔のことで届け出などもいいかげんであったのでしょう。例えば年末に生まれても、一月一日を誕生日として出生届を出すというようなことが行われていた。私は二月二六日生まれで、間もなく七三歳になるわけですが、実際に生まれたのは二〇日なのです。ただ、届け出では、二六日になっている。昭和一一年二月二六日は、二・二六事件が起きた日です。それに合わせてということかどうか（笑）、とにかく、本来は二月二〇日ですが、戸籍上は二月二六日になっています。直文についても、そういうことがあったのかもしれません。実際の誕生日は確かめられませんが、一応、戸籍上は一一月一五日になっています。

ついでですが、年齢は、数え年で申し上げています。誕生日を過ぎるまでは二歳、誕生日を過ぎた後は一歳を引いていただかなければなりません。直文は、一一月の生まれですから、おおよそ今より二歳若いと考えてもらってよいでしょう。今の数え方とは違いますが、年譜を作る上では数え年の方が合理的であるところがあり、私も数え年で年譜を作成しました。

直文の生まれは、陸奥國本吉郡松崎村片浜です。現在の宮城県気仙沼市であり、生家がそこにあります。気仙沼という場所は、特殊なところで、『ケセン語大辞典』（山浦玄嗣編、無明舎出版、平成一二年七月）という辞典が出ています。「ケセン語」って何だろうと、最初分からず、外国語かなと思ったら気仙沼のことで、驚いたことがあります（笑）。そういう意味では特異な場所かもしれません。

直文のお父さんは、鮎貝という名字です。鮎貝《あゆかい》太郎平《たろへい》盛房《もりふさ》と言います。鮎貝家は代々、仙台伊達藩の宿老です。伊達藩は独特な家臣構造を取っていて、一門一党と段階を踏み、家柄、家格によって差を付けていたそうです。宿老三家があり、その上に一門がある。そして一一軒だったと思いますが、一家というものがある。頂点からは、宿老は三番目です。いずれも数が限られておりますから、藩の中では重要な位置にあります。その一一家の一つが鮎貝家になる。

調べたところ、家禄は変動があったようで正確にはつかめません。ある時期には、減俸されています。直文が生まれた当時は、いわゆる上士、格の高い武士階級が二五人ぐらい、それから足軽、軽士が七五人ぐらいいたそうですから、かなり大きな家であったことになります。直文は、家格の高い、そして家禄も多い、そういう家の次男坊として生まれたわけです。当時は家が絶対ですから、鮎貝家の兄弟もほとんど他家の養子に行っています。次女も、子どものない親戚の家に行き、お婿さんを迎えて家を継いでいます。そういう時代を生きたことは、直文が結婚し、家庭生活を営む上でも少なからず影響を与えているようです。

成人後、直文は、萩之家、あるいは桜舍、そういう号を名乗っています。残されている歌集は、その萩之家を取って『萩之家歌集』と題されています。これは宮城野が萩の名産地であることから来ているところもあるでしょう。

戊辰の役で仙台藩が官軍に抗する側にくみした結果、鮎貝家も没落を余儀なくされ、家禄の収入も絶えていきます。生活は、非常に苦しくなる。家柄を世間に示さなければならない一方で、実際の収入が乏しいことは、大変つらいことです。直文は、そのような状況で質素倹約の生活精神を身に付けていったと思われます。

直文は、一一歳の時に父に伴われ、仙台へ移ります。そこで神道中教院に入る。この学校は、語学校です。語学校は今の感じで言うと、外国語を勉強するところのようですが、ここは神道系の学校であり、国文学、国学を学ぶところでした。ここに入ったことは、直文の教養形成を方向づけることになりました。国語、国文が直文の教養の基盤となった。と同時に、彼は、ここで生涯を変える、重要な経験をします。それは、語学校の教員であった落合直亮《なおあき》と出会ったことです。直文は、この先生に才筆を見込まれて、落合家の養子になるわけです。そして、落合家の長女と許嫁の関係となる。女系であった落合家の養子として迎えられる約束が結ばれます。

この縁組が彼の日本的な、いわゆる国風の教養を身に付けていく機運を、一層高めていった。直文の生涯を考える上で、縁組は、重要な転機でした。ただ、国風の教養と言っても、彼は、外国のものをただ排斥したのではありません。後でも述べますが、海外の文化を受け入れながらも、和の伝統を守っていこうという立場を、彼は取ります。熱心な日本信奉者、国粋主義者ですけれども、攘夷一辺倒ではない側面も、彼は持っていました。このことは、直文の文学を考える上でも重要でしょう。

直文の義父直亮は、明治一〇年、伊勢神宮の禰宜になります。明治一〇年と言えば、二松學舍の創立の年でもありますが、義父に伴われ、直文も伊勢に赴きます。そして神宮皇学館の前身の神宮教院で学ぶ。ここでもやはり、国風の教養を身につける環境が続きます。当時、津に山内樸堂という漢学者がいて、直文はこの人に就いて漢詩文の勉強をしています。おそらくそのことが後に、二松學舍で学ぶことにつながるのだろうと思います。津に斎藤拙堂という有名な漢学者がいて、二松學舍の創設者三島中洲とも関わりが深い。そういう因縁も直文が二松學舍で学ぶ契機になっているかもしれません。

直文は、明治一四年、二一歳の時、上京して二松學舍の門を叩いています。伊勢神宮から選ばれ、東京へ遊学する機会を与えられたものです。このごろ学生に「遊学」と言うと、遊びに行くと思われてしまいます。「遊」というのは、自分の本拠地を離れる意味でして、当然、政治家が「遊説」するというのは、政治の本拠地である東京を離れて地方を廻るから「遊」なんですね。ところが今の若い人は、そのように理解することが難しいらしい。

直文が二松學舎に在学していた時期、期間については、記憶に留められていません。仕方のないことですが、伝記研究の上では残念なことです。明治一五年、二二歳の時には、東京大学の古典講習科——後に東京大学の文学部国文科などに発展していくところですが——も進んでいます。日本もそうですが、なかなか自国の言葉、あるいは文学の研究は、当然分かるものとして、学問的には軽視されるところがあります。

例えば、夏目漱石について言うと、イギリス留学の際、なぜ彼がロンドン大学を選んだのかということがあります。ロンドン大学は、サッチャーの出身大学ですが、なぜケンブリッジやオックスフォードではなかったのか。イギリスには、二つの大学の系統があります。英文学を学べるところとそうでないところとですね。当時、ケンブリッジにも、オックスフォードにも、英文学を教える講座はなかったのです。そのため、英文学を学ぼうとした漱石は、ロンドン大学に入らざるをえなかった。シェークスピアらを輩出したイギリスにおいても、自国の文学に対する研究は、後れを取っていた。欧米の場合はラテン文学が基盤にあるので、自国の文学の位置づけが軽くなるということはあるのでしょうが、日本にも似たような風潮がないわけではない。その中で、直文は、古典講習科という、日本文学の研究を始めたところに入っているのは注目されます。佐佐木信綱なども、やはり古典講習科に入っていますね。

古典講習科で、直文は、優れた学友、先輩、後輩に出会います。ここで彼の交友圏が確立されると言っていいでしょう。大学というのは、当時は一つしかなかった。京都大学が出現するまで、大学は東京大学一つでした。当然、日本中の俊秀が集まってくる。しかも、学生の数は、限られている。当然、濃密な関係が生じ、お互いの将来に関わる影響を与え合うところが出てきます。各県に中学が一つしかない時に、県の秀才がそこに全員集まり、そこで交友圏が生じ、仲間意識が形成されていくというのも、同じことでしょう。

三　佐幕派子女としての創作活動

明治一五年には、後に直文が関わりを持つことになる『新体詩抄』が出現しています。このことは、また後でお話しします。明治一六年には、落合直亮の次女竹路と結婚しています。明治一七年には、兵役義務が科せられていたため、直文も東京第一連隊に入隊します。ただ、戦時ではなかったので、上官に目をかけられた彼は、特別に勉強する時間を与えられたそうです。兵舎に入りながら、直文は、勉学の機会を失わずに済みました。そして、その間に彼が書いたのが、『孝女白菊の歌』という長編の叙事詩です。時代が下れば、地獄のように表現される軍隊生活も彼にとっては決して地獄ではなく、むしろ勉強が保証されたことでは極楽であったと言うことができます。

直文は、その後いろいろな学校で教壇に立ちながら、文筆の世界でも活躍の場を広げていきます。直文の声価を高めることになる『孝女白菊の歌』は、明治二一年に発表されます。詳しい紹介をしたいのですが、長い作品ゆえ、今回は資料として用意することはしませんでした。これは、西南の役で父親とはぐれた白菊が父を捜し求め、紆余曲折を経て、最後に感動的な再会を果たすまでを語ったものです。長編詩、叙事詩と一般的に言われていますが、物語性が強いことから、私は物語詩と呼ぶべきではと思っています。この作品を発表して、直文は一世を風靡します。余談になりますが、『孝女白菊の歌』は太平洋戦争が終わるまで、高等女学校の教科書には必ず取り上げられていました。当時の教科書は、官製ですから、現在のようにたくさんの種類があるわけではない。ですから、女学生ならみな『孝女白菊の歌』は知っているわけです。当時どこの高等女学校でも、この長い詩を暗唱させたようです。私は、義理の叔母から、そのことを聞いたことがあります。彼女は、七〇幾つで亡くなりましたが、最後まで『孝女白菊の歌』を諳んじていました。この作品が教材に選ばれたのは、親に対する孝行の気持ちを高めようという、徳育のためであったのでしょう。戦前の女子高等教育において、『孝女白菊の歌』が必須の教材になっていたことから、直文は、女学生の間では相当知名度が高かったのではないかと思います。

明治二一年は、直文にとって画期の年でしたが、翌二二年も重要な年です。森鷗外を中心とする新声社——頭文字を取ってSSSという言い方をしますが——が結成される。直文は、そこに加わり、初めて新体詩に触れます。彼は、メンバーの一人として、詩の創作にも携わっていくことになります。

新声社は、森鷗外を中心とした西洋文学、西洋文明の受け入れ窓口とでも言えるような性格を持っていました。鷗外は、医学の勉強のため、ドイツへ行きます。その時の体験を踏まえた小説が、みなさんもよくご存じの『舞姫』です。『舞姫』の主人公は、法務省の役人で、法律の勉強のためにドイツへ行きますが、専門の勉強を投げ出し、文学を読むことや演劇を観ることに耽る。そのような傾向は、鷗外も持ち合わせていました。彼は、医学の勉強をおろそかにはしませんでしたが、文学や演劇の知識を吸収して、日本へ帰ってきました。その時、彼が身に付けてきた知識を吸収しようという人たちが現れる。小金井喜美子という星新一の祖母にあたる人、当代の漢学者、それから直文のような国学者たちが鷗外の下に集まります。彼らは、鷗外が外国の詩を読み、それを翻訳するのを書き留め、詩作を試みていく。新声社は、さまざまな実験的な試みを行い、新体詩の歴史の上で重要な役割を持つことになります。

『新体詩抄』には蕪雑な詩も多く、芸術的な価値は必ずしも高くありません。新体詩の芸術性を高めたのは、やはり新声社が刊行した『於母影』ということになります。この詩集に関わったことは、それまで純粋に国文学を勉強してきた直文にとって、西洋の文芸や文芸思潮を吸収する契機になりました。くり返しになりますが、直文の教養が、国文学的なものだけではなく、西洋的なものを取り入れて築き上げられていることは重要です。一方の立場からもう一方を排斥するわけではない。和と洋を、直文は、折衷する形で受け入れていく。その際、大きな経験となったのが、鷗外の下で新体詩に触れたことでした。

直文の姿勢は、外来の文化を受け入れながら、独自な文化形成をなしてきた日本の精神風土と重なるところがあります。直文は、新体詩を作る一方で、古典文学の保存、継承に努めました。そのため彼は、佐佐木信綱らと一緒に、時には彼らと競いながら、さまざまな古典書の編纂をしていきます。その一つに『日本文学全書』があります。古典の普及は、彼の生涯の仕事となっていきました。

明治二四年、お互い納得した上で、直文と竹路とは離婚します。直文は、婚約者だった直亮の長女松野を病気で亡くしています。そして、次女の竹路と結婚する。家を絶やすわけにはいかないと、姉が死んだ場合に、その次の妹が連れ合いになるケースは、昔はしばしばありました。戦後の日本には、逆に戦争で夫を亡くした人が、帰還した夫の弟と結婚するケースがたくさんあったようです。山梨県の飯田龍太という俳人は、お兄さんの嫁と結婚し、子どもも引き取っています。これらのことは、昔の家族制度、それから結婚制度がもたらした現象と言えるでしょう。今の私たちと比べて、当時の人は、男も女も家に縛られることの多い人生でした。近代文学を芽生えさせたのは、一つにはそのような家への反抗であったと言えます。

明治二五年には『緋縅の歌』を作り、そこから「緋縅の直文」と呼ばれる時期がありました。与謝野鉄幹が虎を詠んだ歌を多く作り、ますらおぶりを表したことから「虎の鉄幹」と言われたのと、軌を一にしています。従来の和歌は、恋の歌、あるいは自然の歌を中心とした柔和な世界であった。それでは、歌の勢い、あるいは文芸の強さが失われてしまう。もっと勇武なものを歌わなければならない、と直文は考えました。武具などの題材が好んで歌の中に取り入れられ、そのために「緋縅の直文」とか「虎の鉄幹」とか言われるようになる。ただ実際に作品を見ると、必ずしも武勇一点張りではない。直文も鉄幹も、それほど単純な歌ではなく、呼び名は、一面をとらえただけに過ぎないものです。

明治二六年、直文は、国文、和歌の再興、改革を目指して、浅香社という文学グループを結成します。結社の名前は、直文が移り住んだ駒込の浅嘉町に因んだものです。現在は、その場所に標柱だけが残っています。直文は、そこで和歌を中心に門下生を養成していきました。明治二六年と言えば、日清戦争、日露戦争より前になります。その時期にこのような文学グループ、和歌のグループができたという意義は大きい。当時、和歌の塾はたくさんありましたが、それらは、有力な家の子女がよき花嫁になるため、作法を学ぶ場所でした。お花とかお茶とかと同じで、花嫁の教養を身につけるための塾であった。樋口一葉が学んだのも、そのような塾です。それらとは異なり、文学的な思想によって一つのグループが最初に創られたのが浅香社でした。文学精神にのっとって活動する集団を結成した直文は、きわめて先進的な人であったと言えます。与謝野鉄幹が新詩社をつくるのは明治三一年、正岡子規の根岸短歌会が始まるのも同じ時期です。それらに比べて、直文が五、六年早く、活動を始めたことは評価されてよい。浅香社には、鮎貝槐園、大町桂月、与謝野鉄幹、国分操子、武島羽衣、尾上柴舟、金子薫園、服部躬治、久保猪之吉など、のちのち和歌や文章で重要な役割を担っていく錚々たるメンバーが集まります。

明治二七年、日清戦争が始まり、直文は、兵役に取られます。彼は、後期予備兵として、戦意高揚のための詩文をたくさん書きます。現在は、戦争反対というのがまず共通の認識としてありますが、当時は戦争を国民が支持し、戦況に熱狂する状況でした。直文は、そういう時流に沿って詩文を書いたわけです。

明治三〇年、直文は、新詩会という会を起こします。四月には、新体詩集『この花』を刊行する。この本は、珍しいもので、なかなか実物を見ることは難しいんですが、今日はここに持参してきましたので、ごらんください。明治三〇年には、『抒情詩』という新体詩集も出ています。『抒情詩』に関係したのは、柳田國男、国木田独歩、田山花袋、太田玉茗といった、後に有名になる作家や学者です。民俗学者になる柳田と、西洋文明を受容した文学者たちが一緒になって『抒情詩』を作っているのは面白く、これは、新体詩史の上で画期的な、現実性に富んだ詩集です。『抒情詩』に隠れてしまって、『この花』はあまり取り上げられる機会がありません。『この花』の重要性は、もちろん直文が関わっていることもありますが、正岡子規、佐佐木信綱、大町桂月、塩井雨江、武島羽衣、杉烏山、与謝野鉄幹といった人々、どちらかといえば国文学系、国学系の人たちが結集したことにあります。つまり、国文学的な、あるいは国風的なものに携わってきた人々が、西洋的な文芸思潮の代表、あるいは文芸形態の代表である新体詩の実作に挑んだことに大きな意味がある。

外国から来たものが真に日本で受け入れられるためには、日本的な基盤の中で受け入れることが必要となります。そこで初めて、外国の文芸なり、文物なりが日本の土壌において血となり骨となる、いわゆる肉体を備えていくことができるのです。自分たちが伝承してきた文化を踏まえて、西洋文芸を積極的に取り入れていく、そこに日本文化の特質もあるし、強さもあるわけですが、新詩社は、そういう働きをしたと言えます。なお、明治三〇年には島崎藤村の『若菜集』が出て、新体詩の世界に画期的な新しさをもたらします。外国の文芸の単なる受け入れに終わっていたところもある新体詩を、藤村は、日本に根付いた文芸として飛躍的に進展させました。そういう意味で明治三〇年は重要な年ですが、直文もそれに連動するような活動をしていたことは、記憶にとどめるべきでしょう。

明治三一年には糖尿病などから、第一高等学校の教授を辞めて、文筆に専念するかたわら、転地療養なども行います。しかし、徐々に体を衰弱させ、明治三六年、四三歳で、直文は亡くなります。亡くなったのは、一二月ですから、満四二歳になります。死の直前、実のお母さんが危篤になります。直文は、体が弱っているにもかかわらず、周囲の反対を押し切って、仙台の母を見舞います。母の死を見届け、そして葬式を執り行う。そのことが過労を招き、直文の死の引き金になったことは確かでしょう。急ぎ足で直文の生涯を見ましたが、最後まで向上心を失わない人物であったという印象を受けます。

先ほど申し上げたように、直文の文学的な業績についての研究はまだ多くはありません。彼の仕事については、これからさらに検証されなければならない。今、生涯を追いましたが、伝記的な事実を確認するだけでは意味がない。直文の生涯から、私たちは、何を読み取ればいいのか。

直文は、武家の出自ですが、佐幕派の武士の子女でした。佐幕派は、幕府を助ける側です。明治維新においては、朝敵になった存在です。徳川幕府を支持した側は、尾張とかの親藩も含めて、程度の差はあれ、没落します。また、佐幕派の藩の出身者は、薩長土肥に支配された明治の政府の官僚機構に簡単には入れませんでした。彼らは、新しい時代において不遇な存在にならざるをえなかったのです。

平岡敏夫という国文学者がいます。筑波大学ほかで教鞭を執られた方ですが、文学史の新しい視点として「佐幕派の子女」を提出されました。平岡さんの指摘を見ると、明治期の文学の担い手のほとんどは、佐幕派の出身である。落合直文がまずそうですし、夏目漱石は江戸の庄屋の息子です。坪内逍遙は愛知藩で、徳川家の家臣の家、正岡子規は松平、久松家で、いずれも佐幕派です。挙げればほかにもいくらでも挙げられるでしょう。彼らは、初めから文学を志したわけではない。正岡子規は、最初は政治家になろうと思っていて、そういう野心を演説会で述べています。ところが彼らは、薩長土肥の出身者でがっちり固められた官僚機構に入りこむことができなかった。官庁から締め出された彼らは、在野で言論によって生きていこうとします。けれども当時は言論弾圧が強いですから、自由に物がいえるわけではない。そこでも落ち着くことのできなかった彼らは、文芸の世界に行き着き、そこで自分を生かそうとします。二葉亭四迷『浮雲』の主人公、内海文三に現れているように、社会での出世とか、安定した収入とかを手にすることのできなかった、機構の中からはみ出さざるをえなかった者たちが、文学の担い手になったのです。平岡氏の指摘は、日本の近代文学をとらえる上で重要です。

落合直文も佐幕派の人間であり、世に受け入れられなかったところがあると考えるべきでしょう。東京大学に入り、第一高等学校の教授にもなっていますから、受け入れられなかったと言うと、奇異な印象を持たれるかもしれませんが、彼もやはり文学の世界に生きた佐幕派の子女の一人に違いありません。

また、直文が培った教養を生かし、国風文化の守護、擁護者として生涯を貫いたことが注目されます。彼は、古典教育の主張を掲げるだけの、単なる書斎での勉強人ではなく、その復興、ルネサンスを目指して運動した行動家でした。その過程で、彼は、欧風文化と出会う。決定的な契機になったのは、森鷗外の新声社でした。明治の初期は、開化か攘夷か、つまり西洋風に染まるか、あるいはそれを排斥するか、二者択一の判断が迫られる時期でした。しかし、直文は、どちらか一方に偏するのではなく、和を基盤にして洋を受け入れる姿勢を取り、それを生涯貫きました。本来の彼の生き方とは矛盾することなく、自己の保持する日本的なものの中で、洋を溶かし込んでいったと言えます。

四　伝統文化と西洋文化との結び付け方

次に落合直文が生きた時代を考えてみます。彼が成長したのは、明治維新の激変期です。当然、戸惑いや逡巡もあり、状況にすぐに入りえなかったところもあったでしょう。ただ、直文の場合は、幼少期に明治維新を迎えています。そして、成熟していくにつれて、少しずつ外国の文化が入り、それに触れていったということがある。革命的な国体の変化、政情の変化があっても、それが精神文化として成熟し、定着していくには、時間がかかります。美術の世界でもそうですが、日本が西洋文明を取り入れ、本当の意味で成熟を見せていくのは、明治一〇年代の後半、あるいは明治二〇年代に入ってからです。西欧文化の受容が成熟していく時期と直文が成長していく時期とは重なっています。夏目漱石、正岡子規は慶応三年の生まれで、明治元年で一歳です。彼らの成長期も、日本の国運が上昇し、文化が成熟していく時代と重なっています。時代と歩みを同じくしたことは、彼らより早く生まれた人よりも幸運な条件であったと言えます。日本は、新しく国家を興し、日清、日露戦争を経験していく。日露戦争は、有色人種が初めて白色人種を打ち破った戦争でした。このような興隆の時代に人間形成を成すことができたのは、自ら選ぶことのできない幸運だったと思います。

そのことを確認する意味で、明治期の主要な文芸作品を見ていきます。国会が開設され、憲法が発布される。また、東京大学が作られ、教育の制度が整えられていく。政治や社会の骨格がきちんと定まっていき、日本の新しい文明、文化が成熟を遂げていく時期に直文は遭き合わせました。それを具体的に見ていきます。

開化期の重要な課題は、西洋文明を取り入れて、それをいかに日本化していくかということでした。もちろん軍隊を強くしたり、産業を興したり、という、実際的な分野でもそれは大切であり、芸術的な分野でも同じでした。詩の分野における最初の日本化の試みは、先ほど述べた明治一五年の『新体詩抄』です。西洋文明を取り入れた革新的なできごとは、小説の世界よりもまず詩の世界に起きます。新体詩は、字面から言えば、新しいスタイルの詩ですが、何が新しいスタイルだったのか。従来日本で行われていた詩は、漢詩です。それから和歌、俳諧、川柳と続く。それらが古くからある伝統的な詩です。それらのいずれにも属さない詩が、新体詩と呼ばれました。

この『新体詩抄』を作ったのは、外山正一、矢田部良吉、井上哲次郎の三人です。いずれも東京大学の新進気鋭の学者でした。矢田部と外山とは、いずれもアメリカ留学の経験がある、三〇代の学者でした。井上は、当時二七歳で、助教授でした。年齢を見ると、当時は学者も非常に若かったことがわかります。彼らは、文学を専門とする人たちではありませんでした。それぞれ、生物学者、哲学者、社会学者でした。三人は、共通してアメリカのスペンサーという進化論者の社会進化論の影響を受けています。スペンサーの考えは、生物の世界に進化の法則があるように、文化の世界にも進化があり、時代に適応できない者は取り残され、適応できた者はいよいよ発展するというものです。優勝劣敗という見方がはっきりと現われた思想ですが、当時は大きな影響力を持っていました。スペンサーの見方は、あらゆる分野に当てはめられ、文芸の世界でも、新しい時代には新しい時代の文芸が現われ、適者生存の原理の中で生き延びていかなければならないといった考えが出てきました。

進化論的な発想に立つと、漢詩や和歌や俳句では古いことになり、新しい文芸を作り出さなければならない。その時にお手本と意識されたのが、西洋のポエム、ポエトリーでした。それをお手本に、外山らは、西洋の詩を翻訳し、創作することを試みたのです。制作の動機がまず新しい文芸をというものですから、和歌のように、恋や自然ばかりを歌うわけではありません。例えば、外山には「社会学の原理に題す」という作品があります。社会進化論を強引に詩の形式に仕立てて表現しています。そのような作品もあり、ある部分では、硬直的な、蕪雑な言葉も目立ちますが、『新体詩抄』を作った彼らの意気込みはよしとしなければなりません。これをきっかけに、新体詩のブームが生まれます。流行は全国的なもので、同年に出た『新体詩歌』は、山梨県の甲府にあった澄江堂という印刷所兼書店が出版しています。まだ、中央線が甲府を通っていない時代に、これは驚くべきことだと思います。全国に波及していった新体詩の系譜に近代詩は連なっていきます。

新体詩という言葉は、明治が終わり、大正時代に入っても使われていました。大正六年ぐらいまでは用いられていたようです。その後は、「新体」が取れて、単に「詩」と言うようになる。そこで近代詩は、市民権を得たということになるかもしれません。文学の世界で新しいものが根づくにはそれなりの時間がかかるようです。大正六年と言えば、不思議な符合があります。新聞から漢詩壇、漢詩の読者投稿欄が消えたのが大正六年前後のことでした。漢詩などに対抗していた新体詩が市民権を得た時、逆に漢詩は主な活躍の場を一つ失っていく。対照的な現象が大正六年には起こっているわけです。

明治一八年には、坪内逍遙の『小説神髄』が発表されます。これは、西洋の文明観を基に、従来の戯作を排斥したものです。文学は、勧善懲悪といった道徳の普及に奉仕するものではなく、人情を描くものであると、逍遙は主張します。人情とは、人間の主体性ということに置き換えられると思います。逍遙によれば、まず人情であり、続いて世態、風俗となる。世の中の実際のありさまを描写するのが新しい小説であると、『小説神髄』は、リアリズムを主張します。詩より少し遅れて、小説の近代化が始まったと言えます。

『小説神髄』と同じ年、逍遙は、『当世書生気質』という作品を発表しています。書生というのは、東京大学の学生です。新しい人種と言うか、新人類と言うか、それまで存在しなかった学生を主題にした小説です。小説の新時代はここから開けていくのですが、その時代に、直文は二〇代、三〇代で出会っているわけです。やがて、鷗外が登場し、幸田露伴、樋口一葉、北村透谷など、俊秀たちがさまざまな形で文学に参画していきます。

一方で伝統的なものが復活する、そのような動きもあります。『新体詩抄』の出現によって否定された和歌や俳諧が、革新の気概を見せ始めるのは、明治二六年ぐらいからです。目立った仕事はまだ多くありませんが、少しずつ動きが現われてくる。正岡子規は、『俳諧大要』、『獺祭書屋俳話』、『俳人蕪村』、『芭蕉雑談』など、新しい俳句運動を提唱する評論をこの時期に書いています。ちなみに、『芭蕉雑談』の「雑談」、梶木剛氏は「ザツダン」と読んでいますが、私は「ゾウダン」と読んでいます。

直文が関わった短歌の世界においても、明治二〇年代後半からいろいろな機運が起こります。和歌を新しくするために最初に行われたのは、題材を新しくすることでした。開化新題和歌というのが、明治一〇年代から盛んに作られました。開化新題和歌とは、開化になって時代が変わったので、和歌の題材も新しくしようというものです。和歌が古臭いのは、題材が変わらないからだという発想です。どのようなものが詠まれたかと言うと、例えば、西洋伝来の物、汽車とかですね。あるいは学校教育制度が新しくなると、女学校とか女学生を、郵便制度が整えられると、郵便局や配達夫をといった感じです。単純ですが、詠み手は、新しい制度、風物、文物を歌に取り込めば新しくなると信じたのでしょう。しかし、これは、いかにも浅はかな考えで、当然うまくはいきませんでした。

明治二八年に子規の『俳諧大要』が、二九年に与謝野鉄幹の詩歌集『東西南北』が出ます。『東西南北』の刊行は、直文が勧めたもので、短歌だけでなく、詩も収められています。鉄幹は、明治三〇年にも『天地玄黄』という歌集を出す。この年には、『抒情詩』、『この花』、『若菜集』の三つの新体詩集が刊行されています。明治三二年には、佐佐木信綱の主宰する竹柏会という短歌結社の機関誌『心の花』が創刊されます。これは、現在も続いています。明治三三年には、正岡子規を中心として、伊藤左千夫や長塚節らが集った根岸短歌会が出発します。これは写生を重んじるグループです。それに先立って、与謝野鉄幹は、ロマン主義を唱え、新詩社を始めます。鉄幹は元々直文の門を慕って、歌の修業を始めた人でありますから、ある意味では弟子筋の人と言えます。ところが鉄幹が新詩社を興し、一年後に『明星』を創刊すると、直文は、社友になって鉄幹を助けます。支援するのですね。これは、精神的な意味合いも強かったと思いますが、直文は、和歌の革新にも加担している。従来にない面目を一新した短歌は、そのような動きから始まっていきます。

簡単に文学史の流れを確認しましたが、そこから見えてくる直文の姿勢はどのようなものでしょうか。直文は、改革期に遭き合わせた人間です。そのこと自体は、本人が選べることのできないことであり、たまたまそういう機運の中にいたということになる。すべての物事に革新の機運が高まり、それは文芸の世界にまで及んでいた。文芸の世界で直文は、革新の一端を担っていたと言うことができます。

二松學舍がそうでありますように、欧米一辺倒の時代風潮に抵抗して、日本的なものを尊重する、あるいは守り育てるということも大切です。その場合でも、西洋文明を排斥するか、受け入れるか、二つの選択があったわけですが、直文は国風文化に忠実でありながら、西洋の受け入れも行っていきます。そこに大きな意味合いがあります。

新しい時代思潮、リアリズムの精神もそうですし、ロマン主義もそうですが、それは、家とか藩とか国家とかに縛られていた個人が自分の意思で行動できる、個人は自分自身で思考できるということを訴えるものでした。個人主義が広まっていく過程は、鷗外の言葉で言えば、偽りの我ではなくて真の我を獲得していく過程ということになりますが、そこに直文は遭き合わせた。彼の歌は、激しいものではありませんが、従来の歌に比べると清新なものです。新体詩という新しく生み出された文芸に彼は親しみ、そこから彼は短歌の革新を手がけていくことになります。そのような歩みを踏まえて、直文の立ち位置を考えるならば、伝統文化を順守しながら、緩やかに西洋を受け入れていく、そのような立場にあったと言えます。彼は、幼少時からしつけられて、国風文化の体得者となる。伝統的なものが自然に身に付いている、そういう人間として彼は生きた。にもかかわらず、攘夷主義者からではなくて、和で洋を包み込むような、そういう文化の受け入れ方をしていく。急な取り込みは、激しい抵抗を招く場合がある。直文が行ったのは、真綿に包むような形での受け入れであり、それは一番穏当なやり方であったと思います。

五　「折り目の正しさ」が持つ文学史的意義

落合直文について、私はかねてから彼の文学あるいは彼の生き方を表す、何か適切な言葉はないかと考えていました。今回、私は、「折り目の正しさ」という言葉を使おうと思います。折り目の正しさは、衣服や屏風を評価する際にも使われますが、要するに物事の輪郭が非常にはっきりしていることを表す言葉です。人に対して用いると、礼儀正しい、端正である、というような意味を持ちます。直文の短歌、詩には、端正さが現われているように感じます。

折り目の正しさと言えば、現在の私たちの生活は、活動の範囲が定まっていて、日常性というものが幅を利かせているところがあります。例えば、野球でも、今は観客と選手との間に一線が画されている。私が若い頃は、試合終了後、観客がどんどんスタンドからグラウンドになだれ入っていくようなことがありましたが、今はそういうことはできない。必ずしも適切な例ではないかもしれませんが、公と私、日常性の領域とのけじめをはっきりさせることが重要なことと意識されてきます。直文の作品には、公私のけじめを明確にしよう、あるいは、気持ちをきっぱりと切り替えようという意識の漲りがあり、それが魅力になっている。

直文は、子煩悩な人でした。六人の子供に恵まれ、子を詠んだ歌を多く作っています。明治の歌人の中では、子供の歌を際立って多く詠んだ人でしょう。「父君よ今朝はいかにと手をつきて問ふ子を見れば死なれざりけり」という歌があります。これは、直文の病気が重くなった時に詠まれたものです。当時は、男子たるもの、家庭を顧みずという風潮もなきにしもあらずでしたから、家族を愛おしむ直文の歌は貴重だと思います。この歌では、子供が手をついて挨拶をしている様子が印象的です。親に挨拶をする、これは日常的な光景で特別なことではないのですが、武士の家の作法として、朝起きたら手を突いて両親に「おはようございます」と言わなければならない。寝る時も同じで、「お休みなさい」と挨拶をする。これは武家社会だけではなく、戦前ならかなり多くの家庭で行われていた習慣であったでしょう。私なども実家が大阪の商家であり――ただし、商家といっても父親は農村の出身ですが――、厳しくしつけられました。

弟が生まれるのが遅かったので、私は、妹と二人、毎晩、衣装かごに着ていたものを畳んで入れて、寝間着に着替えてから、両親の前に手を突き、「お休みなさい」と言わされていました。ずっと続けていると、挨拶は身に付いていき、自然に振る舞えるようになります。そうやって、大阪の商家のしきたりを教えられた。商家でも、けじめというものが重視されていました。例えば、食事も、日常は箱膳で食事を取り、正月などは祝い膳を使う。公と私、あるいは晴れと褻《け》というのがはっきり使い分けられていました。そういう生活に浸ることから、折り目正しさは生まれてくるのではないでしょうか。

直文は、出処進退が潔く、地位などに未練を持たないひとでした。責任を問われれば、腹を切って詫びる、といった武士の精神が、彼の言説にはうかがえます。ただ、残念ながら、落合直文の書いたものは、完全にはまとめられていません。本当は、短いものまで集め、きちんと紹介しなければいけないのですが、今回はできませんでした。また、直文は、礼節を重んじ、道義を尊重し、正邪曲直をはっきりさせる性分でした。今の世の中にありがちな、あいまいにごまかすということがない。それも、けじめのよさ、折り目の正しさと呼べるでしょう。

例えば、飯田蛇笏の俳句に、「芋の露連山影を正しうす」とか、「くろがねの秋の風鈴鳴りにけり」というのがあります。蛇笏の俳句も輪郭のはっきりした、端正な文芸と言えるでしょう。自然の姿を写し出す表現に折り目の正しさが現われる、そういうものは直文の歌にもあると思います。また、折り目の正しさを生み出す基盤として、お手本になるべき古典を持ち合わせていたことは忘れられてはいけないでしょう。古典には、漢詩文も入るし、国風の文芸作品、さらにはさまざまの典籍、史料も含まれるでしょうが、それらを尊重する態度が重要である。今の日本には、一種のルネッサンスが必要ではないかと思われますが、古典は、人間が生活し、自分を律する上で模範となるものであり、常に立ち戻っていかなければいけないものです。直文は、自然に古典との往き来ができた人であり、そこからも折り目の正しさが生まれているのでしょう。

残り時間がなくなってきたので、少し説明が駆け足になるかもしれませんが、ご容赦ください。直文の文芸の中では、新体詩が重要な意味合いを持っています。新体詩は、先ほど述べたように、森鷗外を通して目を開かれた新しい時代の文芸でした。『於母影』刊行に関わった彼は、その後長編叙事詩と呼ばれる分野で大きな仕事をします。明治一〇年代の後半から、叙事詩の時代が展開します。その草分けとなったのは、湯浅半月の『十二の石塚』です。これは聖書に題材を取った詩です。同志社の学生であった半月が、卒業論文というよりも卒業制作として発表したものです。半月に始まる叙事詩の時代の一翼を担ったのが直文でした。

直文の新体詩の主な作品には、『四条畷曲』（明治二三年）、『楠公の歌』（明治二六年）、『騎馬旅行』（明治二六年）、『孝女しのぶの歌』（明治三〇年）などがあります。『孝女しのぶの歌』は、題材が重なっており、『孝女白菊の歌』につながっていく作品です。『四条畷曲』は、「青葉茂れる桜井の」という唱歌になった、あの詩です。楠正成、正行親子の最後の別れの場面を描いたもので、人々に愛唱されました。『楠公の歌』は、大楠公、楠正成を詠んだもの。正成の銅像は皇居前にもありますが、その大楠公を讃えた歌です。

『騎馬旅行』は、おそらく、彼が二松學舎に学んだことによって、生み出された作品であろうと思います。なぜかと言いますと、『騎馬旅行』の主人公は、今のレニングラードで駐在武官であった福島安正という陸軍の武官ですが、この福島も二松學舎で学んだ人だからです。福島は、騎馬でシベリアまで単独旅行を行う。その話を歌い上げたのが『騎馬旅行』です。本学の大学資料展示室には福島の肖像写真が直文らのものと共に掲げられています。二松學舎でお互いを知り、あるいは親しみを持つ機会があったことで、この作品は生まれることになったのではないか。『騎馬旅行』は、直文の作品では異色と言えますが、二松學舎での交流がきっかけとなっていると考えれば納得できます。

『孝女白菊の歌』を初めとする直文の詩は、後に公布されます教育勅語の理念と合致するものです。具体的に言えば、それは例えば、君、天皇への忠義、国への奉公、それから親への孝行などになります。いずれも、今日ではおろそかにされがちですけれども、人間関係を構築し、維持する上で重要な理念であり、それが彼の歌のテーマになっています。現代では時代外れのような感じを持ちますが、彼の教養においては何ら不思議のないテーマであり、当時は、そのような訴えが受け入れられる時代でもありました。直文は、これらの叙事詩で一世を風靡します。中には読んでいて退屈なもの、場面の転換が劇的でないものもあります。しかし、できごとが起こっていく経緯をていねいに、連綿と語っていくのは、直文の一つの方法でした。彼の作品は、物語詩として、ストーリー性に富んでいる。ただし、叙事詩という言い方は適当ではないかもしれません。叙事詩、エピックとは、外国にも多くの例がありますが、民族の興亡とか、国家の建設とか、歴史的に大きな事件を扱うものです。先ほど名前を挙げた湯浅半月の『十二の石塚』は、『旧約聖書』の「ヨシュア記」ほかに取材したイスラエル民族の興亡の歴史です。これは、叙事詩と言って間違いない。しかし、直文の作品は、大きな歴史的事件を正面から扱ってはいない。本筋から少し外れたことがらを描いているのが独自です。もちろん、叙事詩と同様、彼の詩も、しっかりとした構想力に支えられたものであることは言うまでもありません。直文は、小説も書いており、物語を作る能力がすぐれていたことを示しています。

最後に直文の短歌を取り上げます。彼は、ほかの短歌グループに先駆けて、浅香社を作りました。それは、修養とか、別の目的のための歌ではなく、文学精神を掲げ、芸術作品としての歌を作る意気込みで作られたものです。前田透氏は、こういうことを言っています。「近代短歌の流れを遡って行くと、その水源地帯に連なる山々の、もっとも奥に位置する山に行き当る。それが落合直文である」(前田透『落合直文』〈前掲〉)と。近代短歌の出発点は直文である、という透氏の言葉は、決して過言ではないでしょう。ただ、夕暮は、親炙はしておりますが、必ずしも浅香社に直結しているわけではありません。とはいえ、浅香社は、子規一派にもつながっていきますし、与謝野鉄幹や尾上柴舟――そこには若山牧水や金子薫園が集いましたが――といった人にもつながっていきます。近代短歌の主だった担い手は、さかのぼっていけばほとんど直文に結びつく。彼は、それだけの存在であったわけです。ところが直文と浅香社とは、今日あまり注目されていない。それはなぜかと言えば、雑誌を持ってなかったからです。新詩社は、『明星』を、竹柏会は、『心の花』を、それぞれ雑誌として持っていた。子規一派は、子規の生前は雑誌を持っていませんが、子規が『日本』という新聞の記者であったために、『日本』を発表の場としてうまく利用していました。メディアを使うということで、子規は手腕を発揮した。直文の作品も『日本』に掲載されていますが、彼は子規ほどメディアを意識できなかったようです。そのため、浅香社一派の歌は、あまり世に喧伝されるところとなりませんでした。しかし、近代短歌初期の錚々たるメンバーが、直文の精神を受け継ぎ、生かしたことは間違いない。表立った評価を受けていないことでは不遇かもしれませんが、直文が文学史的に果たした役割は大きなものです。

なお、鉄幹の擁護者であったことも、直文の功績として見逃せません。鉄幹は、問題の多い人物でした。一時は奸物として非難を受け、歌壇から排斥されそうになる。与謝野晶子と結婚する前に二度離婚をしたり、まだ前の妻との離婚が済まないうちに晶子を迎え入れたり、などして、世間の非難を浴びました。直文は、その間も鉄幹を擁護し続け、理解を示しました。そのことは、『明星』の大きな力になったと思います。『明星』がロマン主義の短歌運動の拠点として発展していく上で、直文は、社友として応援しました。

直文の作品の文学史的な役割については、清新な抒情を歌ったということがあります。彼の歌は穏やかに見えます。理論的ではあるが、あまり強烈な個性を表しているようには見えない。とはいえ、古典の和歌と比べると、清新なものを持ち合わせています。それから対立する立場の人間を結びつけようとしたことがあります。鉄幹と子規とは、並び立たない、一方を是とするなら、一方は非である、という考えが、子規から言い出され、二人は対立します。古い和歌を撲滅した後は、新派同士で、新しい歌人同士で競争しなければいけない、そういうことを子規は考え、発言します。そのために対立するに至った二人を一生懸命結び付けようとしたのが、直文でした。

明治二七年、子規は仙台に旅行します。仙台は直文の地元であり、直文はそこで子規を鉄幹に引き合わせようとします。子規の書いたものでは、鉄幹と会ったという証言は残っていません。一方の鉄幹は、仙台で子規と会ったと書き記しています。子規が『古今和歌集』がよいと言ったことをとらえて、そんなことを言うようでは、彼も大したことがないと思った、と感想を残している。本当に二人が会ったかどうかは微妙ですが、直文が仲介しようとしたのは確かなようです。

明治二九年に出た鉄幹の最初の詩歌集『東西南北』に、子規は序文を書いています。そこで子規は、鉄幹に刺激を受けて、これから自分も短歌の革新に邁進していかなければならないという決意を表明している。この序文を書かしめたのも、直文です。二つの勢力を何とか結び付けられないかと、直文は努力する。和歌の振興、国風文化の振興を直文は考え、さまざまな勢力を結集させていくことを自分の義務と感じていたのではないかと思います。

直文の努力は、彼が生きている間は、必ずしも実を結びませんでした。しかし、後に森鷗外が両派の合流を実現します。東京湾の見える、荒川区の地に鷗外は住んでいて、潮が見られることから、住まいを観潮楼と名づけていました。明治四二年、鷗外は、観潮楼で歌会を開きます。与謝野鉄幹の一派を呼び、一方で伊藤左千夫らを招く。すでに子規は亡くなっていますが、子規の系統の人――中には若き日の斎藤茂吉も含まれますが――も呼ぶ。両派が刺激し合ったことから、明治の終わりから大正の前半にかけての、近代短歌の最も成熟した時期が作られます。斎藤茂吉の『赤光』がそうであり、北原白秋の『桐の花』がそうです。例えば、「春の鳥な鳴きそ鳴きそあかあかと外の面の草に日の入る夕べ」という、『桐の花』の冒頭歌がありますが、これは、観潮楼歌会で、外という題詠から作られた歌であります。当日の歌会では、それまで無縁であった伊藤左千夫が、石川啄木の『一握の砂』の批評をするということもありました。二派の本格的な交流は、そこで初めて生まれたわけです。直文の意図したことは、森鷗外によって成し遂げられました。双方が刺激されることで、近代短歌の成熟期が生み出されることになる。このことは、浅香社の精神が伏流水として受け継がれ、後の歌人において開花したというようにとらえることもできるでしょう。直文は直接人を牽引していく、カリスマ的な人ではなかったのですが、日本近代文学の形成、特に近代短歌、近代詩の形成には大きな貢献をした人でした。陰に隠れた大きな存在と、直文を評することができます。

少し時間を過ぎましたが、もう少しだけ話をさせてください。直文の文芸の中心は、やはり歌だと思います。彼の歌は、生前はきちんとまとめられませんでしたが、その後編纂され、現在では千首を超える歌を見ることができます。歌集として有名な物は、『萩之家歌集』です。先ほど引いた「父君よ」の歌は、ここに収められています。

直文の歌を、いくつか見ておきます。まず、「なきものと思ひすてたる露の身の命となりぬ君が言の葉」。君は、一般には天皇を指しますが、この場合はある皇族を指すとも考えられます。身に余る言葉をもらった感激を詠んだ歌です。直文は、若い頃から、閑院宮などの皇族から愛されました。今日お話しした折り目の正しさや強い忠孝の念が、愛された理由であろうと思います。その人たちのためなら、身命を賭しても惜しくないという気持ちを、直文は歌う。いろいろな言い方があるでしょうが、明治期は、国家に対するアイデンティティーを日本民族が一番強く持った時期でしょう。私は、映画で日露戦争の旅順攻防を描いたものを何度も見ました。攻防戦の様子は、当時ニュース映画で報道もされています。戦闘の中ではいろいろなことが起こっている。明らかに進めば機銃掃射を受けて死ぬことが分かっているのに、命令一下、日本軍の兵士が突撃し、あたら若い命を失ったということもあります。彼らは非常に潔く死んでいった。乃木大将のために、天皇のために、日本のためにということで、死に赴いています。この行動はあるいは不思議に見えるかもしれません。徳川の幕藩体制の中では、人は、藩に所属し、国家に対する意識は希薄であった。それが明治になって初めて、世界の他の国々と並ぶ国家というものを持った。その国家に殉じる気持ちが、日本人のアイデンティティーを形成している。兵士たちの気持ちは、いいか悪いかは別として、感情の高まり、精神の純一性ということでは評価できるのではないかと思います。余談ですが、小泉純一郎に対する評価はさまざまで、毀誉褒貶あるようです。その小泉は、心ならずも戦死した兵士のために靖国神社を守るという言い方をしています。この言葉ほど小泉純一郎が宰相としての資格のないことを表すものはないと思います。兵士たちは、何のために死んだのか。彼らは、国民に課された兵役という義務によって召集され、死んでいったわけです。そして、国家に対する信奉を持ちながら、死んでいった。それを「心ならずも戦死した」と言うのはおかしいのではないか。そんな言い方をすれば、われわれが税金を払っているのも心ならずものことで、それを政治家が勝手に使っているということになる。小泉のレベルはその程度のものかなと感じました。世界、特に中国や韓国が反撥する中で、靖国神社に参拝したことは、ある意味評価できると思いますが、この発言は宰相にふさわしくないものです。

次に「緋縅のよろひをつけて太刀はきて見ばやとぞおもふ山ざくら花」。山桜という言葉は、特攻隊に大命が下される時にも使われています。桜は潔く散っていくということで、戦塵の中で命を落とすことの喩えに使われます。山桜は、明治維新の志士たちに愛され、本居宣長ら国学者たちにも愛されました。山桜に「緋縅のよろひをつけて」向き合う。「緋縅のよろひ」は、単なる衣装ではなく、やはり武士の魂そのものでしょう。はっきりとした決意の気持ちが表明されている。この歌をきっかけに「緋縅の直文」という異名が奉られた話は、すでにしました。優雅で柔弱な和歌の世界に、直文は、勇壮なものを持ち込もうとしたわけです。『新体詩抄』では、イギリスの軍歌などがたくさん翻訳されており、そういうものからの影響もあると思います。

あと一首、「小瓶をば机の上に載せたれどまだまだ長し白藤の花」という作品を紹介しておきます。花が畳あるいは床にでも付いているんでしょう。それがかわいそうなので、高いところに瓶に生けた藤の花を移した。しかし、依然として、まだ下に届いている、そういう情景が詠まれています。これによく似た正岡子規の歌があります。それは「瓶にさす藤の花ぶさみじかければたたみの上にとどかざりけり」というものです。これも藤の花が詠まれている。本の上に藤の花を生けた瓶がある。その藤の花房が垂れているけれども、畳の上に届かない。届かないというところに、悲壮な意味があるわけです。この子規の歌と直文の歌とは、きわめて類似している。短歌史の系統をたどっていくと、直文と子規とは近しいようで、疎遠な面もある。しかし、文学的な精神、特に自分の目でものを確かめて表現するという点においては、共通するものを持っていたのではないかと考えます。この藤の花を詠んだ歌の類似を見ても、近代短歌の革命の上に、直文が間接的ながら大きな力を発揮したということが指摘できるでしょう。

まだお話したいことが残っていますが、時間も来ましたので、この辺で終わらせていただきます。「二松學舍の学芸」は、あと六回続きます。みなさまには、ぜひ今後もご出席いただければと思います。私事になりますが、私は、この三月で任期満了となり、学長職を退きます。同時に定年を過ぎておりますので、二松學舍を去ることになります。責任者として後の回を見届けることはできませんが、盛会となることを願ってやみません。また、三月二一日には、教え子たちが企画してくれて、最終講義を行うことになっています。これは公開でどなたでも聴講できますので、興味のある方はぜひお越しください。最終講義の題目は、「近代短歌研究と私」となっています。自分のことを語りながら、近代短歌の研究の歴史を跡付けていこうと考えています。それでは、以上で終わらせていただきます。ご静聴、どうもありがとうございました。

当日配付レジュメ

◆講話内容

・講演に先立って

・落合直文のプロフィル―略年譜を通して

・落合直文の活躍した時代―文学史年表の指し示すところ

・その人と文学―「折り目の正しさ」

・新体詩人として―長編叙事詩で時代の寵児に
・短歌作家として
・文芸思潮の一源流として（直文の担った文芸史的役割）―二つの潮流（鉄幹・子規）を結びつけようとして
・「和」と「洋」の折衷、推進者
・結び

◇講演に先立って
○講演者の姿勢

◇落合直文のプロフィル―略年譜を通して
○落合直文略年譜　文久元年一八六一～明治三六一九〇三　享年四五満四二歳
文久　元年一八六一　一歳　一一月一五日生
※生日については他に一一月五日、二二日の諸説あり
父の知行地　陸奥國本吉郡松崎村字片浜（現宮城県気仙沼市松崎片浜）にて、鮎貝太郎平盛房、母俊の次男として出生。幼名、亀次郎盛文。五男二女の三番目。鮎貝家は、伊達藩において「一門」（一一家）に次ぐ「一家」（一七家）に相当する名門。生家は煙雲館と称し、家臣軽卒合わせて一〇〇人を擁した。仙台藩は、戊辰の役に加担し、父も閉門等の処置を受ける。後に「桜舍」「萩之家」と号す。

明治　四年一八七一　一一歳
父に伴われ、仙台に出ずる。
明治　七年一八七四　一四歳
神道中教院語学校に学ぶ。中教院統督にして塩釜神社等の宮司を兼ねる国文学者・落合直亮に見込まれ、長女松野の許婚者となる。
明治一〇年一八七七　十七歳　※二松學舍創設の年
伊勢神宮禰宜に任ぜられた義父落合直亮に伴われ、伊勢に赴く。神宮教院現皇学館大の前身に学ぶ。特に堀秀成に薫陶を受け、父の平田学、堀の水戸学の両系統の国学の伝授を受けることになる。また津の山内樸堂に就き漢詩文の指導を受ける。
明治一四年一八八一　二一歳
選ばれて、東京に遊学。小中村清矩等に付き。国学、漢学を学ぶ。また二松學舍の門を叩き三島中洲の指導を受ける。学舎随一の英才として称えられたという。上京の際の紀行に『村雨日記』がある。
明治一五年一八八二　二二歳
創設されたばかりの東京大学帝国大学を称する以前の古典講習科文学部国文科の前身に進学。池辺義象、萩野由之等優れた学友、同学の士を得る。夏許婚者松野没。挽歌今様を作す。
※この年『新体詩抄』成る。
明治一六年一八八三　二四歳

直亮次女竹路と結婚。
明治一七年 一八八四 二五歳
兵役に服す（翌年まで）。上官に目をかけられ、中退のやむなきに至った勉学を舎中で継続を赦さる。
明治二一年 一八八八 二八歳
皇典講究所國學院の前身、補充中学校教師となる。政府の命により、国語教育及び古法制の調査に当たる。また上田万年等と協力し言語取調所を創設。明治舎、『明治会叢誌』の経営に協力。『東洋学会雑誌』に『孝女白菊の歌』を発表、新体詩長編叙事詩の草分けとして一世を風靡する。なお本誌は井上哲次郎巽軒の漢詩を原詩とする。
※この年を前後に、国語国文の衰退を憂い、欧風文明文化に抗し、国風文化の振興を意図し、言論を展開する。
明治二二年 一八八九 二九歳
この年創立の国語伝習所の主任講師となる。国文国史講習所、早稲田専門学校の講師となる。九月、『国民の友』夏期付録に森鷗外を中心とするＳＳＳ社編新体詩集『於面影』刊行に加わる。一〇月、鷗外らと『柵草紙』発行、小説『悲哀』発表。
明治二三年 一八九〇 三〇歳
萩野由之、池辺義象と『日本文学全書』を刊行。全二四編を二五年までかけて完結。
明治二四年 一八九一 三一歳
病弱の妻竹路と離婚。菊川操子と結婚。
明治二五年 一八九二 三二歳

『歌学』創刊。「女子文の会」を興す。「緋縅のよろひを〜」の歌により、「緋縅の直文」の令名を馳す。与謝野寛等多くの俊秀、直文の門を叩く。

明治二六年一八九三　三三歳

一月、本郷駒込浅嘉町に移住。二月、国文、和歌の再興、改革を目指して浅香社を創設。鮎貝槐園・大町桂月・鉄幹与謝野寛・国分操子・武島羽衣・柴舟尾上八郎・薫園金子雄太郎・服部躬治・久保猪之吉等、明治歌文壇の雄が結集。六月、長編叙事詩『騎馬旅行』を刊行。

明治二七年一八九四　三四歳

一二月、義父直亮没。日清戦争にあたり戦意昂揚に歌文を通して鼓舞する。

明治三〇年一八九七　三七歳

新歌会を興し、四月、新体詩集『この花』を刊行。正岡子規・佐佐木信綱・大町桂月・塩井雨江・武島羽衣・杉烏山・与謝野寛等の新体詩を掲ぐ。鉄幹に勧めて詩歌集『東西南北』を刊行、序文を書く。

※四月、柳田國男・国木田独歩・田山花袋等の新体詩集『抒情詩』、八月島崎藤村『若菜集』刊行。新体詩の一時代を制す年となる。

明治三一年一八九八　三八歳

糖尿病により第一高等学校教授を辞任。以後転地療養、入退院を繰り返す。

明治三三年一九〇〇　四〇歳

与謝野鉄幹『明星』を創刊。社友に名を連ね、助成す。

明治三六年一九〇三　四三歳
三月、実母俊（子）没。危篤の報に、帰省。無理な帰省のため、体力頓に衰える。一二月一六日、浅嘉町の自宅にて逝去。二〇日、青山墓地に葬らる。会葬者一千人を超えたという。没後に『萩之家遺稿』明治三五・一一、『萩之家歌集』明治三九・六　明治書院が刊行されている。

▽「年譜」から読み取れるもの。
・武家の出生。
・「佐幕派子女」の視点。
・国風文化の守護推進者。
・欧風文明、新文芸新体詩との出会い。拒絶できない巻き返し。

◇落合直文の活躍した時代―文学史年表の指し示すところ
明治　元一八六八
D＝五箇条御誓文発布／東京遷都
※王政復古　慶応　三一八六七
明治　二一八六九
C＝世界国尽・西洋事情第二編諭吉
D＝版籍奉還／小学校設置／昌平校、大学校と改称

明治　三一八七〇
A＝西洋道中膝栗毛仮名垣魯文
B＝御歌会始復興
D＝中学校設置
明治　四一八七一
A＝安愚楽鍋魯文／西国立志編中村正直
D＝廃藩置県
明治　五一八七二
A＝学問のすゝめ諭吉
D＝女学校設置／学制発布／太陽暦採用
明治　六一八七三明六社、同人社設立
※以後翻訳文学盛行
明治　八一八七五
A＝文明論之概略諭吉
明治　九一八七六
C＝明治歌集橘東世子
明治一〇一八七七
D＝大学校を東京大学と改称／西南の役

※西南の役を題材とする文芸盛ん
明治一一 一八七八
C＝開化新題歌集 大久保忠保
※自由民権論活発／河竹黙阿弥劇上演盛ん
明治一三 一八八〇
C＝明治開化和歌集 佐佐木弘綱
※ナナ・実験小説論 エミール・ゾラ（仏）
明治一四 一八八一
E＝小学唱歌第一集 依田学海
明治一五 一八八二
C＝新体詩抄 外山正一ほか／新体詩歌 竹内節
明治一六 一八八三
A＝経国美談前篇 矢野龍渓
※政治小説の興隆期
C＝東京大家十四家集 平井元満
明治一七 一八八四
A＝経国美談後篇 龍渓／牡丹燈籠 三遊亭円朝
明治一八 一八八五

A＝小説神髄・当世書生気質・妹と背かがみ逍遙

C＝十二の石塚湯浅半月／新体詩歌竹内節

※「叙事詩時代」の幕開く／硯友社創立・我楽多文庫創刊／女学雑誌創刊

明治一九一八八六

A＝当世商人気質饗庭篁村／雪中梅末広鉄腸

C＝新体詞選山田美妙

※演劇改良論盛んになる

明治二〇一八八七

A＝浮雲第一篇二葉亭四迷／武蔵野美妙

C＝国学和歌改良論／歌学新論／国学和歌改良不和論

D＝国民之友、哲学雑誌、以良都女　創刊

※和歌改良論盛ん／言文一致運動

明治二一一八八八

A＝浮雲第二篇四迷／藪の鶯田辺花圃／夏木立美妙

C＝孝女白菊の歌落合直文／新撰讃美歌／明治唱歌大和田建樹／長歌改良論弘綱

D＝宮中御歌所設置／政教社創立／日本人、都の花創刊

明治二二一八八九

A＝細君逍遙／初恋嵯峨の屋お室／露団々・風流仏幸田露伴／色懺悔尾崎紅葉／現代諸家の小説論を読む

森鷗外

C＝於面影新声社／長歌改良論弁駁海上胤平／和歌及新体詩を論ず荻野由之

D＝憲法発布／新小説、しがらみ草紙創刊／我楽多文庫改題文庫創刊

明治二三一八九〇

A＝浮城物語龍渓／舞姫・うたかたの記鷗外／伽羅枕紅葉

明治二四一八九一

A＝文つかひ鷗外／五重塔露伴／かくれんぼ斎藤緑雨

C＝新体梅花詩集中西梅花／蓬莱曲北村透谷

D＝早稲田文学創刊／没理想論争

明治二五一八九二

A＝三人妻紅葉／うもれ木樋口一葉／厭世詩家と女性透谷／文学一斑内田魯庵

C＝獺祭書屋俳話正岡子規

D＝歌学、万朝報創刊／正岡子規俳壇に登場

明治二六一八九三

A＝内部生命論透谷

C＝天地初発半月／芭蕉雑談子規／湖処子詩集宮崎湖処子

D＝文学界創刊／浅香社発足

※以下主な文学事象／作品等

明治二七 一八九四

北村透谷没／亡国の音与謝野鉄幹／桐一葉逍遙

明治二八 一八九五

たけくらべ・にごりえ・十三夜一葉／書記官川上眉山／夜行巡査・外科室泉鏡花／黒蜥蜴広津柳浪／俳諧大要子規／観念小説・深刻小説流行／新体詩歌集外山正一ほか／寒山落木子規／日清戦争勃発

明治二九 一八九六

東西南北鉄幹／多情多恨紅葉／われから・わかれ道一葉／今戸心中柳浪／めざまし草、新声創刊

明治三〇 一八九七

天地玄黄鉄幹／抒情詩国木田独歩ほか／この花／若菜集島崎藤村／金色夜叉紅葉／俳人蕪村子規／ホトトギス創刊

明治三一 一八九八

一葉舟・夏草藤村／不如帰徳富蘆花／心の花創刊

明治三二 一八九九

天地有情土井晩翠／暮笛集薄田泣菫／根岸短歌会出発／新詩社創刊／家庭小説盛行／写生文出現

明治三三 一九〇〇

高野聖鏡花／はつ姿小杉天外／明星創刊／子規鉄幹不可併称論

▽年表の指し示すもの
・時代の改革期
・旧来の和風文化を凌駕する洋風文化の流入、伝播
・新思潮・新文芸の出現
△直文の立ち位置
・芯からの国風文化の体得者
・「洋」の攘夷主義者でなく「和」で「洋」を包み込む姿勢

◇その人と文学―「折り目の正しさ」
※「公（晴れ）」と「私（褻）」のけじめ／出処進退の潔さ／責任の不回避／長幼上下の尊重／礼節道義の尊重／正邪曲直の判然
△短歌で検証／古典規範の尊重

◇新体詩人として―長編叙事詩で時代の寵児に
・『於面影』、新声社の一員として
・長編叙事詩（物語詩）
・孝女しのぶの歌 明治二〇
・四条畷曲 明治二三

・楠公の歌一明治二六
・騎馬旅行一明治二六
・寄春雨恋明治三五
・孝女白菊の歌明治三二
▽教育勅語的論理的、道徳的価値観を背負う

◇短歌作家として
・浅香社の結成明治二一—歌塾でない文学集団
・鉄幹の擁護者、理解者の位地
・新詩社の結成明治三二に応じて社友となる

◇文芸思潮の一源流として（直文の担った文芸史的役割）—二つの潮流（鉄幹・子規）を結びつけようとして
・清新な叙情の修得者
・不可併称論の当該者、その結び付けを図る
・その目途の達成者は森鷗外　観潮楼歌会明治四二

◇「和」と「洋」の折衷、推進者

『荻之家歌集』

なきものと思ひすてたる露の身の命となりぬ君が言の葉

一つもて君をいははむ一つもて親をいははむふたもとある松

緋縅のよろひをつけて太刀はきて見ばやとぞおもふ山ざくら花

霜しろきいくさの場に月さえてひきく過ぎゆく雁の一つら

かかげてもかひこそなけれ夜もすがら涙にくもるともし火の影

かくもせむともせむと思へど父君ははや世にまさずあはれいかにせむ

年老いし父のこの世にましまさば起きても汲まむ今朝のわか水

寝もやらでしはぶくおのがしわぶきにいくたび妻の目をさますらむ

父君よ今朝はいかにと手をつきて問ふ子を見れば死なれざりけり

小瓶をば机の上に載せたれどまだまだ長し白藤の花

荻寺の荻おもしろし露の身のおくつきどころここと定めむ

をとめらが泳ぎしあとの遠浅に浮環のごとき月うかびいでぬ

霜やけの小さき手して蜜柑むくわが子しのばゆ風の寒きに

さわさわと我が釣りあげし小鱸の白きあぎとに秋の風吹く

前田夕暮
——都市と青春——

山田吉郎

前田夕暮（まえだゆうぐれ）、本名は洋造（洋三とも）。一八八三（明治一六）年生～一九五一（昭和二六）年没。歌人。神奈川県大住郡南矢名村（現・秦野市）に生まれる。一九〇二（明治三五）年、この頃より「夕暮」の号を名乗り、文学に目覚め投稿を開始する。一九〇四（明治三七）年、上京し尾上柴舟に師事、同時期に若山牧水も入門し、以後、交友が続いた。この年に二松學舎に学ぶ。一九〇六（明治三九）年、白日社を創立。一九〇七（明治四〇）年、雑誌『向日葵』を発刊する。一九一〇（明治四三）年、牧水の歌誌『創作』の創刊に編集同人として参加。同年、第一歌集『収穫』を刊行。一九一一（明治四四）年、雑誌『詩歌』を白日社より創刊（一九一八年から休刊）。一九二八（昭和三）年、『詩歌』復刊、口語自由律短歌を提唱。一九四二（昭和一七）年、定型歌に復帰。

〈写真／日本近代文学館蔵〉

一

日露戦争の起こった明治三十七年、前田夕暮は郷里神奈川から上京する。この上京は確たる進学先や就職先があってのものではなく、漠とした文学志望の夢をたずさえてのものであった。上京後の夕暮は、国語伝習所や二松学舎、国民英学会等に学びながら、中等教員の検定試験を受けるべく努力してゆくことになる。明治三十年代後半から四十年代へかけての大都市東京に、夕暮は自らの青春期という貴重な時間を注ぎ込んでゆくことになるのである。

本稿では、歌人前田夕暮の青年期に焦点をあて、大都市東京に日を送る中で自らの進路に苦悩し、やがて歌人として自己を形成してゆく姿を考察する。明治三十年代後半から四十年代へかけての文学思潮や当時の東京という都市の特質が夕暮の歌風に与えた影響に目を配りつつ、上京から自己確立へと至る前田夕暮の歩みをたどり、併せてその時代の青年像の特色に論及できればと考えている。

まずは、この東京時代に至る夕暮の歩みについて一瞥しよう。

前田夕暮は、明治十六年(一八八三)七月二十七日、神奈川県大住郡南矢名村字小南(現在の秦野市南矢名)に、富裕な豪農の長男として生を享けた。本名は、洋造。父の前田久治は神奈川県会議員や地元の村長をつとめる地方政治家だが、その政治活動のために家業をかえりみず、前田家はしだいに傾いていったといわれる。また、久治の父代次郎はそうした息子の家産の消尽を眺めて久治と別居し、おそらくは多くの家産をたずさえて近在に隠居した。

そうした状況の中で夕暮の父久治は、傾きかけた前田家を立て直すべく、その期待を息子の夕暮に託した。久治は元来気性の激しい性格で、神奈川県議会でも椅子をふりまわしたという逸話が残っているが（前田透『評伝前田夕暮』、昭和五十四年五月、桜楓社）、息子の夕暮に対しても厳しく教育した。

夕暮は地元の中郡共立中学（現在の神奈川県立秦野高等学校）に入学したけれども、やがて神経衰弱に陥り、休学に至ってしまう（のちに退学）。

この挫折が夕暮の青春期の生き方を大きく変えてゆくことになったようである。いわゆる夕暮の青春放浪の時代を迎えるのである。丹沢の山野をあてもなく歩き、関西や伊豆、東北地方へと旅に立った。とくに明治三十五年、二十歳の時に一月《ひとつき》余にわたってなされた東北放浪の旅は、夕暮に文学への眼をひらかせたという意味で重要な旅であった。この旅は、東京から水戸を経て勿来、松川浦をたどって仙台へと向かい、さらに松島、一の関、平泉をめぐった長途の旅であったが、このとき夕暮は与謝野晶子歌集『みだれ髪』を懐にしのばせ、折りにふれてひらいていたという。『みだれ髪』は前年（明治三十四年）の刊行で、当時はまさに『明星』の浪漫主義が華やかに喧伝されていた頃であった。『みだれ髪』のはらむ青春期の自我の解放感や耽美夢幻の世界に惹かれたのであろう。が、併せて作者与謝野晶子が苦悩の果てに郷里堺から東京へと新しい自分を求めて飛び出して来る姿に、夕暮はおのが境遇にひびき合うものを感じていたのだとも言えよう。さらに、そうした不思議な共感を呼び起こす文学というものに、つよく引き込まれてゆく自分を感じていたことと想像される。

このような『みだれ髪』親炙の東北の旅を終えた夕暮は、いつしか文学志望の青年へと変貌していた。

こののち、夕暮は父のはからいで大磯の医師天野快三宅へ預けられる。父にすれば息子を医者にする心づもりがあったかと思われるが、しかしながら当の夕暮は、この大磯の天野医院寄宿時代においてさかんな投稿活動を行い、いよいよ文学志望の夢をふくらませてゆくのである。

この大磯時代に、夕暮はさまざまなジャンルに投稿する。短歌・俳句・新体詩・小説・美文等を多くの雑誌・新聞に投じ、そのうちの相当数が入選を果たしてゆく。美文『月の白百合』(『新声』明治三十六年四月)、小説『磯の古鐘』(『中学文壇』明治三十六年九月)、小説『山おろし』(『横浜新報』明治三十七年一月一日)などの散文の入選に夕暮の文学的資質の豊かさを見てとれるが、とりわけ『新声』誌上における短歌の破格の入選は夕暮の心をつよく牽引した。『新声』歌壇の選者尾上柴舟は、相模の国から投稿してくる前田夕暮と、遠く九州より投稿してくる若山牧水という二人の青年歌人をとくに優遇し、『新声』歌壇の誌上に推薦した。夕暮は『新声』明治三十六年十二月号誌上で一挙に三首入選を果たしたのをはじめ、たびたび上位入選を果たしてゆく。

一方、夕暮は、大磯での天野医院寄寓時代に薬局の手伝いをしていたが、その方面には身がはいらなかったようである。心は文学へと向かい、地元の青年たちと「湘南公同会」なる文学グループを結成し、近くの鴫立庵におもむいて文学への思いを語るといった日々をすごした。

この時期に夕暮が投稿した歌の一部を、先述の『新声』明治三十六年十二月号から引いておこう。

秋の夜の沈黙《しじま》ふるはす鐘のおとにふと誦し得たり人のよのうた
預言者のよばひおぼえて星の夜をおごそかなりや磯寺の鐘
何処よりか響き来し鐘背におひてひとり枯野の夢に入るかな

その歌風は、新詩社風の浪漫耽美な詠みぶりの中に、自らの魂の彷徨を見つめる憂いの色調を秘めている。全盛期の新詩社歌風を下敷きにしつつ、そこに暗い自我を見つめる現実的なまなざしが感じられ、『明星』以後の短歌界の動向をある程度先取りしていたかと思われる詠みぶりである。その点がまた、自らも反明星的な位置に立つ選者尾上柴舟の目にとまったとも言えるであろうか。

右の『新声』入選歌をやや立ち入って眺めてみれば、基本的には新詩社歌風の影響を受けてはいるけれども、秋の夜にいずこからともなく響いてくる鐘の音に「人のよのうた」や「枯野の夢」を思うごとく想念の錘りが静かに降りてゆく感覚には、夕暮なりの個性が見出せるように思われる。『明星』誌上に見られるような理想的な自己、美的な自己をうたうのではなく、ありのままの自己を（場合によってはひとまわり小さな自己を）うたう姿勢が根底にあるように想像されるのである。

ともかくも、以上のような投稿活動を経て、夕暮はやがて上京の決意を固めるようになってゆく。

二

明治三十七年（一九〇四）三月、前田夕暮は相模から上京を果たすことになる。東京駿河台下の下宿（神田区南甲賀町十八、屋代美津方）に荷をおろし、東京での新たな生活をはじめてゆく。これ以降、夕暮が終生郷里相模に住みつくことがなかったことを思えば、大きな転機であったと言えよう。

さて、夕暮の上京の理由は、第一義的には文学志望であったと言いうる。が、当の夕暮もそれがおいそれと実現するだろうとは思っておらず、若いなりにいろいろなことを考えていたようである。夕暮自らが上京当時を回想した文章「明治回想記」（角川書店刊『前田夕暮全集』第五巻所収）の一節を次に引く。

日露戦争の勃発した明治三十七年の三月に上京して、尾上柴舟門下となつた私は、三年間の学資を父から送つて貰ふことに承諾を得た。その三年間に、自らの志望する文学で身を立てねばならぬ。――といふことのいかに無謀な田舎者にも、その不可能なことは略わかつてゐた。で、生活の方法として中等教員の資格を得ようとして、その頃神田三崎町にあつた国語伝習所と、番町の三島中洲の二松学舎に通学して、約二年後に国漢の試験を受けたが、美事に不合格であつた。

中等教員の資格取得が、上京した夕暮の現実的な目的であったことが分かる。夕暮は実際に明治三十九年の夏に横浜の県庁で行われた検定試験を受けているが、やはり生易しい試験ではなかったのであろう、不合格となっている。振り返ってみれば、夕暮は地元の中学を二年次の一学期限りで休学し、そのまま退学に至っているのだが、何とか正規の学校教育の中に立ち戻る道はなかったのかと思う。が、やはり中学を止めてすでに五年ほどの年月が経ってしまったために、今さら学校教育の枠の中に戻るというわけにもいかなかったのであろう。いずれにしても夕暮の東京遊学は、拠り所の不安定なものであった。

上京した夕暮は、中等教員の資格取得のための勉学と、本来の目標である文学志望の道へと踏み出してゆく。この文学志望に関して、夕暮は当時必ずしも志望の対象を短歌に絞ってはいなかったと思われるし、また著名な文学者に知遇を得ていたわけでもなかったであろう。まずは、どのように具体的な行動に移るかが課題であったろう。

そんな状況の中で、夕暮が強い親近を覚えたのは、『新声』歌壇の選者であった尾上柴舟であった。先述のように柴舟は夕暮に投稿欄で破格の厚遇を与えてくれた歌人であり、とくに文学関係者に知る人のいない夕暮にすれば拠ることのできるほぼ唯一の人物であったろうか。が、おそらく夕暮は柴舟訪問にあたって事前に手紙などの往来があったわけではなかったと思われる。夕暮自身おずおずと柴舟宅を訪れたのであったろう。そして、尾上柴舟は地方から出てきた一文学青年の夕暮に対して誠実に応対してくれたようである。以後、夕暮は柴舟門下として柴舟宅に足を運ぶようになる。

そして、この夕暮とほとんど時を同じうして柴舟の門を叩いたのが、九州から上京して早稲田に入学した若山牧水であった。尾上柴舟の側から見れば、自らが選を担当している『新声』歌壇を拠点にして若い歌人を育成し、一つの短歌集団を作ろうとする思いがあったのかもしれないが、これは裏側から見れば夕暮・牧水という有能な若手歌人の出現が柴舟にそのような思いをうながしたのかもしれない。この柴舟を中心とする『新声』歌壇の動きを含め夕暮の文学活動については後に述べるとして、次に上京した夕暮の具体的な生活ぶりを見てゆこう。

上京した夕暮は、中等教員の資格を取得すべく、いくつかの勉学の場に通ったようである。先に引用した「明治回想記」や自叙伝『素描』（昭和十五年十二月、八雲書林）の中で、その点について具体的な回想がなされている。『素描』の一節を次に引く。

　一体私は上京する時には国漢の中等教員になる筈で、国語伝習所に二年通ひ、一方は錦町にあつた国民英学会に通つてゐたが、会話がどうも出来ないで、教師に揶揄されたのを怒つて、黒板にその教師にあてた歌を一首書いて、それきりその学校を止めて仕舞ひ、漢文を習得する為に下二番町の二松学舎に通つた。

このように、上京後の夕暮は少なくとも国語伝習所、国民英学会、二松学舎という三つの学校で学んでいる。これらの中で、英語が苦手だったらしく国民英学会はまもなく止めてしまう。国語伝習所では万葉、源氏などの国文学を、二松学舎では漢文を習得したという。国語伝習所の講義の模様については、夕暮は「明治回想記」の中でやや詳しくその内容を語っている。

> 伝習所では木村正辞《まさこと》から万葉集、小杉榲邨《こすぎすぎむら》から源氏の講義を聞いた。古事記は関根正直のやうにおぼえてゐるが、或は池辺義象であつたかも知れぬ。それ等知名の国学者の講義は、皆私の頭を素通りしてしまつたことは確かである。しかし、そのうち唯木村博士の克明な講義だけは少し憶えてゐる。それもあとで「万葉集美夫君志」を見てから思ひ起したのかも知れぬ。然し、木村小杉二博士のあの特長のある顔だけはよく記憶してゐる。

国語伝習所では、日本の古典の代表的作品についてある程度基礎的な素養を身につけたようである。夕暮は歌人としての自己を確立したのち、主宰誌『詩歌』に万葉集の評釈をはじめ古典に関する文章を少なからず執筆してゆくようになるが、そのような古典理解の素地はこの東京遊学時代に培われたものと言えるであろう。

また、漢文を習得しに通った二松学舎では具体的にどのような勉学をつづけたのであろうか。この点については、以下やや詳しく見てゆきたい。

昭和六十二年十月に刊行された『二松学舎百十年史』には、入塾生として前田夕暮の名が記載されている。その生没年や出身、入塾年、略歴、写真等が記載されている簡単なものだが、入塾の欄では「明治三十七年」とその入塾の年が明記されている。また、略歴の欄では、「尾上柴舟門下として短歌界で活躍。昭和初頭、新興短歌運動に情熱を傾けた。」と記され、写真は『日本近代文学大事典』第三巻（昭和五十二年十一月、講談社）所収のものが載せられている。ここで注目すべきは、前田夕暮の二松学舎入塾の年が明治三十七年と明記されていることであろう。二松学舎に学籍を証明するどのような資料があるのかは分からぬが、夕暮自身が語った二松学舎通学が学校の側から裏づけられた形である。

二松学舎は三島中洲によって明治十年に創立された漢文中心の教育機関であったが、夕暮が入塾した明治三十七年前後はどのような教育を行っていたのであろうか。『二松学舎九十年史』（昭和四十二年十月）および『二松学舎百年史』（昭和五十二年十月）によれば、明治三十六年五月時点（夕暮入塾の前年）の学生数は一一九名である。また、同年には国文科が設置され、国文講師として落合直文・尾上八郎（柴舟）らの名が見られる。もっとも落合・尾上両名は同年度中に退職したため、三十七年一月から急遽別科が設置され生徒募集が行われたという。この別科は、論語・史記・孟子などの漢籍から古今和歌集・土佐日記・方丈記などの日本古典まで幅広く講読を行い、併せて漢文和訳や和文漢訳などの作文を行う課程で、修業年限は一箇年、本科生は兼修できたという。明治三十七年に入塾した前田夕暮が、二松学舎でどのような課程を学んだのかは定かでない。先述のように国語伝習所や国民英学会にも通ったわけであり、ある程度限定された履修ではなかったかと思われる。

また、夕暮が在学中であったと考えられる明治三十八年九月一日施行の「二松学舎規則」では二年間の「本舎課程」を表にして示しており、夕暮が仮にこの課程に沿って勉学していたならば、その勉学の領域をほぼ推し測ることができる。その「本舎課程」は、第一年・第二年がそれぞれ第一期・第二期に分かれ、さらに学科の種類は各期とも経書・歴史・子集・文法・文章・詩賦の六つに分けられている。ほぼ漢籍の全般にわたった配置である。その漢籍の具体を一部示せば、経書では第一年第一期、同第二期、第二年第一期、同第二期の順に論語・孟子、大学中庸・左伝、詩経、周易・書経となっており、歴史では史記、同じく史記、資治通鑑、宋元通鑑となっている。また、夕暮が関心を寄せたであろう詩賦では、五七言絶句、同じく五七言絶句、律詩、古詩となっていた。

以上見てきたように、上京後の夕暮は中等教員の資格取得に向けて国語伝習所、二松学舎等で国文・漢文の習得に打ち込んでいたと考えられるのである。

だが、こうした学業の直接的目標である教員資格取得は、残念ながら失敗するに至る。先述のように上京して二年余り後の明治三十九年の夏、神奈川県庁で試験を受けるが、合格には至らなかった。そして夕暮は、「その方もそれきりやめて、今度は大に発奮して雑誌『向日葵』の発行を計画した」（『素描』）のである。いわばこの時点で教員の道をあきらめ、文学活動に自らの活路を見出してゆこうとしたわけである。

この頃詠んだと思われる歌（歌稿「夕陰草」所収）が残っており、次に引いてみよう。

わかき日はすぎぬ昨日と今日もまたかくてさびしう暮れむとすらむ
故郷にいれられぬ子の誰に似てさだめもろくもつくられけんか
病来て我れをとらへよ亡き人のかずにも入れよ漂泊の身を
あやまたず老は我身をとらへけり漂泊すべき日になりしかな
心早う老いぬ昨日のさだめもてつかれし今日を強ふるとするか

全体に人生の蹉跌、寂寥、漂泊をモチーフとした作品が並ぶ。とくに二首目の「故郷にいれられぬ子」という認識には、神奈川県の中等教員となる道を閉ざされた夕暮の思いが重ね合わされているように思われてならない。もし仮にこの時点で夕暮が神奈川の中等教員になっていれば、おそらく前田家の長男として郷里丹沢山麓の家を継ぐことになったであろうし、そうすれば、生涯郷里に帰住することのなかった夕暮の短歌世界にも、相当にちがった色彩が付与されたことであろう。郷里に根をおろす中ですすめられた歌人としての歩みは、自由律への転換や定型への復帰など振幅の激しい作風転換を繰り返した歌人生涯とはあるいは異なったものになっていたかもしれぬと思う。が、結果として夕暮は、故郷神奈川に帰り住むことはなく、以後は太平洋戦争中の奥秩父疎開を除いて基本的に東京住まいをつづけてゆく。

さて、このようにして前田夕暮が上京以来つづけていた学業の生活は終止符を打つことになったようである。この後の夕暮は、自叙伝『素描』に記されていたごとく「大に発奮して」文学者の道に踏み出してゆくのである。

三

本章では、大都市東京で文学に志す前田夕暮の青春をたどることにしよう。

明治三十七年春に上京して尾上柴舟に入門した前田夕暮は、その年の十一月には金箭会に参加し、さらに翌年には『国詩』創刊に参加するなど文学活動を開始していた。そして三十八年の八月、師の尾上柴舟を中心に同門の若山牧水、正富汪洋らと車前草社を結成し、歌人としての地歩を固めてゆくこととなるのである。この車前草社は、雑誌『新声』を中心に活動し、「車前草社詩稿」などの欄を設けて一般の投稿欄とは別に発表舞台がしつらえられ、おのずから夕暮・牧水らは新進歌人としての認知を受けることになるのである。この頃の夕暮作品の掲載雑誌を見ると、『新声』をはじめ『中央公論』『文庫』『中学文壇』など多岐にわたっており、急速に歌人としての活動の場を広げていたことが分かる。

このころの作品を当時の夕暮の歌稿「はなふゞき」（明治三十七年六月～三十八年五月、四〇七首）「うすひ野」（三十八年九月～三十九年八月、五四七首）「夕陰草」（三十九年十月～十一月、四二九首）より引いてみよう。

美しとあこがれにしは慕ひしはうゑし心のまどひなりしよ　（「はなふゞき」）
美しき生贄見よと壇上の絵燭まともに立ちし驕容
森かげの真白き花に額うづめ小鳩のこゑをまねてみしかな　（「うすひ野」）
白桃や白木蓮や鐘のなる相模少女の家に咲きけん
夢は疾く故郷へ行き漂泊の児を弔ひぬ野に風する夜　（「夕陰草」）

概して浪漫的耽美的傾向が顕著であり、そこに新詩社歌風の影響を指摘するのは容易であろう。が、牧歌的ともいえるのびやかな抒情性や内省的な心情表白に夕暮なりの特質が見出されようか。掲出二首目の歌は「白馬会のモデル写生をみて」と注の付せられた作であるが、都会に出て来て目にした青年の驚きがよくあらわれていると同時に、それなりの措辞の工夫が見られるであろう。掲出三首目「森かげの～」の歌と四首目「白桃や～」の歌はともにナイーブな感傷とのびやかな声調が見られ、佳作であろう。また、掲出一首目の「うゑし心」や五首目の「漂泊の児」の表現に込められた青春の鬱屈は、上京後の夕暮の心情をおのずと浮かび上がらせている。

なお、三首目の「相模少女」の歌にも一部うかがわれるが、ここで夕暮の恋愛体験についてその概略を一瞥しておかねばならないであろう。

夕暮の恋愛体験については、現在五名の女性が指摘されている。すなわち、夕暮と同郷の幼なじみの岩田リセ（嫁いで水越リセ）、従妹の浜田喜美子、「青山の姉様」と呼ばれた鈴木政子、文通のみの交渉であるいは実在しない女性かともいわれる新潟の小野静（または内藤ゆき子）、それに時期的にはやや下るが後に夕暮の妻となる小学校教師栢野《かやの》繁子などがいる。これらの女性についてはすでに前田透著『評伝前田夕暮』に詳しく論及されている。叙上の五人の女性たちは、いずれも夕暮の歌に詠み込まれている存在だが、中でも初恋人で幼なじみであった岩田リセへの思慕は、上京後の夕暮の短歌作品に憧憬と哀切の色調を添え、先述の相模少女の歌などの佳作を生み出している。また、夕暮と結婚する栢野繁子をうたった歌は、とくに処女歌集『収穫』に数多く収録され、初期夕暮短歌の歌風の重要な骨格を形成してゆくことになる。この『収穫』所収の恋愛歌については後の章で触れることにしたい。

ところで、東京での夕暮の青春を論ずる上でもう一つ看過できないものとして、キリスト教への親近がある。夕暮のキリスト教への傾倒は、上京後まもなくのことであったろうと思われる。当時は初恋人の岩田リセが青山女学院に進学しており、そのリセと青山女学院で面会したり、帰省の折り秦野の聖ルカ教会にリセや従妹の浜田喜美子とともに出かけたこともあったようである。このリセとの交流の中でキリスト教に惹かれていったことは事実であろう。そしてさらに、中等教員の検定試験を受けた年（明治三十九年）の春、夕暮は日本近代のキリスト教伝道者として著名な植村正久の導きの下に、青山伝道教会の大谷虞《はかる》牧師によって洗礼を受けることになる。上京してほぼ二年が経ち、なお前途の定まらぬ不安定な境遇が、夕暮をしてこのような受洗という宗教体験へと駆り立てていったのであろうか。この当時の心境について、夕暮は後に「明治回想記」の中で次のようにふり返っている。

私は当時、歌だけでは自分を支へきれなかつた。歌よりも更らに強力なものに縋りたい。歌は自分のよごれたあぶら汗である。そのよごれた生活を浄化してくれるものがほしかつた。その結果私は宗教を求め日本基督教の第一人者、植村正久をよく訪ねて苦悩を訴へた。その頃の植村牧師の家は東郷坂をへだてて東郷元帥の向ひ側にあつた。（中略）私は上京してから一年たたぬうちに同郷の、松本雲舟が私を植村牧師の家に連れて行つて呉れたのが機縁であつた。当時、植村正久の訓へを受けた文壇人は、国木田独歩を初め、早稲田派に多かつた。

このように、キリスト教に接近する青年夕暮の心底には、「歌だけでは自分を支へきれなかつた」という切実な事情が横たわっていたのである。その背景に、先にくり返し述べたような学生でも職業人でもないという身分の不安定さがあったことは言を俟たないところであろう。なお、掲出の回想に出てくる松本雲舟とは、夕暮より一歳年上で早大卒、雑誌や新聞の編集者をつとめながらキリスト教文学の執筆や翻訳に従事した人物である。とくにポーランドの作家シェンケーヴィッチの『クォーヴァディス』の最初の翻訳者として知られ、ほかにバニアンの『聖戦』やメレジコフスキーの『神々の死』などの翻訳をなしている。

さて、このようにしてキリスト教徒となった夕暮だが、入信直後からにわかに信仰が薄れていったと回想している。自叙伝『素描』の一節を引く。

洗礼を受ける位であるから私の信仰は可成り昂揚されてゐたと思ふが、洗礼を受けてしまつてから、頂上近くまで登つた山を、登る時よりは非常な急速度で麓まで駈けおりてしまつた。また、このキリスト教棄教にあたって、植村正久を再度訪問し、会談ののち植村に「然し、貴方は確に神に対して無責任です。」ときっぱり言われ、「両手で自分の顔を実際掩ひ匿したいやうな」気持ちで植村の家を出たことを記している（「植村正久先生を訪ふの記」）。なお、このキリスト教棄教には、明治四十一年八月の母の死が深くかかわっているのではないかと推測しているが、今は言及のみにとどめておく。

概して、夕暮のキリスト教への接近には、当時の文学界をはじめ知識人の間に広く見られたキリスト教への関心という時代の風潮が影響していたと言えようが、加えて先述のような不安定な境遇が作用していたであろう。そのキリスト教への親近は明治三十九年春から母イセの死（明治四十一年八月一日）の直後までのわずか二年余りにすぎない。が、文学者としての夕暮にとって、このキリスト教の影響には相当に深いものがあるようである。その具体相については拙稿「前田夕暮とキリスト教」（『前田夕暮研究―受容と創造―』平成十三年六月、風間書房）を参照していただければ幸いであるが、とくにその聖書の影響が処女歌集『収穫』をはじめ夕暮の短歌や散文に深く浸透していることが注目されるのである。

ここで前田夕暮の文学活動に目を戻そう。明治三十九年夏の中等教員の検定試験に失敗した彼は、文学一本で進んでゆくことを決意し、その具体化を図ってゆく。当然のことながら、当時の夕暮は無職であり（彼が定職を得るのは、上京から五年余り後の明治四十二年、『秀才文壇』の編集者として文光堂に入社するまで待たねばならなかった）、何としても人生上の転換を図らなければならなかったであろう。その具体化として彼が企図したのが、白日社の設立、そして雑誌『向日葵《ひぐるま》』の創刊であった。車前草社の仲間であった若山牧水・正富汪洋・三木露風・有本芳水や内藤晨露（鋹策）などを同人としたものである。

夕暮は明治三十九年十月、麹町土手三番町の下宿に「白日社」の表札を掲げた。そして、夏目漱石・島崎藤村・田山花袋をはじめ四十数名の文壇の名家に雑誌創刊の賛助を請う手紙を出している。また、併せて雑誌『向日葵』の会員を募集していったようである。このように見てくると、明らかにこれは一つの文学的な事業であり、ある程度営利的な面も考慮されていたようである。

が、会員は思うように集まらなかった。自叙伝『素描』では、

ところが、最初の予定通り、なかなかに、会員が三分の一も出来ず、すつかり、寄稿や同人の原稿が揃つてから、どかりと暗礁に打衝つて仕舞ひ、雑誌は発行出来さうもなくなつた。で、大に私達は憂慮した。雑誌の発行が出来ぬとなると、文壇の名家四十余氏に何の面目あつてか再び顔を合せることが出来よう。

と記されている。八丈島へ立ち去ろうという計画も浮上したが、結局のところ夕暮は東京に残り、諸方に金策に走り、何とか創刊号の発行にこぎつけたのである。前田透『評伝前田夕暮』では、この資金について、「夕暮は父に無心を言って三回にわたって合計六十七円を出してもらった。そのほか祖父代治郎《ママ》から三十五円を送って来て、百円余りの資金をつくった。故郷の親戚高橋忠平から五円、高橋莨蔵から十円の援助を受けている。夕暮が文光堂（「秀才文壇」発行所）の記者となって月給二十五円をもらうのは四十二年一月であるから、『向日葵』創刊当時は全然無収入で、結局発行費は父や祖父から

出してもらったことになる。」と記している。

ともかくもこうした経緯を経て、『向日葵』は明治四十年一月に創刊号が出るのであるが、さすがに経費がかかり、結局は第二号（同年二月発行）で廃刊となってしまうのである。しかしながら、『向日葵』発行の拠点となった白日社はその後長く前田夕暮の歌人活動の母体として存続発展し、雑誌『詩歌』を発行してゆく。夕暮の没後は長子の前田透によってさらに受け継がれ、透の急逝する昭和五十九年まで存続してゆくことになるのである。

ところで、『向日葵』の創刊された明治四十年頃を境として、夕暮の歌風に変化があらわれてきたといわれている。いわゆる日露戦争後に顕在化する自然主義思潮の影響による歌風の変遷である。

周知のように、西洋のエミール・ゾラ、モーパッサンらの自然主義文学が日本にも流入し、田山花袋、島崎藤村らの自然主義小説が生まれる背景をなしたのであるが、それは主として小説形式であり、もともと西洋の自然主義思潮を受け入れやすい要因はあった。それに対して短歌は、千年以上に及ぶ日本固有の伝統を有しており、その独特の抒情詩の形式は、社会や人生の客観写実を旨とする自然主義の手法を消化しにくいものであったろうと考えられる。万葉・古今・新古今の伝統において、写実的手法もむろん行われてはいるけれども、歌風としてとくに理念化されているわけではない。万葉においては現実的歌風の展開の中で人生を素朴に正面から写しとる手法が見られるわけであるが、懸詞や縁語などを用いた理知的手法が重視された古今集や、象徴的な幽玄美が重んじられた新古今集においては、写実的手法はその作歌理念としてむしろ相容れない部分もあったかと想像される。和歌形式という抒情の形式は、事象を写しとろうとする叙事的要素のつよい自然主義とは相当にかけ離れたものであったのではなかろうか。そうした中で、近代に至ると、西洋の写実主義との接点を求める動きが生じてくる。明治三十年代前半に正岡子規が唱えた写生短歌も西洋の写実と繋がる部分を有したが、やがて日露戦後に至り、若手の歌人たちの中に、たとえば自然主義小説の一節を思わせるような短歌作品を詠む者があらわれてきたのである。

その代表的存在で、かつ最も早い時期にそれを顕現したのが前田夕暮である。いわゆる自然主義的作風の歌人としては夕暮のほかに石川啄木や若山牧水、土岐善麿などの名が浮かんでくるが、時期的には夕暮が最も先んじていたのではなかろうか。前田夕暮はその短歌の声調が若山牧水や斎藤茂吉と比べやや弱いともいわれるが、その一種散文的な歌風が、むしろ自然主義の写実性と結びやすかったのではなかろうか。そうした意味で、人生や恋愛を醒めた眼で写しとった夕暮の処女歌集『収穫』の作風が、日露戦後の新たな時代を写し出す歌集として一定の短歌史的意義を持ちえたのであろうと考えられるのである。そして、それはまた、大都市東京に定職をもたないまま青春の日々を送る前田夕暮の生活風景と心情を容れる器として機能したのである。

次章では、上述の視点から前田夕暮のいわゆる自然主義時代の短歌作品を取り上げ、そこに夕暮の大都市東京における青春がどのようにうたわれているかを見てゆくことにしたい。

四

明治四十年代にはいり、『向日葵』を創刊した前田夕暮は、その年の十一月、自らの白日社よりパンフレット歌集『哀楽第壱』を刊行する（翌年一月には『哀楽第弐』を刊行）。『向日葵』は二号で挫折したものの、引きつづき刊行されたこの小さな歌集は、前田透『評伝前田夕暮』によれば歌壇において初めて認められたものだという。

この『哀楽第壱』『哀楽第弐』はともに歌数三十八首の文字通り片々たる小冊子であるが、その歌風には時代を反映した新しさがあり、夕暮の歌人としての名が一部に認められるようになったのである。こころみに『哀楽第壱』より数首引いてみる。

我れ悲しすべての人の性《さが》をもつうらわかき日に君を恋ひして
さびしさに心ふるへてありし日は尊かりけり我れ現実《いま》に倦む
馬といふけものは悲し闇深き巷の路にうなだれて居ぬ
日の下に夢みるごとき眼《め》ざしして青き小ひさき蛇我れをみる
一の我君をえたりとこをどりす二の我醒めて沈みはてたる

ここには、それまでの短歌が扱うことの少なかった領域が拓かれている。巷に繋がれた馬に現実に打ちひしがれた自らの心象を縁どり、恋愛に昂揚する自らを傍らから醒めた眼で凝視する二重自我が詠まれているのである。それは一言でいえば、醒めた現実感覚であろう。明治三十年代の明星派に代表される恋愛謳歌の浪漫的歌風とは、やはりどこかで線が画然と引かれているように思われる。短歌が相聞・挽歌においてひときわ文芸形式としてのかがやきを発するというのは一般論として指摘できようが、前田夕暮がこの『哀楽第壱』において示した作品は、同じ恋愛を扱いながらも恋愛感情の昂揚を対象とするのではなく、醒めた「現実《いま》」に着目するのである。この五首はいずれも処女歌集『収穫』に収録されるものであり、自然主義的な歌風を示したというこの歌集の傾向に合致するものであった。

このように、明治四十年代の前田夕暮は、歌人として歌壇の新傾向を示す位置に立つことができた。そこから歌集『収穫』の刊行までは、ある意味で自然な流れである。そして、『哀楽第壱』『哀楽第弐』のささやかな成功もあずかっていようが、明治四十一年の四月には佐佐木信綱の後任として『秀才文壇』の歌壇選者に就き、ついで十一月には尾上柴舟とともに『新声』短歌欄選者に名を連ね、さらにその年『中学世界』の選者もつとめるようになる。ふりかえれば、明治三十九年の夏に中等教員の検定試験に失敗してから文学方面に進路を定め、『向日葵』の創刊、パンフレット歌集『哀楽』の発行を経て、歌壇の一角にそれなりの地歩を築いたように見える。時に夕暮かぞえの二十六歳。歌人としての歩みとしては決して不遇ではないように見える。おそらくそこには、師である尾上柴舟の推輓がかかわっていたのであろうが、併せてささやかながらも独自の歌風を示しはじめた歌人夕暮の進展にも注目しなければならないであろう。時代の空気を摂取しいち早く新たな歌風を紡ぎはじめる歌人夕暮の特質が、すでに顕現しているように思われるのである。

以下、歌集『収穫』の世界から、東京時代の夕暮の青春がうかがわれる作品を中心に一瞥したい。

さて、『収穫』は明治四十三年三月十五日、易風社より刊行された。易風社は雑誌『趣味』を発行していた出版社であるが、実質は自費出版である。自叙伝『素描』では、この『収穫』の出版資金について、

私は結婚前で、父から家をもつ準備として送金して貰つたのを、歌集出版の費用にあて、易風社を発売所として自費出版した。部数は八百部ほどであつたとおぼえてゐる。

と記している。結婚資金をつぎ込んでしまうところが夕暮らしいといえばいえるが、当時の夕暮は曲がりなりにも『秀才文壇』編集者として月給を得てはいた。

『収穫』は上下二巻に分かれ、それぞれが三部に細分されている。総歌数は五四〇首。従来五四一首として解説されていることが多いが、初版では「月あかし山凪ぎわたり秋草のにほひただよひ君思はする」の歌が三四九首目と三五八首目に二回出てくるので、実際の歌数は五四〇首である。

この上巻と下巻はほぼ逆編年体で編集されており、読者に最新作を先に読ませる構成になっている。出版された明治四十三年は自然主義的風潮がひときわ高まってきた頃であり、やや浪漫的な歌が多い明治四十、四十一年頃の作より、現実凝視の色彩の濃い四十二、四十三年の作をまず読者に提示すべきという編集意識がはたらいたのであったろう。そして、その構成は成功したと言うべきである。

この小稿では、主として現実凝視の色彩の濃い上巻を見てゆく。

さて、歌集『収穫』が注目されたのは、先述のようにそれまでの短歌には見られることの少なかった醒めた現実認識が濃厚にたたえられていた点にあったと言える。さらに、そのほかに特記すべきものとして、私は『収穫』が都市歌集としての魅力を備えていた点をあげたいと思う。

たとえば、『収穫』の代表歌として知られる次のような作がある（上巻所収）。


　風暗き都会の冬は来りけり帰りて牛乳《ちゝ》のつめたきを飲む

木枯しの吹く都会の一日をめぐって今下宿に帰り着いた青年が、牛乳をごくごくと飲む。その牛乳の冷たい感覚が大都市東京に寄る辺なく生活する一青年の孤独感を実感させる。しかも「風暗き」というところには、経済不況におおわれた日露戦後の暗い社会状況が暗示され、歌柄の大きい作品である。さらに、そのような都市の一隅に生きる青年は一日の終わりに当時としてはやや高価な新しい飲み物であった牛乳を飲み、一日の疲れを癒すのである。牛乳を飲むという生活風景に当時の若い読者は新しい都市のライフスタイルを感じとったのではないか。そうした都市に生活する青年像を一つの典型として写しとったところに、当時の前田夕暮短歌の魅力の一端があったのではなかろうか。

さらに同じく上巻に、都市生活を浮き彫りにするこんな作品がある。

別れ来て電車に乗れば君が家の障子に夜の霧ふるがみゆ

恋人とひとときを過ごした後の別れの風景を写しとっている。明治四十二年二月の歌稿に収められている作。おそらくは後に妻となる栢野繁子との一日の逢いと別れが題材となっているであろう。そこはかとない哀感が漂っている歌だが、この作品の場合、恋人への愛憐の情をひときわ切なく浮かび上がらせるものとして、電車に乗っている速度感が指摘できよう。東京では明治三十六年に路面電車が初めて導入され、以後大都市東京をめぐる交通機関として整備されていった。その電車の車窓から、夜霧の降るなか、恋人の家の障子が束の間ににじむように見えたのである。その刹那の嘱目が、いっそう恋人への思いをつのらせるのであろう。電車の速度感と恋人との別れを繋げたところに、当時の若い読者層は都会の恋愛の切なさと魅力を感じとったのではなかろうか。いずれにしても、この歌は、前田夕暮個人の特別な恋愛感情が詠まれているというよりも、都会に暮らす一般的な青年の日常をうたった傾きがつよく、先の「風暗き〜」の歌と似た位相にある作品と言える。

このような作品の特色は、実は作者の前田夕暮自身が十分に意識して形成したものだと考えられる。それを端的に示すのが夕暮が自ら記した歌集『収穫』の「自序」である。

自分は技巧が拙い、修飾することを知らぬ。芸がない。であるから、思つたこと感じたことは、思つたこと感じたこと以上に歌ふことを知らぬ。唯正直に歌へたらよいと思つてゐる。自分は無論芸術を尊重する。愛する。然し自分は何時も通例人であらんことを願ふ。唯一箇の人間であつたらそれでよいと思ふ。通例人の思つたこと、感じたことを修飾せず、誇張せず、正直に歌ひたいと思ふ。

吾等は芸園の私生児たることを厭はぬ。唯真実でありたい。

自然主義短歌の言挙げとして有名な一文であるが、ここで注目すべきは、単に短歌表現としての無技巧、無修飾を唱えた点ではなく、「通例人」の生活感情を正直にうたいあげたとする点である。一時代前の明星派においては、歌人たちは自らを理想を追いもとめる「星の子」であると規定し、一般庶民とは一線を画した浪漫的感情をうたいあげようとした。いわば理想的な自己を作歌の対象としたのである。それに対して夕暮がここで主張しているのは、彼の生きる同時代の人々に普遍的に内在する生活感情の表出である。一般庶民の一つの典型としての自己をうたおうとする姿勢であり、こうした決して特別な人間ではない、どこにでもいる「通例」な人間の生活と感情をうたいとろうとしたところに、日露戦後の人々が求めていた文学のあり方が存したのである。そしてそれは自然主義的思潮の反映であったということなのであろう。

このような庶民的な通例人をうたうという姿勢と、前述の都市生活者の生活感情の表白とが組み合わされたところに、歌集『収穫』が広く明治四十年代を代表する歌集として評価されたゆえんが存したと言えるのである。

以下、この視点から『収穫』作品を見てゆくが、その際、都市生活者の生活感情のポイントとしておさえておきたい点がある。それは先に取り上げた二首の歌（「風暗き〜」「別れ来て〜」の歌）にもあらわれていたが、都市歌集としての『収穫』において枢要な点をなすのは、都市をめぐる、彷徨するというういわば都市の循環の意識だという点である。交通機関が網の目のようにめぐらされた都市の内部を人は尽きることなく循環することによって日を送っている。都市には住居や職場や娯楽施設が内在し、それぞれの所在地を交通機関が常に循環する。この都市内部の閉じられた空間を循環、彷徨する感覚が、たとえば田舎にはない大きな特徴であり、同じ彷徨の意識でも自然豊かな土地の彷徨とはいささか趣を異にするであろう。その点で、夕暮の同時代の歌人でライバルでもあった若山牧水の漂泊の歌とは好対照をなすはずである。

具体的に叙上のモチーフをもつ作品を『収穫』からあげてみよう。

襟垢《えりあか》のつきし袷と古帽子《ふるばうし》宿をいで行《ゆ》くさびしき男《をとこ》

わすれ行《ゆ》きし女の貝の襟止《えりどめ》のしろう光れる初秋の朝

空虚《くうきよ》なるちからなき胃《ゐ》とつかれたる頭をはこび日の街をゆく

いはれなく君を捨てなむ別れなむ旅役者《たびやくしや》にもまじりていなむ

かへりゆく人の脊をみて我れひとり君を久しく停車場にまつ

かへり行く女よ汝《なれ》が肩あげのさびしきあとにほこりうくみゆ

こなたみつつそのまま街のくらやみに没《ぼつ》しゆきける黒き牛の顔

君かへる夜の電車のあかるさを心さびしくおもひうかべつ

冬の夜の街路《がいろ》をいそぐ旅人の俥のあとをわれも走らむ
水の上を遙あかるき悲しみに電車ぞ走る木がらしの夜
恋人を待つおもひしてひかへ刷まてばこの日も暮の鐘鳴る
ておひたる獣の如く夜深《よる》くさまよひいづる男ありけり
濠端《ほりばた》の貨物《くわもつ》おきばの材木に腰かけて空をみる男あり

『収穫』の上巻第一部（明治四十二年初秋以後の作）から思いつくままに引いた。停車場や街のくらやみ、夜の電車、街路など都市の表象が描かれ、そのあわいを循環、彷徨するなかで、恋愛感情や都市に生きるさびしさ、倦怠感、不安感などが表出されている。『収穫』においてもとりわけ最新作が集められた上巻にこの傾向はつよいようである。現在から見れば、これらの作のいくつかは佳作とは言えないかもしれない。事実、むしろ浪漫的なナイーブな作品の多い下巻の方を高く評価する歌人もいるのであるが、しかしながら、やはり出版当時注目されたのは掲出のような都市生活者の心情をうたった上巻の作品群であったろうと思われる。その証左の一つとして、右に掲げた作品のうち末尾の二首は、同年（明治四十三年）の十二月に刊行された石川啄木『一握の砂』（東雲堂書店）の作品と同傾向を示すのである。並べて引いてみる。

ておひたる獣の如く夜《よる》深くさまよひいづる男ありけり　　夕暮

気弱《きよわ》なる斥候《せきこう》のごとく
おそれつつ
深夜《しんや》の街《まち》を一人散歩《ひとりさんぽ》す　　啄木

濠端《ほりばた》の貨物《くわもつ》おきばの材木に腰かけて空をみる男あり　　夕暮

路傍《みちばた》の切石《きりいし》の上《うへ》に
腕拱《うでく》みて
空《そら》を見上《みあ》ぐる男《をとこ》ありたり　　啄木

外面的な類似もさることながら、そうした形象の深部にひそむ微妙な心理の襞に共通性が見出せる点に注目したい。これらは、どちらも夕暮の作の方が制作時期が先行しているかと思われ、当時生活派として実力をつけていた啄木の関心を引いたのが、都市生活者の彷徨感をモチーフとした夕暮作品であったことは重要であろう。啄木の都市散歩を題材とした作品群との類同性は時代がうながしたものでもあったろうか。なお、夕暮・啄木両者の関係性についてはすでに拙著『前田夕暮研究—受容と創造—』で触れたことがあり（「前田夕暮の啄木観—評論集『歌話と評釈』を視点として—」）、参照していただければ幸いである。

以上、『収穫』の都市の漂泊、彷徨と現実凝視の結びついた作品を中心に見てきた。歌集『収穫』の自然主義的側面に執しすぎたきらいもあり、やや補完的な形にはなるが、以下『収穫』の浪漫的傾向の作品を見ておきたい。

まず、浪漫的傾向の作品について、恋愛歌を中心に引いてみる。

木に花咲き君わが妻とならむ日の四月なかなか遠くもあるかな

前田夕暮の代表歌であるのみならず、近代の相聞歌として屈指の名歌である。木に花が咲き君が私の妻となる四月の結婚の日がまだなかなか遠く待ち遠しいことよ、といった意。初句から第四句へかけてイ音をつなげた緩徐調の調べに乗せ、待婚の抒情が芳醇なイメージとともに結実している。この歌でうたわれている女性は後に妻となる栢野繁子のことと想定されるが、異説もある。ともあれ、独特の陶酔をさそう調べのなかに明快な主題が詠みこまれ、時代を生き抜いた名歌として生命を今日に保っている一首である。

春深し山には山の花咲きぬ人うらわかき母とはなりて

先にも触れたが、初恋人の岩田リセが茅ヶ崎の水越家に嫁ぎ、児を産んだことを背景として詠まれた作である。ここでうたわれた山の花は、やはり夕暮・リセの郷里である神奈川県の丹沢山麓をイメージしたものであろう。前述した「木に花咲き〜」の歌と歌材を同じくしつつ内容的にはほぼ裏返しの関係にあり、あるいは両歌に何らかの関連があるかもしれない。花の咲き乱れる春山の芳醇なイメージと、かつての恋人が児を産んだという生命の息吹きとが融け合い、悲哀を帯びながらも憧憬的な色調にやわらげられている。

静《しづか》とは冷たき碑《いし》にきざむ名にあらじあらずと足ずり泣けど

小野静という一度も会ったことのない女性を詠んだ作である。この女性は内藤ゆき子ともいわれ、夕暮の友人内藤鋠策の亡くなった姉のことかともいわれているが、詳細は定かではない。少なくとも初期の夕暮がこのような形で相聞歌を詠んでいたことに留意したい。前田透が『評伝前田夕暮』において、『収穫』でうたわれている女性について、「対象の女性については、合成的なイメージのものが多くどの歌の『君』が誰であるか、というような詮索は無意味に近い」と記しているのも想起される。『収穫』の相聞歌は対象の女性がほぼ特定できる場合ももちろん多いわけではあるが、反面で合成的なイメージの歌も相当数あるかと想像され、前田夕暮短歌における相聞歌形成の経緯には慎重な対応が必要であろう。

なお、先にあげた夕暮の青春期に交渉をもった女性のうち、従妹の浜田喜美子と青山の姉様と呼ばれた鈴木政子については、『収穫』収録の恋愛歌の中に具体的に見出しにくく、今は省略に従いたい。ところで、今までは『収穫』の浪漫的色彩の歌について相聞歌を中心に見てきたが、実はこの歌集中には愛唱すべき浪漫歌が少なくない。

昼と夜のさかひに咲ける花遠くたづぬるや君心つかれて
青き花たづねて遠き水無月の夕日の小野に魂はまよへり
をさなかりし春の夜なりきわれを脊に梨の花ふむ母をみしかな

浪漫性に豊かな幻想性が付与された作品である。とくに三首目の歌は、幼い自分を背負うら若い母を現在の自分が幻視している作品であり、時間感覚をずらしたような幻惑的な母恋の一首として印象深い。前田夕暮の幻想を紡ぎ出す想像力の豊かさは、新感覚派の川端康成にも賞賛された後年の散文集『緑草心理』（大正十四年一月、アルス）に明らかであるが、『収穫』やそれ以前の初期歌稿にも実はこの資質は色濃く認められるのである。しかしながら、夕暮が歌壇に認められた明治四十年代においては、むしろ自然主義的な現実凝視の姿勢が重んじられていたのであり、前田夕暮の本来の資質と時代が求めていたものとの間にある種の乖離が存したかと思われるのである。が、夕暮の柔軟な時代感覚といったものが作用し、併せて自己の内側を見つめるかのような内省的な述懐が錘りをなし、そこに自然主義的歌集『収穫』が形成されたと言えるであろう。この辺のところは厳密な検討を要するのであるが、一つの見通しとして述べておきたい。

五

前田夕暮の青春を上京から処女歌集『収穫』の時代までたどってきた。見てきたように、夕暮の上京は進学でも就職でもなく、文学志望の道をめざす不安定なものであった。たしかに中等教員の資格をめざす具体的な目標もあったが、それも決してハードルの低いものではなかったであろう。その検定試験の失敗の後、夕暮は半ば退路を断つ形で文学活動に専心してゆく。白日社の設立、雑誌『向日葵』の創刊、パンフレット歌集『哀楽第壱』『哀楽第弐』の発行とつづく中で、定収入のない夕暮はその費用のほとんどを父や祖父からの提供にあおいでいたであろうが、結果としてこの活動の中で、夕暮の歌壇での位置が固まってゆく。明治四十一年、かぞえ年二十六歳で『秀才文壇』『新声』『中学世界』の歌壇の選者となったのは、師の尾上柴舟の後押しがあったにせよ、僥倖であった。以後、処女歌集『収穫』に至る夕暮の歩みは比較的順調である。明治四十二年一月には『秀才文壇』の編集者として文光堂に勤めて定収入を得るようになるし、併せて栢野繁子との婚約もなされてゆく。明治三十七年の上京以来、大都市東京での彷徨の日々がつづいていたが、ようやく落ち着きと安定を得たのである。

やがて歌集『収穫』の上梓によって前田夕暮の名は短歌界に確乎とした位置を占めるようになる。もっとも、『収穫』の上梓後、『東京朝日新聞』(明治四十三年四月九日付)に『収穫』を不良少年の書とする非難記事が出、おそらくはそれを直接的なきっかけとして一時『秀才文壇』の編集者を退く憂き目にもあったが、新しい時代の短歌の旗手として前田夕暮の声望は高まり、明治四十四年四月には主宰誌『詩歌』の創刊に至る。妻となった繁子の援助も得て、『詩歌』は順調に発展し、文字通り大正、昭和を代表する短歌雑誌として発展してゆくことになるのである。夕暮の文学行路はその後も突然の『詩歌』廃刊（大正七年のこと。昭和三年には復刊される）や、昭和四年の自由律短歌への転換、昭和十七年の定型復帰など波乱に富んだ道を歩んでゆくが、そのことが近代の短歌史にさまざまな問題提起を行ってゆくことにもなった。その意味で、前田夕暮の文学はその可能性において多彩なものを蔵していたと考えられる。

そのような歌人前田夕暮の原点として、大都市東京での二十代の文学修業の日々は重い意味を有している。東京での苦闘と彷徨の日々を、夕暮の文学的特質と繫げる形であらためて評価しなおすことが求められているであろう。

近松秋江
――書簡体小説の名手――

山口直孝

近松秋江（ちかまつしゅうこう）、一八七六（明治九）年生～一九四四（昭和一九）年没。岡山県出身。小説家、評論家。本名は徳田丑太郎。十七歳の時、浩司と改名。岡山県尋常中学校（後の岡山一中、現在の岡山県立岡山朝日高等学校）を卒業し、一八九六（明治二九）年に二松學舍に学ぶ。一八九八（明治三一）年東京専門学校（後の早稲田大学）文学部史学科に入学。卒業後、博文館、東京専門学校出版部、中央公論社などに勤める。

印象批評の方法を用いた「文壇無駄話」で独自の批評スタイルを確立する。また、『別れたる妻に送る手紙』で小説家としても注目される。代表作は、『疑惑』（大正二）・『黒髪』（大正一〇）・『子の愛の為に』（大正一三）・『三国干渉』（昭和一六）など。

〈写真／日本近代文学館蔵〉

一　マイナーな作家の大きな功績

近松秋江は、マイナーな作家である。同じ二松学舎ゆかりの夏目漱石に比べれば、知名度は低い。その作品も、今日あまり読まれている気配はない。文庫で入手できるのは、『黒髪・別れたる妻に送る手紙』（講談社文芸文庫）の一冊のみ。よほどの小説好きでなければ、手を出しはしないであろう。

文芸史での扱いも、大きくはない。自然主義の末端に位置する書き手として名前が挙がっても、記述はごく簡単である。文学全集でも単独で一巻を与えられることは珍しく(1)、田山花袋・岩野泡鳴・真山青果・宇野浩二・葛西善蔵らと一緒にまとめられることが多い(2)。

とは言え文学者としての秋江の仕事、実は軽視できない。従来の文芸史は、流派の対立を軸に置いていたこともあり、秋江を正当に評価しそこねているところがある。さしあたり、ここでは彼の功績を二つ挙げておく。

一つは、文芸批評に新境地を拓いたこと。西欧の印象批評に学びつつ、秋江は、請け売りに終わらず、「文壇無駄話」という独自の形を編み出す。「無駄話」の語が示すように、肩肘を張らない調子で、身辺雑事も時には交えながら、彼は、文芸や演劇の時事的話題を論じていった。多くの批評家の物言いが大上段に振りかぶった抽象的な発言であった時期に、柔軟な創作評を展開した「文壇無駄話」は、日本人による、地に着いた批評の始まりと言える。

もう一つは、本格的な「私」を語る小説を創造したこと。近代になって、生活水準が高まり、新しい知識や感性を与えられることによって、人はより複雑な内面を備えていった。個人の意識に先に目ざめた者は、周囲や自身の身体との摩擦に直面し、心の葛藤を強めていく。そのような体験は、やがて小説の題材として意識されるようになる。内面への関心が高まるのに伴い、注目されたのが当事者が自らの悩みを語る体裁の小説、すなわち一人称形式の小説である。すでに森鷗外『舞姫』(一八九〇年)はあったが、これは「余」が綴る擬古文体の手記である。異国での恋愛沙汰で主人公が心身を混乱させる状況が描かれているものの、再現的であるとは言いがたい。『舞姫』は孤立例であり、以後一人称の語り手は、しばらくの間、写生文のように自己と直接関係のないできごとを説明することしかできなかった。性欲の問題に大胆に切り込んだ自然主義の作家たちは、自己の体験を書く時、当初は三人称を使っていた。自己との距離を調節しながら、わが身に起こったことを言語化するのは簡単ではない。その難題に挑み、「私」が「私」を語る小説を物した一人が秋江であった。

一九〇二年二月、秋江は牛込の貸席清風亭で働いていた大貫ますと知り合い、翌年同棲するようになる。だが、彼に甲斐性がなかったせいで、二人の関係は安定しなかった。体が丈夫でない秋江は、仕事が長続きせず、定収がなかった。彼は、小間物店をますに経営させるが、店の売り上げも無断で使ってしまうなど、彼のふるまいは勝手なところもあったらしい。一九〇九年八月、ついにますは、秋江の下を去ってしまう。慌てた秋江は、失踪した彼女を捜し回ると同時に、共に過ごした日々の追懐に耽る。そのような自身の姿を、彼は、小説として世に問うていく。それが『雪の日』(『趣味』第五巻第三号、一九一〇年三月一日)に始まる、「別れた妻もの」と呼ばれる連作である。女が家を出る前に下宿していた学生と通じていたのではないかという疑いに駆られ、不貞の証拠を求めて「私」が日光の旅館を訊ね歩く『疑惑』(『新小説』第一八年第一〇号、一九一三年十月一日)は、男の根深い嫉妬心を描き、シリーズの中でも評価が高い。批評家の平野謙は、『疑惑』を「最初の金無垢な私小説」と呼び、「近松秋江が『疑惑』を発表したとき、わが国独特の私小説形式はほぼ完璧に樹立されたのである。[3]」と位置づけている。「私小説」という言葉が実際に使われるようになるのは、『疑惑』よりも六、七年後であるため、主張を鵜呑みにすることはできないが、平野の見解は、秋江文芸の核心をとらえたものと言えよう。「私」の表現領域を拡張した秋江の仕事は、もっと顕彰されてよい。本稿は、近松秋江と二松学舎との関わりから説き起こし、彼の文芸観や仕事の一端を紹介するものである。

二　二松学舎との関わり――ロマンティシズムの醸成

秋江は、一八七六年五月四日、岡山県和気郡（現、和気町）に生まれた。[4] 生家徳田家は、農業のかたわら酒造業を営んでいた。彼は四男であり、本名は丑太郎（のち浩司と改名）と言った。筆名は、最初徳田秋江を用いていたが、徳田秋声と紛らわしいという理由で、敬愛する近松門左衛門に因んだ近松秋江を名のるようになった。

秋江は、小学校に入学した頃から、巡回して漢学を教える地元の老人から『大学』・『中庸』・『論語』の素読を学んだ。学問への興味が湧いたのは、高等小学に進んでから。地理歴史に関心を持つようになり、小学校の先生から『日本外史』や『十八史略』を夜学で教えられた。学業成績では、ほぼ首席を占めたと言う。また、「小国民」などを読む機会を得、成績も向上し、勉学への意欲も強くなった。片方で英語を学びつつ、漢文脈の知識も修得するというのが、当時の教育の標準であり、秋江もそれに沿って教養を形成したようである。『日本外史』は、少年時代の秋江を熱中させた書であった。後年彼は、随筆でその魅力を語っている。[5] 秋江は、『日本外史』が「王政復古を起した思想上の動力」と位置づけ、自身が育った時期には「其の機能を終つてゐた」と認めつつ、「私は少年時代に於て、家庭の読み物として、郷先生に就いて日本外史を教授せられたことを一つの罪なき誇と信じてゐる。」と振り返る。彼は、『日本外史』を「歴史であるといふよりも、寧ろ伝奇小説である。英雄伝である。勇侠譚である。純潔にして激越なる感情を有する史詩である。」と規定し、「我が日本人中にあつて、最も高調なる感情生活を生活した弾力に富む人間が充満してゐる」ところが愛読の理由であると言う。源頼政が「意気の為に」、楠正成が「信念の為に」死んだという理解が示すように、秋江は、確かに『日本外史』を物語として受容しているようである。

　秋江文芸の特色の一つに情緒性がある。生活の味気なさから逃れようと、主人公は、しばしば古典作品の男女の仲に思いを寄せ、それに近づくことを夢見る。もちろん、理想の状態に到達することはないが、現実否定の傾向が見られることは留意されてよい。秋江文芸におけるロマンティシズムは、『日本外史』などの漢文教育によって培われた部分を持っていよう。

　父は、秋江を僧に、また、後には画家となることを勧めた。また、兄からは医者になればという助言があった。しかし、秋江本人は、周囲の考えとは別に、政治に興味を持ち、文章家になりたいという希望を持つようになる。一八九二年九月、県立岡山中学校に入学するが、授業が高度でついて行けず、翌年には退学する。その間に、徳富蘇峰が主宰する雑誌『国民之友』や滝沢馬琴『南総里見八犬伝』・末広鉄腸『雪中梅』・矢野龍渓『経国美談』を耽読する。「小学校時代大阪朝日新聞の小説を読みたる外未だ嘗て所謂軟文学には一指だも触れざりき。[6]」と証言されている通り、この時期の秋江は、まだ文学者として覚醒しておらず、志士的な感性の余波に影響されていた。同じ頃、福沢諭吉の『実業論』に触れて共感し、大阪市立商業学校を受験するも、体質虚弱を理由に不合格となる。志を捨てきれなかった秋江は、家族に無断で上京し、慶応義塾に入るが、父の急死によりわずか二か月で岡山に戻らなければならなかった。

父が共同経営していた米穀仲買店で働きながら、秋江は、尾崎紅葉・泉鏡花などの作品に親しむようになる。さらには『文学界』・『帝国文学』などの文芸雑誌の購読も始める。樋口一葉の諸作に感動し、秋江は、「一葉の如くにして人生を観ること深く且つ詩的なれば、男子五十年の生涯を擲つて軟文学に身を委ねるも亦た恥づる所にあらずと信ずるに至る。」[7]と進路を大きく転換することを決意するに至った。日清戦争の前後で彼が急速に政治離れをし、近代小説の先端に触れていく歩みは、時流に微妙に逆らっているようで面白い。

一八九六年九月、再度上京した秋江は、神田区駿河台鈴木町に下宿を定めた。師事しようとした一葉が夭折したことに落胆した彼は、代わりにどこで学ぶかを思案する。慶応にも早稲田にも飽き足らないものを感じた秋江は、結局神田の国民英学会で英語を、そして二松学舎で漢学を、学ぶことを選んだ。二松学舎と近松秋江との関わりがここで生まれる。

当時の二松学舎は、私立各種学校として、漢学を教授する機関であった[8]。神田錦輝館で創立二〇周年の祝宴が行われたのが同年の二月。日清戦争の勝利から東洋学への関心が高まったことや学祖三島中洲が東宮侍講に任じられたことから、二松学舎の学生は増加し、二〇〇名を超えようとしていた。

二度目の上京の様子は、『私は生きて来た』(『中央公論』第三八年第一〇号、一九二三年九月一日)という小説からも知ることができる。この中編は、文学者「彼」の半生を扱っているが、作家になってからの足取りは簡単で、ほとんどは学生時代の記述に費やされている。均衡を欠いた構成は、関わった女性たちへの愛憎を小説にしてきたこれまでの創作方法が、その時点の秋江に反省されていたからであろう。三人称の形式は、過去の自分と距離を置こうとする作者の意識によるものと考えられる。

冒頭部、大阪泉州堺の大浜から神戸へ向かう汽船の客となった主人公の姿が詳述される。岡山から東京へ向かうのに、逆向きの移動になっているのは、豪雨のために鉄道が不通になり、神戸から横浜への海路に切り替えたためである。

多勢の旅客の中に交つて、甲板の鉄欄に凭れながら先刻より其等の景色に眺め入つてゐる一人の青年があつた。年の頃二十か二十一。久留米がすりの単衣に黒いメレンスの扱帯を締めて、赤皮の半靴を穿き身体は痩せ形。顔の色も白いといふより青白くて優れぬ方であるが、神経質な大きな眼や眉のあたりに何処か意故地で癇癪持らしいところが表はれてゐる。そのために一寸見たところ賑やかなやうな容貌でありながら、やゝもすれば陰気に見えるのであつた。甲板に群がつてゐる旅客の中には大分学生らしい青年も見受けるが、彼は同伴者もないと思はれて何人とも口をきかうともしない。たゞ一人孤独の無聊をまぎらさうとするやうに、甲板の上に立つて、あちら此方を歩いて海の上を覗いて見たり、遠くの島や山を眺めたり、知らぬ旅人の話してゐるのに耳を傾けてゐたりしてゐた。彼の顔にはいつも、何か気の晴れぬといふやうな憂ひの雲がかゝつてゐるやうであつた。それは、おほかた、是から先きの前途の不安を、誰れを対手に相談する者

もなく、たゞ彼れ一人の胸に思案して迷つてゐたからでもあつたらう。(一)

秋江が自画像を描くことは珍しい。ここでは、周囲と異なる、複雑な内面を持った青年の容貌が提示されている。文学に目覚めた若者が反省的になり、さまざまな悩みを感じるようになるのは、当時実際にありえたことであろう。その意味で、引用部分は、歴史の証言となっている。ただし、ここでの外見描写には、憂鬱な表情の持ち主を理想化しようとする語り手の意識も含まれていよう。作家になってからの活動に懐疑的になっていた秋江は、可能性を孕んだ猶予期間として学生時代をとらえ直そうとしたようである。

東京に着き、駿河台の下宿に落ち着いた「彼」は、どの学校に通うべきかで迷う。それは、「彼に何の目的も思慮もないからではな」く、「あまり空想や希望が多過ぎた」(四)からであった。「医者とか画家とか又は軍人とかいつたやうな一定した職業の人間にならうとするよりも、先づ人間になりたいといふ希望」(一)に、「彼」は強く駆られる。与えられた自由な時間を活用し、精神を豊かにしようと意欲に満ちた「彼」が選んだのが、二松学舎であった。

「彼」は、早稲田の文学部の予科の入試にも合格していたが、気が進まなかったため、入学を見合わせている。「早稲田の文科は又あまりに純文学に狭められてゐて、彼の期待する人間としての教養に意を払つてゐないやうな感じがして、どうしても早稲田の人間となることに気が進まなかつた。」(五)のが理由である。世間一般の実学志向に反撥する一方で、秋江は、文学に専念することにも躊躇する。「一代の名文家になりたい」(五)と憧れていた秋江は、今しばらく職業訓練とは離れていたかった。そのような彼の眼鏡に叶ったのが、国民英学会であり、二松学舎であった。「特に大なる組織の学校に入るを欲せざりき。」(9)という発言には、時代に棹さそうとしない秋江の意識がうかがえる。東洋学が見直され、二松学舎の学生が増えていたことと秋江の選択とは、どうやら無関係のようである。当時の二松学舎は、通学生・寄宿生のほか、校外生（遠方の地に住み、通信による詩文添削指導のみを受ける者）・級外生（夜間通学や兼学をしている者）・級前生（学期中に入舎した者）など、さまざまな種類の学生が集っていた。月謝は五〇銭、校則は緩やかなもので、履修もかなり融通が利いた。「そんな規則正しい学校にいつてゐる訳でもない」（六）という感想は、自由な校風を指してのものであろう。

『私は生きて来た』および自筆年譜に従えば、秋江は、一八九七年の五月頃までの約一〇か月、二松学舎に通っていた。当時二松学舎には、尋常部・高等部の二部があったが、彼がそのどちらに通っていたか、また、どのような講義を受けていたかなど、詳しいことはわかっていない。九七年の一月、「麹町の英国大使館の裏の方にある下宿」（四）に引っ越し、通学がより便利になった秋江は、毎日真面目に出席していた。ただし、学業に打ち込んでいたかと言えば、そうでもなかったらしい。「その為にどれだけ彼の学問や思想が進歩したとも思はれなかつた。霧の中にゐて、たゞ遠い処にある物をあてもなく追ふてゐるやうな空想と、それの容易に実現されさうもない物足りない寂寞と不安とに悩みながら、殆ど無益な日を消してゐるに過ぎなかつた。」、「一日の大半はたゞ取留めもない空想に耽つてゐることが多かつた。」（四）と、小説では回想されている。額面通りに受け止めれば、当時は無為の日々となるが、それを怠惰と片づけるのは早計である。九五年に改訂された二松学舎の舎則「第一章　教旨／第一条」には、「己ヲ修メ人ヲ治メ一世ニ有用ナル人物ヲ養成スルニ在リ」という目的から、「今ヤ洋学大ニ行ハレ法律技術ノ精密ニ至テハ漢学ノ能ク及ブ所ニアラズ苟モ当世ノ事務ニ志スモノ漢道洋術偏廃ス可カラズ故ニ本舎ハ漢学ノ課程ヲ簡ニシ以テ洋籍ヲ学ブノ余地ヲ留ムルノミ」と、西洋の学問を同時に修めることを奨励する文言がある。欧米の文化の圧倒的な影響の下、漢学は教育課程の修正を迫られていた。二つの異なる学問体系を折り合わせようと、苦心する様子が舎則からはうかがえる。実用性の観点からの見直しは、しかし、秋江にとっては喜ばしいものではなかったろう。秋江が英語と漢学とを同時に学んでいたことは、形の上では、舎則に従っているように見える。しかし、小規模の学校にあえて身を置こうとした経緯からして、就職と勉強とを結びつける発想は、彼にはなかった。「空想」に耽る毎日は、秋江が学問を純粋に享受していたことを表しているとも解せる。時流から背を向けた秋江は、学び舎の中でも少数派として身を置き、ロマンティシズムを追い求めていたのではないか。

ちなみに、『私は生きて来た』には、「つい二三日前までは魔神の怒つた如く濁浪を揚げて渦巻いてゐた海も、今日はそんなことは、けろりと忘れてしまつたやうに美しい顔をして、涼しい初秋の風が海の面から吹いて来た。いづれの旅客も、畳の上にゐるやうな船路を喜んで甲板の上に出て明媚な茅渟の浦の風景を眺めてゐた。匂ふやうな藍色に染められた雨後の淡路の島山には真白い朝霞が長く横さまに棚曳いてゐる。六甲山から摩耶山は手に取るごとく鮮かに浮きいで、、その麓につゞく神戸兵庫の瓦甍白堊は静かな波に影を涵して、恰も龍宮の絵を展べたやうに見えてゐる。」（二）のような、叙景文がしばしば登場する。平易な説明の中に、漢語をほどよく按配した文体は、漢籍の摂取抜きには成り立たなかったであろう。

三　その文学観――二松学舎所蔵近松秋江書簡から

二松学舎大学では、ゆかりの文人の資料を蒐集することに力を注いでおり、近松秋江についても、自筆原稿・書簡を何点か所蔵している。ここでは、その中から『近松秋江全集』（八木書店）に未収録の書簡を一つ紹介し、そこにうかがえる彼の文学観を検討してみたい。まず、手紙の全文を翻刻したものを掲げる。

> 「読売」にで、ゐる九月号各雑誌要目の処をみると、「早文」には　細田源吉君の「好事的傾向を難ず」といふ評論があるようです。内容はしかじか見なければ分りませんが、題目だけについて想像すると、私の近時感じてゐることをいつてゐるようです。
>
> 　私は、江口渙などの馬鹿評論家が主導する如く、谷崎潤一郎君や芥川龍之介君等の荒唐無稽な、ロマンチック小説や〈夢〉幻的歴史小説をさまで感服しません。其等の〈好事的〉文芸を文壇の〈中心〉主潮と見倣さんとする如きは最も近代文芸の大精神を解せざる蒙昧な頭です。彼の諸氏の文芸は要する学問のある江戸ッ児――

依然江戸戯作者の系統を継承せる戯作者流の文藝
であって、此の〈如き〉文藝を無條件《アンコンヂイシヨナル》に賞揚して文壇の
中心主潮となさんとするは、〈ひとり文藝のみならず、凡ての文物の基調をなせる〉近世リヤリズ
ムの精神
を正視することを
得ない逃避的態度の遊戯的わざくれ
であります。〈長年〉文芸に対して折角主張して来た
厳粛なる態度、真面目なる人間批
評の精神を没却することになります。

〔欄外〕
彼等の作品に、
どこを押したら、
生活が出てゐま
すか、谷崎や
芥川の物には
人間生活が〈少しも〉出て
ゐないではありま

せん。それを文芸
の中心主潮の如く
いふ江口に対して
一本突込む人
もゐないのは慨かはしい。

私は　その意味に於て「時事」に一文を寄稿して置きまし
た。彙報を書く時、よく見て下さい。当分、私はこれを主張します。
尚ほ「早文」には彙報復活との事。これ頗る結構なこ
とゝぞんじます。大に、〈穏健中正の〉彙報の精神を発揮して文壇の
ために〈社員各位〉健筆を揮はれることを希望致し
ます。一体前の自然主義時代の「早文」の
態度はやゝ軽率で雷同的であった。今後は大に慎重
の態度にてやら〈れ〉んことを望みます。
僕はさういふ意味の時評なら〈ば〉、心を苦めずして立論
立ろに成りますから、原稿料などに御迷惑を掛けず、大に
貴誌上に意見を発表さしてもらひます。
○僕も来年春から小さい自分の雑誌を出すつもりです。

それから私は来九月十日ごろに下山の予定ですから、
十月号の分も若し御都合が付くなら御一緒に願ひます。

八月廿七日　　　　　　　　　　　　　秋江

本間久雄様
細田源吉様　机辺

用紙は、原稿用紙が使われており、封筒は残っていない。文面は黒のペンで記されているが、欄外では赤いペンが用いられている。受け取り手の本間久雄（一八八六年～一九八一年）は、早稲田大学英文科出身の批評家。自然主義系統の論者として出発し、民衆芸術論や婦人問題をめぐって活発に発言した。細田源吉（一八九一年～一九七四年）は、同じく早稲田大学英文科出身の小説家。プロレタリア文学の書き手と知られ、『誘惑』（一九二七年）・『陰謀』（一九三〇年）などが代表作である。二人は、秋江の大学の後輩にあたる。

手紙には「八月廿七日」という日付しか記されていないが、何年に書かれたかは、文面から特定することができる。「「早文」には　細田源吉君の「好事的傾向を難ず」といふ評論があるようです。」と秋江が話題にしている批評は、『早稲田文学』第一五四号、一九一八年九月一日に発表されたものである。同号には、秋江の「高野山より」という随筆も掲載されている。秋江は、翌月の『早稲田文学』にも「吉備路」と題した文章を寄せており、二つの原稿料をまとめて送金して欲しいと追伸で打診し

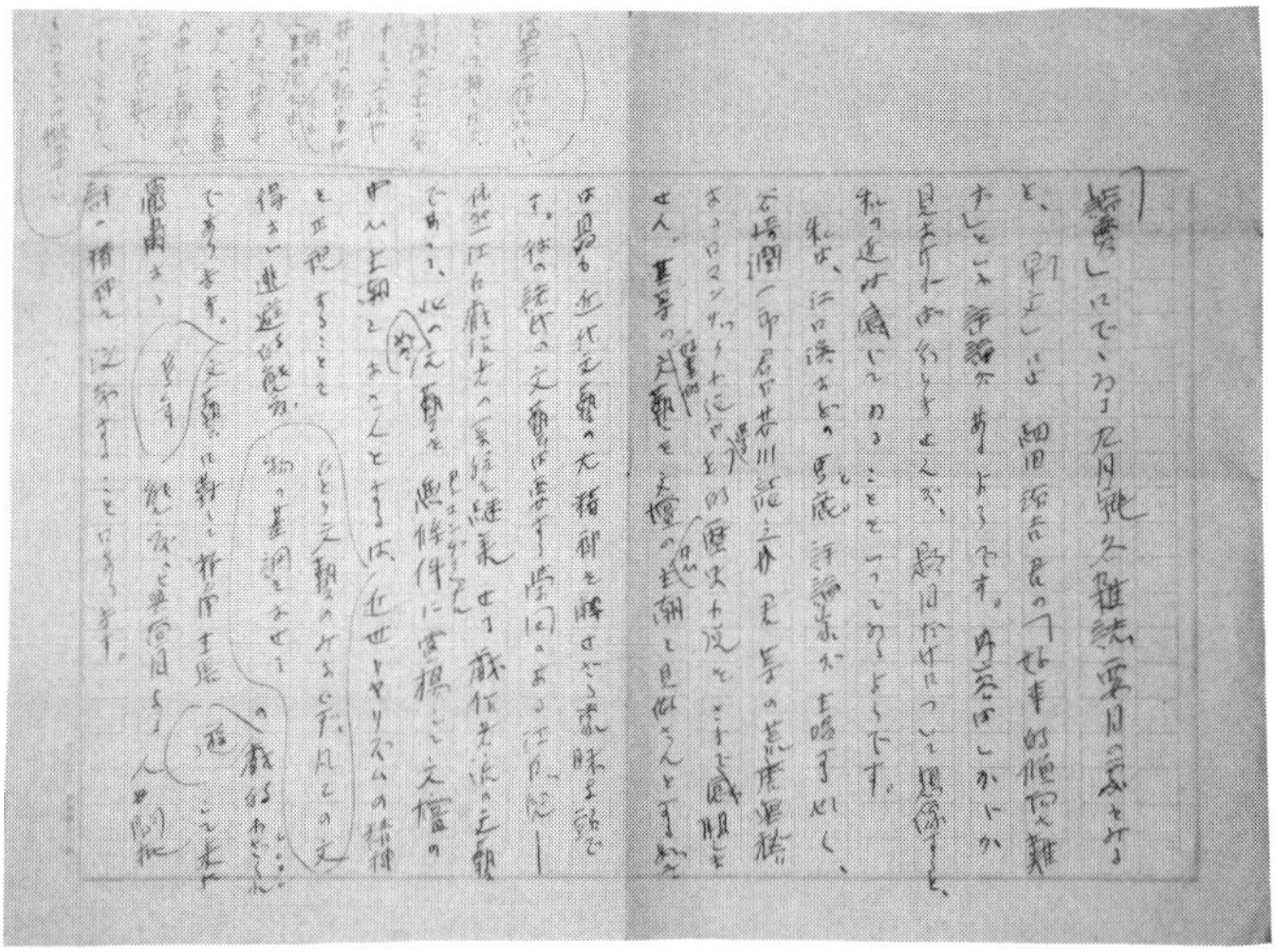

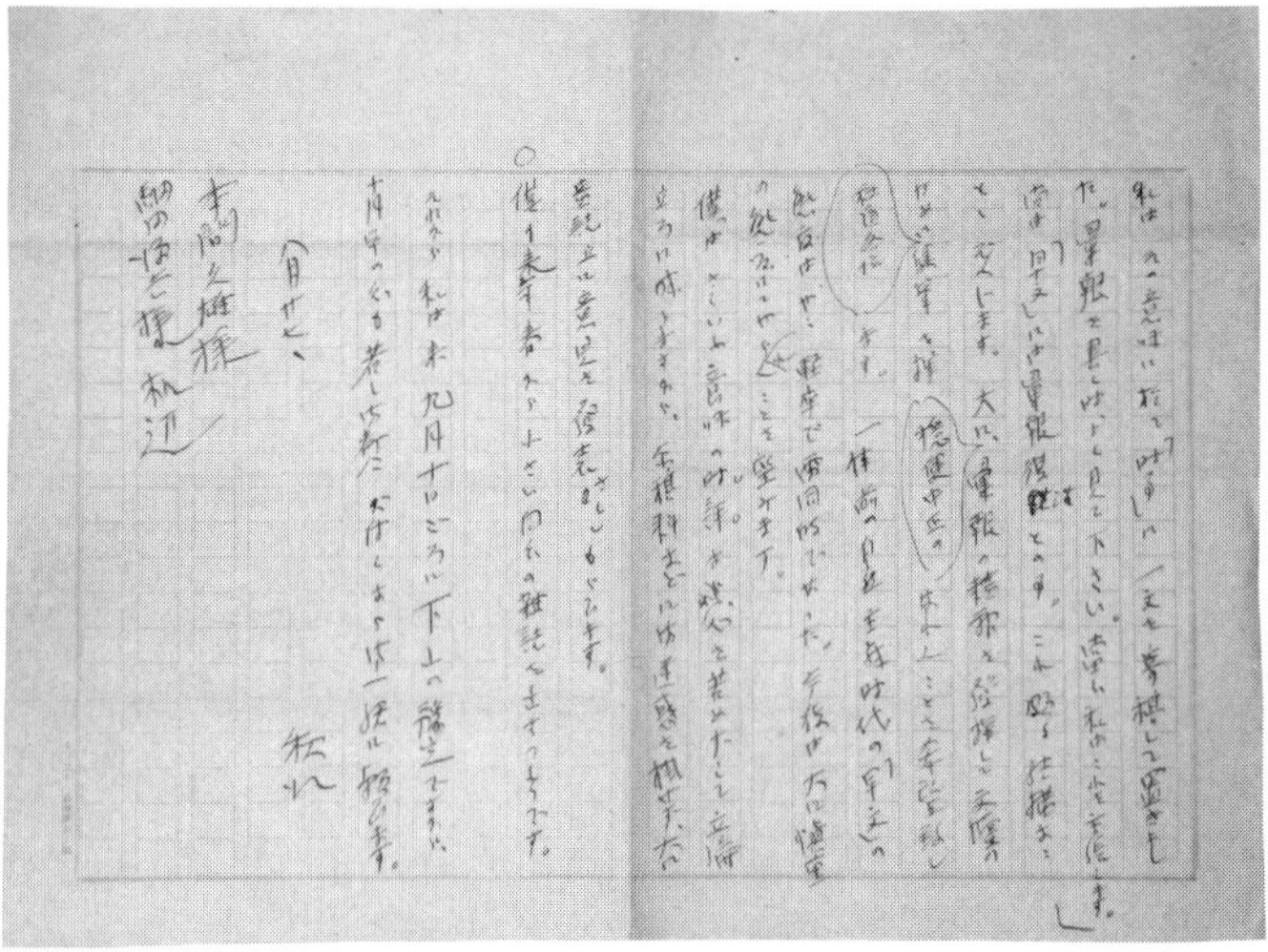

二松学舎所蔵　近松秋江書簡（1918年 8 月27日）

ている。「原稿料などに御迷惑を掛けず」という一節からすると、彼は原稿の遅れで編集部の手を煩わせたことがあったのかもしれない。当時「京都の遊女もの」連作のヒロインと関係を続けていた秋江は、彼女に貢ぐために、ずいぶんと金銭を消費していた(この手紙は、高野山を下りた秋江が女の失踪を知る直前に書かれている)。手持ちの現金が不足し、前借りを申し出ることもあったようである。この手紙は、そのような実際的な用件も含みつつ、文壇の近事について意見を述べたものである。激励の言葉は、九月から本間が早稲田大学の講師となると同時に『早稲田文学』の主幹に就いたことを受けて、紙面刷新に期待するところがあったからであろう。

細田の「好事的傾向を難ず」は、直接には『中央公論』第三三年第八号、一九一八年七月十五日を取り上げ、新奇な題材で小説を書く一部の作家の傾向を疑問視したものである。定期増刊であるこの号は、「秘密と開放」と題した特集が組まれ、国際情勢から家庭生活まで、さまざまな分野の秘密を論じた文章が集められている。創作欄も特集を意識した作りになっており、「芸術的新探偵小説」四編(谷崎潤一郎『二人の芸術家の話』・佐藤春夫『指紋』・芥川龍之介『開化の殺人』・里見弴『刑事の家』)、「秘密を取扱へる戯曲と小説」四編(中村吉蔵『肉店』・久米正雄『別筵』・田山花袋『Nの水死』・正宗白鳥『叔母さん』)が掲載されている。細田は、これらの書き手のうち、谷崎・芥川・佐藤の三人を名指しして、厳しい言葉を連ねた。彼らは、「その貴重なるべき芸術慾の過半を、好奇的にも材料の蒐集そのことに費して、敢て惜まうとしない人達」であり、「彼等には美しい衣はあつても、肝心の魂が欠けてゐ」る。細田の評言は、日常の生活とは切断された世界を創造しようという、技巧派や耽美派に対する非難としては、典型的なものである。それに賛意を示したのが、秋江であった。

手紙の中で秋江は、谷崎・芥川に否定的な見解を述べている。細田文を読みえていないにもかかわらず、秋江の評価は、細田の意見とほぼ同じである。「谷崎潤一郎君や芥川龍之介君等の荒唐無稽な、ロマンチック小説や夢幻的歴史小説」は、「好事的文芸」であり、「依然江戸戯作者の系統を継承せる戯作者流の文藝」でしかない。考えを同じくする相手への私信で、本音を語りやすかったのか、秋江の非難の調子は、途中から一段と高くなる。欄外の「彼等の作品に、どこを押したら、生活が出てゐますか、谷崎や芥川の物には人間生活が少しも出てゐないではありません。」は、詰問調である。赤字による付け加えは、手紙の作法には適っていないが、秋江としては言わずにはいられなかったらしい。

二人のうち谷崎については、秋江は、批評で何度か論じていた。[10]「文章無駄話」(『文章世界』第七巻第一三号、一九一二年十月一日)は、「谷崎潤一郎氏の書いたものには、私は小説《ノベル》としてよりも、寧ろ文章として感歎してゐる。」という一文から始まる。『秘密』や『朱雀日記』の描写を例示しながら、秋江は、「些と人の変つた妙な聯想と想像とから随分突拍子もない譬喩を駆使」する形容法に注目して、谷崎を「文章度胸の好い人」と呼ぶ。相応の評価が与えられているが、小説に適当な文体と見なされているわけではないことには、注意が必要である。秋江が「何等の想像を混へない、唯、現実《リヤリチイ》を写すといふことを無上の条件とした」場合に理想視したのは、徳田秋声であり、谷崎は「他の種類の文章を要求する時」の参考とされているにすぎない。称賛は、内容ではなく、技法にのみ向けられている。そのことは、「〈新年の創作〉潤一郎小剣二氏の作品」(『文章世界』第一〇巻第一号、一九一五年一月一日)で一層明瞭となる。秋江は、『お艶殺し』に言及し、「何処か文章の上ではがつしりとした厚味があるが人間を描く点に於ては深味が乏しい。」と断じている。秋江と谷崎とは、江戸趣味や京都愛好で重なり合う。前節で触れたように、秋江にはロマンティシズムの傾向もある。にもかかわらず、「この人はどうしてもリアリストではなく、ローマンチストである。」と、谷崎に不満を洩らしていることは、一見不可解である。しかし、「一旦現実の真相を見詰めた人――幻滅の人は仮ひ現実の姿にローマンスを認めても、それを追究してゆくと矢張り苦々しい現実に消へてしまう。」と記すように、秋江には、ロマンスは所詮ありえないものという、醒めた認識がある。「独り小説に限らず芸術なるものが、そもそも本来は実を摸倣して起つたもの」（「小説の本系と傍系」『時事新報』一九一六年二月二十八日～三月二日）という理念を持ち、徳田秋声『あらくれ』を「人間生活の無解決も最も具象的に精緻に示してゐる作である。」（「無解決の小説（秋声氏のあらくれ）」『読売新聞』一九一五年十月十七日）と絶賛する秋江は、やはり自然主義の系譜に連なる作家と言える。「他人を書く小説が、もつと進歩することを希望する」（「〈本年の文壇〉小説壇」『文章世界』第一〇巻第一号、一九一五年一月一日）も、あくまで写実を前提とした注文であろう。この前後の、観念色の強い谷崎の諸作は、秋江の志向とは相容れるものではない。

もう一方の芥川に対しては、秋江はほとんど関心を示していない。わずかに、「文芸時事（新歴史小説の疑ひその他）」（『読売新聞』一九一八年四月二十日・二十一日）に「森鷗外博士の書かれるもの、永井荷風氏、谷崎潤一郎氏、芥川龍之介氏などの書かれるもの、悉く興味を有てゐるのであるが、乍併過去の人物事件に対して新人の新解釈を附与するとはいひながら、それが究極するところ果して何処まで徹底的に新解釈を附し得られるものなのであるか。」という言及が確認できるくらいである。歴史小説の流行に懐疑的であることから、好意的に触れたものではないが、短いため、あまり参考にはならない。あからさまな悪口を記した手紙は、秋江の芥川に対する見方を示すものとして、貴重である。

手紙の文面が激越であるのは、谷崎・芥川に対する不満からだけではなかった。秋江の怒りを増幅させた存在として、「馬鹿評論家」と罵られている江口渙（一八八七年～一九七五年）の名は落とせない。江口は、後にはプロレタリア文学で活躍することになるが、当時は漱石門下の新進小説家・批評家であった。ベルグソン哲学の影響を受け、理想主義的傾向を追求する批評は、「白樺派以後の大正文壇再編成に指導的役割を果たした。[11]」と言われる。この時期江口は、「ロマンテイシズムの欠乏」（『読売新聞』一九一八年五月八日～十一日）・「真純なるロマンティシズムの要求」（『文章世界』第一三巻第七号、一九一八年七月一日）などを発表し、自然主義・人道主義を乗り越える芸術を創造するために、ロマンティシズムの導入を説いた。吉田精一は、江口の主張を「問題は唯一つ直観による飛躍によってのみ、実在の本質に突入し得て、それを正確に表現し得たものが、真実の芸術である。」と要約する。[12]それらの文章において、肯定的に取り上げられていたのが、谷崎であり、芥川であったわけである。二人が今後文壇の主流になるという江口の見通しは、秋江にとってよほど承服しがたいものであったらしく、くり返し否定の弁が登場している。

江口への目立った異見がないことに不満を持った秋江は、手紙にあるように、反論を執筆する。それが「ロマンテック小説を排す――「秘めたる恋」の作者へ」（『時事新報』一九一八年八月二十七日～三十日）である。徳田秋声への書簡の形を採ったこの批評では、「リヤリスチックの小説」（秋江は、「自然主義も写実主義もリヤリスチックの内に包括せらるべきもの」という見方に立つ）が本道であるべきにもかかわらず、「荒唐無稽なるロマンチシズムや夢幻的なる歴史小説の遊戯に趨」る傾向が「一部の雑誌経営者と一部の芸術家及び評論家の間に流行をなして」いる情勢が問題視されている。文壇を誤った方向に導いている「高踏派《パルナシアンスクール》」の跳梁を許しているのは、リアリズムの精神に則った傑作が生まれていないからと推察する秋江は、秋声の創作が模範と見なされることを期待する。論旨は手紙と同じであるが、批判対象に固有名詞は現れず、罵倒語も用いられてはいない。公の文章では、秋江は、感情を抑えた論述に努めている。

秋江と江口との間には、以前にも対立があった。「大阪の遊女もの」と呼ばれる連作の一つ、『青草』(『ホトトギス』第一七巻第七号、一九一四年四月一日)に対して、江口は、次のような感想をかつて述べていた。

「白熱した相愛」と云い「真率なる感情」と説きながら、其が此作の何処にあるか。此等のものは女を負つて夜のぬかるみを渡りながら、負つた女の尻を擽る事ではない。況はんや女が立ち小便をした跡に、伸伸した青草を見て喜ぶ事では尚更ない。(略)

此主人公浅海のやうな愚劣な男が下らない女に下らなく惚れると云ふ事は、「白熱した相愛」でもなければ「真率な感情」でもない。要するに唯低能児の低能的行為にすぎない。(13)

五年前に妻を亡くした作家浅海が一人の遊女(偶然であるが、名を江口と言う)に執着する様を綴った『青草』を、江口は、これ以上はないほどに酷評する。江口には、独身の中年男性の寂しさへの同情がない。主人公が痴情に溺れることが必ずしもできていないことを見落としているように、この時評は客観性をやや欠いている。(14) 一九一三年頃から秋江は、若い世代の批評家から向日性がないことを理由に激しく攻撃されるようになっていた。江口の難詰も、若手の反撥の一例である。世間を知らない学徒の理想主義の産物として、秋江は、非難を受け容れなかった。志賀直哉の『和解』（一九一七年）についても、江口の激賞[15]に対して、秋江の不同意[16]というように、二人の立場は対極的である。ロマンティシズムをめぐる衝突は、両者の文学観の異なりを改めて浮き彫りにするできごとであった。

　秋江の手紙に関しては、こぼれ話がある。『新潮』第二九巻第四号、一九一八年十月一日の匿名時評「不同調」は、秋江が「蛮勇に富む《ママ》少壮の批評家」（＝江口渙）を「馬鹿」と罵った葉書を何通も出していることを暴露した。遊蕩文学批判によって秋江が長田幹彦と共に文壇での地位を落とされた憤慨が悪口の原因であるという憶測も、記事には付け加えられている。それを読んだ秋江は、「新潮記者に与ふ」（『読売新聞』一九一八年十月十四日）で抗議し、私信を公開すること、および無根の解釈を施すことを咎めた。ただし、「僕が、江口渙君を、それなる葉書によりて馬鹿批評家と呼べるは事実である。」と、秋江は、行為そのものは認めている。ここで紹介した手紙は、「不同調」の話題となっている葉書ではないが、秋江が江口を「馬鹿」と呼んでいた動かぬ物証である。二人の対立は、世代の違いも作用しており、激しい言葉遣いが溝を深めるだけであったことは否めない。しかし、秋江の懸念を、新しい感性への無理解と片づけてしまうのは、乱暴であろう。谷崎も芥川も、同じ創作方法を続けることはできず、同時代の状況と向き合うことを余儀なくされていく。悪魔主義も芸術至上主義も、現実の洗礼を浴びねばならなかったことを思えば、「幻滅」に自覚的な秋江の批評には、傾聴すべきものがある。

四　書簡体小説の魅力――『女』・『京都へ』を中心に

秋江の創作で最初に注目を集めたのは、『別れたる妻に送る手紙』（『早稲田文学』第五三号、一九一〇年四月一日～第五六号、七月一日）である。妻のお雪に逃げられた「私」が、その後の生活の不如意や馴染みになった芸妓とのつきあいなどを記していくこの中編は、一で触れたように、作者の実体験に基づく。また、題名にも示されているように、本作は、手紙の体裁で書かれた小説、すなわち書簡体小説である。秋江は、個人的な体験を言語化する際に、客観的な叙述を選ばず、一人称の形式を、しかも、手記や日記ではなく、私信という枠組を用いた。「私」を手紙によって表現する――、そこに秋江の非凡な着想があった。

書簡体小説は、古くからある形式である。リチャードソンの『パメラ』やラクロ『危険な関係』のように、ヨーロッパでは、書簡体によって近代小説が始まっている。日本でも、例えば江戸時代には、恋文の作法書を兼ねた『薄雪物語』や批評性の強い『万の文反古』が書かれ、それぞれに類似する作品も数多く出版されていた。しかし、『別れたる妻に送る手紙』は、先行の作品とは決定的に異なっている。手紙を媒介として人と人とが関係を深め、事件が生起するという展開はなく、書き手の心情吐露に重きが置かれるのである。特定の相手に向けて書く以上、目的がないわけではない。立ち去った女に訴え、復縁を求めようとする意識も、「私」にはある。しかし、「私」は、途中から用件などなかったかのように、過去の体験を、また、その時の気持のありようを細かに書くことに熱中していく。待遇表現がなくなり、文章は、小説と変わらなくなる。手紙の作法の無視もいいところであるが、表現の揺らぎが内面の不安定を表す役割を果たしているのは見逃せない。この作品は、形式が破綻しているところこそが魅力である。

『別れたる妻に送る手紙』は、小説で私生活を暴露するだけでなく、雑誌媒体を利用して、女（「別れたる妻」と言っているものの、実際は、「逃げられた内縁の妻」が適当であろう）に呼びかけを行うという選択をしたことで新しく、挑発的でかつ醜聞的であった。のちには、有島生馬『陳子へ』（一九一六年）の例があるが、行方不明の相手に自分の言葉を届けるために、印刷物を利用するというのは、大胆であり、容易に思いつけることではない。公的なものと私的なものとをわざと混線させる実験は、多くの人の関心を集めた。冒頭は、次の通りである。

拝啓

お前――分れて了つたから、もう私《わたし》がお前と呼び掛ける権利は無い。それのみならず、風の音《た》信《より》に聞けば、お前はもう疾《とつく》に嫁《かた》づいてゐるらしくもある。もしさうだとすれば、お前はもう取返しの附かぬ人の妻だ。その人にこんな手紙を上げるのは、道理《すじみち》から言つても私が間違つてゐる。けれど、私は、まだお前と呼ばずにはゐられない。どうぞ此の手紙だけではお前と呼ばしてくれ。

現在は他人である女に、距離を置いた挨拶をしなければと思いながら、「私」は、なお「お前」という呼称にこだわらざるをえない。男の未練は、明らかである。しかし、女と本気で縒りを戻す気があったかと言えば、いささか疑わしい。「だから今話すことを聞いてくれたなら、お前の胸も幾許か晴れやう。また私は、お前にそれを心のありつたけ話し尽したならば、私の此の胸も透くだらうと思ふ。」という記述からすれば、書き手は、胸にくすぶった思いをぶちまけることに最大の目的を見出している。相手ではなく、自分のために認《したた》められる手紙によって書き手の身勝手さ、愚かさ、弱さを指し示したことも、秋江の手柄であろう。

『別れたる妻に送る手紙』は、内容・形式両面の新しさから、後続の創作の参照点となった。「もう一度お前と呼ばせて呉れ。」で始まり、妻子持ちの男が関係のあった芸妓との追憶に耽るのは、田山花袋『鶯に（ある男の手紙）』（『日本』第三巻第七号、一九一三年七月一日）である。「お前、お前と呼捨てにするのを許して呉れ。もう一度だけ、この手紙の中にだけ、昔のやうにお前と呼ばせてくれ。」の部分などは、秋江のあからさまな模倣であろう。鈴木三重吉『別れたる女への手紙』（『新潮』第一五巻第五号、一九一一年十一月一日）は、家を出て行った女がたびたび手紙を寄越すのが、『別れたる妻への手紙』と異なる。書き手「わたし」は、秋江の「私」よりは女に慕われているようであるが、「わたしは今の処目の前にお前さんを見る恋よりも、別れてお前を恋ひる自分を見てゐたいのだ。」という屈折した自己中心性は共通する。佐藤春夫『別れざる妻に与ふる書――一名「男ごころ」』（『光』第三巻第一号、一九四七年一月一日）は、秋江作品のパロディ。四人目の妻の嫉妬心や価値観の違いに苦しむ夫の愚痴が述べ立てられる。妻が夫の書いている内容に抗議し、執筆に影響が出るという展開が面白い。

近松秋江は、『別れたる妻に送る手紙』の後も、『途中』（『早稲田文学』第七四号、一九一二年一月一日）・『生家の老母へ　女房よりも下女の好いのを』（『文章世界』第七巻第一五号、一九一二年十一月一日）・『執着（別れたる妻に送る手紙）』（『早稲田文学』第八九号、一九一三年四月一日）・『見ぬ女の手紙』（『婦人評論』

第二巻第一六号、一九一三年八月十五日）・『疑惑』（『新小説』第一八年第一〇号、一九一三年十月一日）・『後の見ぬ女の手紙』（『婦人評論』第二巻第二〇号、一九一三年十月十五日）・『松山より東京へ』（『大正公論』第四巻第四号、一九一四年四月一日）・『春のゆくゑ』（『文章世界』第九巻第六号、一九一四年六月一日）・『或る女の手紙』（『新潮』第二一巻第二号、一九一四年八月一日）と、書簡体小説を書き継いでいく。持続的な関心は、同時代の書き手の中では珍しく、彼は、有島武郎・夢野久作・太宰治らと並び、近代の書簡体小説を追う上で欠かせない人物である。

秋江の手紙への興味は、「私」を語るという課題から生まれた。時代の変化の中、多くの知識と新しい身体とを得た世代は、欲望の抑制や他者との関係調整といった課題を引き受けさせられ、複雑な内面を持つようになる。文学者にとって、最も切実な主題は、葛藤を抱えた自分自身であった。秋江は、そのことに早くから気づいていた文学者である。本格的に小説を書き出す前、秋江はすでに「文壇無駄話」という、私事に関わらせて文壇のできごとを論じる様式を作り出していた。トルストイの『生ひ立ちの記』（東京国民書院、一九〇八年九月十日）を翻訳した秋江は、自伝や懺悔録の書き方を踏まえた創作も試みる。しかし、「私」を語ることにはさまざまな問題がつきまとう。例えば、語り方が書き手の都合のよいものになってしまうのを防ぐことができるか、ということがある。「幾許作者だつて、根が赤の他人の文壇の人――即ち世人に対して、自分の腹の底まで見せられるものか。見せ得られるものでない。」（「〈明治四十一年文壇の回顧〉香の物と批評」『文章世界』第三巻第一六号、一九〇八年十二月十五日）と懐疑を見せる秋江は、告白の真実性に無自覚ではなかった。彼が書簡体に接近したのは、表現の揺らぎによって、「私」の語りに含まれる利己主義を提示しやすいという事情があったのではないかと推察される。日記とは異なり、他者への通路を持つ手紙が、「私」の独善的なふるまいに批評的に機能することは、秋江には大きかったであろう。

秋江の書簡体小説は、主に二つの系統に分けられる。一つは、『別れたる妻に送る手紙』・『生家の老母へ』など、秋江と等身大の書き手が登場するもの。作品は、一通の手紙で構成される。もう一つは、『途中』・『見ぬ女の手紙』・『或る女の手紙』など、一人の女性が特定の男性に宛てた手紙を集めたものである。後者は、秋江が入手した他人の手紙を流用しているものもあり、純粋な創作と言いがたいところもあるが、どれも個性的である。男を慕うあまり、あるいは、勝手な仕打ちに怒るあまり、書き手は、相手の存在を時に忘れ、感情の奔流に身を任せてしまう。『途中』では、受け手を「あの人」と呼ぶくだりがあり、『見ぬ女の手紙』では、混乱した記述が反復される。女性の書き手が見せる逸脱ぶりは、作者にも参考となるものであり、「別れた妻もの」の展開にも影響を与えたと考えられる。『別れたる妻に送る手紙』の続編である『執着』・『疑惑』において書簡の枠組が曖昧になり、「私」の回想部分がいっそう肥大化し、二重化するようになるのは、女性の手紙における文体変化の強度に学んだからであろう。『疑惑』が「私がお前を殺してゐる光景《ありさま》が、種々《いろく》に想像せられた。」といった物騒な記述を含み、過去の意識の再現に終始することで「金無垢な私小説」になりえるのには、触媒が必要であった。「別れた妻もの」と並行して、もう一つの系列の書簡体小説が発表されている意味は小さくない。

書簡体小説によって「私」を語る領域を開拓し、また、書簡体小説自体の幅を拡げることに貢献した秋江は、手がけた作品数も多く、書簡体小説の名手と呼ぶことができる。「名手」とは、いささか古めかしいが、「常に自分の芸道未熟を悲む」（「文芸時評」『新潮』第二一巻第五号、一九一四年十一月一日）など、創作活動を「芸道」ととらえる秋江にはふさわしい言い方と思われる。

最後に『女』（『新潮』第二三巻第二号、一九一五年八月一日）・『京都へ』（『文章世界』第一〇巻第九号、一九一五年八月一日）という、二つの書簡体小説に触れておきたい。これらは、ほとんど論じられることがないが、進境を感じさせる作品である。ここでは、二つの系列の書簡体小説の融合が目指されている。『女』は、芸妓立山園から客に宛てた書簡一一通（日付は、六月二日から七月十五日まで）から、『京都へ』は、客千村から芸妓に宛てた書簡一七通（日付は、七月二十日から八月十日まで）から成る。共通した設定から、二作は、連作と見なしてさしつかえない。東京の男が京都の女に入れあげるという内容から容易に見当がつくように、両作は、「京都の遊女もの」のヒロイン、金山太夫（前田志う）との関係から生まれたものである。秋江が金山太夫と知り合ったのは、一九一五年三月の頃、長田幹彦と一緒に京都に滞在していた時であった。「口のき、やう、起居振舞ひなどの、わざとらしくなく物静かなこと」や「姿の好いこと」（『黒髪』一）に魅せられた秋江は、足繁く通い、馴染みとなる。二人の関係は、四年続き、太夫の家で秋江が生活する時期もあったが、一九一八年の夏、彼女は姿をくらましてしまう。消えた女を探し求めて、京都の町を彷徨する男の姿を描いたのが『黒髪』（『改造』第四巻第一号、一九二二年一月一日）に始まる連作であり、秋江の代表作である。『女』・『京都へ』は、「京都の遊女もの」の外縁に位置づけることができる。[17]

二編を通して浮かび上がるのは、男の嫉妬心である。『女』は、「まことにすまんことゞした。」（六月九日）や「それまでゞよろしおす。」（六月十四日）のように、文面に京都弁が使われており、柔らかな雰囲気を出している。女は援助に感謝したり、行き違いを詫びたりして、男に丁重に対応しているが、相手の猜疑心の強さには閉口しているようである。七月二日付けの前便の文面を読むと、ある客に向けて書いた手紙を問題視した男が、女が破棄したものをわざわざ「継ぎ合はして裏打ちまでして」再生し、詰りの言葉と共に送りつけたことがわかる。さすがにこの仕打ちには女もむっとしたようで、「最早お目にはかゝりません。」（七月二日後便）と言い返している。男が謝って、一件はとりあえず落着したようであるが、二人の仲は、順調であるとは言えない。

男の執着心の強さは、『京都へ』において、より明瞭に現われている。日光に避暑で滞在中の男は、客と一緒に海水浴へ出かけた女に対して、「好きなお方と海水浴なんぞは洒落てゐるねえ。」（七月二十三日）、「あなたは海水浴が好きやといつてゐた。さぞ好きな人と二人で裸体《はだか》で海の中に入つて愉快なことどすやろ。」（七月二十四日）と嫌味を連発する。『女』では、女の署名が「立山より」・「その（園）より」の二種類に限られているのに比べて、『京都へ』の場合、男は、「私より」以外に「深い山の中の独りの男より」（七月二十三日）・「鬱ぎこんでゐる男より」（七月二十四日）・「心の狂ひかけた男より」（七月二十五日）・「待ちこがれてゐる男より」（八月八日）など、種々の名のりを使う。感情の振れ幅は、男の方が大きく、二人の向き合い方は非対称的である。男の過剰な物言いは、関係を深めるよりも摩擦を生み出すように作用している。すでにこの時点で、二人の仲は、破綻する兆しを持っていると言えよう。

『京都へ』には、「私今日からいよ〳〵あなたのことを小説に書き始めやうと思つて」（七月二十二日）のように、女を題材にした小説を書こうとする発言がしばしばある。『別れたる妻に送る手紙』にも芸妓お宮のことをいいモデルと思う記述があるが、わずかである。実体験と創作とをひと連なりのものととらえる発想は、「私」を語る小説が定着するに伴い、文壇全体で優勢になっていったものであった。見聞を言語化することで認識を深めていくという成長の図式が理想とされる中、秋江もその影響を受けているように見える。ただし、創作への言及が増えたとはいえ、目論見が実現しないところは、いかにも秋江らしい。「そちらで、あなたが他のお客さんと愉快な日を暮してゐると思つたら、興が醒めて小説が書けなくなつた。」（七月二十五日）のように、女に気を奪われた男は、執筆どころではない様子である。異性を慕う心が創作の糧とならず、むしろ集中を妨げていること、また、小説を書けないことを小説化していることなど、作品はかなり屈折したものを含んでいる。生の材料が提示されているようでいながら、両作は、男の愚かさが明瞭に印象づけられる作りになっている。読み手が第三者的な立場から私信に接し、冷静に観察できる書簡体小説は、秋江にとって、自己正当化の道具ではなく、書き手の心性を容赦なく暴く装置であった。愛情を求めての行動が、執拗なものであるために、関係の破綻を招いてしまうかもしれない、危うい状況が作品からはうかがえる。理想から幻滅へと反転する様相を表す上で有効な書簡体小説は、秋江の文学観に適う枠組である。双方の手紙を組み合わせ、相互発信の形式にすることもできたにもかかわらず、別々の作品に仕立てたのは、男女の思いのずれに自覚的であるからであろう。

『女』・『京都へ』は、発表当時、ほとんど話題にならなかった。森鷗外の弟篤次郎の妻久子の再婚に伴う財産分与問題に取材した『再婚』（『中央公論』第三〇年第九号、一九一五年八月一日）に話題が集まったこともあり（とはいえ、多かったのは批判である）、時評での言及は少ない。『女』について、『東京日日新聞』の匿名氏は、「うまく利用されてゆく男の愚かさが表されてゐるかも知れない」と理解を示しつつ、「愚劣な作」と一蹴する。[18]「女それ自身の心持よりも其処から推測される男の態度や心持に一層の興味をつながせられる。」という高瀬俊郎は、読み方は同じであるが、同情的である。[19]しかし、「氏のかうした女に対する詠嘆的な弱々しさも近頃は売物になつたかの感がある。」と述べ、秋江を「世馴れない道楽者の坊ちやんの成れの果」にたとえるように、登場人物と作者とを同一視し過ぎている。『京都へ』の同時代評は、なぜか見つからない。わずかに、田山花袋が『再婚』について、「短篇をつくるコツはかなりにつかんであつたと思つた。」と評したのに続けて、「『京都へ』は、終の方が矢張、その短篇のコツといふ意味で面白かつた。しかし手紙はもう少し何《ど》うかなりさうなものだと思つた。」と感想を記しているぐらいである。[20]二作を併せて論じたものがないのが惜しまれる。

『京都へ』において、男の焦りが高まる終盤に着目した花袋は、さすがに慧眼と言えよう。女と会えずに疑心を募らせる男は、長距離電話をかける。作品を締めくくるのは、次のような男の通話である。

「あゝ、もし〳〵。私よ、千村《ちむら》よ。よく聴えるか。身体はいゝの。……さうか。どうして来ないの。あゝさうか、お盆が過ぎてから来る。さうでせうよ。お盆には待ちかねてゐて逢ふ人があるだらうよ。お楽しみさま。いや妬《やく》んぢやないよ。しかし京阪《かみがた》のお盆は遅いのねえ。」（八月十二日）

男は、自分の下に女を呼び寄せようと口説く。不在の相手に向けて書く手紙では不充分に感じ、男は、直接声を聞こうとする。とはいえ、二人の間には、なお微妙な隔たりがあるようである。

『京都へ』は、電話というメディアを登場させていることでも注目に値する。秋江は、「文壇電話噺（紅葉祭に就て）」（『時事新報』一九一五年十二月二十三日・二十四日）のように、評論でも電話による対話体を用いるなど、この新しい通信手段に関心を見せていた。書簡体に電話体を挿入するのは大胆な試みであり、『京都へ』以前の例はない。むろん、趣向の面白さだけが評価の対象となるわけではない。意思を伝えるのに時間差がなくなり、肉声を取り交わしても、なお、心の隙間は埋めようがないという事態を描き出していることにこそ、『京都へ』の面目はある。実験を行いながら、秋江は、ロマンティシズムに安住できない現代人の心性をくり返し書簡体小説で描出しようとした。書簡体小説は、間違いなく秋江文芸の根幹を支える一つの方法である。

注

（1）近松秋江で一巻が編まれているのは、『現代小説全集　第十二巻　近松秋江集』（新潮社、一九二五年十一月七日）・『新選名作集　新選近松秋江集』（改造社、一九二八年十月二十八日）・『日本文学全集　一四　近松秋江集』（集英社、一九六九年二月十二日）ぐらいであろうか。『日本文学全集』の場合、「私の意見が容れられて、秋江も泡鳴も独立の巻立てとなった」（平野謙「〈作家と作品〉近松秋江」〔『日本文学全集　一四　近松秋江集』〈前掲〉所収〕）と証言されているように、編者平野謙の意向によるところが大きい。

（2）『現代日本文学全集　第三十二篇　近松秋江・久米正雄集』（改造社、一九二八年四月一日）・『明治大正文学全集　第四十二巻　近松秋江・宇野浩二』（春陽堂、一九二九年十月二十五日）・『現代日本小説大系　岩野泡鳴・近松秋江集』（河出書房、一九五一年八月二十五日）・『日本現代文学全集　四五　近松秋江・葛西善蔵集』（講談社、一九六五年十月十九日）・『日本の文学　八　田山花袋・岩野泡鳴・近松秋江』（中央公論社、一九七〇年五月五日）・『明治文学全集　七〇　真山青果・近松秋江集』（筑摩書房、一九七三年六月三十日）など。

（3）平野謙「私小説の二律背反」（平野謙『芸術と実生活』〔講談社、一九五八年一月十五日〕所収）

（4）以下の伝記的な記述は、近松秋江「年譜」（『現代小説全集　第十二巻　近松秋江集』〔注（2）前掲〕所収）・近松秋江「年譜」（『現代日本文学全集　第三十二篇　近松秋江・久米正雄集』〔注（2）前掲〕所収）・遠藤英雄「年譜」（『近松秋江全集　第十三巻』〔八木書店、一九九四年九月二十三日〕所収）を参照した。

（5）近松秋江「愛読の書　日本外史」（『中学世界』第一六巻第二号、一九一三年二月一日）

（6）近松秋江「年譜」（『現代小説全集　第十二巻　近松秋江集』〔注（2）前掲〕所収）

（7）注（6）に同じ。

（8）以下の記述は、『二松学舎百年史』（二松学舎、一九七七年十月十日）「第二章　二松学舎の発展／第四節　日清・日露両戦役と二松学舎」に拠る。

（9）注（6）に同じ。

（10）秋江が谷崎を評した一番早いものは、「七月の小説（五）」（『国民新聞』一九一一年七月二十日）で、『少年』を「巧妙な作」として取り上げ、「文字が一字一句坪に嵌つてゐて、言はうとすることが、明瞭に浮き出て見えた。」と誉めている。文壇に登場したばかりの谷崎は、秋江の好意的評価を喜び、忘れることはなかった。その後の批判に「一としきり君を好かないことがあつた」と断りつつ、谷崎は、『黒髪』を絶賛し、作品集『黒髪』（新潮社、一九二四年七月十五日）に序文を寄せている。

（11）『日本近代文学大事典　第一巻』（講談社、一九七七年十一月十八日）「江口渙」の項目より。執筆者は、小林茂夫である。

（12）吉田精一『近代文芸評論史　大正篇』（至文堂、一九八〇年十二月二十日）「第五章　作家の批評――印象批評／8　江口渙――反伝統主義よりアナーキズムへ」五八〇ページ

(13) 江口渙「四月の小説及び脚本」（『我等』第一年第五号、一九一四年五月一日）

(14) 吉田精一は、注（12）前掲書において、「近松秋江の佳作「青草」を低脳芸術ときめつけたのは、主人公と情婦の痴情の描写に癇癪をおこしたためであろう。」（五七〇ページ）と記している。

(15) 江口渙「〈出来秋　二〉志賀直哉氏と谷崎精二氏の作品」（『時事新報』一九一七年十月十一日）。江口は、「私は近頃是位力強い感銘を受けた作品に出会つた事はない。」と切り出し、「その一行一句にはほんとうの正しき人間のみが持ち得る美しき真実が、何等の飾気なしに示されてゐる。」と『和解』を絶賛する。

(16) 近松秋江「文芸時事　（下）」（『読売新聞』一九一七年十月二十五日）。秋江は、『和解』の主人公が経済的に父親から自立できていない点に注目し、「さて〳〵贅沢なる不和であり和解であると思つた。」と感想を述べている。なお、「江口渙氏や小宮豊隆氏などによつて盛んに好評を博せられつ、あるのを見て」と触れられているように、江口の評は、秋江が『和解』を読むきっかけになっている。

(17) 紅野謙介「回想の至聖所《サンクチュアリ》」（『近松秋江全集　第四巻』（八木書店、一九九二年十二月二十三日）所収）は、「京都の遊女もの」を三系統に分類しているが、『女』・『京都へ』は数え入れていない。一方、遠藤英雄「解説」（『近松秋江全集　第二巻』（八木書店、一九九二年八月二十四日）所収）は、『黒髪』以降とは、「作品世界が異なる。」と断りつつ、両作を「京都の遊女もの」の中に含めている。

(18) 十束浪人「八月の文芸雑誌」（『東京日日新聞』一九一五年八月十日）

(19) 高瀬俊郎「前月の創作と評論」（『新潮』第二三巻第三号、一九一五年九月一日）

(20) 田山花袋「机上卓上」（『文章世界』第一〇巻第一〇号、一九一五年九月一日）

※近松秋江の作品・エッセイの引用は、『近松秋江全集』（八木書店）に拠る。書簡の翻刻・写真撮影にあたっては、二松学舎大学附属図書館のお世話になりました。また、書簡全文の掲載について、近松秋江のご息女徳田道子氏よりご快諾をいただきました。記してお礼申し上げます。

山田方谷
――陽明学理解の特色――

吉田公平

山田方谷（やまだほうこく）、諱は球《きゅう》、字は琳卿《りんきょう》、通称は安五郎《やすごろう》、方谷はその号。一八〇五（文化二）年〜一八七七（明治一〇）年。備中松山藩領西方村（現在の岡山県高梁市）出身。新見藩の丸川松隠、京都の寺島白鹿、江戸の佐藤一斎等に学ぶ。幼い頃より神童と称せられ、二五歳の時に藩主より名字帯刀を許され、藩校有終館の会頭となる。大小姓格、元締役兼吟味役元締、郡奉行、元締兼藩執政、年寄役助勤、準年寄役等を歴任。藩主の顧問として藩政改革に取り組む。維新後は、家塾や閑谷学校で子弟教育に従事する。著書は、義孫山田済斎《せいさい》の編纂による『山田方谷全集』、門人岡本天岳の編輯による『師門問辨録』『孟子養氣章或問圖解』など多数。

門人には、二松學舍の創立者で新治裁判所長、東京帝国大学教授、東宮侍講、宮中顧問官等を歴任した三島中洲《みしまちゅうしゅう》のほか多数の有用な人材を輩出した。

〈写真／山田家蔵〉

はじめに

山田方谷の生涯については山田準が編著した「山田方谷先生年譜」（『山田方谷全集』第一集）が基本資料であり、研究者に大きな便宜を与えている。この「山田方谷先生年譜」は圏外に、当該年度に山田方谷と縁のあった、同時代の儒学者・政治家などを生卒年や活動履歴を簡単に記録して、山田方谷の生涯を複眼的に見ようとするときの窓口を提供している。その意味ではやせ細った年譜ではない。例えば、山田方谷が誕生した文化二年（一八〇五）の条には山田家の来歴を叙述した後に、

○藩儒奥田楽山二十九歳。西山拙齊七年前、中井竹山前年没す。○丸川松陰四十八歳、佐藤一斎三十四歳、帆足万里二十八歳、頼山陽二十六歳、大塩中斎十二歳。

文化三年（一八〇六）、山田方谷二歳の条には、

○藤田東湖・林鶴梁生。

などと。この叙述形式は一貫する。思想界・政界の動向を紹介しながら、山田方谷の生涯を紹介しようという姿勢が歴然としている。この年譜に登場する主な人物の一端を年次に沿いながら挙げると次のようになる。

平田篤胤、皆川淇園、柴野栗山、春日潜庵、池田草庵、尾藤二洲、亀井南溟、蒲生君平、大橋訥庵、中井履軒、頼春水、土井贅牙、岡田寒泉、古賀精里、伊東東里、河井継之助、大沼枕山、奥宮慥斎、阪谷朗廬、大田錦城、吉田松陰、川田甕江、鈴木遺音、相馬九方、藤森弘庵、中村敬宇、東澤瀉、松崎慊堂、佐久間象山、林述斎、渡辺崋山、近藤篤山、三島毅、林良斎、吉村秋陽、進昌一郎、菅茶山、

古賀侗庵、菊池五山、朝川善庵、安積艮斎、佐藤信淵、斉藤拙堂、篠崎小竹、江川太郎左衛門、広瀬淡窓、梅田雲浜、橋本左内、梁川星巌、久阪玄瑞、西郷隆盛、僧月照、塩谷宕陰、秋月悌次郎、栗栖天山、安井息軒、横井小楠、岡本巍、村上作夫。

編著者である山田準の目配りが功を奏したともいえるが、山田方谷の生涯が多彩な俊才との交渉に彩られていることが、このような結晶をもたらしたのである。このような叙述様式を採用した理由について山田準は何も云わない。臆測するに次のようなことを念頭にあったか。

山田方谷は、司馬遼太郎の小説『峠』に代表されるような、河井継之助との関係が浮彫りにされることがあった。河井継之助は陽明学の理論を山田方谷に学んだのではない。そうではなくして、藩政を経営する要諦を直に見た。備中松山藩の財政を劇的に再建した山田方谷の実施した再建策を具体的に解き明かしながら、それを可能にした山田方谷の見識を絶賛する際に、着目されたのがかれの「理財論」である。山田方谷は確かに「陽明学者」ではあるが、その特色は藩政の現場で実証した実務家としての「陽明学」であった。また、藩主の板倉勝静が幕政の中枢に位置したために、その智恵袋・懐刀であった山田方谷の政治感覚・政策立案能力の卓抜さが顕彰されることがある。充分に理由のあることであるが、その際に、山田方谷の学識が陽明学に立脚していることを言及するのが、常態である。しかし、それが失当ではないものの、陽明学一般に解消して論評することには、今少し慎重でありたい。実際の政治情勢なり財政事情なりは、一般論で説明するにはあまりにも複雑だからである。

一例をあげる。山田方谷とほぼ同時期に活躍した人として横井小楠がいる。横井小楠は儒学の信奉者でありながら、最も開明的な政治論を展開した。この横井小楠が信奉したのは、一般には守旧派の権化と評価される朱子学である。朱子学でありながら何故に斬新な政治論を立論できたのか。それは横井小楠の朱子学理解そのものが、朱子その人の原朱子学の起爆力を開発させていた。既成の立論を鵜呑みにせずに、更に自ら打立てた自説をも相対化する「無」の機能を存分に開花させたからである。

だから、本人が自分の学術を例えば朱子学と宣言していたにしても、それを文字通りに受けとめて安易に「朱子学」という範疇に押し込めてしまうと、その人固有の思惟方法の特色を見失ってしまう恐れが多分にある。学派の看板を掛ける時には、如何なる意味においてその看板を掛けうるのかを、吟味することが肝要である。

山田方谷の場合も、「陽明学」という看板を掛けるのであれば、如何なる意味でそれは「陽明学」なのかを明晰に解析することが肝腎である。

一　山田方谷の万延元年の交遊

言わずもがなの事ではあるのだが、もう一点、贅言を弄しておきたい。「真理は細事に宿る」とかや。安政六年七月十六日に長岡の河井継之助が来学し、進昌一郎、三島毅、林富太郎らと研鑽し、八月には会津藩の土屋鉄之助・秋月悌次郎も備中藩に来滞しているので会見した。翌九月に山田方谷が藩務のために江戸に赴くと、河井継之助は九州に遊歴し、その翌年万延元年一月に山田方谷の門下を辞去して帰国する。同じ年の五月に岩国藩の栗栖天山が来訪し、盟友の東澤瀉が十月に来訪している。その中間に同じく岩国藩の境務が訪問している。「山田方谷先生年譜」は栗栖天山・東澤瀉のことは記しているが境務については言及しない。この三人が帰国後に山田方谷に認めた御礼の書簡は『山田方谷全集』第三冊。第四集「書簡」の「来簡」4「其他」に収録されている。『澤瀉先生全集』上巻所収の「澤瀉先生年譜」の叙述と『山田方谷先生年譜』の叙述との間に齟齬があるので、今、確言はできないのだが、三人の山田方谷宛て書簡によると、先ずは栗栖天山が訪問し、その後に境務が訪問し、最後に東澤瀉が訪問したようである。この事情について、『澤瀉先生逸話籠』五十七に、次のような記録がある。

澤瀉先生の山田方谷翁を訪ねられたるは、万延元の庚申の年、初冬の事でありけるが、先生は嘗て曰く、予が方谷翁を尋ねた時は、恰も藩主の知遇を得て政務甚忙しい様子なりしが、貴君は暫らく滞留して居れば、間を偸んで談話することも出来るとて、其居の牛麓精舎の一室の置かれたりしが、其室は極めて素樸なる構造にて座の中央に爐を設け、丸で農家に見るが如き風光にしてありしが、蓋し翁はどこまでも其が本始を忘れまじきとの意と受取られて、いとも奥床敷感じたり。翁は朱王の学などより外は、頗ぶる禅仏の談をなし、祖師禅如来禅の別などを論じ、政事上の談は餘りせられざりしが、予は逗留中窃に翁が実政上の行事を察して、大に其益を得たりと。斯う先生は云はれた事がありしるが、先生は帰後、翁に贈られたる和書牘は、今は其が遺属の家に残りて居れり。今先生が其牛麓舎逗留中に作られたる詩を併して左に録す。

先日は率爾に上堂仕、何ヶ御懇命に預り、難有奉存候。其節御垂示之御立言、爾来篤斗相究候處、乍失礼イカニモ奉感服候。爾後何ヶ宜敷御願申上候。池田(草庵先生事)よりも宜敷申上呉候と被托候。此老朴直素誠、殊践履之處妙と奉存候。春日讃岐守先生(潜菴先生事)落飾之事、謬伝之由に御坐候。但願は出されしとのよし。爾し嗣子は当春被逝去候由、高簡超脱、矢張父之風有之由、

可惜事と奉存候。先は御礼御見舞而已。早々不備。乱筆御容恕奉希候。恐懼頓首謹白。十二月初四日。東宗一郎正純。

方谷山田先生　御侍央下位。

宿牛麓舎（山田方谷先生居）（自注）

先生受学於一斎先師。喜王文成致良知之説。又好禅仏之書。知遇于明主。経済有実効。（自序）

燈火照心眠未安。精神澄徹夜将残。鏖谿村犬声如豹。片日啣山嵐気寒。

と斯うであるが、此時方谷翁は、至誠惻怛本於中以全万物一体之仁といふ語を書して、先生に贈られたる者がある。猶先生の心友栗栖天山先生も曾て方谷翁を尋ぬるものもありたるやうにて、今に猶其の翁に寄せし和書も翁の家に残りて居る。

一書呈上仕候。薄寒之節、御地愈御静寧事、左右益御安泰可被成御坐奉恭賀候。二、小生不変、碌々在邑仕候間、右様被思召可被下候。夏中は御地罷出、永々淹留之中、得拝謁、特に御懇諭を蒙り、千万悉奉存候。拝辞之後、速に可呈書之處、嬾惰曠廢、恐惶之至に御坐候。此度同邑境務御地罷出候に付、任於幸便、奉呈寸楮候。猶右境氏罷出候上は、宜敷御指揮可被下候様冀上候。西陲近況異事無御坐候。但米価沸騰価別旱澇之災も無之而積漸の勢至于此。小民日益困迫仕候。前條所謂貨幣軽而物価重、信然と奉存候。抑貨幣之貴きは、独上者之利にして、反て民膏を枯るゝ之本と相成、自古積此弊候而、遂に小民作乱、流賊横行に至候。前鑑不遠奉存候。餘委曲境氏口に属し申候。時下向寒。尊体御調摂奉祈上候。恐惶謹言。

庚申十月中三日。岩国。栗栖靖。拝手。

山田先生　執事。

書中の様子を見れば、最初に天山先生が先づ方谷翁に面会して、境氏が続ひて尋ねたるにより、遂に澤瀉先生も往訪を思ひ立られしものの如し。境氏は実に澤瀉先生の門下の人にして、此時論学と名くる一文を草して就正なしたれば、方谷翁は其後に一詩を題せしに、論学一篇君所得、帰来力行有餘師。の句ありたりと云へり。（正堂聞見。『陽明学』65号。大正三年三月一日発行）

この時期、山田方谷は藩政・幕政に深く関与していたから、同学と講会する時間的なゆとりは無かった。そのような繁忙の中でも、訪れてくれば時間の許す限り、学談に耽ったようである。春日潜庵とは京都遊学中に面識を得て、交情を深くしたが、但馬の池田草庵とはお会いしたことはなかったのではないか。しかし、講友間の情報通信が濃密であったから、池田草庵については勿論知悉していた。東澤瀉の山田方谷宛て書簡の中で池田草庵からの言伝を伝えているのは、その間の消息をいう。ただし、池田草庵が心酔していた明代末期の劉念台の誠意説については、山田方谷は冷淡であった。書簡の中で、「春日讃岐守落飾之事」というのは、春日潜庵が髪を剃って仏門に入ったという「謬伝」が流れていたのであろう。安政の大獄に連座した春日潜庵を、山田方谷が勘定奉行であった藩主の板倉勝静と謀って一死を免れさせることが出来た。江戸の岸和田藩邸に拘執され、後に京都の紫野雲林院に幽居したので、「落飾した」という「謬伝」が伝わっていたのであろうか。山田方谷の住いが簡素であることを伝えるのはいかにも農民上がりの山田方谷の本領を彷彿とさせるが、山田方谷が学談する際には、朱子・王陽明の学を取り上げるのはもとよりながら、「禅仏の談をなし、祖師禅・如来禅の別などを論じ」たという。牛麓精舎における話題が儒学、わけても朱子学・陽明学一辺倒ではなかったことを証言していることが興味深い。

東澤瀉は牛麓精舎の面晤について、もう一点、次のように「政治上の談は餘りせられざりしが、予は逗留中窃かに翁が実政上の行事を察して、大に其の益を得たり」と回想している。同じ経験を河井継之助もしていた。山田方谷は藩政を取り仕切る政策論を語ることは無かったようである。それでいて、東澤瀉にせよ河井継之助にせよ、山田方谷の現場で実施されている具体例を観察して、裨益されること大きなものがあったという。山田方谷は政論家ではなくして、あくまでも実務家であった。実務家は現場で実績をあげることを第一務とする。具体的な実務策の執行の経緯については、『魚水実録』なり、『山田方谷全集』第二冊の「政治」第三冊「政治」(通し頁、一一四四―一九五三)に詳細に記録されている。これは一般的な政策論の空論ではなくして、実務報告に徹底した「政書」に相当する貴重な記録である。山田方谷が備中松山藩の赤字財政を再建したことを称賛する声は大きいが、山田方谷のこの政書に関する綿密な解析が専門家によってなされた暁には、河井継之助なり東澤瀉が実地を見聞して讃歎したことをより一層理解できるに違いない。

山田方谷は藩政・幕政の中で枢要な地位と役割を担わされて激務をこなしていたので、哲学論に熱中することはできなかった。しかし、それを棚上げして実務を処理することに明け暮れていたのかというとそうではない。その合間に根本義に立帰って思索せざるを得ない場面にしばしば遭遇したに違いない。しかし、それを論文という形でまとめることはしていない。それを行う時間を与えられなかったというのが実情であろう。そのような情況が一変するのは、御一新になり、山田方谷が政界から引退した後のことである。明治二年、山田方谷時に65歳。この後、家塾の塾生が増加し、長年温めていた思いを、門人に誘われて吐露したのが所謂「気の哲学」である。章を改めて説き進めることにする。

二　劉念台の誠意説

御一新後ににわかに「気の哲学」を提唱したのではない。山田方谷は「陽明学者」と呼称されるけれども、陽明学の世界に跼蹐していたわけではない。朱子学の長所はちゃんと弁えていたし、先に見たように禅学にも一角の見識を持っていた。考えてみればあまりにも当り前のことである。修学過程においては多方面の知識の海に分け入って道を探索した訳であるから、その知見は一学派の看板でおおえるものではない。それでいながら、「陽明学者」という呼称を許すのは、山田方谷自身が王陽明・陽明学を高く評価していたこと、彼の儒学思想の特色が「陽明学」の順調な発展と認められるからである。

王陽明の良知心学は各自がみずからの「心＝良知」を基点にして、独自に思索することを推奨したから、その門流が打立てた心性論は、各人各様で実に個性的である。それでいて彼等を陽明学者と呼称するのは、「心＝良知」を現存する人間の人格的主体として措定し、その主体者が自らの権能と責任のもとに価値判断し、社会的責任を引受けようとしているからである。人は本来的に善なる本性を固有して誕生しているという、所謂性善説が大前提にあることは言うまでもない。朱子その人が定理を提唱したから、朱子の後学は朱子の提言を「定理」と捉えて、その朱子を神格化して朱子学一尊と見立てる傾向が強い。それに対して、王門は各自の大悟を自己主張するので、多彩な分派現象を現出する。

先に山田方谷が万延元年に交遊した「陽明学者」の中で、春日潜庵と池田草庵は明代末期の劉念台が提案した誠意説に惚れ込んで吹聴していた。『大學』八条目の第三条である「誠意」に対する解釈について、朱子は最期まで定説を見出すことができなかった。何故に朱子は「誠意」の註釈に懊悩したのか。それは朱子が『大學』八条目の第一条・第二条である「格物致知」を「物に格（いた）りて知を致す」つまりは「対象について知識を窮める」と、あくまでも知的営みと解釈したことに由来する。八条目の前の四条である格物・致知・誠意・正心は「修己」のこと、これは第五条の「修身」に配当される。後の四条である修身・斉家・治国・平天下は「治人」のこと。「修身」は修己と治人の結節点である。誠意↓平天下は行為・実践と配当された。だから、誠意は行為・実践の初発ということになる。行為・実践する際には、順序階梯を飛び越えてはいけないと強く主張したから、行為の初発と位置づけられた誠意の意味づけに朱子は精魂を傾けたのである。

王陽明は順序階梯論を取らないで、八条目は渾然一体なものとして運用されると理解した。しかし、朱子も王陽明も、誠意の意を已発作用とした。已発作用してすでに結果がでているのに、それを「誠にする」努力をしたところでもはや手遅れではないのかと考えて、「誠意」の意を已発作用ではなくして、未発本体と捉え直して「誠意」を主体を確立する努力論と組み立て直したのが、劉念台の誠意説である。この劉念台の第三の誠意説に春日潜庵・池田草庵は飛びついた。彼等をも陽明学者と呼称するのは、「心＝良知」が主宰者であることを承認して心性論を組み立てて、その上で劉念台の誠意説を称賛しているからである。山田方谷は劉念台の誠意説を取らない。解釈を新たにしたものの、実践の実相に即して考量すれば、むしろ王陽明の心性論のままで、充分に機能すると考えたからである。むしろ誠意の意を未発本体と措定することにより、誠意の工夫が已発作用の現場から遊離する恐れがあることを憂慮した。藩政・幕政の現場で苦心惨憺した山田方谷なればこその提言である。池田草庵は劉念台の誠意説を終生保持し続けたが、春日潜庵は最晩年には王陽明の立論に回帰している。

三　王陽明の気の哲学

嘗て、中国近世の儒教徒たちの心性論を理の哲学、気の哲学、心の哲学などと分類して気の哲学に分類された儒学者の思考を高く評価する一つの流れがあった。特に中国の哲学界が気の哲学を唯物論と見立てて進歩的思想であると評価し、朱子などの理の哲学は客観的唯心論、王陽明などの心の哲学は主観的唯心論であると決めつけて酷評した。唯物論と唯心論の闘争史であるというテーゼの機械的適用である。新たな視点が新世界を表出したことは否定できないが、いかにも粗雑な立論であった。

ここで王陽明の心性論を気の哲学と命名するのは、唯物論的思想であることを殊更に立証しようとするのではない。そうではなくして、気の哲学と呼称する方が適切であることを平静に述べて、それが山田方谷に継承されていることを主張したいがためである。

気とは多義的な概念なのである。天地に満ちるのは気であるとか、陰陽五行の気とか、様々に表現されるので、恰も「気」という物質が実在するかのごとく受け取られ、ガス状のものとか、微粒物質であるとか、説明されたことがあった。確かにそのように理解して差支えない場合もあるであろうが、「気」という一物質が実在すると理解するよりは、実在する物質の総称概念であり、そのために多義的に多様に用いられるのだと把握すると理解しやすい。

「気」を実在する物の総称概念であると理解すると、所謂「気」は物ではあるけれども、「気の哲学」を単純に唯物論であると決めつけたところで、その哲学の内容を何等説明したことにはならない。それなのに、今あらためて王陽明の心学を「気の哲学」の範疇で述べようとするのは、山田方谷の所謂「気は理を生ずる」の説が、王陽明の「気の哲学」を発展させた立論であることを云いたいがためである。

王陽明の「気の哲学」が簡明に表白されているのが、王陽明が五十三歳の時に、門人の陸原静が『書経』大禹謨の「人心惟危、道心惟微、惟精惟一、允執其中」に関する質問に答えた、次の書簡である。今は『伝習録』中巻に収められている。

精一之精、以理言。精神之精、以気言。理者気之條理。気者理之運用。無條理則不能運用。無運用則亦無以見其所謂條理者矣。

この一文の内、所謂「気の哲学」を強調するときに常に引用されたのが、「気者理之運用」の一節である。ただし、その際に「気者理之運用」というときの「気」が何者であるかを説明されることはなかった。『書経』の「人心」とは「生身のわたし」のこと、「道心」とはその「生身のわたし」が本来性を実現発揮できた場合のありかた、「本来のわたし」とでもいおうか。「生身のわたし」が「本来のわたし」を実現発揮する、その努力の有様を述べたのが、「惟精惟一、允執其中」（惟れ精惟れ一、允に其の中を執れ）である。「允に其の中を執れ」について陸原静は殊更に説明を求めていないのは、「惟れ精、惟れ一」の努力をする際に「其の中」を執るという時の「中」とは「中庸」の「中」のことではあるが、「其の中」の「其の」とは「心」を受けるから、「其の中」とは「心が本来的に固有する本来性のままにある〈本心〉(『孟子』の語)」のことである。だから「允に其の中を執る」とは「本心」(本来性としての心)を保持することである。そのための努力論が「精・一」であるから、これも「心」(わたし)の努力の仕方を言う。「精一」は「心」が「理」を実現発揮する努力の仕方である。「精神」という場合の「精」は「心」の働きそのものを言うのであるから、それは「気」である。ここでいう「気」は「わたしという身体」を丸ごと包括していう。この「身体としてのわたし」＝「気」を「人格としてのわたし」として表現するときに「心」という。実存者を人格という視点から「心」といい、身体という視点から「気」(身)という。表現の仕方は異なるがもともとは一つである。このことを渾然一体、渾一という。「気は理の運用」とは、外でもない身体としてのこのわたしが理を運用することを言う。「理は気の條理」とは、そもそも理とは外でもない身体としてのこのわたしが実現発揮する條理のことであるという。王陽明の「心即理」を「気」(身体)を持ち出して立論している事が歴然としている。王陽明の「気の哲学」が存在論を述べているのではないことは明白である。

王陽明は心性論を説明するときに、心・性・生・気・身・意・知・良知・物などの概念を持ちだして立論しているが、実存者を分解せずに、あくまでも丸ごと渾然者と捉えて、その上で便宜的に分相に即して、説明している。一々の措辞ごとに分析的に思考することに慣れているものには、分かり難いことながら、もと渾然一体なる存在の有り様を方便として措辞しているのだということを押えると、理解しやすい。山田方谷はこのような渾一的思考を踏襲する。「今、此処に、実在する生身のわたし」に視点をすえた実践倫理学を提案しようとするときには、不可欠の思考ではあるまいか。

四　山田方谷の「気は理を生ずる」の説――『孟子養気章或問図解』――

山田方谷の「気は理を生ずる」の説がまとめて記録されたのは『師門問辨録』と『孟子養気章或問図解』である。共に門人の問いを受けてそれに答える形式になっている。ただし、『孟子養気章或問図解』は山田方谷自身が自問自答して著したものである。『師門問辨録』の方は、直接に門人が問いただして山田方谷が答えた内容を門人が書き残して編集刊行したものである。両書共に明治六年、山田方谷六十九歳の時であるが、刊行されたのは明治三十四年の事であった。没後二十四年に当る。

山田方谷の「気は理を生ずる」の説の骨子、及び『孟子養気章或問図解』『師門問辨録』の編纂刊行の経緯については「山田方谷の〈気は理を生ずる〉の説について」（『集刊東洋学』一〇〇号。二〇〇八年一一月二二日）を参照されたい。ここでは山田方谷の思考世界の特徴は何と言っても「気は理を生ずる」の説に凝縮して表現されているので、それを開示するに当っては、重複を厭うわけにはいかない。さりながら事柄の細部は省略して、先の論文では言及しきれなかったことを説くことに重点を置くことにしたい。

先ず『孟子養気章或問図解』の論調を代表する第五条を紹介することにする。ここで問題にされているのは『孟子』公孫丑章句上の所謂「浩然之気」章の次の一文である。

敢問、何謂浩然之氣。曰、難曰。其為気也、至大至剛、以直養而無害、則塞于天地之間。其為気、配義與道。無是餒也。

これに対する朱子の解釈について次のように謂う。

朱子所註、於文義已覚明了。然其学以理為主、理制気、而理気判矣。孟子唯曰直、而不曰理。所謂義與道、即理之自直而生者矣。配者、合一自然之謂、而非以義與道制気之謂也。朱註気上加理、本文所無、故往々與本文牴牾。而況其理者、人之思索構成、而非気中自然之條理。今欲使気從其理、是欲以人制神也。與上古事神之道異矣。独王子之学、以気為主。故其旨與孟子本文、句句吻合。今講其書、所以不得不舍彼從此也。

朱子の註釈は文義の限りでは已に明瞭です。しかし、朱子の学問は理を主人公に位置づけて、理で気を制御する仕組みなので、理と気が別々に分かれています。孟子は単に（「浩然の気を養う」という際に、養い方として）「直（なお）く」養うと言うばかりで、理（で制御する）とは言っていません。孟子が言う「義と道」（とを配する）とは、理が（浩然の気を）「直く」養うことから自然に生まれることです。「配する」とは「自然」（作為が介入しない本来のありのまま）に合一するという意味です。「義と道」で「気」（身体としての生身のわたし）を制御するという意味ではありません。朱子の註釈では、気を説明するのに理を持ち出して説明していますが、孟子の本文には理という概念はありません。そのために、えてして孟子の本旨と齟齬を来しています。ましてや朱子が言う理とは、人間が考え込んでこしらえ上げたもので、気それ自身が「自然」（作為が介入しない本来のありのまま）に生じた條理ではありません。もしも気（身体としての生身のわたし）に（人間が作為してこしらえ上げた）理に従わせようとするのは、人為で精神を制御しようとすることであり、上古の精神を大事にするという道とは異なります。その中で王陽明の学問だけが、気（身体としての生身のわたし）を主人公に位置づけていますので、その朱子は『孟子』の本文と、どの表現もぴったりと一致します。今、『孟子』を講義するに当たり、朱子の註釈をすてて王陽明の主張を採用する所以です。

ここで山田方谷が王陽明の「気の哲学」を採用すると言いながら、王陽明が「理者気之條理、気者理之運用」と述べていたのを、「気中自然之條理」と言い直しており、また「理之自直而生者」とも表現していることに注意したい。王陽明の「理者気之條理、気者理之運用」という表現は、まだなお理気を二者に分けているかのような解釈を許す余地がある。それを敏感に感じ取った山田方谷は慎重にもこのように丁寧に言い直したのである。孟子の［浩然の気を養う］とは告子を相手に交わされた不動心論争の中で提言された主張である。言うなれば主体者立上げ論とでも言おうか。山田方谷は朱子学の「性即理」説をとことん嫌悪したことが歴然としている。

朱子の「性即理」説と王陽明の「心即理」説との違いを述べた上で、山田方谷の「気は理を生ずる」の説の位置と特色を述べることにしたい。

「心は性と情とを統べる」ことを朱子は自らの心性論の中でちゃんと位置づける。その際の「心」とは「生身のわたし」のことである。この「心」はそのままでは不安定であるからそのままでは倫理的主体としては覚束ない。そこで外界の誘惑刺激から隔離された、心内の中核に「性」（本来性）を措定する。そしてこの「性」が「心」しっかりと統御することによって始めて「心」は不動心として倫理的主宰の役割を果すことができる。その時の「心」を「道心」ともいう。主宰者であるこの「道心」に「人心」はとことん服従しなさい、ということを朱子が明晰に述べたのが「中庸章句序」である。この「道心・人心」を主従関係に見立てた朱子の立論を奴隷の哲学であると酷評したのが王陽明であった。わたし達は生身のままで自らの主人公であることを力説するために提言されたのが「心即理」説である。真理は生身のわたしが創造発見するのだと。そのような力をわれわれは誰もが固有していると。性善説の原理主義である。生身のわたし達は危うい存在であることをことのほか危惧した朱子はこの「心」が無軌道に走ることを阻止しようとして幾重もの制御装置を準備した。制御装置に窒息して挫折した王陽明は朱子学の牢獄から解放されよ、と「心即理」説を提言したのである。山田方谷は「「心が理を創造発見」ということは承認しながらも、それを「心即理」と述べた時に、この「心」が一般論に流れたままで受けとめられることを危惧して、「心」を「気」と言い直して、「身体としての一人独り」が「理」を生み為すのだという。個々人の身体に即して即物的に誰もが自らにとっての真理を創造発見し実践発揮するのだと主張するのである。王陽明の「心即理」説を一歩前進させた立論であるといえる。

山田方谷が閑谷黌で所謂「気の哲学」を講義した時に、最も熱心な受講生であった岡本巍は『孟子養気章或問図解』を刊行する際に、認めた序文を紹介する。

先生之学、亦有宗旨焉。何謂宗旨。従一気自然是也。蓋先生晩年大有所独悟自得於斯道也。常示及門之諸士。曰、宇宙間一大気而已。唯有此気。故生此理。気生理也。非理制気也。故人従一気自然。則為仁為義、為禮為智。萬変之條理随生焉。此是聖門之真血脈。豈気上別加理哉。然自洙泗之学絶、而濂洛之学興。其学以理為主、理制気、而理気自判矣。而其所謂理者、出於人之思索構成、而非気中自然之條理也。及明餘姚王子出、其学独以気為主。於是聖門之道、始燦然明于世矣。此先生之教伝之大略也。

山田方谷先生の学問にも宗旨があります。何を宗旨と謂うのかというと、「一気の自然に従う」（生身のわたしのありのままに従う）ということです。考えてみますと、先生は晩年に「斯道」（孔子の教え）に関して根本的な事を独自に悟得されました。常々門人たちには、次のように言われました。「この宇宙には一大の気が満ちている。（一大の気を分有する生身のわたしとしての）この気が有ればこそ此の理を生じるのです。生身のわたしが理を生じるのです。（外在する既成の）理が生身のわたしを制御するのではありません。ですから人々は（一大の気の分有としての一気である）生身のわたしの（作為按配を介入させない）ありのまま（自然）に従うと、仁義禮智となるのです。あらゆる変化に即応する條理がそのままに生じるのです。これこそが孔子一門の学問の真髄なのです。決して気（生身のわたしに）に（外在する既成の）理を押し被せることはしませんでした。しかしながら、孔子の学問が廃絶してしまい、（後に）周濂渓・程明道・程伊川の学問が興りましたが、その学問は理を主座にすえ、その理が気を制御することになり、理と気が分裂してしまいました。それに彼等が主張する理は人々が（作為的に）思索し構成した（こねあげたもの）でしたから、身体としてわたしの（作為を介入させずに）ありのままに基づいた條理ではありませんでした。明代になり餘姚の王陽明先生が登場しました。王陽明先生の学問は独自に気を主座にすえました。その結果、孔子一門の学問は始めて世間に燦然と輝くことになったのです。」と。以上が山田方谷先生の教え伝えた内容の大略です。

閑谷黌を再興した最大の功労者が岡本巍であった。政界を引退した山田方谷は岡本巍たちの懇請に魅かれて閑谷黌に足繁く通い、熱心に教授した。政務に忙殺されていたときには成し得なかったことを進んで実践した。長年の夢が叶ったとも言える。その講義は熱の籠ったものであったに違いない。聴講した門人たちは光を見た。その中でもとりわけ篤学の弟子の一人であった岡本巍による見事な総括である。

五　山田方谷の「気は理を生ずる」の説――『師門問辨録』――

『孟子養気章或問図解』が山田方谷の自著であるのに対して、『師門問辨録』は山田方谷と門人との質疑応答を岡本巍が記録したものをもとにして編纂したものである。その意味では聴講した岡本巍の理解力が鍵を握っているともいえるが、今に見る『師門問辨録』は『孟子養気章或問図解』よりも、この『師門問辨録』の方が山田方谷の哲学思想を知る上では格好のものであり、主著扱いされることが多い。その理由としては、聴講した門人たちの質問が山田方谷の「気の哲学」の核心を衝いており、それに対する山田方谷の応答が山田方谷自身の抱懐する主旨をよく言い立てているからである。『孟子養気章或問図解』は確かに山田方谷の「気の哲学」を開示するには最も都合の良い文面に満たされているものの、逆に言うと、『孟子』養気章の文面に即して主張されるために、その立言が制約されざるを得ない。それに比べて、『師門問辨録』は山田方谷の「気の哲学」に触発された門人たちが、自らが懐く理気哲学を対置させて、率直な質問をくりだしたが故に、『孟子養気章或問図解』では充分に展開されなかった論議が見られる。いいかえるならば、聴講した門人たちの質問・疑問が的を得ていたが故に、師の山田方谷ものびのびと自説を展開することができたのだとも言える。その意味では山田方谷は良き弟子に恵まれたともいえる。

山田方谷の「気の哲学」の特色の一つは、朱子学の「理気哲学」が力説した「理」が、彼等が勝手に「思索構成した」ものに過ぎないと酷評したことである。朱子学のいう「性即理」はもとより、陽明学のいう「心即理」の場合の「理」も、所詮は「胸臆」の見解に過ぎないと非難したのは、荻生徂徠であった。山田方谷が朱子学のいう「理」は「思索構成」したものに過ぎないと論断したことと酷似する。しかし、荻生徂徠は「礼楽制度」を創作したのは聖人のみであって、人々が理を創造発見するのだとは主張しない。その限りでは荻生徂徠は山田方谷の対極に位置する。

それでは、山田方谷が「気が理を生じる」という「気の哲学」に関して門人は如何なるが問をしたのか。多岐に亘るが、ここでは無善無悪説と良知説との二点について述べることにしたい。

『師門問辨録』の中では「村上作夫問辨」の質問が出色である。その十四条から二十五条までは、王陽明の無善無悪説に絡むものである。その十四条で山田方谷は村上作夫に次のように言う。

先生又嘗告作夫曰。無善無悪之説、自古辨論多矣。余有説焉。気中之條理、為学之標的無論耳。然気中之條理、其見解有二焉。條理具于気乎。気生條理乎。須克精察。蓋気生條理也。気之活溌変動、斯生條理。非始有條理之存焉。是非所謂無善無悪者乎。

無善無悪説については古来沢山の辨論があった。わたしに自説がある。気そのものの條理ということが学問の標的であることは言うをまたない。しかし気そのものの條理という場合には二通りの見解がある。條理が気に備わるのか、(それとも)気が條理を生じるのか。とっくりと精察することが肝腎である。考えてみると、気が條理を生じるのです。気が活溌に変動すると、條理を生じるのです。始めに條理が(気に)存在するのではありません。これこそが王陽明の主張した無善無悪ということではありませんか。

王陽明が「理者気之條理」と述べていたのを、「気中之條理」と言い直していたのは、王陽明の言い方では、気が活溌に変動する前に、條理が先験的に気に備わっていると理解されてしまうことを警戒したからであることがこの発言でよく分る。

気が活潑に変動する前はまだ條理が生じていないわけだから、そこでは未だ善悪という価値判断はまだ為されていない。王陽明が銭緒山・王龍渓と天泉橋の辺で交わした所謂無善無悪説（王龍渓の理解）一無三有説（銭緒山の理解）の際には「未発本体・已発作用」論という心性論の仕組みを基盤にして、『大學』八条目の前の四条目つまり格物・致知・誠意・正心に配当して展開された。山田方谷は勿論このことは承知している。その上で、心性論を理気論に引き延ばして立論する。さらに十五条で次のように言う。

先生又曰。無善無悪、言形気未生之前也。形気既生之後、有善悪、有声臭。推到此形気未生之前者、陽明先生一人而已。孟子所謂性善者、已自成形気後之説也。凡落乎動静之気、則不可言無善無悪太虚之體耳。

無善無悪とは形気がいまだ生じない前のことを述べたのです。形気が既に生じた後には、善悪が結果し声臭が結果します。この形気がいまだ生じない前のことに思い至ったのは、王陽明先生ただ一人です。孟子が述べた性善説とは已に形気が生じた後のことを述べた主張です。動・静に落着してしまった気の場合には、無善無悪という太虚である本體と言うことは出来ません。

ここでいう「形気」とは「一大の気」が個別者に具現化されて知覚できる、「顕われた気」のことを意味するか。「未生」とは十四条で言う「活潑変動」する以前のことを言うのであろう。無善無悪とは気が活潑変動する以前、形気が生じる以前の情態を言う。孟子の性善説は形気が生じた後の情態について述べた主張であるという。形気が生じる以前のことにまで配慮が行き届かなかった孟子の性善説はその意味では不全な立論であったというのである。王陽明はそこまで配慮して無善無悪説と性善説とを併せ説いたという。その意味でこそ、山田方谷は王陽明を高く評価する。となると、形気が生じた後には、善悪・声臭が結果しているということと、孟子の性善説とは、齟齬することにならないか。

さらに十六条で次のように言う。

先生又曰。無善無悪。言乎天地、則未有形気之前也。言乎人心、則未感事物之前也。未感事物之前、一点不起意、則無善無悪之自然也。凡事来而感之者、自然也。逆迎之者、皆動心也。陽明先生所謂格物者、事来而感応、順良知之自然耳。

無善無悪とは天地という（本来性のままにある）ことを述べたのですから。いまだ形気として顕われる前のことです。それを「人心」に当てはめて言いますと、いまだ事物（具体的な他者）に働きかけない前のことです。いまだ事物（具体的な他者）に働きかけない前のことですから、いささかも意識は起ってはいませんから、無善無悪という「自然」（本来性のあるがまま）なのです。そもそも他者との関係が生ずるままにそれに感応することが「自然」ということです。（他者に出逢う前に）あらかじめ迎える準備をするのは、みな動かされた心です。王陽明先生が主張された「格物」とは他者との関係が生ずるままにそれに感応することであり、それが良知の「自然」に順うことです。

ここで言う「自然」とは「作為按配」が介入する以前の本来性のままにあること、山田方谷の言葉で言い直すならば、「思索構成」を介在させないこと。このことに関連して宋代の楊慈湖は「意を起さない」という不起意説を述べていたことを想起する。王陽明門流の間で無善無悪説論議がにぎやかであったころ、王龍渓を筆頭にして俄然、楊慈湖の不起意説を取り上げて、援軍に活用したことがある。しかし、その折は、楊慈湖の意識一般を起してしまうこと自体を否定するのではなくして、無善無悪が心の本体してては自然であることを説明する便法として不起意説を活用されたのである。山田方谷は楊慈湖の不起意説についてては言及しない。楊慈湖の著作は流布していなかったから、或いは知らなかったかも知れない。しかし、明人の例えば『王龍渓全集』は和刻本も出ていたから、その中で読む機会はあったに違いない。しかし、結果的に言及していないのは、その必要性を認めなかったからであろう。因みにここで山田方谷がいう「動心」とは『孟子』の不動心を意識しての発言である。浩然の気を明言する「養気」章内の措辞である。

良知の「自然」に順うという。王陽明は孟子の性善説を良知心学に強化した。それをさらに山田方谷は「気は理を生じる」という「気の哲学」に言い換えた。それではこの「良知の自然に順う」ということで、倫理性は保証されるのか。この点について村上作夫は食い下がる。それに対して山田方谷は次のように答える。

先生曰。良知之良。非善之謂。而自然之謂也。此気無些子之執滞。自然感発者。謂之良知也。故良知非必於善者矣。只在人則善矣。夫如豺狼之害人。在豺狼則良知也。其他万物。皆非必於善矣。在人亦聖賢各有剛柔之別。非一定之理。唯順其気之自然。無些子之執滞。則條理自生也。此意最上乗之一機也。愚老雖常存乎心。未曾語之乎人也。

良知の良とは、善という意味ではありません。自然という意味です。良知という気には些かも執滞する（囚われる）ということはありません。「自然」（本来性のありのままに）に（他者に）感覚して発動ことが、それが良知なのです。ですから良知は善を結果するとは限らないのです。人間の場合だけは善を結果します。たとえば豺狼が人間に噛みつくということは、豺狼にとっては良知の発現ですが、豺狼以外の万物にとっては皆が皆善を結果するとは限りません。人間の場合とて、聖人賢者それぞれに剛・柔などの個性がありますから、一定の理というわけにはいきません。ともかくも（各自の身体としての）気の「自然」（本性のありのまま）に順うとは、些かも執滞が無いことですから條理が自ずから生じるのです。この意味が最も勝れた働き方なのです。わたしは常々この考えを心に秘めておりました。これまで誰にもこの考えを語ったことはありませんでした。

自然・無善無悪を鍵概念とする山田方谷の「気の哲学」は、思索構成して一定の理をこしらえあげたり、既成の価値観や感情に執滞することを忌避する。そのいみでは既存社会の価値観や時代の因習から解放されるてこそ、その人固有の條理を創造できるという。積極的相対主義とでも言おうか。そのようにして創造した條理を自らが定理化教条化することをも忌避する。自らを相対主義の位相に位置づけてこそ、條理を創造でき、その條理からも自由になれると言うのである。それだけの強さを各人が本来的に持ち合せているという。山田方谷の「気の哲学」の本領はここにあった。藩政・幕政の中で当事者責任を遂行した山田方谷なればこその「気の哲学」であるが、この思いをずっと懐き続けていたのだと告白している。この告白を引出したのは、敬愛の精神を胸一杯にして問学した門人がいたからである。その折までに命長らえた山田方谷は二重の意味で果報者であった。

終りに

山田方谷が政界を引退した後に新しく入門した門人たち、その多くは備中松山藩よりは、備前岡山藩の人たちが主流である。それを象徴的に示すのが岡本巍たちである。閑谷黌再建運動に関わった人たちである。彼等は、山田方谷が長年懐いていた「気の哲学」を引出すという大きな功績をあげた。しかし、藩政時代に山田方谷に師事していた人士も多数おり、彼等は明治政府の中枢に入り、活躍した先進たちがいる。それを代表するのが三島中洲である。法務官僚、侍講、貴族院議員などの要職をはたすが二松学舎を創設して教育にも大きな役割を果す。さらに三島中洲は明治時代を代表する漢学者であった。その際に漢詩人として評価されがちであるが、かれの儒教哲学として話題になる「義理合一」説が実は山田方谷の「気の哲学」を発展させたものであることが忘れられている。英国の功利主義が紹介されたその衝撃をうけて、それに対応したのが「義理合一」説であつた。この事についてはあらためて考究することにしたい。

山田方谷の「気の哲学」の本領がこれまで明晰に理解されてこなかったのであるから、やむを得ないのであるが、山田方谷の「気の哲学」に今日的意義があるとすれば、それはどういう意味においてか、という問いかけがなされたことを寡聞にしてしらない。財政再建が話題になるときにはあれほどに議論が沸騰したことを思い起すと、その対比があまりにも鮮やかである。今、思いつくことを一点述べて本稿を閉じることにしたい。

山田方谷は性善説を人間観の基礎に据え、良知心学を前提にして「気の哲学」を立論している。その際にとことん、個々人の身体に立脚した。條理の創造を人間一般という位相で考察するのではなくして、眼前に実在する一人独りが一切の先見・既成観念などから解放されて、あくまでも自前で考えてみよ、と。本性の「自然」（ありのままに）に委順せよと。自己であれ他者であれ、存在の「ありのまま」を全面的に認知してこそ、それにふさわしい格好の條理が創造できるという。この「自然」（ありのまま）を鍵概念とする「気の哲学」は、人々の心の奥深くに巣くう差別感情や因習を一掃するうえで大きな役割を果すのではあるまいか。時代が進み、科学技術が飛躍的に進歩し、国際化の中で社会が複雑になり、時間の展開が速度を増し、身体のリズムが適応し切れていない今日、歴史的な偏見から解放されることも緊要ではあるが、今日の社会システムが人々に強いている考え方から、解放する上でも、「身体としての気の持つ根源的な〈自然〉」を第一義的に尊重する山田方谷の「気の哲学」は貴重な哲学資源である。

三島中洲

——その義利合一論の性格——

松川健二

三島中洲（みしまちゅうしゅう）、諱は毅《き》、字は遠叔《えんしゅく》、幼名は貞一郎《ていいちろう》、中洲はその号。別号は桐南、絵荘、陪鶴、陪龍、風流判事など。一八三〇（天保元）年～一九一九（大正八）年。備中国窪屋郡中島村（現在の岡山県倉敷市中島）出身。十四歳の時に、生涯の師である山田方谷に入門。青年期に伊勢の斎藤拙堂や江戸の昌平黌（佐藤一斎・安積艮斎）に遊学。帰国後、松山藩士となる。幕末には、藩校有終館の会頭、学頭、吟味役、洋学総裁兼務となる。維新後は、新治裁判所長、大審院中判事、東京高等師範学校教授、東京帝国大学教授、東宮侍講、宮中顧問官等を歴任。著書は、『中洲詩稿』『中洲文稿』『中洲講話』ほか多数。

中洲が明治十年十月十日、東京府麹町区一番町四三番地（現在の東京都千代田区三番町）に創立した漢学塾二松學舎は、専門学校を経て大学に移行、現在に至る。

はじめに

巽軒井上哲次郎（一八五五安政二年〜一九四四昭和一九年）は、世を去る三年前、「渋沢子爵追憶談」のなかで次のように述べている。

子爵の一生は論語と算盤と云ふ考へを以て貫かれたと云つてもよからう。論語には確かに経済の事も説いてある、但し道徳を以て基礎としたる経済である。孔子は「君子ハ義ニ喩リ、小人ハ利ニ喩ル」と云はれたように、決して功利主義の人ではなかつた。云ひ換へれば理想主義の人であつた。そして儒教の正系統即ち曾子・子思・孟子の系統では孔子を理想主義の人として論じて来たものであるが、傍系統では功利主義を唱道した。傍系統とは子夏より荀子に至るまでの人々である。その系統を受けた人は我が国では荻生徂徠・太宰春台等であつた。ところが明治年間になつて三島中洲と云ふ人が「義利合一論」を唱へた。それは義と利とは一致するものであると云ふ考へ、必ずしも功利主義ではないが、それなら理想主義かと云ふと、さうでもない。「人ノ仁義ハ利欲中ノ条理ニテ義利合一相離レズ」と云ふのがその立場である。三島中洲の「義利合一論」は東京学士会院雑誌第八編の五に出て居る。

渋沢子爵の論語と算盤といふ考へはやはり「義利合一論」であつた。この二人の説は自ら一致して居るところから、あなたもさう考へて居るか、私もさう考へて居ると互にその説の同じであることを喜ばれたのである。子爵は三島中洲の説に依り論語と算盤と云はれたのでもなく、三島中洲が子爵より「義利合一論」を得たのでもなく、二人の説が自ら一致したのであつた。

（『龍門雑誌』第六三七号、一九四一年一〇月、所収）

青淵渋沢栄一（一八四〇天保一一年〜一九三一昭和六年）に『論語と算盤』（一九一六大正五年、初版）あり、今もよく読まれているものであるが、巽軒に従えば、一方明治年間、中洲三島毅（一八三〇天保元年〜一九一九大正八年）が「義利合一論」[1]を唱えており、それと青淵一生の「論語と算盤と云ふ考へ」が自ら一致していた、という。果して事の実際はそのような括り方のみで済むものなのか。

本稿は三島中洲の義利合一論の性格を考えることを目的とするが、井上巽軒の如く「理想主義」と「功利主義」の二項対立の間に所謂「義利合一論」を泛べる図はこれを敬遠し、儒学史における義利観の流れそのものを辿り、そのなかに中洲的なものを位置づける方法を採ろうと思う。中洲と青淵の関係も自ら明らかになるであろう。まずは三島中洲の略歴から。

一　中洲の学歴

三島毅、字は遠叔、中洲と号す。一八三〇天保元年、備中の中島村の里正（庄屋）の家に生まれた。その略歴を書くためには自撰の履歴・碑銘・世譜等をはじめ、資料に事欠かないが、ここでは「余の学歴」（明治四一年、細論文社講話、『中洲講話』所収）を引いてゆくこととする。平易な語り口が親しみ易いと思うからである。

余の生まれし頃は、村童は寺子屋にて習字する位のわけなりしが、それも千人に百人位のみ、その上漢書の素読などするものは、里正或は素封家の子のみで、一村に二三人であった。余は八歳にて父に別れ、母の手に育てられしが、初めは寺子屋で習字した。十一二歳の頃、隣村山田方谷先生の師なる丸川松隠翁の養子龍達と云ふ医者に就きて、四書五経の素読を受けた。その玄関に衝立《ついたて》がありて、目に留まりしは方谷先生十三歳の作なる諸葛孔明を詠ぜし七律なり。その意味は解けねども、兎に角豪き人かなとて、崇仰の念已む能はず、家に帰りて母に尋ねしに、其は汝の父と松隠先生同門の友人なりしとのことを告げ、汝の父も次男にて家督を受けざりしならば、方谷先生の如く、学問にて出世すべきにと羨みて居られたとの話を聞き、幸に余は次男なれば、先生の真似をしたくなり、十四歳の時、母に請ふて旧松山に行き、先生の塾に入りたり。松山は余が郷より八里あり、子供の足にては一日程であった。

「諸葛孔明を詠ぜし七律」は、いま「山田方谷先生年譜」(『山田方谷全集』第一冊所収)の一三歳の条に見える。

憶昔襄陽三顧時、臥龍一躍水離披、整師堪討逆曹暴、孤節且興炎漢衰、北征六出威震夏、南伐七擒恩撫夷、豈料原頭星堕後、千秋万歳使人悲。

「離披」は分離するさま。「年譜」にはこの詩に関わって中洲によって付された「註」も見える。

松隠翁ノ女婿龍達西阿知ノ家ヲ継ギ、送ヲ業トシ、傍ラ教授ス、余十二三歳ノ時之ニ句読ヲ受ケ、其ノ家ノ屏風ニ先生ノ此詩アルヲ見、遂ニ感奮シテ先生ニ従学セリ、

中洲が方谷山田球(一八〇五文化二年～一八七七明治一〇年)に師事するようになる切っ掛けが活写されていて面白い。「その意味は解けねども」という言葉にも率直な中洲の人柄が偲ばれるのである。次いで「余の学歴」に言う。

方谷先生は神童の稱もありて、民間より擢きあげられて士族となり、その時の君は寛隆公で、

学問を好む明君にてはあらざれども、かゝる秀才を取立てざれば、世間に対して済まぬ処より引挙げた訳で、別に自ら講義を聴くにあらず、唯教職を掌らしめてあり、その時より余は先生の塾に入りて学べり。先づ日記故事蒙求の輪講などを聴きて貰ひ、次に四書五経に及びしが、何れも朱註そのまゝなり。余は是に於て純粋なる朱子家となり、学問変遷の第一期に入れり。それより十三経を読み、通鑑綱目を読み、廿一史に及び、経伝通解にて三礼も読み、荘子韓非等の諸子より、朱子文集語類等に渉り、旁ら文章も学び、顚倒なき位の文は書きたり。当時は今日の切抜学問とは異りて、此の如く一貫して読み、彼の男は十三経を読みたりとよ、此の男は廿一史を読み終へたりとよと目せられて、今日の大学卒業の如く謂はれたり。

「寛隆公」とは当時の藩主、板倉勝職《かつつね》（一八〇三享和三年～一八四九嘉永二年）のこと。ここまでの記述で、方谷の膝下に在ってもこの時期は「純粋なる朱子家」であったことがわかる。「余の学歴」は次のように続く。

方谷先生は講義に於ては陽明説又は仏説を述ぶることなかりき。たゞ平生晩酌の折り、書生の某々を呼べよとて、侍せしめて話これに及ぶことあり。書生真面目に朱説を以て之を議し、或は学蔀通辨等を読み来りて之を駁するあれば、先生けら〳〵笑ひながら、爾等のかく駁するも亦た仏縁なりと云はれしこともありき。其頃江戸に遊学すると云へば、今日洋行するよりも豪く思はれしが、時に江木鰐水阪谷朗盧進祥山等江戸より帰り来りたれば、余も遠方に遊学せんことをこひしに、先生之を快諾されたり。此時余も凡そ十年先生に従ひ、学者の一通り読むだけの書は読み居たれども、小成に安ずることを欲せず、遠遊を思ひ付きたり。因て窃に思ふに、当時伊勢は文藩と呼ばれ、藩主好学の人にて、斎藤拙堂先生もあり、江戸に往きては反て交際等に時日を費やして、真の勉学はなし難ければ、津藩に学ばんと決せり。これ実は拙堂文話を読みて面白く感ぜしより、思ひ立ちしなり。かくて伊勢に入りしが、拙堂先生は文章の名は高けれど、経学は朱子を奉ぜられたり。その外に石川竹厓てふ大考証家もありて、その著論語説約は七十巻あり、論語講義にても三十巻あり。古の人は綿密なる人にて、君侯に進講するに先ちて、一々之を筆に述べたる者なり。この人は余の往きし時は已に歿せり、有名なる猪飼敬所も然り。拙堂先生は別に講義をなすことなく、時に茶磨山荘と云ふ別荘へ出られ、酒宴を催ふさる。その時城下に寄宿せる人々集まりて先生の話を聴き、作文を先生に呈するを、袋に入れて持ち還り、次の会までに添削して与ふるなり。時に余は頑固なる朱子学家なりしが、石川竹厓の養子に貞一郎と云ふ人あり、又猪飼敬所の門人もあり、日々来りて攻撃止まず。余も負けぬ気なれば、夜を徹して之に当りしこと数々なりき。されど思ふに、敵の学にも亦通ぜずばなるまじと、時に川北梅山は余の親友にて、典籍とて書物を取扱ふ役にて、未だ講官迄には進まざりしが、これに頼みて梅山が借りる体にして、藩の文庫より仁斎徂徠派の書より、清朝考証の書を精読し、抜萃しては返し、オーモー読ンダカ、早イナーと驚かるゝ位なりき。その中漸々朱子学に疑を挟むこと、なり、折衷学に入れり、これ余の学の第二変遷なり。

伊勢津藩に遊学、斎藤拙堂に師事したのが、一八五二嘉永五年、一三歳のとき。以降、「頑固なる朱子学家」から「折衷学」に移った経緯を述べた後、

それより江戸の昌平黌に二度も入りしが、交際などに日を費やし、勉強は伊勢在学中程は出来

ざりき。同釁先生の講義は朱註の通りなれば、之を聴かずに、自分好む処の書を文庫より借出して勉強した。右伊勢以来諸経の訓詁折衷に心を専にせし為めに、朱注外の私説が溜り、今日の私録数十冊出来た所以である。実行には役に立たざれども、書生の為めに諸経を講ずるには便利である。

と、江戸遊学期の所得に言及、所謂修学期の回顧を終えるのである。

三十歳以降については、「余の学歴」は次のように簡潔である。

三十歳以後、藩職に就くに及び、幕末天下多故の時に際し、外交やら財務やらに使はれて、奔走紛沓、読書の余間もなかりしが、俗務に就て方谷先生に質問し、又指導を受け、先生の実地運用の妙の陽明学に本づくことを悟れり。此間凡そ十年間、実学の教を受けたり。明治後朝廷に奉仕し、実地にて法律学も少し心得、五十歳後二松学舎を開き、書生を教授するに方り、復た道学に復し、陽明学を主張し、旁ら訓詁を折衷して、三十年継続して、今日に及べり。これ余が学の第三変とす。

備中松山藩における藩職としては、藩校督学・度支（経理）・侍読等。維新後、四三歳、上京しては、司法判事、漢学塾主、大学教授、大審院検事、東宮侍講を歴任したわけであるが、気の陽明学者山田方谷との関係に絞れば、青少年の頃を除いては、三〇歳代、陽明学に基づく「実学の教を受けた」ことが自己申告されているところに注目すべきであろう。そうして教育者乃至言論人として、四八歳「道学に復し、陽明学を主張し、旁ら訓詁を折衷して」三〇年を閲した、というのである。「道学」とはこの場合「儒学」一般を指そう。

本稿のテーマ「義利合一論」は、この三〇年間の前半、五七歳（一八八六明治一九年）に既に唱えられている。中洲自身の「道学」・「陽明学」等とどのように関わって発想されたものであろうか。しばらくは課題として意識するに止め、先立って儒学思想史における義利観一般の流れをみてゆくこととする。

二 『論語』喩義章をめぐって

本稿冒頭、井上巽軒の言。孔子は「君子ハ義ニ喩リ、小人ハ利ニ喩ル」と云はれたように、決して功利主義の人ではなかった。云ひ換へれば理想主義の人であった——。あきらかに、この里仁篇第一六章を「理想主義」を標榜する言として捉える、いわば一種の巽軒による解釈が見て取れるのである。しかしこの章は必ずしも「理想主義」を標榜するものとのみ解されるとは限らない。早い話が、例えば巽軒によって「功利主義」と指摘された荻生徂徠（一六六六〜一七二八）・太宰春台（一六八〇〜一七四七）は「君子は義に喩《さと》し、小人は利に喩す」と訓む。ことは後に詳述するであろうが、事程左様に、古来士人の義利観はこの喩義章の解釈に事寄せて、さまざまの態様をとりつゝ、表現され来ったことを知らねばならない。少なくとも喩義章は自らの義利観を表明する際、利用価値の高いものの代表的な一つであることは確かなのである。

子曰、君子喩於義、小人喩於利。

古く皇疏は范甯（三三九〜四〇一）の「貨利を棄て仁義を暁かにすれば君子と為り、貨利に暁かにして仁義を棄つれば小人と為る也」を採り、下って朱熹（一一三〇〜一二〇〇）『集注』も、義とは天理の宜しき所、利とは人情の欲する所」と概念規定して、「利」を「義」の下位に置くいわば常識的な解釈であったのであるが、朱熹が圏外に、楊時（一〇五三～一一三五）の言、

君子生を舎てて義を取る者有り。利を以て之を言へば則ち人の欲する所、生より甚しきは無く、悪む所、死より甚しきは無し、孰か肯へて生を舎てて義を取らんや。其の喩る所は義のみにして、利の利為るを知らざるが故也。小人は是に反す。

を掲げたことは、義利観の展開に一石を投ずることになった。真の君子は「不知利之為利」――利が利であることを意識しない、と、義利の峻別を宣言した楊時の言を、圏外とは言いながら朱熹は採ったのであった。

この楊氏の言の説き出だされた背景を簡朝亮（一八五一～一九三三）『論語集注補正疏』に見よう。

楊氏の説は孟子に本づきて之を推せる也。或ひと曰く、詩の瞻卬に云ふ、賈《う》るに三倍するが如き、君子是れ識る、と。鄭箋に云ふ、物を賈るに三倍の利有る者は、小人の宜しく知るべき所也。君子之を知るは其の宜に非ざる也、と。遂に此の経を引きて之を言ふ。

「遂引此経而言之」とは、鄭箋が喩義章を引いて、為政者が暴利を貪ることを指弾した、というのである。鄭玄（一二七～二〇〇）に在ってはこの章の君子小人が地位を示す語とされていたことが判る。一方、「生を舎てて義を取る」孟子（告子上）の理想主義をこの章の解に援用することによって「利の利たるを知らざる」ところまで推し広げられた事実も指摘されたのである。

後者に関して言えば、中井履軒（一七三二～一八一七）の次のような指摘も有ることに留意しておきたい。

楊註正し。然れども其の事は大重、此の章の言及する所に非ず。何ぞ必ずしも此に註せん。宜しく削去すべし。

（『論語逢原』）

さて、喩義章の『集注』圏外には楊氏の言の外程子の言も採られており、徂徠の批判を受けていることは後に触れるが、ここで義利観の諸相を俯瞰すべく歴代喩義章解釈史のなかで最も包括性の高い一則を掲げる。

朱子江元適に答ふるの書に云ふ、後人義の義為る所以を知らず。既に其の名を失ひ、因りて其の実に昧し。所謂義なる者は宜のみ。義に精しき者の、用を致して、用利ならざるは無き所以なり、と。其の張敬夫に答ふるの書に云ふ、易は吉凶禍福を言ふに非ざるは無く、書は災祥成敗を言ふに非ざるは無く、詩の雅頌は極めて福禄寿考の盛を陳ぶ。人自ら私心を以て之れを計り、即ちに以て利と為せるのみ、と。為にする所無くして之れを為すの説起りて自り、義を言ふ者は敢て事宜の極を推験せずして、義の説全からず、則ち義を学ぶ者、何を以て歓忻鼓舞の慕有ら使めんや。而して其の説を矯す者は陳同甫義利互用の説に沿ふ、抑も又た顕かに経と乖く。合せて之れを言へば、其の義利を知らざるや則ち均しきなり。

（黄式三『論語後案』）

黄式三（薇香、一七八九～一八六二）は言う。朱子は義の結果としての利を否定するものではない。彼が江元適（泳、一一二四～一一七二）、張敬夫（栻、南軒、一一三三～一一八〇）に与えた書簡の内容を見れば判ること。義（宜）の用（はたらき）としての利は享受してよい。例えば経典では行為の結果が大いに論ぜられているではないか。一概に私心によって利と判断して退けるべきではない、といわれているのだ――。

次いで黄氏は朱熹の講友、張栻の言をあげる。「無所為而為」という説が張敬夫によって唱えられてからというもの、単なる動機主義に陥る人もあらわれるようになる。これでは義の結実を歓びあうチャンスも失われてしまう――。

黄氏の指摘する「為にする所無くして之れを為すの説」とは何か。『南軒文集』に収められている「孟子講義序」の書き出しは、次のようにはじまる。

学ばんとするもの心を孔孟に潜めんには、必ず其の門を得て入れ。愚以為らく、義利の分より先なるは莫し、と。蓋し聖学は為にする所無くして然る也。為にする所無くして然るものは、命の已まざる所以、性の偏らざる所以、教の窮むる無き所以也。凡そ為にする所有りて然るものは、皆人欲の私にして、天理の存する所に非ず。此れ義と利の分也。

われわれは、先に見た『集注』圏外の楊時の言「不知利之為利」を想起するのである。「無所為而為」については、陳淳（一一五三～一二一七）『北渓字義』に詳しい。

この「無所為而為」に対峙するものとして黄氏は次いで朱子の論敵、陳同甫（亮、龍川、一一四三～一一九四）の説に触れる。

所謂義利互用の説とはどのようなものか。一一八四淳熙一一年四月、朱熹から陳亮への「義利双行、王覇並用の説を絀去《しりぞける》し、懲忿窒欲、遷善改過の事に従事し、粋然として醇儒の道を以て自ら律する」ことを求められた書簡（朱文公文集、三六）に対し、陳亮の答えるよう。

故《もとよ》り亮以為らく、漢唐の君の本領は洪大開廓ならざるに非ず、故に能く其国を以て天地と並立せしめ、人物頼りて以て生息す。惟其時転移有り、故に其間に滲漏無くんばあらざるのみ。曹孟徳の本領は一に蹺欹《いかがわしき》有り、便ち天地を把捉して定らず、成敗相尋《つ》ぎ、更に着手する処無し。此卻つて是専ら人欲を以て行へり、而して其間或は能く成る有るものは、分毫の天理の其間に行はるる有るなり。諸儒の論は、曹孟徳以下の諸人の為に設けられて可なり。以て漢唐を断ずるは、豈冤ならざらんや。高祖太宗豈能く冥冥に心服せんや。天地鬼神も亦肯て此の漏に架するを受けんや。之を雑覇と謂ふものは、其道固より王に本づけるなり。諸儒の自ら処るものは義と曰ひ王と曰ひ、漢唐の作し得て成るものは利と曰ひ、覇と曰ふ。一頭は自ら此の如く説き、一頭は自ら彼の如く作す、説き得て甚だ好く、作し得て亦た悪しからずと雖ども、此の如きは卻つて是れ義利双行、王覇並用なり。亮の説の如きは卻つて是直上直下、只一箇の頭顱《あたま》の作し得て成る有るのみ。

（『陳亮集』二〇、又甲辰秋書）

朱熹による「義利双行」という極め付けを辞退し、自ら「正に金銀銅鉄を攪《かきま》ぜ、鎔《とか》して一器と作さんと欲する」（又乙巳春書之一）陳亮であってみれば、後世の黄式三の所謂「義利互用」の評言は、謹んで返上するところなのである。「只一箇の頭顱」——利の重視こそが陳氏のモットーなのであった。

由来、筆者は義利観を論ずる際、如上の喩義章の解釈に事寄せてなされた黄氏の分類に従うこととしている。つまり、朱熹に代表される「義先利後」、張栻に代表される「義利峻別」、陳亮に代表される「利重視」の三者、これである。

ひるがえって、本稿冒頭の巽軒の所謂「儒教の正系統」も、こと義利観については、「義利峻別」と「義先利後」に分れることとは、見来った通りなのであるが、次いで巽軒の所謂「傍系統」に眼を転じてみよう。

まず巽軒によって荀子の系統として傍系統として名指しされた荻生徂徠は、この喩義章についても饒舌である。その中ほどを抜いてみる。

蓋し民は生を営むを以て心と為す者也。其れ孰か利を欲せざらん。君子は天職を奉ずる者也。其の財を理め、民をして其の生に安んぜ使む。是れ先王の道の義也。故に凡そ義と言ふ者は、利と対して言はずと雖ども、然も民を安んずるの仁に帰せざること莫きは、是が為めの故なり。故に義は士君子の務むる所、利は民の務むる所なり。故に人を喩《さと》すの道は、君子に於いては則ち義を以てし、小人に於いては則ち利を以てす。君子と雖ども豈に利を悦ばざらんや。小人と雖ども豈に義を悦ばざらんや。務むる所の異なるなり。宋儒は以て君子小人の自ら喩《さと》る所の者を語ると為し、乃ち曰く、惟だ其れ深く喩る、是を以て篤く好む、と。是れ其の意に聖人は其の心を洞見すと謂へるなり。果して其の説の是ならんや。（『論語徴』）

先に鄭玄が地位によって君子小人を分けているのを見たが、徂徠もほぼ同様である。ただし「君子とは上に在るの人也。下に在りと雖ども、上に在るの徳有るも亦之を君子と謂ふ。小人とは細民也。上に在りと雖ども細民の心有るも亦之を小人と謂ふ」と、条件づきなのではあるが、「義」を「先王の道」と解するのがその思想の根幹であって、さればこそこの喩義章を解するにも治政の立場から「君子は義に喩《さと》し、小人は利に喩す」と訓ずることになるのである。そうして『集注』圏外の程子の説をも批判することとなったのである。

『集注』批判の最たるものは、本稿の冒頭、巽軒によって徂徠に次いで名指しされた太宰春台の次の言である。

> 朱注は君子を以て善人と為し、小人を不善の人と為し、義を天理と為し、利を人欲と為す。宋儒の謬説は、孔子の旨に非ざるなり。楊時云ふ、「君子の喩る所は義のみ。利の利為るを知らざるが故なり。小人は是れに反す」と。純謂ふに当に、徒らに利を好むことの不利為るを知ると云ふべし。利の利為るを知らざるが若きは、是れ愚なるのみ。何を以て君子と為さん。宋儒の措辞の陋なること此くの如し。（太宰春台『論語古訓外伝』）

「不知利之為利」の表現は、「無所為而為」と並んで、義利峻別明示の為の双璧であると筆者などは思うのであるが、春台の批判は、先の履軒の反応などとは程度を異にして過激である。義利観の決定的な相異というものであろう。

広く言えば、徂徠・春台もその事功重視のゆえに先の陳亮の「利重視」の枠に入るであろうが、中国に戻って清朝の焦循（里堂、一七六三～一八二〇）なども同断である。

焦氏は『荀子』王制篇の「古へ王公卿士大夫の子孫と雖ども、礼義に属する能はざれば則ち之を庶人に帰し、庶人の子孫と雖ども、文学を積み身行を正し、能く礼義に属すれば則ち之を卿士大夫に帰す」を引いた後、

> 案ずるに、卿士大夫が君子也。庶人が小人也。貴賤を以て言へば、即ち礼義を能くすると礼義を能くせざるとを以て言ふ。礼義を能くするが故に義に喩り、礼義を能くせざるが故に利に喩る。恒産無くして恒心有るは、惟だ士のみ能くすと為す、は君子義に喩る也。民の若きは則ち恒産無ければ、因りて恒心無し、は、小人利に喩る也。惟だ小人利に喩れば、則ち小人を治むる者は必ず民の利する所に因りて之を利す、故に易には君子の小人に孚なるを以て利と為す。君子能く小

人に孚にして、而る後小人は乃ち君子に化するなり。此に必ず富に本づきて駆りて善に之か教め、必ず仰ぎては父母に事ふるに足り、俯しては妻子を畜ふに足ら使む。儒者は義利の弁を知り、利を舍きて言はざれば、以て己を守る可きも、以て天下の小人を治む可からず。小人は利にして而る後に義たる可く、君子は天下を利するを以て義と為す。孔子の此の言は、正に君子の小人を治むる者は、小人は利に喩るを知らんことを欲せるなり。

（『雕菰楼文集』）

と、為政者の統治における心得を説いたものとする。

「恒産」云々は周知の如く『孟子』梁恵王上、「因民之所利而利之」は『論語』堯曰篇。この焦氏の説は劉宝楠（一七九一～一八五五）『論語正義』にも採られており、喩義章の解としては徂徠の『徴』とともに完成度の高いものと言えよう。そうして「義利峻別」・「義先利後」・「利重視」という枠で言えば、「利重視」に入ることは明白である。

　ここまでの手続を了えたところで、主題の中洲『論語講義』を見ることとする。

　君子と小人とは其の心術同じからず。君子は平生常に善を為すことに志し、小人は己の私利を為さんことを志す、故に同一の事を見、同一の言を聞くも、其の心に感発する所は常に相反し、君子は義の方に喩り、小人は利の方に喩る。淮南子に柳下恵は飴を見て、老人を養ふに宜しと曰ひ、盗跖は飴を見て、鍵に黏するに宜しと曰へりとの話あり、此の章の証となすべし。按ずるに、義は利中宜き所の条理なり、故に義と利とは畢竟合一の者なれども、小人は浅慮にして、徒らに私利に喩りて利中の義に喩らず、蓋し君子小人の別は良知を致すと致さゞるとに在るのみ。

（三島中洲『論語講義』明治出版社、一九一七年）

「得飴以養老」云々の話柄は、『呂覧』には「柳下恵」が「仁人」に、『朱子語類』二七には同じく「柳下恵」が「伯夷」に代えられて出る。

さて、中洲による喩義章の解釈自体としては、「利」を「私利」に限定することで一応の結着を示したのであるが、小人を「利中の義に喩らぬ」もの、「良知を致さざる」ものと解する点は、留意の要があるように思われる。とりわけて「義は利中宜しき所の条理なり」という定義の出る背景について、節を更めて検討してゆく。即ち本稿冒頭巽軒の「人ノ仁義ハ利欲中ノ条理ニテ義利合一相離レズ」という要約の言は、とりもなおさず、中洲「義利合一論」に在る言葉そのものなのであるが、それ自体に考察を加えてみようというのである。

三　義は利の条理

中洲の「義利合一論」（『中洲講話』、巻頭）は、次のように始まる。

今日義利合一論を講ぜんとするに先だち、一言せん。義理の事たる、学者の常言にて、陳腐の極なれども、此に一冤罪あり。何となれば、支那趙宋の世、義理の説、盛んに行はれてより、利害を説くことを屑とせず、是より義理と利害と、判然相分れ、漢学者は、義理のみを主張し、利害得失には関係せざる者の如く、世人に見做されたり。然るに、古聖賢の言に徴すれば、義理利害、相須て離れず、故に義理《ママ》合一論を講じて、冤罪を雪がんとす。

本稿の所謂「義利峻別」・「義先利後」両説に批判を加えようという意図をこのように示した後、中洲の言うよう。

夫れ人間の義利は、即ち天上の理気なり。先ず理気より説出さん。天の蒼々たるは、万物を生育するの一元気あるのみ。此の一元気を太極とも云ふ。漢書に、太極元気函レ三為レ一とあり、又注疏に太極謂二天地未レ分之前元気混而為レ一一等にて、古説知る可し。宋儒一理を以て太極を説くは、後世の謬説なり。聖人此の一元気中に就きて、自然の条理を見出し、元亨利貞と云ふ、即ち王陽明が所レ謂理者気中之条理なり。而して此の理と気とは、唯一物に付、指し処にて、名を異にするのみ、決して二物には非ず。即ち陽明が所レ謂理気合一なるものなり。宋儒は、太極の一理よりして天地万物を生するとて、理気を前後に分けて説けども、余は取らず。然し此の理気論は、道学者中に紛々の説あり、一朝夕に辨じ難し、唯大旨を掲げて、本題の根柢と為すのみ。

義利（倫理・道徳）の問題は、理気（宇宙・自然）の問題と不可分であるから双方を論じなければならぬが、まず理気論から入ろう、という。そうして「一元気」・「太極」・「元亨利貞」と、宇宙論を中洲の立場から擦《なぞ》り、直ちに王陽明（一四七二～一五二九）の「理者気之条理」に結びつける。しかし、心学を旨とする陽明によって発出されたこの「理者気之条理、気者理之運用」の語は、たまたま修養論としての精一の論に対応してなされたものであり[2]、理気相即とでも称すべきところであろうが、そこのところを中洲は「陽明がいわゆる理気合一なるもの」と断ずる。このように、陽明心学の中から、アクセントを付けて抽出されたその第一が理気合一であったことは銘記されてよい。

ともあれ、次いで中洲は天上の理と気の関係を人間の義と利の関係に置き換え、

天の元亨利貞は元気中の条理にて、理気合一してあいはなれず、人の仁義は利欲中の条理にて、義利合一あいはなれず。天人同一の理というべし。

と断定、以降、本稿の所謂「利重視」主張の為に中洲の立場から見て利用価値のあると思われる経書・諸子等の語句を大量に交えつつ、その義利合一論を展開してゆくのである。

展開に当って、陽明の口吻を承けつつ、

> 繋辞伝曰、精義入レ神、以致レ用、利レ用安レ身、以崇レ徳と。言ふは、心にて義を精ふすること神妙に入れば、外に発して、衣食居の実用を致す、衣食居の実用か、便利になり、一身を保安すれば、益〻心の徳義か崇くなると云ふことにて、内外義利合一を説きたるなり。陽明か知行合一を説きて、知者行之始、行者知之終《ママ》と云ひたると、同口気なり。故に余は義利合一を説きて、義は利の始、利は義の終と云はんとす。

というのはまだしも、

> 書経に徴するに、夏桀殷紂か、徳義を修めすして、天命を失ひ、殷湯周武か、徳義を修めて、天命を得たる事等を、陸続記載し、徳義を修めて、福禄の天命を求めしむる訓戒多し。其中洪範に、建二其有極一、斂二其五福一、とありて、有極を蔡伝に義理之至極と解すれば、即ち義のことなり、五福は固より利なり。然し有極と云へば、目的の如く見ゆれども、跡に五福があれば、帰宿の目的に非ず、唯道表《しるし》の如きのみ、義を道表にして、五福の目的を斂むるなり。故に余は義者利之道表、利者義之帰宿と云はんとするなり。

という一行は、いささか悪乗りの感なきにしもあらず、というところであるが、このように利の軽んずべからざることを、手を替え品を替え説き去り説き来り、「論」の終りに近くして、

> 吾旧幕府の末、宋学専ら行はれ、学者義理を主張し、利害を顧みず。故に外国の通好を求むる

に当り、宋の如く復讎の義もなきに、古き春秋尊王攘夷の論を担き出し、攘夷攘夷と囂囂唱和したるは、実に徒義死理と云ふべし。幸に当局者人あり、其説も行はれず、今日太平の幸福を得たり。

と、時代認識にも言及する。結びの一行は、

夫れ唯義は利中の条理なるが故に、其時時の利害に応じ、千変万化、時に措くの宜きを得、此を孔子の時中と云ふなり。故に孔子の時中を学ばんと欲すれば、唯此の義利を合一にするに在るのみ。

である。本稿では、この義すら利に左右される「義利合一論」の文言に関しては節を改めて検討するであろうが、ここで中洲の描いた思想史の構想に視点を移して、いわゆる「義利合一論」正当化のための中洲による一つの〝工夫〟に言及しておこう。

「義利合一論」が五七歳の時のものであることは既に述べたところであるが、思想史全体に対する中洲の観方を知るには、一〇年を経て六七歳、六月に東宮侍講に任ぜられたその翌月、東京学士会院でなされた「仁斎学の話」(『中洲講話』、所収)に拠るのが最も適当と思われる。

中洲は、まず、伊藤仁斎(維楨、一六二七〜一七〇五)の学問の価値を、気学に拠って宋儒の理学を排し、反宋学的諸儒の淵源となったところに認める傍ら、その経説には得失ありと述べたあと、次のように言う。

今日拙老は唯其気学の根源は王陽明より出でたることを云はんとす。之を云はんとすれば、支那学の根元に三派あることを論せざるを得ず。其略図左の如し。

気学　周公　孔子　子思　孟子　漢唐諸儒　王陽明　呉廷翰

本朝　伊藤仁斎　折衷諸学者

人造学　荀子　本朝　物徂徠

理学　老子　荘子　周子　程子　朱子　宋元明間諸儒

本朝　宋学諸家

中洲の描いた右の略図を見て、とりあえず違和感を覚えるのは、「王陽明」・「老子」・「荘子」の置かれた位置である。更に言えば「呉廷翰」なる人物が特に掲出されているところか。老荘については後に廻す。王陽明・呉廷翰についてであるが、中洲は後続の解説において、理と気を分けて説く理学では、実際に当って実行に差支えありとし、

王陽明は此に所見あり。理は気中之条理、及理気合一と云ふ説を唱へ、始めて孔孟物先理後の正学実用に恢復せり。故に知行合一の工夫を考へ、良知にて知りたる積りの道理も、行ふて差支へるときは、真道理に非ず、又真良知に非ず、真良知にて知りたる真道理なれは、必ず行へるものとし、大学の致知格物を知行合一のことと為し、致知の知も、物を格すこと能はされは、真に良知を致したるに非すとて、致知格物必並ひ行はれて、始めて誠意が出来ることとは解せり。

と、陽明を孔孟の正統――「気学」に位置づけるのである。中洲における「陽明学」は、このように「心

学」的要素が稀薄であることは、更めて確認されねばならない。次いで、中洲の解説に言うよう。

其後明末は此の学を奉するもの多く、呉廷翰と云ふ人も、其一人にて、吉斎漫録を著し、太極は気にて理に非すと云ふ説を主張したり。其書か本朝に舶来し、仁斎は之に本つき、一元気の説を唱へ、南朝頃より徳川氏中葉まて行はれたる宋儒の理学を打破れり。余故に仁斎学は陽明の気学に淵源すと云ふなり。然るに仁斎か吉斎漫録に本つきたることには、段々回護の説あり。此書か舶来せさる前、已に気学を唱へ居たり、又吉斎は気を唱へ、仁斎は元気を唱へたる故、異同ある抔との説あれとも、是は畢竟仁斎贔屓の門戸見と云ふもののみ。縦令一歩譲りて其実暗合とするも、前に同説あれは、後に唱へたるものは、前説に由ると看做さゝるを得す。

明代後期の気一元論者、呉廷翰は、心性論においては反陽明、義利観においては「利重視」の学者であるが、中洲は陽明の理気相即と仁斎の気一元との間にこの呉廷翰を介在させることにより、「陽明の気学」から「仁斎学」への流れを説く資にしようというのである。「理気合一」ひいては「義利合一」が寄る辺のある表現であることを示さんがために蘇原・仁斎を持ち出したこの構想も解らないわけではないが、陽明・蘇原・仁斎それぞれの思想の成り立ちから見て、中洲の描いたこの図取りはいかがなものか。(3) 理気説においてこそ反朱子学のゆえに、この三者の間にある程度の類似を見るに吝かではないが、心性論、ひいては義利観については、様相を殊にするからである。特殊限定的な条件のもとでの「略図」というべきであろう。

ここでは、他に本稿で既に名の出た人のうちから徂徠を採り入れ、中洲の師、山田方谷を加えて、それぞれの理気説と義利観を一覧しておこう。

	理気説	義利観
王　守仁	理者気之条理 気者理之運用 〈答陸原静書（二）〉	一有謀計之心、則雖正誼明道、 亦功利耳 〈文録、与黄誠甫〉 —義利峻別
呉　廷翰	理者気之条理 用者気之妙用 〈吉斎漫録（上）〉	義利原是一物、更無分別 〈吉斎漫録（下）〉 —利重視
伊藤仁斎	所謂理者反是 気中之条理而已 〈語孟字義（天道）〉	苟有以義為利之心焉、則其卒也 莫不捨義而取利也 〈語孟字義、大学非孔氏遺書辨〉 —義利峻別
荻生徂徠	精粗本末一以貫之。何必以理気為説乎 〈弁名〉	必以義済之、而後物可得而利益、 故曰利物足以和義。 〈弁名〉 —利重視
山田方谷	気生理 〈師門問辨録〉	君子明其義而不計其利、唯知整 綱紀、明政令而已 〈論理財〉 —義先利後
三島中洲	天の元亨利貞は元気中の条理 理気合一 〈義利合一論、古礼即今法の説、 同体異用、孔子兼内修外修説など〉	人の仁義は利欲中の条理 義利合一 〈義利合一論、文明富強の辨、 学問の標準、道徳経済合一説など〉 —利重視

なお、呉廷翰については、言い足すべきことがある。右の一覧に明確なのであるが、理気説、義利観、を通じて、中洲に最も近似するのは呉氏である。加えて次の蘇原の一文も御覧戴きたい。

朱子曰く、未だ天地有らざるの先に、畢竟是れ此の理有り、と。又曰く、初めに当りて元と一物無く、只だ是れ此の理有るのみ、と。太極解に曰く、上天の載は無声無臭なるも、実に造化の枢紐にして、品彙の根柢なり、と、亦た是れ此の意なり。蓋し上天の載は理を指し、造化・品彙は気を指すと以《おも》へるなり。老子の、道は天地を生ず、の説も、意亦た此の若し。此れ愚の断然敢へて理気を以て一物と為す所以にして、一陰一陽するを之れ道と謂ふ、は、註を添ふるを必せずして自ら明らかなるなり。然らざれば則ち夫子の道を論ずるは老子の直截なるに若かざるなり。

（『吉斎漫録、上』）

先に掲げた中洲の「略図」の中の老荘―程朱の線の強調のこととも関わるのであるが、中洲「義利合一論」唱出の背景の一つとして『吉斎漫録』の存在を指摘しておきたいと思う。(4)

四　後進たちの義利観

本稿一で扱った「余の学歴」の最終部分、「五十歳前後二松学舎を開き」云々とあったが、正確には四八歳、一八七七年、師の山田方谷逝世の年である。三歳を閲して一八八〇明治一三年、中洲の編集にかゝる『二松学舎翹楚集』第二編に、中江兆民（篤介、一八四七弘化四年～一九〇一明治三四年）の撰文「論公利私利」が、中洲による講評を付して載せられた。

まず、兆民の全文は大凡五段階に分れるが、その第四段階。

近世の学士に頗る利を唱ふる者有りて、利の中に於て公利の目を立つ、其の説英人勉撒《ベンサム》・弥児《ミル》自り出づ。曰く、利の汎く人に及ぶ者を公と為し、独り一身に止まる者を私と為す、と。吁嗟、何ぞ思はざること之れ甚だしきや。夫れ利は苟くも義自り生ずれば、其の一身に止まるも亦た公にして、而も未だ必ずしも汎く人に及ばずんばあらざるなり。若し義自りせざれば則ち利汎く人に及ぶも亦た私にして、而も適《まさ》に以て人を害するに足る。伯夷・顔淵は乱世に居り、肥遯して独り其の身を善くするも、然れども百世の下、其の風を聞く者は咸《み》な之れに興起したれば、則ち是れ利の義自り生じて而も人に及べる者に非ざるか。五覇は王を尊び諸侯を匡合せるも、其の心は功利に専らにして、遂に戦国詭譎の習を啓きたれば、則ち利の義自りせずして、適に以て人を害せる者に非ざるか。

（『中江兆民全集』十一、岩波書店）

便宜、後述との関係で注目すべき部分にサイドラインを施した。

さて、この「論公利私利」を『二松学舎翹楚集』に載せるに際し、中洲の与えた「講評」は次の通り。

正論確説、功利家頂門の一針にして、学、漢洋を兼ぬる者に非ざる自りは、悪んぞ能く此に至らん。

誉め言葉はひとり修辞に止まらず、立論の内容に及んでいる。本稿のいわゆる義先利後は中洲五一歳の時点では肯定されていたと言わねばならない。

六年の歳月を経て講ぜられたのが**三**で扱った「義利合一論」である。その一行に言う。

孔子も足レ食足レ兵民信レ之と云ふて、食兵を先にし、信義を後とし、冉有に答へては、既に富レ之、又教レ之と云へり。孟子も有二恒産一、有二恒心一と云ふて、井田を先にし、学校の教を後にせり。此類枚挙に暇あらず。由レ此観レ之は、利の為めの義にて、義の為めの利に非す。天に於て、一元気の為めに、元亨利貞の条理あり、元亨利貞の為めに、元気あるに非ざると同一理なり。若し宋儒の説の如く、理ありて後に気ありとせば、義を学びて後に、始めて衣食居を求めさる可からす。然るときは、義を学び得ざる内に、身は既に凍餓せん。是れ言ふ可くして、行ふ可からざるの説なり。然れども既に義を知りたる上は、又利か後になるものなり。舜は孝弟の義を修めて天子となるの利を得、湯武は民を救うの義に因りて、王業の利を得、斉桓晋文は、尊王攘夷の義に因りて、覇業の利を得るの類是れなり。故に或は先きとなり、或い《ママ》は後となり、到底義利合一相離れざるなり。

（『中洲講話』「義利合一論」）

冒頭の兵食章であるが、必ずしも「食兵を先にし、信義を後と」するもののみとは限らない。むしろ中洲のように解するのは解釈史上少数派であること[5]は措くとして、論の向うところ、明らかに義先利後から利重視へと、立脚の基盤が移動しているのである。圏点は原著に既に施されているもの、「利の為めの義にして、義の為めの利に非ず」は先の「義は利中の条理なるが故に、其時時の利害に応じ千変万化」と相い呼応する。そうして兆民「論公利私利」との相違ということでは、兆民と中洲両者の文の傍線を施した部分を対比するとき、ことの実態がより鮮明になるのである。

以上、兆民との比較において、中洲義利合一論の特徴を考察したのであるが、次いで、渋沢青淵との比較に移る。既に本稿冒頭において巽軒が中洲の「義利合一論」と青淵の「論語と算盤」は、それぞれ独自に発想されたもの、と指摘しているのを見たが、経学的継承関係という観点から言えば、一〇歳の年下であり、専家でもない青淵が、中洲に与えられた形となるのは必然であった。

一、二例示してみよう。一九〇九明治四二年、八〇歳の中洲が撰した「題論語算盤図賀渋沢男古稀」なる一文の内容を青淵が評して、「余が平生胸中に懐く経済道徳説を、経書によって確乎たる根拠のあるものにして下されたもの」と述懐する場面が青淵の『論語講義』に出るが(6)、これは明らかに青淵が中洲を経学の先達と看做している証なのである。また『論語』の解釈一般ということで言えば、青淵の『論語講義』を繙く人は、「三島中洲先生曰」の語の頻出するのを見るであろうし、一歩進めて、両者の両『論語講義』を読み較べる人は、青淵『論語講義』に中洲の言葉と明示せぬまま中洲の語が転載されているケースの多さに驚くのである(7)。

義利観の継承関係を語りつつ、『論語』一般に亘ったが、更に例を『孟子』の解釈に採ってみよう。以下は、かの「義利合一論」中の一行であるが、中洲は「古聖賢の学は唯由義而求利に在り、片時も義利合一相離れざること明確なり」と断じた後、

　然るに此に困りたる一言あり。陽虎が曰、為仁則不富、為富則不仁とありて、利と仁義とは、反対の如く見へ《ママ》、是迄喋喋論じ来りし義利合一説も破るゝが如くなれども、其実決して然らず。陽虎が所謂富は、一己の私利にて、我か所謂公共長久なる真利にあらず。大学に所謂貨悖而入者亦悖而出、又孟子に所謂不仁者安其危、而利其菑するものなるが故に、陽虎が富も、果して遠からず之を失へり。然れば陽虎が仁富反対の言は、全く目前の小算盤の見にて、大学孟子の言は、長久なる義利を通観したる、大算盤の見にて、詰り真義真利の合一に帰すること、益々明確なり。

と、利を私利と真利とに分けて解説する部分がある。『孟子』滕文公上に「賢君必恭倹礼下、取於民有

制、陽虎曰、為富不仁矣、為仁不富矣」とあるのに中洲が配慮した場面である。「民に取るに制有り」という流れの中で季氏の家老陽虎の「仁富反対」の言が孟子によって採り上げられているのだから、ここの「富」とは単なる税収、家宰としての私利である、という中洲の認定は、孟子が陽虎の言を採った背景についての分析は欠くものの正鵠を失ってはいない。趙注・朱注は今は措く。さらには『伝習録』上の一二一に、

大凡、人の言語を看るに、若し先に箇の意見有れば便ち過当の処有り。富を為さば仁ならずの言、孟子の陽虎に取る有る、此に便ち聖賢大公の心を見る。

とあるのも、「富」＝「取於民」の枠で述べられたものであろう。「仁富反対」の本来はこのようなことであった筈であるが、一方の青淵はどうか。

一九二三大正一二年六月一三日、青淵八四歳、帝国発明協会の懇請に応え、「道徳経済合一説」と題する講演がなされたが、その時の肉声が録音され、現在レコードに残っている（渋沢史料館）。その頭書の部分（展示室に備えられている印刷物をそのまま転写）。

仁義道徳と生産殖利とは、元来ともに進むべきものであります。しかるに、人生往々利に走って義を忘るるものがありますから、古の聖人は、人を教うるに当たって、この弊を救わんとし、もっぱら仁義道徳を説いて不義の利をいましむるに急であったために、後の学者は、往々これを誤解して、利義相容れざるものとし、ために、「仁則不富、富則不仁」（仁をなせば富まず、富めばすなわち仁ならず）、利を得れば義を失い、義によれば利に離るるものと速断し、利用厚生はもって仁をなすの道たることを忘れ、商工百般の取引、合本興業のことがらは、皆信義を基礎とする契約

に基づくものなることに思い至らず、その極は、ついに貧しきをもって清しとなし、富をもって汚れたりとなすに至ったのであります。かくのごとき誤解より、学問と実務とが自然に隔離し来たったのみならず、古来学問は位地ある人の修むべきものとなっておったから、封建時代にあっては、学問は、武士以上の消費階級の専有物であって、農工商の生産階級は、文字を知らず、経学を修めず、仁義道徳は彼らにとっては無用のものなりとし、はなはだしきに至っては、有害なものである、とまで想像しておったのであります。

明らかに中洲の「仁富反対」解釈を逸脱している、受け損なっているのである。[8] 本稿三の冒頭に掲げた中洲「義利合一論」の書き出しに「此に一冤罪あり」――「義理《ママ》合一論を講じて、冤罪を雪がんとす」とあったが、青淵の「仁富反対論」もまた冤罪と言わねばならないであろう。

以上、渋沢青淵の影響の大きさに相い応じて紙幅を費したが、この節の終りに中洲の高足、山田済斎（準、一八六七慶応三年～一九五二昭和二七年）と、中洲の第三子三島雷堂（復、一八七八明治一一年～一九二四大正一三年）の義利観に関することばを見ておこう。

とりわけ大正期から第二次大戦の戦後に及ぶまで、日本陽明学のリーダーであった済斎は、その『陽明学精義』において、次のように喝破する。

吾人の功利に累はさるゝは、利害の算、外を惑はし、計較《けいかう》の念、内を擾すに由る。王子曰く「仁人は其誼を正して其利を謀らず、其道を明かにして其功を計らず。一たび謀計の心あらば、誼を正し道を明かにすと雖亦功利のみ」（全書四 巻二三）と。嗚呼仁人尚此の如し、何人か克く謀計の心を存せず、功利の圏に落ちざるものぞ。其れ唯だ立誠か、則ち克く謀計の私を澌除《せんちょ》すべし。

文中「仁人は其の誼を正して其の利を謀らず、其の道を明かにして其の功を計らず」は周知の如く董仲舒（前一七六？〜前一〇四？）のことば。『漢書』五六に見えるもので、古来義利を説く者に通ずる基調音と言うべきものである。王陽明が黄誠甫に与えた書翰のなかで、この董氏の語を用いつゝ垂示したことばは既に本稿**三**の末尾の表に出しておいた。正統陽明学の義利観は、まさに済斎の言の如くして、収りがつくもののように思われる。

このような義利峻別——義先利後とは一線を画して、義利合一論が成ったことは縷々見来った通りであるが、これを利先義後と評したのが、大正一三年四七歳、捐館直前の雷堂であった。

　先考が自家学問の標準として主張力説し、世儒に対して一異彩を放てりともいはるべき者を義利合一説とす。これ即ち理気合一より来る、而して利先義後たること、亦た知るべきなり。

（三島復「先考中洲先生の学説について」、『二松』第五号、一九三〇年、松友会）

既に見た「利の為めの義にて、義の為めの利に非ず」の言などを押えた上での考察であった。中洲義利合一論の特質を言い当てたものと称すべきである。

おわりに

古来、「四書」のなかで、義と利とを対立的に扱う場面の代表格は『論語』では喩義章、『孟子』では開巻冒頭の一句であるが、『大学』では末章である。その一部、

　生財有大道……孟献子曰、畜馬乗、不察於鶏豚、伐冰之家、不畜牛羊、百乗之家、不畜聚斂之臣。与其有聚斂之臣、寧有盗臣。此謂国不以利為利、以義為利。

本稿では三の末尾において中洲が意識した陽明以降の人物の代表的理気説、義利説を対比する図を掲げた。その中に在って既に見た伊藤仁斎の「苟有以義為利之心焉、則其卒也莫不捨義而取利也」という発言は、大学末章の言説に触発される形で所謂義利峻別が唱えられた注目すべき一句である。この句の前後は次のようである。

　国は利を以て利と為さず、義を以って利と為すと謂ふ也と。是れ亦利心を以て之を言ふ者也。孟子曰く、王何ぞ必ずしも利を曰はん。亦仁義有るのみと。夫れ君子の道を行ふや、惟だ義是れ尚ぶ。而して利の利為るを知らざる也。苟も義を以て利と為すの心有れば、則ち其の卒りや、義を捨てて利を取らざる莫し。蓋し戦国の間、陥溺の久しき、人皆な利を悦ぶ。而して王公大人自り以て庶人に至るまで、惟だ利のみ之れ聞かんことを欲す。故に被服の儒者と雖ども、毎に其の術の售れざることを憂ひ、必ず利を以て人に啗はしむ。所謂財を生ずるに大道有りと、又義を以て利と為すと曰へるは、蓋し此の術を用ふる也。大学の孔氏の遺書に非ざること彰彰然として明らかなり。

（『語孟字義』巻の下　大学は孔氏の遺書に非ざるの辨）

まず『大学』の末章「国不以利為利、以義為利」に、『孟子』首章の「王何必曰利、亦有仁義而已矣」を対峙させる。『孟子』への援軍は既に扱い済みの『論語』喩義章集注圏外に出る楊時の「不知利之為利」である。

仁斎が義と利の間をかくばかりに峻別したことは、その「古学」の性格の一面として記憶されて然るべき点と思われる。そうして、仁斎学一般への中洲の尊崇度が高いなかで、こと義利観に在っては、このように対極に立つ状況があったことは、両者の継承関係を語るに際し忘れてはならない点であろう。

さて中洲の思想形成において最も影響の大きかったのは「余の学歴」に拠るまでもなく山田方谷であるが、方谷の『大学』末章の解はどうか。

　誠意の一点私なき処より仁を好めば、自然一体となる。是を推し出せば左右前後皆絜矩の道に叶ふ、是れ即ち大学の大道に当る。「此謂三国不二以レ利為レ利云々」とは孟獻子の言が是に当ると云ふなり。茲に利と義とを出せり。元来利はなくてはならぬものなり。国を治むる人が自分を利せんとの邪念を起し、其れを利なりと心得るが間違にて、此は利と云ふ可らず。又た義は上に云へる「下好レ義」の義にして、国人上下皆義の筋に従ふやうになる、是が真の利なり。匹夫匹婦は一身一家のみを都合よくするを利となさんも、国君天子の処では天下の全体を都合よくせねばならぬ。斯くするには義より外ある可らず。

（「古本大学講義」）

明らかに義先利後である。

「古本大学講義」は明治一〇年まで生きた方谷の最晩年のものであるが、一方、三島中洲は明治五年、方谷の膝下を離れ、明治の思想界に「実学」を講じて久しく、一九〇五明治三八年排印の『大学私録中庸私録』では、『大学』の末章を、「老子曰く、其の無私なるを以ての故に能く其の私を成す、と。亦た義を以て利と為すの意」と解する。[9] 中洲にとって義は到底利のための手段であり、以上『大学』末章の解釈に照しても、その「義利合一論」は、本稿の所謂「利重視」の一典型であったのである。

注

（1）中洲「義利合一論」に対し、直ちに朱子学擁護の立場から批判の筆を執った人に並木栗水がいる。岡野康幸「並木栗水の三島中洲批判―中洲「義利合一論」をめぐり―」（『三島中洲研究』3、二松学舎大学二一世紀COEプログラム、二〇〇八、所収）参照。

（2）『伝習録』中、答陸原静第一書、三。

（3）かの井上巽軒『日本陽明学派之哲学』に言う。

三島中洲嘗て学士会院に於て「仁斎学の話」をなし「仁斎学は陽明の気学に淵源」すといひて、恰も仁斎を陽明学派の人の如くに論ぜり、学士会院雑誌第十八編之八を見よ。然れども是れ謬見に属す。天地を一元気とするは、漢以来の事にて、仁斎之れを唱道したりとて必ずしも陽明に本づくと謂ふを得ざればなり。況んや仁斎は陽明を非とするをや。彼れ論じて曰く、

王陽明亦以二見聞学知一為二意見一。以二良知良能一為二真知一。其以二良知一為二真知一似矣。然以二見聞学知一為二意見一者。亦猶二仏氏之見一也（古学先生文集巻之五）。

以て其立脚地の那辺にあるかを知るべきなり、

なお、蘇原―仁斎の脈絡の問題については、大江文城『本邦儒学史論攷』、（全国書房、一九四四）、衷爾鉅『呉廷翰哲学思想』（人民出版社、一九九八）、子安宣邦『伊藤仁斎の世界』（ぺりかん社、二〇〇四）などを参照。

（4）高山節也編「二松学舎大学附属図書館蔵三島文庫漢籍目録」（戸川芳郎編『三島中洲の学芸とその生涯』、雄山閣、一九九九、所収）子部儒家類には、『吉斎譾録』一巻、（三島復鈔本、八十六丁、一冊）の存在が記されている。中洲の読書の対象であったと推される。

（5）拙論「『論語』使由章・兵食章と三島中洲」（『二松学舎と日本近代の漢学』二松学舎大学二一世紀COEプ

ログラム、二〇〇九）参照。
（6）渋沢栄一講述、尾高維孝筆録『論語講義』（明徳出版社、一九七五）里仁篇欲悪章。なお同書大尾には「題論語算盤図賀渋沢男古稀」の一文が載せられている。
（7）中洲と青淵の両論語講義を対比考察したものとしては、久米晋平「中洲・青淵の両『論語講義』―学而篇―」（『三島中洲研究』1、二松学舎大学二一世紀COEプログラム、二〇〇六、所収）、及び同氏「中洲・青淵両『論語講義』②―季康子問章、定公問章をめぐって―」（『三島中洲研究』2、二松学舎大学二一世紀COEプログラム、二〇〇七、所収）がある。
（8）詳しくは拙論「渋沢栄一と『論語』」（『近代東アジアの経済倫理とその実践』、日本経済評論社、二〇〇九）参照。
（9）中洲『老子私録』韜光章第七には「為人則為己之理」と見える。

橘純一

――人と学績――

町　泉寿郎

橘純一（たちばなじゅんいち）。一八八四（明治一七）年〜一九五四（昭和二九）年。東京市京橋区木挽町（現在の東京都中央区銀座）出身、児島喜三郎の五男として生まれる。東京帝国大学文科大学文学科卒業。橘家の養子となる。文科大学助手、陸軍（士官学校予科）教授、東京府立第五中学校（現、小石川高等学校）教諭。日本大学、東洋大学、東京商科大学、国士舘専門学校、駒沢大学、日本女子大学、立正大学、千代田女子専門学校、実践女学校等で教鞭をとり、跡見短期大学教授として現職のまま没した。『大鏡』『徒然草』等の日本古典の注釈書を著したことで、広く知られている。

二松學舍には、一九二八（昭和三）年の専門学校設立時に専任教授、戦後に再び教授となり、大学昇格に際しては図書館長を勤め、また国文学科第一講座主任教授となった。

はじめに

ここに取り上げる橘純一は、『大鏡』『徒然草』の注釈書や雑誌『国語解釈』等の業績で知られる国文学者である。本学ゆかりの文学者や研究者を対象とした連続講演会を企画された、故今西幹一学長からご指名によりお引き受けしたが、筆者は江戸明治期の漢学・医学を専攻するものであって、橘純一は筆者の専門領域からかなり離れている。

ご指名いただいた時は、筆者が本学の『人文論叢』に五回に亘って「橘守部・純一関係寄贈資料の整理と研究」と題して寄稿していたほか、本学で解釈学会が開かれた際に、やはり学長から記念のミニ展示を用意するようにとのお話があり、陳列作業とパンフレット作成をしたことがあったので、特に気に留めなかったが、なぜ今西学長が本学の学芸を代表する人物の一人として橘純一を取り上げようとされたのか、その理由をうかがわなかったのが、今思えば残念である。

橘純一に筆者がかかわりを持った経緯は、ご遺族から橘守部以来の家伝資料が寄贈され、その資料の整理に筆者があたったことに始まる。二〇〇五年三月二十四日、玉谷純作氏（純一の外孫）が来学されて資料寄贈の申し込みがあり、一ヵ月後の四月二十四日に純一・文二（二松学舎専門学校第十七期卒）と二代にわたって住んだ大田区久ヶ原の橘氏宅から柏図書館に資料が搬入され、故文二氏令夫人恭子氏から寄贈申込書が提出された。

資料寄贈をうけて、大学資料展示室運営委員会において本資料の今後の取り扱いが協議され、運営委員を中心に資料の状態や内容を調査し、改装・補修等の必要な資料保存をはかるとともに、委員の一人として筆者は本学・他大学の大学院生の協力を得て整理作業を進めて資料目録を作成し、また橘家歴代の文献資料の解題と資料翻刻を行ってきた。

橘純一に対して、その国文学者としての学術を正当に評価する資格を筆者が持ち合わせるとは思わないが、橘家の資料整理にあたった立場から、その家系から説き起こし、純一についてはその学績を外側から概観し、併せて純一が奉職した時期の二松学舎について言及しておきたい。

一　橘家歴代の略伝　附、二松学舎所蔵の橘家寄贈資料について

橘純一は、後述するとおり、『橘守部全集』として橘守部遺稿を整理刊行したほか、国文学者として「守部の学統の正しき継承者」たることを自覚していた(1)。したがって、橘純一について述べるに当たって、同家歴代の伝記的事実をある程度把握しておくことは不可欠である。ただし、江戸時代後期の国学者として著名な守部には既に単行の伝記が備わり(2)、改めて多言を要しない。小稿では、守部に関しては最小限の言及にとどめ、必ずしも従来の研究が尽していない、冬照・東世子・浜子・道守・濤子・茂丸ら守部の子孫たちにむしろ重点を置いて、橘家の歴史を略記しておきたい。

日付については、旧暦・新暦の変わり目が問題になるような場合を除いては、区別せずに記した。年齢は、数え年である（純一以降は満年齢）。

初代・橘守部　天明元年（一七八一）四月八日〜嘉永二年（一八四九）五月二十四日、六十九歳。幼名

は旭谷《あさいや》—吉弥、名は庭麿《にわまろ》—守部《もりべ》、通称は元輔《もとすけ》、別号は蓬壺—波瀲舎《なぎさのや》—池庵—生薬園《いくくすりぞの》—椎本舎《しいがもとのや》、法号は深達院光耀常円居士。

伊勢国朝明郡小向村に飯田長十郎元親の男として出生、父歿後、江戸に出て（一七九七）、漢学を葛西因是（一七六四～一八二三）に、国学を清水浜臣（一七七六～一八二四）に学ぶ。武蔵国葛飾郡内国府間村（現埼玉県幸手市内国府間）に移り（一八〇九）、桐生・足利の富商たちの援助を受け学的研鑽を積む。廻船問屋田村清八の女政子（一七九二～一八六九、深政院妙円鏡智大姉）を娶り、一男一女を儲けた。再び江戸に出（一八二九）本居宣長の学説を批判して、一家の説を樹立した。平戸新田藩（一万石）より御出入りを許され、柳島村の抱屋敷二四三坪の譲渡をうけた（一八四八）。正五位を追贈され（一九二八・一一・一〇）、翌年、没後満八十年を期して純一の手によって贈位報告祭が行われた。

二代・橘冬照　文化十一年（一八一四）～文久三年（一八六三）六月二十九日、五十歳。幼名は茂松《しげまつ》・茂三、名は親・（二代）元輔・冬照《ふゆてる》、別号は凌雲・柯蔭、法号は冬照院全恵円良居士。

父守部・母政子（田村清八女、一七九二～一八六九）の長男として幸手に出生。国学を父に学び、江戸移住後、一時、漢学を西島蘭溪（一七八〇～一八五二）に学んだ。寄贈資料中の漢籍・準漢籍のうち、写本は殆ど冬照が文政から天保にかけて書写したものである。妻東世子との間に一女を儲けたが早世した。守部の代から出入りが許されていた平戸新田藩では、八代松浦豊後守晧の女が本藩十二代詮に嫁し、冬照はそれ以前から平戸新田藩主の妻女の教育係として出入りしていたため、この婚姻を機に安政四年（一八五七）十一月九日、五合五人扶持を賜った。さらに万延元年（一八六〇）十一月十八日には特に望まれて平戸本藩に移籍することとなった。

橘東世子《とせこ》　文化三年（一八〇六）九月五日～明治十五年（一八八二）十月十五日、七十七歳、東世院壽量妙秀大姉。

品川の商賈河合新六の長女。三十三歳で二十五歳の冬照に嫁し、よく歌学を修め、夫歿後はこれまで平戸藩邸に出入りし奥御用を勤めてきた功により、五合二人扶持を賜った。養嗣子道守を輔け、家学の維持に努めた。橘家では平戸藩籍を離れ東京府に移籍した頃から、椎本吟社を興して吟社活動を活発に行い、その成果を『明治歌集』として世に問うている。(3) 旧主松浦詮の推輓もあって椎本吟社には多くの貴顕が列なった。寄贈資料に東世子の詠草一冊が残る。

橘浜子《はまこ》　文化十四年（一八一七）～弘化二年（一八四五）十二月七日、二十九歳、清渚院玉貞汀大姉。

守部・政子の長女。守部の前半生を記した『橘の昔語』（天保十四年成）の著作がある。

三代・橘道守　嘉永五年（一八五二）二月十三日～明治三十五年（一九〇二）四月二十一日、五十一歳、通称は東市、道守院円麗清照居士。

父吉田錦所（一八一九～一八八一、本姓は加藤氏、名は安平、蘭誉宜中錦所豊居士）・母吉田いと（守部の有力門人吉田秋主の女）の男として桐生に出生。これは守部の歿後三年に当たり、橘家には守部の未亡人政子六十一歳、嗣子冬照三十九歳、その妻東世子四十七歳があった。冬照・東世子夫妻には男子が無かったため、橘家の養子となった。

養子縁組の時期は、特定できないが、冬照の平戸新田藩仕官（一八五七）は東市六歳、平戸本藩移籍は東市九歳のこと。文久三年（一八六三）六月二十九日の冬照の歿により、同年九月十一日に十二歳で家督を相続し、平戸本藩より五合三人扶持を賜った。同月、東世子も五合二人扶持を賜り、合せて五人扶持を維持された（後に五合五人扶持を賜った）。

維新の交、名を道守と改め、平戸藩士岩崎庄之助の女濤子を娶った。明治二年（一八六九）当時、住所は（第十一大区二小区）本所太平町である。同三年（一八七〇）二月に長男茂丸（茂一郎・茂枝）が誕生。廃藩置県・版籍奉還によって長崎県貫属元平戸藩士族となったが、同五年（一八七二）十月に長崎県から東京府に貫属替（本籍地変更）を願い出、十一月に（第六大区八小区）本所松倉町二丁目に転居した。

平戸藩籍を離れ東京府に移籍した頃から、道守は椎本吟社を主宰して吟社活動を組織化して活発にした。明治十三年（一八八〇）以降は、椎本吟社から毎月、互選による同人雑誌『同詠共撰歌集』（活版印刷）を刊行している。明治二十二年（一八八九）からは、誌名を『明治歌林』と改めた。地方吟社も傘下に入れ、吟社は次第に全国規模に拡大していったようである。月例の選歌の成果は、後に『明治歌集』（木版）として世に問われた。月々の兼題を詠んだ同人の歌を無記名で掲載し互選の材料とし、次号に互選の結果を記名で掲載。毎号の最高得点歌二首を、『明治歌集』に再録したのである。

その歌風は、語格歌調に配慮した温雅な詠み振りを宗とし、短歌だけでなく長歌などの諸体にも努めた。また守部の主著『稜威言別』の未刊分の出版など[4]、出版活動も盛んに行った。

なお、同七年（一八七四）に誕生した長女禮子は、工学士湯浅藤市郎（一八九五帝国大学工科大学機械工学科卒）に嫁して、ジョリオ＝キュリー Jean Frédéric Joliot-Curie に学んだ原子物理学者として知られる湯浅年子（一九〇九〜八〇）を生んだ。母禮子の影響を受けて年子も和歌を嗜み、橘家の歌学はここにも継承された。(5)

橘濤子　嘉永六年（一八五三）九月十一日〜昭和五年（一九三〇）一月十四日、七十八歳、壽光院守成妙宏大姉。

岩崎庄之助（平戸藩士）の長女。東世子の姪にあたるともいう。道守との間に三男五女を生んだが、茂丸・禮子のほかは早世。道守が後継者を決めることなく歿したため、明治三十五年五月二十八日から戸主となった（大正十四年十二月まで）。純一を養子に迎えて家の存続に腐心した。大正四年（一九一五）、本所区小泉町二十九番地から牛込区市谷仲之町四十一番地に転居。『橘守部全集』出版にも尽力している。

橘茂丸　明治三年（一八七〇）二月〜明治三十年（一八九七）四月二十一日、二十八歳、寂光院春岳常相居士。父母に先立って早世したが、寄贈資料に詠草一冊が残る。

附、二松学舎所蔵の橘家寄贈資料について

拙稿「橘守部・純一関係寄贈資料の整理と研究」の抽印を贈呈した際に、日本文学研究者の方々からは、「まだこういうものが残っていたのですか」といった感想をいだいた。つまりそれは、橘家所蔵

の書籍に関しては、既に橘家を離れて各機関に所蔵されていることが、学界周知の事実となっていたからである。[6] また、これらの資料を対象とした平澤五郎・徳田進らによる研究成果も知られている。[7]

したがって、橘家から二松学舎に寄贈された資料は、同家に最後まで残されていたものと見なされる。[8] そうした経緯から、一見、二松学舎の寄贈資料は資料価値の低い残余資料とも思われがちであるが、必ずしもそうとばかりは言えないであろう。

従来の家祖守部に対する学的評価は、神典による「古道」研究と古代歌謡に関する研究がその中心とされている。[9] 確かに本学寄贈資料は、こうした「古道」や神典・古代歌謡研究に関するものは少なく、歌合や書道手本の類が比較的多い（守部は能筆であった）。これらは従来の守部研究において不十分な面であることから、本学寄贈資料は守部研究の新たな進展が期待できる領域である。[10]

例えば、先に解説と翻刻を行った橘守部の判詞にかかる『音声歌合』[11]（一八四〇～四五ごろ成稿、橘守部等筆写）は、他に伝本の確認できない文献であり、「音声」を引き合いにして判詞を述べる珍しい趣向の歌合である。守部時代の門人たちと歌学について知る資料として貴重である。

また、守部資料は前述のとおり純一による全集刊行よって広く世に知られたが、明治以降、それらの資料とともに橘家の家学がどのように伝えられていったかは従来必ずしもよく知られていなかった。寄贈資料中の東世子・道守・濤子・茂丸の資料は、明治以降も保守的な歌風を守った一派の資料として、独自の価値を持つ。

守部以来の桐生の富商（吉田家等）との親交をはじめ、旧主松浦家ほかの貴顕を有力門人として擁して、橘家の経済状態は明治以降も比較的豊かであったと推測される。この安定した経済基盤と蔵書とが、守部遺稿の整理刊行をはじめとする純一の学業に、有利に働いたことは想像に難くない。

本学所蔵の橘家寄贈資料は、概ね次のように分類できる。

和装本類（「橘守部・純一関係寄贈資料の整理と研究―第一報」に和装本目録を所収）

洋装本類（橘純一の編著が中心で、跡見学園女子大学に寄贈分の残余）

草稿類は、主に純一のもので、跡見学園女子大学の資料とあいまって、純一の学的業績を評価する上で意義ある資料と言える。

書画類は、書画幅や短冊類。橘家歴代のもの、および交流のあった人物のもので、主著『稜威道別』を弘化二年に朝廷に献上した際に詠じた和歌懐紙も残っている。[12]

書簡・文書類は、前掲の自筆稿本所蔵機関には少なく、特に貴重と考えられる。守部・冬照・道守が関係を持った平戸松浦家関係の文書や、守部・冬照の書簡・来簡がある。純一あての来簡が大量にあり、大正・昭和の国文学者の資料として貴重である。

写真は、明治〜昭和期の橘家関係の人物写真が大量に残されている。現時点で人物の特定できるものはそれほど多くないが、純一が在学・奉職した学校関係の記念写真[13]資料価値がある。

二　橘純一（一八八四・二・二五〜一九五四・一・一九）の経歴[14]

橘純一は、旧姓を児島といい、東京市京橋区木挽町に輸入機械商を営む士族児島喜三郎の五男として出生した。私立鍋町小学校に尋常科四年・高等科四年を学んで明治三十年に卒業し、東京府立第一中学校に進み明治三十五年に卒業。仙台の第二高等学校（文科・独逸語）を経て、明治三十八年（一九

写真1　府立一中時代の純一：第三回弦月会（1901.10.27『新声』誌友懇談会）の写真、前列右から三人目

〇五）に東京帝国大学文科大学に入学し（初め国史科）、明治四十二年（一九〇九）七月十日に二十五歳で文学科（国文学専修）を卒業した。

府立一中時代の教諭に福井久蔵があり、同級に中島董一郎（実業家）・内田清之助（鳥類学者）らがある。一年後輩に市河三喜（英語学者）ら、二年後輩に土岐善麿（歌人・国語学者）・東條操（国語学者）ら、三年後輩に谷崎潤一郎（小説家）・辰野隆（仏文学者）らがある。一中時代の純一は文学を愛好し、短歌を作っては文学雑誌『新声』等に投稿した（**写真1**）[15]。一方、この頃から次第に生家の家産が傾きはじめ、友人内田清之助が学費を援助した[16]。

一高時代には、尚志会雑誌部に籍を置き、委員として『尚志会雑誌』の編集に当たった。三年次は日露戦争の最中で、明治三十八年一月二日には旅順陥落を祝って同窓生と記念写真を撮っている（**写真2**）。当時、校長は第五代三好愛吉（一八七〇～一九一九）で、その感化をうけたという。

東京帝国大学文科大学時代には、教官としては上田萬年（一八六七～一九三七、一八九四教授）・芳賀矢一（一八六七～一

写真２（学校法人二松学舎所蔵）　第二高等学校時代（1905.01.02）：前列左端、写真裏に毛筆で「旅順陥落紀念之為、打連れ散歩せる序にうつしつ」と純一が記している。

九二七、一八九八教授）両教授のもとに、藤岡作太郎（一八七〇～一九一〇、一九〇〇助教授）・保科孝一（一八七二～一九五五、一九〇〇助教授）の両助教授、関根正直（一八六〇～一九三二、一九〇一講師）・佐佐木信綱（一八七二～一九六三、一九〇五講師）・吉岡郷甫（一八七六～一九三七、一九〇七講師）・佐々政一講師（一八七二～一九一七、一九〇四～〇七講師）の各講師がおり、特に藤岡作太郎の影響を受けたと見られる。(17) 在学中の聴講ノートに藤岡所講の「日本評論史」が残っている。(18)

『東京大学卒業生氏名録』（一九五〇）によってその同期生卒業時の席次順に記せば、次の十八人である。１次田潤（岡山）、２青木正（兵庫）、３高木武（熊本）、４山崎麓（兵庫）、５橘純一（東京）、６林訒（千葉）、７中勘助（東京）、８荒瀬邦介（山口）、９塚田芳太郎（千葉）、10白石勉（愛媛）、11和田卯

写真3（学校法人二松学舎所蔵）
東京帝国大学文科大学文学科（国文学専修）
卒業記念写真（一九〇九・〇七・一〇）

青木正　藤岡作太郎助教授　佐々政一講師　三矢英松

白石勉　林訒　高木武　和田卯吉　塚田芳太郎　堀川美治　藤田篤　中勘助　大矢泰英　山崎麓

関根正直講師　佐佐木信綱講師　上田萬年教授　芳賀矢一教授　吉岡郷甫講師　保科孝一助教授

橋純一　荒瀬邦介　鈴木周作　次田潤　和田廉之助　瀬尾武次郎

吉（東京）、12鈴木周作（千葉）、13堀川美治（兵庫）、14三矢英松（山形）、15和田廉之助（福岡）、16瀬尾武次郎（広島）、17大矢泰英（愛知）、18藤田篤（京都）。卒業時の記念写真には、教官と学生全員が写っており、後に純一の手で各人の名前が記入されている（写真3）。

二高大学時代には音曲（長唄・三味線）を嗜み、特に義太夫を熱心に習った。歌舞伎をはじめとする演劇を愛好し、後述のとおり卒業論文の題材には浄瑠璃作者近松半二を取り上げている。卒業論文には、「橘純一」と署名があり、橘家の養子となった明治四十二年三月四日以降の提出であることが分かる(19)。

卒業後、文部省から明治四十二年十月十二日付で無試験検定によって「師範学校中学校　国語及漢文科　高等女学校　国語科」の教員免許状を交付された。荏原中学校（荏原高等学校の前身）に奉職したが、事情あって間もなく辞した。

明治四十四年（一九一一）九月十九日、二十七歳で文科大学助手となり上田萬年教授の国語国文研究室に勤務した。

二年間の助手を終えて、大正二年（一九一三）十一月二十八日、二十九歳で陸軍教授・高等官七等となり、中央幼年学校附に配属されて本科国語を担当した（大正二年の年俸六〇〇円）。

大正八年（一九一九）三月三十一日、新設の東京府立第五中学校（小石川高等学校の前身、校長は伊藤長七）の首席教諭に転じたが、大正十四年（一九二五）四月九日に依願免官。大正十五年（一九二六）六月十二日付けで、文部省から「高等学校高等科教員　国語」の教員免許状（高等教員免許状）を交付された。

写真4（学校法人二松学舎所蔵）　純一と橘家の人々：右から茂一、（森田）しん、純一、香代子、濤子、川副まつの

この間、大正十四年（一九二五）十二月二十八日には、養母濤子が七十三歳で隠居し、四十二歳で家督を相続した。

大正十四年以後は、日本大学予科講師（一九二六～二八）・東洋大学講師（一九二六～二八）・二松学舎専門学校教授（一九二八～四一、一九三五年に年俸四〇〇円、これに講義手当等が付いたらしい）・東京商科大学予科講師（一九三四～三九、年俸一〇八〇円）・国士舘専門学校・駒澤大学専門部高等師範科教授（一九三五～四一）・日本女子大学（一九三五～四二）・立正大学専門部講師（一九三八～）・千代田女子専門学校講師（一九四一～四四）・実践女学校などに出講して教鞭をとった。特に二松学舎専門学校には、その開設時、昭和三年四月十六日に専任教授・国語科主任となり、昭和十六年四月二日に陸軍教授・高等官二等（予科士官学校国語漢文科）に再任されるまで同職にあった。昭和十七年十一月十二日には、勲六等瑞宝章を受けた。

昭和二十年八月の敗戦によって陸軍教授を退官となったため、再び二松学舎に出講し、昭和二十三年四月からは専門学校の専任教授に再任され、新設の二松学舎高等学校教諭を兼ねた。二松学舎が専門学校から大学に昇格する時期には図書館長を務め、二松学舎大学が東京文科大学と改称した前後の時期に本学を離れたようである。昭和二十五年（一九五〇）四月に跡見学園女子短期大学教授に移り、在職のまま昭和二十九年（一九五四）一月十九日、七十一歳で没した。本学からは名誉教授の称号が贈られた。

この間、家庭生活としては大正三年（一九一四）二月二日、若田なをと結婚したが、長男ミフユが早世し、大正五年に協議離婚した。大正七年（一九一八）二月に森田しんと再婚し、四男二女（香代子〔一九一八〜〕、茂二〔一九二〇〜四一〕、文二〔一九二三〜〕、力三〔一九二五〜〕、タミ〔一九二七〜〕、武四〔一九二九〜〕）を儲けた。森田しんは昭和六年二月七日に亡くなったが、長く務めた家政婦川副まつのの助けをかりて、子供を育てた。昭和六年（一九三一）四月、牛込区市谷仲之町から大森区久ヶ原に転居、終の棲家となった。昭和二十五年（一九五〇）、晩年にいたって川副まつのを入籍した。

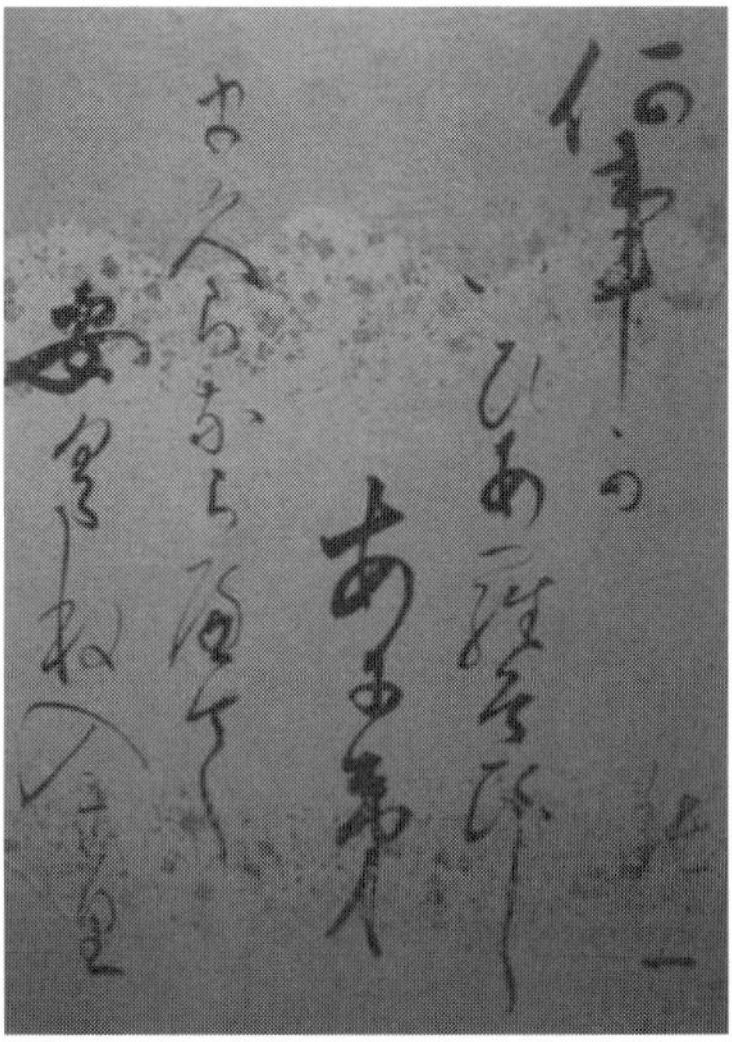

写真5　純一自作の短歌色紙（個人蔵）：
「何事かいひあらそひしあに弟
まくらならへて安くね入れり」
色紙裏の自注に次のようにある。「私の妻は昭和六年に死んだ。男四人女二人の子を残されたが、幸家事一切を見てくれる忠実無比のばあやがゐたので、爾来やもめ生活でやつてくることが出来た。しかしその時分はやはり子供の事が気にかゝつたものと見えて子供のことを詠んだ歌が多い。これもその頃の一つである。昭和二十三年三月橘純一」

家庭人としての純一の日常を詠んだ短歌一首を掲げておこう。純一が府立一中在校時から作歌を能くしたことは既述のとおりであり、また書跡にも優れていた。この面でも、純一は橘家の継承者としてふさわしい資質を備えていたと言える（写真4）。

三　橘純一の学績

東京帝国大学に提出された卒業論文『近松半二の院本』は、稿本のまま伝わっている。上下二冊よりなる論文の概要は次の通りである。上冊は「序論」と「代結論」からなり、下冊は「主なる作物の解題と梗概」からなり、本論にあたる。序論は「操の芸術上の性質」「浄瑠璃の音楽上の性質」「院本の文学上の性質」によって構成され、「代結論」は「王代物に就て」「時代物につきて」「忠臣蔵浄瑠璃につきて」「世話物附敵討物につきて」に分けられ、それぞれのジャンルを概説している。本論は、はじめに「近松半二所作目次」を掲げ、以下、時代順に宝暦元年十月の「役行者大峯桜」から天明三年四月の「伊賀越道中双六」まで五十五本の近松半二作品の解題からなる。下冊の末尾には、査読した藤岡作太郎が朱筆で次のような評語を附している。

半二を論じてほぼ正鵠を得たるに近し。ただ評論に至つて十分に其力を揮ふ暇なかりしを惜む。

作太郎

江戸時代以来の芝居町である木挽町に生まれた純一にとって、好劇は生来のものといってよかったろうし、実際に若干の劇評草稿も残っているが、こうした演劇・戯曲分野の研究は、その後、あまり進められなかったらしい[20]。

次に、家祖橘守部の遺著の刊行事業について述べよう。大正九年（一九二〇）十月から独力で『橘守部全集』を国書刊行会より刊行し、同十一年十二月までに十二冊（及び首巻一冊）を刊行し終わった。純一、三十六～八歳の間の事業である。附言すれば、後述する純一自身の研究上・教育上の業績は、そのほとんどが二松学舎専門学校に専職を得た昭和三年以降のものである。

全集に収録されたのは、次の書籍である。

第一冊『稜威道別』十二巻
第二冊『旧事紀直日』六巻、『難古事記伝』五巻、『神代直語』三巻、『神道弁』一巻、『神風問答』一巻
第三冊『稜威言別』十巻
第四冊『万葉集桧嬬手』六巻・別記一巻、『万葉集緊要』一巻、『越路の家づと』一巻
第五冊『万葉集墨縄』八巻、『心の種』三巻
第六冊『歴朝神異例』七巻、『蒙古諸軍記弁疑』五巻、『稜威雄誥』五巻
第七冊『神楽歌入文』三巻、『催馬楽譜入文』三巻、『伊勢物語箋』二巻、『土佐日記舟の直路』二巻
第八冊『山彦冊子（一名、難語考）』三巻、『鐘廼比備起』三巻、『湖月鈔別記』二巻
第九冊『俗語考』上巻
第十冊『俗語考』下巻、『雅言考』一巻
第十一冊『長歌撰格』二巻、『短歌撰格』二巻、『文章撰格』二巻
第十二冊『助辞本義一覧』二巻、『てにをは童訓』二巻、『佐喜艸』一巻、『五十音小説』一巻『待問雑記』二巻・後篇一巻、『箱根日記稿』三巻、『橘の昔語』一巻、『嗇香物語―総巻大意』二十巻

別に「首巻」（大正十年八月刊）に、純一による「橘守部全集刊行について」「解題」「橘守部翁小伝」

「橘守部翁略年譜」と、加藤玄智「橘守部大人の我が神典解釈上に於ける位置」、佐佐木信綱「橘守部の万葉研究」、保科孝一「国語学史上に於ける守部翁の地位」の論文三篇、『橘守部家集』三巻、および全巻の目録と索引が収められた[21]。

その後の研究の進展によって[22]、現在では『橘守部全集』は完全な意味での全集とは言えなくなっているが、なお『橘守部全集』が橘守部研究の基本文献であることは変わらないし、この時の純一の取捨選択そのものが守部の学術に対する見識を示していると言える。その純一の見識を端的に示すものとして、「橘守部翁小伝」に掲げられた守部著作に関する次の分類が注目される。

第一　辞書類
第二　神典研究
第三　万葉集研究
第四　国体及神道研究
第五　註釈類
第六　語学文法研究
第七　撰格、緊要類及歌論
第八　歴史地理
第九　雑著
第十　歌文

二十五歳で橘家の養子となって以来、十年間以上に及ぶ純一の業余の時間が（この間の純一は東京帝大助手、陸軍教授、府立五中教諭）、こうした守部の遺著の整理に費やされたことを物語るものではないだろうか。同時にまた、純一の学業が守部遺著の整理を土台として作られていった可能性が考えられる。

その後、昭和天皇即位の大礼に際して、昭和三年（一九二八）十一月十日、橘守部に正五位が追贈されたことを受けて、純一は翌四年（一九二九）五月二十四日、守部没後八十年の贈位報告祭を学士会館に挙行するとともに、同年に『贈位記念　橘守部伝記資料』和装本二冊（橘浜子「橘の昔語」・橘守部「穿履集選・蓬壺草文辞」）を自費出版した。

昭和十四年（一九三九）には「橘守部大人自筆遺稿展観入札」と題して守部の自筆本の展観入札会を開き、その大部分を麻生氏の財団法人斯道文庫[23]（慶應義塾大学現蔵）と天理図書館に売却した。昭和十六年には、守部の主著とされる紀記歌謡（『日本書紀』を尊重した守部の学識を継承した純一の用語）の注釈書『稜威言別』を冨山房から刊行して、その普及を計った。

次に、純一自身の研究上の業績・教育上の業績に移ろう。

第一に、純一は、二松学舎専門学校その他の教壇に立って日本古典を教育し、その教育に必要な多くのテキスト・参考書を作成した。純一自身、「註釈は、まづ飯より好きだと言へる」（『正註つれづれ草通釈』緒言）と述べているほどで、注釈の仕事は純一にとって全く苦にならないものであったらしい。世に送り出された古典注釈・古典テキストは次の通りである。

『抄本東関紀行徒然草玉勝間』（一九二二、右文書院、加藤光治と共編、中学校国語科用）
『要註国文定本総聚　土佐日記』（一九二九、広文堂、附録「定家本土佐日記の研究」）
『狂言傑作十番』（一九三〇、松雲堂）

『新註つれづれ草』（一九三一、萬上閣）[24]
『演習教材　竹取翁物語附註』（一九三一、松雲堂）
『新撰国文叢書　大鏡新講』（一九三三、三省堂）
『挿註大鏡通釈』（一九三四、瑞穂書院）[25]
『教科定本大鏡』（一九三五、瑞穂書院）
『正註つれづれ草通釈』上中下（上中一九三八、下一九四一、瑞穂書院）
『評註徒然草新講』（一九四七、武蔵野書院）
『徒然草新抄』（一九四九、武蔵野書院）
『日本古典全書　徒然草』（一九五一、朝日新聞社）

講読用のテキストとしては『土佐日記』『大鏡』『徒然草』をよく取り上げ、特に『徒然草』は繰り返し取り上げている。純一自身のことばによれば、その注釈書の特色は、まず「逐語的直訳体を用いて、ごまかし訳を排除」した点にあった。形式上の特徴としては、『挿註大鏡通釈』と『正註つれづれ草通釈』に見られるように、教場における講読用の本文と、自習用の註釈とを別冊にした点に特色があった。また『挿註大鏡通釈』の人物年表、『評註徒然草新講』の官職略解など、有用な附録も目を引く。

これだけからも、純一の注釈書が教育現場に立脚しつつ、かつ国文学者としての良心的な著作であったことが看取される。また、これは純一の二松学舎専門学校教授としての業績であったといえ、昭和十六年四月に陸軍教授に再任されてから敗戦までは、この種の業績は見られなくなる。特に『大鏡』『徒然草』の注釈書は、戦後も長く高等学校用の学習参考書として命脈を保ったため[26]、純一の名が今も記憶されるのはこれによるところが大きい。注釈書として完成度が高かったことを示す証左と言えよう。

ほかに文法書としては、『国文法序説』（一九二八、啓明社）がある。文法に関して、純一は「一、学校文法　二、解釈文法　三、表現文法」の三つを構想し提唱したと言う（山口正「橘文法について」『解釈』六―一二、一九六〇）。二松学舎専門学校における講読の授業の場合でも、初年度から「語彙索引」「文体索引」「文法上注意すべき例」を小冊子にしたガリ版刷りを作成して臨み、その文法的な説明は詳細をきわめたものであったらしい(27)。

次に、研究論文のうち単行本としては、次のものがあげられる。

『豊受大神御神霊考』（一九三〇、四海書院）
『上代の国語国文学』（一九三一、六文館、再版時に『上代国文学の研究』と改題刊行(28)）
『日本神話の研究』（一九四三、楽浪書院、未刊）

いずれも上代文学、特に神話研究に関する業績である。純一の研究論文としては、ほかに『土佐日記』『竹取物語』『徒然草』や和歌に関するものがあるが(29)、纏まった著述にはなっていない。『日本神話の研究』が未刊に終わったためもあり、今日では前掲の古典註釈ほど知られていないけれども、国文学研究者としての純一が最も力を注いだのが、この上代文学・神話研究の方面であったことは疑いない(30)。その内容・方法上の特色は、どのようであっただろうか。純一の府立五中時代の教え子で、著作目録を編んだ関根俊雄は、『日本神話の研究』について、次のように記している。

ゲラ刷り四百頁、軍の検閲にて刊行「不可」となる。これがため戦後却つて追放をまぬがる。

「追放」は言うまでもなく昭和二十一年の「教職追放令」のことである。純一が教職追放令による教員適格審査委員会[31]に提出した弁明書の下書き（学校法人二松学舎所蔵）が残されており、釈明の弁ではあるが、純一の研究に関する信条の披瀝と受け取ることができる内容である。『日本神話の研究』は、弁明書のなかでは『肇国神話の研究[32]』と呼ばれ、弁明書提出時に参考資料としてともに提出されたものを指すと考えられる。

純一は弁明書の中で自身の研究について次のように述べている（一部、要約して示した）。

一、国文学者として、文献学的方法を基礎とし、之に民族心理学的法則を応用して学問的な線に沿うて研究した結果を発表したので、時局便乗的態度、軍国主義鼓吹に陥ったやうな結果はない。

二、当局の忌諱に触れることを恐れたため、神々の上には極度の敬語を用ひるやう注意しましたので、その点何やら神憑りらしくも思はれたかも知れませんが、論の進め方から結論への達し方には相当実証的手続を尽くしたつもりであります。

三、天皇の御祖としてわれわれの祖先たちが崇拝した天照大御神なり、御歴代の天皇なりを崇敬することは、日本が国をなしてゐる限り、吾々に一民族としての意識が存する限り当然のことであり、一君万民の事実に於てこそ真の民主主義が行はれ得るのではないかと存じてゐます。但しその「君」は日本神話に拝する皇祖神の如く、広く高く吾等の生活全般を「しろしめし」給ふべきもので、歴史上における英主の如く、御親ら政治し給ふべきものでないこと、勿論です。

これを純一自身のことばによってさらに敷衍しておこう。「文献学的方法を基礎とし、之に民族心理学的法則を応用して」とは、「日本神話は神話であって、歴史（客観的事実史）ではない。それは日本民族の民族精神の展開を語るもので心理的産物である。故に民族心理学の法則を適用して解釈されねばならぬ。但し私はもとより民族心理学には素人であるから、古語を研究玩味することによつて古代日本民族の心理に参入し、その古語を以て語られてゐる話の真精神の把握につとめる」という意味である。

日本神話に見られる「妄誕荒唐の叙述こそ、古代人がその信じたところの霊の活動を如実に語らうとして工夫した表現法」である。そのなかで結婚と闘争は「その表現法のうち著しい二つの型」であるという。この純一の解釈法によれば、「大国主神が天照大御神に服し、大御神の御子に国土人民をお譲りした話の如きは」、「高天原民族と出雲民族との武力的闘争の反映されたもの」などと見るべきではない。「大国主神は一時代前に於ける日本民族の崇拝対象であり、その大国主神の国土献上は、前段階から天照大御神を崇拝するに至つた、より進歩した信仰段階への飛躍を語る表現方法である。これを端的に言へば、大国主神は天照大御神の前身であり、天照大御神は大国主神の後身として、より高くより美しく浄化された神格であるということになる」と述べている。

同時に提出された戦時中の執筆にかかる『肇国神話の研究』の内容も、弁明書と同趣旨であったと考えられることから、純一の日本神話研究が時局便乗的なものではなかったことと、戦後民主主義の時代を迎えてもその基本的な考え方が変動しなかったことを知ることができる。

こうした純一の神話研究を考える上で、前掲のとおり神典研究が守部の学問の一翼を成していたことを想起することは、意義なしとしない。とりわけ、純一は神典研究を「守部の国学の本領」と考えていたからである。純一は「守部の神典解釈の特色」として、「その方法論を精細に考究してかかった点にある」として、その方法論について次のように述べている[33]。

翁は、古代民族の心を考へて、神話が当然童話要素を含むべきことを想定し、そこに幼辞・談辞といふ法則を設け、神話の最も本質的なものから、童話要素を淘汰することを主張すると共に、神話の本質的な部分の理解に資するのに、幽顕の法則を設けた。この法則はかなり難解なものであるが、（中略）天と黄泉とが合して幽として、顕界の基礎をなすものとする。（中略）黄泉の徳を認める点で、宣長翁その他の神典解釈家とは異なった特色を持つ。

ここに、単なる家学の祖述にとどまらない、純一自身の神話観が迸り出ていると見るのは、誤りではあるまい。純一の神話研究の基礎には、守部の学問への深い理解があった。日本神話の本質を求めて、守部は「幽顕の法則」を考えたが、純一にはそれは「難解」と映じた。そこで自分なりの「文献学的方法を基礎とし、之に民族心理学的法則を応用し」た方法によって守部の神話研究をさらに進めた、少なくとも純一はそのように自覚していたと言えるだろう。

上述の個人としての著述以外に、純一が昭和十一年に国語解釈学会という特色ある学会を創設して、雑誌『国語解釈』を刊行したことは、広く知られている。国語解釈学会の意味については、純一自身が「国語解釈の学会の意味です。解釈学の会といふんぢやありません」（『国語解釈』一―五）と述べている。「解釈学」のためのアカデミックな学会とは違うと言うのであろう。現場の教師の立場に立って、学理（研究）と実践（教育）の問題について、純一は次のようにも言っている。

私ども実践の立場にある者は、理論家の高教に俟つて、自己の分担する作業の上に、正しい認識を得るようつとめなければならぬ…しかし…私どもは、実践の卑近性に対する自尊を失つてはならない。(『国語解釈』一九三七年七月号)

国語解釈学会を立ち上げた純一の立ち位置が、中等学校国語科教員の立場に沿おうとするものであることが分かる。[34] 創刊号には、編集部による「中等学校教員各位の寄書歓迎」の記事が載せられ、その言のとおり、研究者の論文だけでなく、読者からの質問に対する解答がしばしば掲載されたし、毎号に「中等学校国語教材解釈課題」という読者向けの課題を掲げ、次々号にその解答を載せていった。[34] また文部省検定試験国語科問題の解説、高等学校入試問題の解説・批評など、中等学校国語科教員の需要に即応した雑誌作りを心掛けていたことが分かる。

『国語解釈』の「発刊の辞」(一九三六年二月)では次のようにも述べている。

国語解釈学会を創設し、国体明徴・日本民族精神の確認に向つて訓詁の一路を進まうと誓つた。あくまで中等教育における国語教育の立場から、社会に対して明確な主張をしようとする純一の意図が読み取れる。こう言うと、いかにも時局便乗のデマゴーグと取られがちであるが、必ずしもそうではないところに純一の純一たるゆえんがあるらしい。純一と二松学舎専門学校の同僚であった萩谷朴はその追悼文「橘純一教授と解釈学」(『解釈』六―二、一九六〇)のなかで次のように述べている。[36]

橘教授という人は、国民の一員としての自己の使命即ち、一個の実証的な学者としてその職能を通じて国家に寄与すべき自己の使命を自覚した時には、極めて勇敢に、その所信を表明し、千万人と雖も往かむ気概を示された方であるが、学界において、その学者としての本分内においては、甚だ遠慮深い態度を示された方である。

知己の言と言うべきである。だが、純一の言う「国体明徴・日本民族精神の確認」は、時に次のような形をとって現れた。『国語解釈』誌上その他の場で、純一が小学国語読本から『源氏物語』の教材の削除を求めるキャンペーンを張り、大きな話題となったことである。昭和十三年四月から小学校六学年で用いられる小学国語読本巻十一第四課に、若紫の巻の一節が現代語訳で収められたのを受けて、純一は文部省に対してその削除を要求する記事を数次にわたって発表した。『国語解釈』においては六月号から十月号まで五回にわたって連載され、七・八月号には会員・貴衆両院議員等から寄せられた賛否両論の反響が姓名を伏せて採録された。

純一の主張は次の通りである。『源氏物語』の文章には「頽廃した感情」が「かなり濃厚に」現われている。「文芸としてすぐれたものであるかどうか」ではなく、「小学教育の上に源氏物語が進出してきたことを、教育上の見地から問題にし」、「天下の父兄各位」に対して「愛児たちが、国家の強制の下にこの遊戯三昧恋愛三昧の気にむせかへる文を朗読させられる事をがまんできますか」と訴えている（六月号）。教育的見地からの批判にとどまらず、更には「国民的作品ではなくして、階級的作品である」、「文学として美であるかもしれない。しかし人生批評として不健全である」、「近松の浄瑠璃には、全人間が奉ぜずにはゐられぬ高貴な人間道徳の光明がある。西鶴の浮世草子にも、その向ふ所の方途はともかくとして、溌溂たる精力主義の精神が感ぜられる。源氏物語にさういった全人間的なものがあるか」（六月号後記）と問いかけ、『源氏物語』の文芸性自体をも問題にしようとしている点が興味深い。「本物語の価値は、宣長翁の「物のあはれ」論の系統から離れて、新しく再検討に附せらるべき」（七月号）であるとも述べている。

七月号の「源氏物語は大不敬の書である」と題した文章では、従来「皇室の御尊厳に対し、現今の如き明瞭な自覚を持たなかつた」ために、この物語の皇室に対する不敬が「不問に附されて来た」が、「現代日本は（満洲事変以後現在に至る期間を仮にかくいふ）多大の犠牲を払つて、国史未曾有の自覚を得た」以上、「吾々は「臣民」としての新しい自覚を以て御大業を翼賛し奉る」ことが必要であり、そうした観点から「源氏物語の構想が不敬か不敬でないか」をあらためて検討すべきであると提議している。「従来因襲的に行はれてゐた「文学上の価値批判は別だ」といふ考へ方には一顧も与へてゐることができない程、切迫した「臣民」的の重大問題である」と結論している。

しかしながら、純一はそれほど否定する『源氏物語』が「平安朝の言語文章の一大宝庫」である以上、奉職する二松学舎専門学校において講じざるをえないと自ら告白し、この点に明らかな矛盾を感じていた。また『源氏物語』の不敬を指弾することは、この不敬な内容を国民に周知させることにほかならないと感じ、この点にも苦慮していた。結局のところ純一の運動は、関係者への「自省自覚を懇請する」形で収束せざるを得なかったが、この純一の『源氏物語』教科書採用をめぐる議論は、国文学者の戦時下における思考と行動に関する資料としても、注目に値する。[37]

四　二松学舎専門学校と橘純一

明治十年に漢学塾としてスタートした二松学舎では[38]、従来、一時期を除いて国文学が講じられたことはなかった。明治三十三年（一九〇〇）の教員免許令によって、教員になるための条件として、教員養成のための官立学校（師範学校）卒業者、または文部省の教員検定試験の合格者であることが定められた。これを受けて同年、二松学舎では国文科が設置され、翌三十四年（一九〇一）には従来からの本科に加えて、「師範・中学校等ノ国語漢文科検定試験ニ応スルコトヲ得ヘキ学力ヲ養成」することを目的とした受験科が増設され、国文科講師として落合直文（東大古典講習科国書課　明一六中退）・尾上八郎（東京帝大国文学科　明三四卒）・吉丸一昌（東京帝大国文学科　明三四卒）・小豆沢英男（東京帝大哲学科　明三六卒）[39]・難波龍介・田森長次郎・高橋万次郎が出講した。しかし間もなく漢文科教員との関係が悪化し、三十七年には別科と改称され、三十八年には廃止されている。

その後、大正八年（一九一九）に渋沢栄一を舎長とする財団法人に移行し、大正十五年（一九二六）には翌昭和二年に迎える創立五十周年記念事業として専門学校設立が立案され、昭和三年（一九二八）に至って従来の漢学専修二松学舎とは別に、二松学舎専門学校が中等学校国語漢文科教員の養成機関として設立された。学則第一条に「漢文学及国文学ニ関スル専門教育ヲ施シ東洋固有ノ道徳ニ基キ人格ヲ陶冶シ併セテ中等教員ヲ養成スルヲ目的トス」と、その設立目的が明示されている。この時初めて国文学が漢文学と並ぶ専門教育科目として位置づけられたのである。

但し、これは直ちに学科として国文学・漢文学が置かれたことを意味しない。専門学校が中等学校の国語漢文科教員の養成を目的とする以上、教員にはその専攻によって教科名の国語科・漢文科の別があったが、生徒に科目の別はなかったからである。ただ一部（昼間）と二部（夜間）の別があり、ともに就学期間三年で国語科・漢文科・普通科（そのうち英語三時間）、毎週各十時間のカリキュラムが組まれた。その入学資格は本科生が中学校卒業者（及び同等以上の者）、別科生が小学校教免許既得者であった。[40] ただ、教員（教授）の資格は高等学校と同等の高等教員免許状を必要とした。

その国語科を担当する教員については、初め純一とは東京帝大国文科同期生の次田潤（当時、学習院教授）に相談があり、次田を通して純一に打診があり、次田から純一を国語科主任に推薦した。[41] 山田準（帝大古典講習科漢書課　明二一卒）校長・国分三亥理事長から国語科主任としてその講師の人選を一任された純一は、東京帝大国文科同期生である林訒（東京高等学校教授）・高木武（武蔵高等学校教授）・山崎麓（国学院大学教授）[42]、及び実践女子専門学校での知人である吉田九郎に教授を嘱託した（但し吉田は開校直後に岡山高女に転任）。ついで、山田準校長と共に藤村作元東京帝大教授を訪問して現代文学の担当教員候補を相談し、藤村から推薦された塩田良平（東京帝大国文科　大一五卒）を専任教授に迎えた。純一がその相談のために塩田宅を訪問した際の印象は、若き日の塩田の姿を物語っていて興味深い。[43] また、その後も藤村は度々国語科の人選の相談を受けているほか、後に大学開学時にも国文学科の第三講座主任として出講している。

一方、漢文科では、山田準校長・池田四郎次郎主任教授・佐倉孫三専任教授に加えて、那智佐典（駒沢大学教授）が出講し、上記の二松学舎出身者に加えて頼成一（東京高等学校教授、東京帝大支那文学語学科　大七卒）・西沢道寛（大正大学教授、東京帝大支那文学語学科　大一五卒）に教授を嘱託した。その他の普通学科の専任教授は、前記の小豆沢英男（東京帝大哲学科　明三六卒）が英語担当、三島一（東京帝大東洋史学科　大一五卒）が歴史担当。以上、七人の専任体制でスタートした。

初年度は在学生が一部（昼間部）・二部（夜間部）の一年生のみであったが、翌年からの生徒数増大にともない、更に国語・漢文ともに陣容の増強が必要となり、国語科に森本治吉（東京帝大国文学科　大一五卒）、漢文科に布施欽吾[44]（東京帝大支那哲学科　昭三卒）を新たに専任教授に迎えたほか、国語科では小林好日（東京帝大国文学科　明四五卒）・池田亀鑑（東京高校教授、東京帝大国文学科　大一五卒）・萩原芳之助（慶應義塾大学講師、東京帝大国文学科撰科卒）・和田英松（東京帝大史料編纂官、帝大古典講習科国書課明二一卒）・山本信哉《のぶき》（東京帝大史料編纂官、国学院卒）、その他では東洋史に専任三島一に加えて加藤繁《しげし》（慶應義塾大学教授、東京帝大支那史学科撰科卒）を、教育学に専任教授柿山清に加えて海後宗臣（東京帝大助手、東京帝大教育学科　大一五卒）を、嘱託として迎えた。東京帝大文学部の大正十五年卒、つまり塩田良平と同学年の新進学士の起用が目につくが、小林好日は純一の府立一中同級生である。

開校した専門学校では、学校の付加価値を高めるために、卒業生に対して特権的な資格が与えられるよう、関係者一同が様々な尽力をした。その結果、以下の資格が付与された[45]。

一、高等学校予科卒業生と同等の学力を有すると認定され、官公私大学への入学資格が与えられた。

二、英語（週三時間）を必修科として、高等文官試験の準備試験を免除された。

三、第一回生の卒業時（一九三二）に、一部生の漢文科のみに無試験検定の資格が与えられた。

四、その後（一九三五）、国語科にも無試験検定の資格が与えられた。

一・二の資格を生かして、その後、大学進学や高等文官試験及第を果たした少数者があったことは、無視し得ない。しかしながら、なんといっても三・四の無試験検定資格の問題は、学校にとっての死活問題であった。

継承できる成果を持ち合わせず、獲得すべき目標だけが課されていた第一回生は、卒業時に国語科と漢文科を両方受験しなければならず、その負担は大きかった。また、第二部（夜間）第一回生の一部には、「無試験検定の資格獲得に対する焦慮」から、理事者に「国語科にえらい先生を迎へ」るよう要望する生徒が出て、その理由が学力不足や不徳のためでなく「招牌《かんばん》価が低い」ためであったことは、「純心であるべき若い学徒の気持として」あるまじきこととして純一をいたく憤慨させた(46)。残念なことに昭和六年（一九三一）の学力試験の結果は、第一部（昼間）の漢文科のみに無試験検定資格が与えられ、第一部の国語科と第二部（夜間）の国語科・漢文科は与えられなかった(47)。

国語科の無試験検定資格の獲得は、昭和八年（一九三三）時の再挑戦でも失敗し、昭和十年（一九三五）三度目の挑戦で漸く与えられた。だが、この間に昭和九年（一九三四）には第二部（夜間）が廃止され、責任を感じた純一は辞職を申し出、卒業生等から留任嘆願書が提出され、漸く留まった。留任嘆願の運動をした第一回生の慶野正次は、国語科無試験検定資格について、「主任としての橋先生の超犠牲的精神と、常規を逸したとさへ思はれる努力が、どれだけ力となったか知れない」と回顧している(48)。それほどの努力をしてなお、純一自身は、「好学の生徒諸君に対し、私など決して十分の真摯さを以て授業したとは言ひ得ない」と、夜間部の廃止に対する自責の念を持っていた。国語科無試験検定の獲得において、純一が最も大きな役割を果たしたことは恐らく間違いない。

純一はまた、教職員と生徒を会員とする松友会の学芸部長として、学芸会や学術講演会などの行事を主催した。雑誌『二松』の発行も、学芸部委員（生徒）が担当している。

一方、純一と並ぶ専任教授の塩田良平は、二松文学会という文芸同好会を組織し、福田清人・舟橋聖一・成瀬正勝（雅川滉）らを講師に招いて土曜の午後に創作指導や作品研究を行わせ、また講演会・

鑑賞会・座談会・合評会などを開催していた。関連記事が『二松』に盛んに掲載されているほか、同好会誌[49]を発行しており、めざましい活動ぶりである。だが、学校側の援助を受けずに独自に行ったその活動は、学校当局からは必ずしも歓迎されなかったらしい[50]。

その後、昭和十六年（一九四一）に陸軍予科士官学校教授に再任された純一は、二松学舎教授を辞し、なおも講師として出講するかたわら、自分の後任を物色したようである。この時に塩田は自分と交流のあった京都女子専門学校教授の冨倉徳次郎[51]を推薦したらしい。冨倉は翌十七年（一九四二）に京都女子専門学校教授を辞して東京に移り、二松には十八年（一九四三）から出講し、昭和十九年（一九四四）に教授に就任している。その後の戦後の学校改革の中で、冨倉は一定の役割を果たしている[52]。

敗戦の昭和二十年（一九四五）、三月十日の大空襲によって校舎が書庫を除いて全焼したため、専門学校はすぐに近くの日本歯科医学専門学校内（富士見町）に移転し、更に五月十日には三島一宅に近い代々木（渋谷区代々木本町八三四番地）の日本キリスト教団教会堂に移った。その後、二十一年一月十四日には名教中学校の教室（代々木富ヶ谷一四三一番地）の一部を借りて移転し、新校舎が建築されるまで（～一九四七・一一・三）、ここを仮校舎として開講した。

この仮校舎時代の二松学舎の動向については、近年発見された『那智佐典日記』に詳しい[53]。名教中学校への移転に先立ち、占領下の学制改革の流れを受けて、昭和二十年末の教授会において、「四年制」「男女共学」「国語科専門（含漢文）とし修身・歴史科をも目指す」等を骨子とする制度改革案を決議している。

一方、純一は敗戦によって陸軍教授が自然、退官となったため、二十一年（一九四六）から再び出講するようになった。戦後の純一の出講は、名教中学校仮校舎の時期に始まる。『那智佐典日記』によれば、それは二十一年五月二十一日のことである。[54]

今日、『那智佐典日記』から公平に見て、新校舎建設と大学昇格（一九四九・二・二二認可）という学校改革の中心にいたのは、塩田良平であったことが分かる。塩田は、終戦末期から宇都宮徳馬を役員に取込み資金援助を仰ぎ、敗戦後は漢文科教授を核とする旧態依然たる学校運営を批判して、二十一年から二十二年にかけて国分三亥[55]（理事長）・奥忠彦[56]（常任理事）に代って、宇都宮徳馬[57]（財務担当）・明石元長[58]（学外担当）・塩田（学内担当）の三常任理事体制を作った。そうして従来、同一であった国語科・漢文科の授業時間から漢文科を減じ国語科を増やすことを目指して、鋭い意見対立を引き起こしながらも、新しい「六・三・三（・四）制」に対応した教育体制作りを強引に進めようとしている。[59]

周知のようにGHQの占領政策では師範教育解体の意向が強く、文部省ではこれを受けて昭和二十二年（一九四七）三月に教員養成を大学で行う方針を発表した。こうした情勢の中で、中等教員養成を目的としてきた二松学舎においても大学昇格に向けて急速な改革を進めていく必要があったのである。

二十一年から二十二年にかけての純一は、二十一年十月十七日付で東京都第二教員審査委員会文科部会あてに弁明書を提出したことは前述したとおりで、その結果、二十二年一月十八日付で東京地区集団第二教員適格審査委員長から「適格」の判定書を受けている。[60]そのほかの教員たちもすべてこうした適格検査を経験したに違いなく、適格審査が済むと、次は大学昇格に向けての様々な対応が始まったとみられる。二十二年五月八日の教授会では、従来、二松学舎では研究熱に乏しい嫌いがあるので、大学昇格に向けて支障のないよう研究論文を積むようにという趣旨の文部省役人の言が冨倉徳次郎から報告され[61]、大学昇格準備のために教員の研究実績の必要が確認されている。

また、二十一年十月二十六日には、校内で国字問題に関する協議会がもたれ、純一は塩田・富倉・那智・渡辺徹・酒井森之介らと共に出席している。漢字制限そのものには賛同多数であったが、字数については結論を見なかった。そのうち全廃者は酒井、渡辺・那智は制限慎重論で、純一は五〇〇字程度に制限を主張した。これは純一の年来の主張であった[62]。

純一は、二十三年（一九四八）四月一日からは専門学校本科の専任教授に再任され、この年から創設された新制高等学校の教諭（昼間部主任）を兼ね、また教鞭を執る傍ら図書館長として図書館の整備に当たった。二十三年の夏は暑中休暇を返上して、生徒とともに焼け残った書庫の国書整理に従事した。二十四年四月の大学開学時には、国文学科の第一講座主任として、上代文学史・上代国文学演習・国語学・有職故実を担当している（今年、二〇〇九年は学科開設六〇周年に当たる）。ちなみに、第二講座は池田亀鑑の中古文学、第三講座は藤村作の近世文学。ここでも、研究者としての純一が、上代文学を担当していることが確認できる。純一自身がこれを自分の本領と考えていたことを物語るものであろう。

こうして純一は再び二松学舎の国文の中核を占めるに至ったかに見える。しかしながら、前記したとおりの二松学舎内の難しい情勢の中で[63]、純一は意図的に学校と一定の距離を保っていた節がある[64]。この二十三年から純一が本学を辞するに至る時期については、今後さらなる資料の検討が必要である。

まとめ

橋純一は、少年時代から文学を愛好し、東京帝大では主に藤岡作太郎に学び、近松半二を卒業論文としたが、国文学研究者としては養子となってその家を継承した橘守部の遺稿整理がその学的基盤となった。

二松学舎専門学校教授として日本古典の教育に従事した時期には、中古・中世文学の優れた注釈を著し、また中等国語科教員むけの雑誌『国語解釈』を発行した。

国文学研究者としては上代の神話研究を専攻し、天孫降臨神話等に独自の解釈を有した。『国語解釈』誌上や著書において、純一は自己の信念や学説を戦時下でも大胆に披瀝し、その小学国語読本からの『源氏物語』削除要求や著書『日本神話の研究』の発禁処分など、物議をかもす行動もあったが、戦後もその主張は概ね一貫しており、迎合や便乗の言ではなかった（但しそのことの是非はまた別問題であるが、いまは問わない）[65]。

二松学舎においては、その専門学校開校時に専任教授・国語科主任として東京帝大の同期生等を中心に講師陣の人選にあたり、また無類の熱誠を傾けて授業を展開し、専門学校卒業生が国語科無試験検定資格を獲得するに当たっては、その尽力するところが最も大きかった。大学昇格時には国文学科の第一講座主任教授として上代文学を講じ、図書館長を兼ねた。

橋純一は、教育と研究について明確な自覚を持ち、その双方に優れた業績を上げた人物であったと言える。

注

（1）府立一中の後輩で国文学者の東條操に対して、次のようなことばを残している。「学者の家では血統よりも学統こそ尊ぶべきものである。血統がつながつてゐるだけでは学者の家をつぐ資格はない。自分は養子ではあるが、守部の学統のただしき継承者のつもりである」（東條操「橘純一君を悼む」、『国語と国文学』三一―四、一九五四）。

（2）橘純一「橘守部翁小伝」（『橘守部全集』首巻、一九二一、国書刊行会）、宮城敏子「橘守部」（『文学遺蹟巡礼　国学篇』第一輯、一九三八、光葉会）、鈴木瑛一『橘守部』（吉川弘文館・人物叢書、一九七二）等が基本文献としてあげられる。

（3）『明治歌集』は、月例歌会の成果を編集して、各編三〇〇〇首を収録することとし、予定数に達したところで順次刊行していった。初篇（七冊）明治八年十一月刊。第二編（三冊）明治十年八月刊。第三篇（十二冊）明治十二年四月刊。第四篇（四冊）明治十三年十一月刊。第五篇（三冊）明治十五年十二月十八日刊。第六篇（三冊）明治十七年九月三十日刊。第七篇（三冊）明治二十年四月二十五日刊。第八篇（三冊）明治二十三年十二月十五日刊。第九篇（三冊）明治三十二年六月二十日刊。東世子没後の第六篇以降は、道守の編によって刊行されている。各編の末には貴顕から庶人におよぶ作者姓名録が附されており、その収録人数は初編四六九人、二編三六三人、三編三一七人、四編三一九人、五編三四六人、六編四一三人、七編四五一人、八編四〇八人、九編三六八人、のべ三四五四人にのぼる。

（4）嘉永三年の既刊分は巻一～三。道守は、明治二十七年七月三日に巻四～十、及び目安一巻を刊行し、併せて御歌所長高崎正風を通してこれを天皇・皇后に献上、土方久元宮内大臣から天覧を賜った旨の通知を受けた。御歌所長高崎正風あてに刊本『稜威言別』を提出した時の、「稜威言別に添え奉るの書」の控えが残っている。

（5）山崎美和恵「湯浅年子博士の科学と人生―パリに生き、真実を求め続けた物理学者の軌跡―」（『ジェンダ

ー研究』四―二一、二〇〇一・〇三）参照。

（6）守部の自筆稿本の多くは、純一生前の昭和十四年に催された売立によって橘家を離れ、今日ではその多くが慶応義塾大学斯道文庫、天理大学図書館、國學院大学図書館等に収蔵されている。ほかに、守部の門人で後援者であり、後に入婿した三代道守の生家である桐生の吉田家に残された稿本や書翰等は、群馬県立文書館に寄託されて吉田允俊家文書として残る。守部の出身地・三重県朝日町歴史博物館においても資料を収集している。

（7）平澤五郎「橘守部撰述現存諸稿本とその成立について（一）（二）（三）」『斯道文庫論集』十七・十九・二十、一九八一・一九八三・一九八四。徳田進『橘守部の国学の新研究』（一九七四、高文堂出版社）、『橘守部と日本文学』（一九七五、芦書房）等にその成果が纏まっている。

（8）ほぼ同時期に橘家から古書市場に流出したと思われる資料は、斯道文庫の川上新一郎教授によって一括して同文庫で購入され、整理作業中とのことである。

（9）例えば、村岡典嗣「橘守部の学説」（『日本思想史研究』一九四〇、岩波書店）の趣旨を要約して示せば、次のようである。

一：修辞学的研究

上古の歌文の修辞に於いて、形式内容方面に渉って一種の定格の存することを、帰納的に明らかにした。

二：註釈的研究

神楽・催馬楽・記紀歌謡などの歌謡解釈に創見があった。

記紀研究では、本居学を批判的に継承し、旧辞本辞の弁別、現世を超えた幽界等を主張した。

三：天保四大人中（村田春海・橘千陰・清水浜臣と）、その学説は最も普及しなかった。

（10）守部の歌合わせや書道手本については、徳田進『橘守部の国学の新研究』『橘守部と日本文学』に既に論及がある。

（11）「橘守部・純一関係寄贈資料の整理と研究―第二報・橘守部判『音声歌合』」（『二松学舎大学人文論叢』七七、二〇〇六・一〇）に翻刻と解題を掲載した。

（12）「皇朝廷より、おのれか日本紀のときことをめしけるに、かしこみかしこみ奉るとてそへけるうた

むそちまり君のためにといたつきしこ、ろや雲のうへにつけ、む

神の世に近かりぬへき雲井まてまたすもうれし家のひめこと」

その格調高い表装から、橘家に大切に伝承されたことがうかがえる。

（13）府立一中在学中、一高在学中（および卒業後の三八会―一高明治三十八年卒業生の同窓会）、東京帝国大学卒業時、東京帝国大学助手時代、府立五中教諭時代、二松学舎専門学校時代などの写真が残っており、中には人名を記入したものがある。

（14）純一の経歴と学績については、府立五中時代の生徒である関根俊雄（関根正直の男）が要を得た略年譜・著作目録を作成している（『国語と国文学』三一―四、一九五四）。

（15）東京在住の誌友懇談会「第二回弦月会」の来会者写真（『新声』七編一号、一九〇二・一）に一中時代の純一の姿がある。発起人は高須梅渓・正岡藝陽・田口掬汀ら、河東碧梧桐や平福百穂らが列席した。児島青嵐の名で、「朝霜（卯月会詠草）」に所詠の短歌六首が掲載されている（同誌同号）。

（16）内田清之助「橘純一君のことども」（『解釈』六―二、一九六〇）。

（17）八年先輩の藤村作（明治三十四年卒）も、大学時代のことを回顧して、藤岡作太郎助教授の講義と講読に啓発された（上田萬年教授は文部省専門学務局長を兼任して休講がちであり、芳賀矢一助教授は間もなく留学したため）、と語っている。その後も文部省の国語調査委員会、臨時仮名遣調査委員会などで上田・芳賀両教授はなお多忙であったと思われるが、上田の国語史の講義は純一が学んだ明治三十八～四十年にかけて講じられており、この影響も看過できない。

（18）藤岡作太郎の「日本評論史」は、『東圃遺稿』第一冊（一九一一）所収。

(19) これより先、道守の晩年、明治三十三年(一九〇〇)九月に、その前年に東京帝国大学文科大学漢学科を卒業し大学院在学中の中山久四郎(一八七四〜一九六一)を養子に迎える話が進められ、結納まで済ませたところで事情あって破談となった(『明治歌林』)。

(20) 『稜威言別』に見られる守部の古代歌謡解釈の特色を評して、純一は「古代の謡ひ物としての音楽的要素や、又これら謡ひ物と並行したであらう舞踊との関係を忘れなかった」と述べる。こうした守部を継承した古代歌謡研究のうちに、純一の音曲愛好の性質は昇華されたと見られるかもしれない。

(21) 『橘守部全集』はその後、昭和四十二年に久松潜一監修により東京美術から新訂増補版が刊行され、その際新たに「十段問答」「長歌大意」「書目童唱」が補巻一巻に収められた。

(22) 公刊されたものでは、慶應義塾大学斯道文庫編にかかる稿本類の影印による『橘守部著作集』十巻(汲古書院、一九七九〜八一)が知られる。

(23) 橘守部自筆稿本の斯道文庫購入にあたっては、九州帝大の高木市之助から麻生氏への薦めがあったことが知られている。

(24) 萬上閣は、佐竹家三十四代義春侯の家令で、後に千秋文庫を設立した小林昌治が営んでいた出版社。

(25) 瑞穂書院は、純一が作った出版社であったらしい(内田清之助「橘純一君のことども」『解釈』六—一一、一九六〇)。

(26) 戦後は、別冊仕立てを改めて『原文対照　大鏡通釈』(武蔵野書院)として出されたり、慶野正次(二松学舎専門学校第一回生)がさらに手を入れて、共著の形で『文法詳解　要語精解　大鏡通釈』等として出されたりしている。

(27) 慶野正次が、昭和三年当時、受講生に配布したガリ版資料をもとに、純一の『徒然草』講義の様子を記している(「橘先生の徒然草研究初期文献」『解釈』六—一一、一九六〇)。

(28) 再版本『上代国文学の研究』は、成光館書店・不朽社・内外出版社・テンセン社などから刊行されている。

(29)「定家本土佐日記の研究」(一九二九、広文堂『土佐日記』附録)、「竹取物語の再検討」(一九三一、『岩波講座日本文学』)、「徒然草著作年代再論」(一九三六、『藤村博士功績記念論文集』)、「初句切短歌について」(一九三二、明治書院『日本文学論纂』)、「平安朝短歌の歌格研究」(一九三一、改造社『短歌講座文芸篇』)、「混同語と省略語の数例」(一九三二、六文館『国文学者一夕話』)など。

(30) 東條操「橘純一君を悼む」(『国語と国文学』三一—四、一九五四)でも純一の本領を上代国文学と述べている。

(31) 純一の弁明書提出先は、順天堂専門学校内に置かれた東京都第二教員審査委員会文科部会。弁明書の提出は、昭和二十一年十月十七日のことである。

(32) 本書について、純一は弁明書の中で「毎月発行の雑誌では目こぼしされてゐましたが、これら論稿をまとめて単行本とする段になりましたら、原稿を検閲され、既に殆ど組み上りになつてゐるのを、発行禁止の勧告を受けてしまひました」と述べ、上述の関根俊雄の言と軌を一にする。

(33)『稜威道別』(一九四一、冨山房)の解説を参照のこと。

(34) 関東大震災後に藤村作が発案した『国語と国文学』でも、創刊当初は「国語国文の研究以外に、国語教育の実際にふれたものもなければいけないと思つてその欄を加へ、私(※藤村作)自身で執筆した。しかし後には、やはり研究の方が重要だと考へて、これはやめた」(「近代国文学の歩みについて」『国文学 解釈と鑑賞』一六巻一二号、一九五一年一二月)と語っている。純一の『国語解釈』創刊の源流をなした可能性がある。

(35)『国語解釈』は、中学校国語科教諭向けの雑誌であったが、その熱心な読者の中から、枕草子研究で知られる田中重太郎が出ている。早くから、純一との間に書翰をとおした熱心なやりとりがあったことが、残された田中書翰からわかる。

(36) 萩谷朴は純一の人となりについて、また次のようにも述べている。「内攻的なハニカミの末、勃然と堰を切つて溢れ出る赤誠、これこそは橋教授の人間そのものの姿」（「橋純一教授と解釈学」『解釈』六―一二、一九六〇）。

(37) 純一の『源氏物語』批判に関しては、有働裕『「源氏物語」と戦争』（平成十四年、インパクト出版会）に論考がある。

(38) 明治十二年の教育令により私立中学校、十三年の改正教育令により各種学校として規定された。

(39) 小豆沢英男は当時、東京帝大文科大学哲学科に在学中で、三高在学中に藤岡作太郎に学び、国文学に造詣が深かった。専門学校開設時にも尽力した（小豆沢英男「設立当時の思ひ出」『二松』十八号、一九三七・一〇）。

(40) 『二松学舎大学百年史』四八一～四八八頁（一九七七）。

(41) 専門学校開設時の経緯については、『二松』十八号（一九三七・一〇）創立十年記念特輯号所収の諸家の文章が参考になる。特に国語科教員については、純一の「国語科の一角から」がある。

(42) 国学院大学から出講して近世文学を講じた山崎麓は、純一の同級という関係もあって専任同様に尽力し、その人柄と相俟って、教員では漢文科の池田四郎次郎と並んで初期の学生たち強い印象を残した。

(43) 橋純一「国語科の一角から」（『二松』十八号、一九三七・一〇）。

(44) 布施欽吾（一九〇三～一九七一）は、那智佐典と同郷の香取郡府馬村の漢学者倪斎布施亀次郎（一八六七～一九三七）の男で、二松学舎専門学校のあと、中央大学文学部教授となった（奈良正直「漢学塾「菁莪学舎」の閉鎖理由再検討から布施倪斎・欽吾父子へ」、『二松学舎と日本近代の漢学』二〇〇九・〇三）。塩谷温の撰にかかる「倪斎布施先生遺徳碑銘」がある。

(45) 小豆沢英男「設立当時の思ひ出」（『二松』十八号、一九三七・一〇）。

(46) 橋純一「国語科の一角から」（『二松』十八号、一九三七・一〇）。

(47) 小豆沢英男は、漢文科のみ無試験検定資格を得られたことを、「伝統ある二松学舎だからといつて、特に文部省で尊敬して呉たのである」(「設立当時の思ひ出」)という。この時の出題者は、服部宇之吉であったという(慶野正次「回顧漫談」)。
(48) 慶野正次「回顧漫談」(『二松』十八号、一九三七・一〇)。
(49) 『歩調』は昭和九年創刊、謄写版の薄冊であったため、伝存稀で未見。『二松文学』は昭和十二年末創刊、未見。
(50) 二松文学会については、『三島中洲研究』三号(二〇〇八・〇三)所収、拙稿「翻刻・専門学校第六期生高木忠男「我が半生」―二松文学会のこと―」を参照。
(51) 中世軍記物語の研究で知られる冨倉は、「冨倉徳次郎先生略歴・著述目録」(『駒沢国文』十四号所収)によれば、東京府立一中・二高と進んで、純一の後輩にあたる。東京帝大理学部物理学科(一九二一入学)から京都帝大文学部国文学科(一九二二転学、一九二六卒業)に転じた。京都女子専門学校教授時代には、満州での軍役経験を持つ(一九三八~四〇)。この昭和十六年の五月から八月にかけて純一と冨倉の間に書翰の往復があり、冨倉は上京して就職について純一と面談している。
(52) 那智佐典宛て塩田良平書翰(昭和二十年十一月十五日付)は、旧態依然たる国分・奥・那智の理事体制を不満として提出された辞職願であるが、その文中に冨倉に関して次のように言及する。「冨倉君は二松の先生中、稀にみる政治家であります。二松を生かすには、単に事務的に運んでゐたのでは全く駄目です。政治性こそ必要なのでありまして、この意味をよくおのみ込み頂けますと幸いです。」
(53) 那智佐典の日記は、奈良正直氏によって本学に寄贈された那智佐典旧蔵資料の中に含まれていたもので、佐典自筆にかかり、昭和二十年三月十六日から昭和二十二年十二月二十八日にいたる時期の二松学舎専門学校に関する記事を中心に記録している。『三島中洲研究』三号(二〇〇八)の六七~一四六頁にその翻刻を収め、この間の主要記事を浅井昭治と川邉雄大が略年表化している(四九~五三頁)。
(54) 該当箇所は一一〇頁。

(55) 国分三亥（一八六三～一九六二、号漸庵）は、備中松山藩士国分胤之（一八三七～一九二八、旧主板倉家の執事）の男で、二松学舎を経て司法省法学校を卒業（一八八五）。各地方裁判所検事を務め、韓国の検事総長となり（一九〇八）、日韓併合後は朝鮮総督府司法部（法務局）長官（一九一三～一九）。創立時から二松学舎専門学校の常任理事、昭和七年二月から理事長。

(56) 奥忠彦（一八六九～?、号無聲）は、備中松山藩士虎三郎の男で、高梁中学で学び、東京専門学校を卒業後、小学校教諭・太陽新聞記者を経て、日本銀行に入る。漢詩を能くし、二松学舎専門学校でも作詩法を講じた。昭和八年より理事。

(57) 宇都宮徳馬（一九〇六～二〇〇〇）は、宇都宮太郎（一八六一～一九二二、朝鮮軍司令官・陸軍大将）の長男。水戸高等学校、京都帝国大学経済学部に学び、三・一五事件で検挙・退学。製薬会社ミノファーゲンを設立し（一九三八）、戦後は長く国会議員を務め、外交問題を中心に活躍した。

(58) 明石元長（一九〇六～四九）は、明石元二郎（一八六四～一九一九、台湾総督・陸軍大将）の長男。政治家。貴族院議員などを務めた。第二次大戦後、中国共産党軍に対抗すべく陸軍の再建に取り組んだ蒋介石の要請を受け、旧日本陸軍の教官団（白団）の台湾派遣を支援した。

(59) 『那智佐典日記』昭和二十二年二月二十三日条・四月十四日条等に、二十二年度入学生の新時間割りにおける漢文科減少案に対して那智・明星らの反対意見が記され、鋭い意見対立があったことを知る。一方の塩田は、二十二年末には那智校長・国分理事長辞任の後、校長と理事長を兼任した。

(60) 判定書の文面は次の通りである。
右の者は昭和二十一年勅令第二六三号の規定によって提出した書面を審査したところ昭和二十年十月二十二日附聯合国最高司令官覚書書日本教育制度に関する管理政策、同月三十日附教員及教育関係官の調査、除外認可に関する件及昭和二十一年一月四日附同公務従事に適せざる者の公職より除去に関する件に掲げてある条項に当たらない者であると判定する。

（61）『那智佐典日記』昭和二十二年五月八日条に、冨倉徳次郎が文部省学校教育局の伊藤豊彦の言として、報告している。

（62）『国語解釈』（一九三七年四月号）に、国語表記に関して、漢字については使用をある程度制限し、漢字音表記も発式字音仮名遣いを採用する、さらに国語仮名遣いも発音式を許容するというという純一の主張が見える。戦後もこの主張は一貫していたことが分かる。

（63）那智佐典の専門学校長辞任、国分三亥の理事長辞任と、それに替わる塩田良平の校長・理事長兼任（昭和二十二年十二月〜二十六年二月）この間に一時、二松学舎大学が鎌倉アカデミアとの合併を模索した足立欽一理事長の時代を挟む（二十四年八月〜十二月）。その後、松浦昇平が理事長となり（二十五年二月〜三十年九月）、長く経営困難が続いた（『二松学舎百年史』七〇九〜七一一、七二〇〜七二二、七三二〜七三八頁）。

（64）昭和二十二年十月二十三日付の小林好日書翰（純一宛）に、当時の二松学舎に関して次のようにある。「二松学舎はもう衰頽の運命に在ると前から想像してゐましたら、反対に東京の学校のうちでもつとも経済のゆたかなところときかされて、驚きました。それだけでなく、塩田良平君が専務理事だなどいふのですから、一体どうした事かとおもひました。あすこでは大兄が中心で、塩田君などはその下に在るとおもつたのに、嘗て伺つた処によると、大兄はあまり学校に関係なさらぬやうですが、どういふ事情なのでせうか」。

（65）社会的な立場が違うと言えばそれまでだが、例えば藤村作は、戦時下においては宇野哲人とともに北京にあり、北京師範学堂の日本文学科主監として、その師範大学昇格に尽くしたが、戦局の悪化により二十年五月に辞職・帰国。敗戦後は、いち早く全国的な国文学会組織の結成に動いたり、また病床にあってなお「現今の精神的な頼り所として、是非とも新憲法の前文を推奨したい。それにはかつての教育勅語のやうに、小学校や中学校などに於いて、然るべき折々に朗読するが宜しい」（鶴見誠「偉大なるお人柄」『国語と国文学』三十一巻二号）と語るなど、鋭敏な判断力を示した。

平塚らいてう
―出発とその軌跡―

岩淵宏子

(明治一九)年二月一〇日生〜一九七一(昭和四六)年五月二四日没。本名は平塚明《ひらつかはる》。東京府出身。思想家・評論家・作家。

お茶の水高等女学校卒業後、一九〇三年、日本女子大学校家政学部へ入学、一九〇六年卒業。一九一一年九月、初の女だけの手による女のための雑誌『青鞜』を創刊。今日にまで続く女の問題の本質を、法律や制度、倫理やモラルの中から剔抉した『青鞜』は、以降の日本の女性解放運動の原点となった。一九二〇年、市川房枝らと新婦人協会を結成し、女性の政治的権利獲得をめざして活動する。戦後は、世界を視野に入れた平和運動や婦人運動に力を注ぐ。一九五〇年、日米講和条約締結を前に「非武装国日本女性の講和問題についての希望要項」を上代たのや野上弥生子らと連名で提出し、平和運動のシンボル的存在となる。一九五三年に日本婦人団体連合会初代会長、一九六二年には新日本婦人の会代表委員なども務めた。

二松學舍には、禅の語録を読むための漢文修養として一九〇六(明治三九)年に三島中洲、復に学ぶ。〈写真/日本近代文学館蔵〉

はじめに

日本では数少ない女性思想家と目される平塚らいてうが、戦前・戦後を通じて数々のフェミニズム運動のオピニオン・リーダーとして比類ない足跡を残したことはよく知られている。戦前には『青鞜』運動、母性保護論争、新婦人協会の活動、消費組合運動などにおいて大きな役割を果たし、戦後は平和運動のシンボルとして影響を与えた。

らいてうの思想家としての出発にあたり、二松学舎で漢文を学んだことに注目し、『青鞜』運動にみられるその勉学の成果を若干指摘したい。さらにそれらを含みつつ、日本の女性解放運動史上でらいてうの果たした役割を、『青鞜』運動と、その延長線上にある母性保護論争と新婦人協会の活動を通して明らかにしてみよう。

一　らいてうと二松学舎

らいてうの生前に発表された唯一の自伝『わたくしの歩いた道』[1]に、一九〇六（明治三九）年三月、日本女子大学校家政学部（三回生）を卒業後、二松学舎で漢文を学んだ頃のことについて、次のように記している。

卒業と同時に、英語の力の不足を痛感していた私は、両親には無断で麹町の津田英学塾の試験をうけて入学致しました。毎朝、図書館に通うのだといって家を出て、英学塾の帰りには、すぐ近くの三島中洲先生の二松学舎に寄って漢文の講義を聴きました。これは禅をはじめてから漢文で書かれた書物を読むことが多くなり、その力の不足を感じたためでした。それらに必要な学資は、家から貰う小遣と、速記の収入とでどうにかやりくりをつけていました。

なぜ速記を覚えたかといえば、女子大在学中、わたしは万年女学生で宗教や哲学の研究に一生を捧げるつもりになっていましたので、結婚せず、また両親の世話にもならないで、なんとかして自活の道を見つけておきたいと考えたからでした。それで三年の夏休みに市ヵ谷見付の女子商業学校で開かれた速記術の講習会に通いました。つづいてその時の講師だった丹羽竜男という貴族院速記者の土手三番町のお宅へ通って練習し、どうやら実際に役立つ程度になっていました。丹羽先生は「女としては珍しく翻訳が正確だし、文字はきれいだし、人間も真面目だし、将来一流の女速記者として起つつもりで、もっと仕事に専心してみたら……」とすすめられたこともありましたが、速記は、もともと私にとって今いうアルバイトでしたから、そのために、必要以上の時間をさく気はありませんでした。

二松学舎で漢文の講義を受けた契機は、禅の語録を読むための力をつけることにあったことがわかる。では参禅するに至った動機は何か、その道程を辿ってみよう。お茶の水高等女学校を卒業後、一九〇三（明治三六）年、日本女子大学校家政学部へ入学したらいてうは、当初、校長成瀬仁蔵の授業「実践倫理」に心酔するが、次第に懐疑をもつようになり、哲学・倫理・宗教関係の書を乱読し、精神の彷徨を体験する。一九〇五（明治三八）年、日暮里の両忘庵で釈宗活について参禅し、卒業後の一九〇六年、見性を得て、慧薫の安名を受けている。

当時のらいてうの道を求める真摯な気持ちが漢文を学ぶことに繋がり、自活への強い志が速記術習得から窺われる。明治三〇年代の若干二〇歳の女性であることを想起すると、この頃から時代のジェンダー規範を大きく超えた女性であったことが改めて認識されよう。らいてうは晩年、二松学舎で漢文を学んだことにまつわるインタビューを受けている。一九六六（昭和四一）年二月一日付『二松学舎大学新聞』掲載の「らいてう先生と二松学舎」という談話記事であるが、同大学で学んだ漢文学の内容や当時の教場の風景、漢文学に対する考えなどについて次のように語っている。

二松学舎で授業を受けたのは、「中洲先生からは、詩経なんかをちょっとですが伺ったことがあります。あとは息子さんのほう」で、しかし「直接私は先生とお話したこともなかったし、なるべく目立たないところで小さくなって伺って」いたと話している。というのも女性は「私が一人」、すなわち紅一点であったことにもよるだろう。このことは、樋口一葉が明治二〇年代に文学修行のために上野の東京図書館に通った折、多くの入館者が弁護士試験の勉強をする男子だったのにたいし、ほとんど紅一点であったことを記した日記(2)を彷彿させる。

らいてうは服装について、「和服に袴」と語っているが、この服装は注目にあたいする。明治一〇年頃になると、袴は男のものというそれまでの掟が破られ、男性と同じ袴姿の女学生風俗が人目をそばだたせるが、この男袴の寿命は短く、明治一六年には和服に帯という伝統的スタイルに戻されたと指摘されている(3)。男書生と変わらぬらいてうの服装には、女の規範に閉じ込められまいとする姿勢が鮮明に窺われるのである。

漢文学を学んで得たことについては、「二松学舎で漢文を勉強するようになりましたので、いろいろわかることもあり、漢文を通してのいろいろなそういう思想とか、禅のほうとの関係でも、禅の見地から見てもわかるような点があったりしまして、思想的にもいろいろいただいたものがあったと思いますけれども、本当に一生懸命には勉強しなかったとみえて今もってさっぱりそのほうの力はないようですね」と謙遜している。しかし、学生に求めるものや期待等を聞かれて次のように語っていることから、漢文学から得たものの大きさ、与えられた影響の深さが推し量られよう。

私はやはり漢文というものは大切に保存しておきたいと思いますね。漢文から受ける短いことばの中から直接感ずるものは心の底に直接響きますから。今の説明たっぷりな文章なんかを読んだときとは、まるで違った感じがいたしますね。また漢文の中に盛られている当時の思想というものは、永久に根本的に青年の学ぶ価値があるものだと思います。本当に尊い伝統のあるものであり、といっても決して過去のものではなくて、これからも永久に根本的に青年の価値があるものであり、新らしいもののもとになるものでもあり、大いにこれからも読んでゆかなければならないものだと思います。東洋の思想というものを本当はもっと生活に生かしてゆかなければならない時になっていると思いますね。ですからこれをやはり古色蒼然としたものとしないで、新らしいものとしてゆかねばならないと思いますね。

（傍線引用者）

この後らいてうは、エレン・ケイなどの西欧思想に大きく影響されてゆくことは周知のことである。だが最晩年の談話において、漢文を「永久に根本的に青年の学ぶ価値があるもの」、「本当に尊い伝統のあるものであり、といっても決して過去のものではなくて、これからも永久に根本的に青年の価値があるものであり、新らしいもののもとになるものでもあり、大いにこれからも読んでゆかなければならないもの」と位置づけていることは看過できまい。らいてうと漢文学との関係については、今後、彼女の全生涯に亙って検証しなくてはならないだろう。

二 『青鞜』運動

一九〇七（明治四〇）年、らいてうは成美女子英語学校で開かれた「閨秀文学会」に参加し、一九〇八（明治四一）年、講師の森田草平と塩原温泉奥の尾頭峠で心中未遂事件を起こし、一大センセーションを巻き起こした。草平は翌年、朝日新聞にこの事件を素材にした「煤煙」を連載したため「煤煙事件」と称される。一躍流行作家になった草平とは対照的に、日本女子大学校の同窓会「桜楓会」から除名され、世間からも糾弾されたらいてうは、生田長江の勧めにより、一九一一（明治四四）年九月、文芸雑誌『青鞜』を創刊する。

らいてうが主唱して発刊した『青鞜』（一九一一・九～一九一六・二）は、初の女だけの手による女のための文芸雑誌であるが、単なる文芸運動ではない。女性文学者総結集の場の観を呈すとともに、自由と解放を求める女たちが全国津々浦々から延べ一六〇人も参加し、女を抑圧し拘束する法律や制度、倫理やモラルを批判し、以降の女性解放運動の原点となったといわれている。これを主導した『青鞜』時代のらいてうの思想を辿ってみよう。

創刊号（一九一一・九）掲載の『青鞜』発刊の辞「元始女性は太陽であった」は、「元始、女性は実に太陽であつた。真正の人であつた。／今、女性は月である。他に依つて生き、他の光によつて輝く、病人のやうな蒼白い顔の月である」という冒頭箇所により人口に膾炙し、この雑誌の歴史的役割を予見した女権宣言であったといわれている。らいてうはまた、「私ども女性もまた一人残らず潜める天才」であり、「私の希う真の自由解放とは」、「いうまでもなく潜める天才を、偉大なる潜在能力を十二分に発揮させることにほかならぬ」と女性の能力の全面開花を主張している。だが一方、「いわゆる高等教育を授け、広く一般の職業に就かせ、参政権をも与へ、家庭という小天地から、親といい、夫という保護者の手から離れていわゆる独立の生活をさせたからとてそれが何で私ども女性の自由解放であろう」とも述べ、この期のらいてうには、女性を取り巻く現実の社会的・政治的問題に目を向ける姿勢がみられないとも指摘されている。女性の解放にとって重要なのは、社会の改革より個々人の内面性の確立であると考えていたことは明らかである。

しかし、当時の女性たちは、劣った性と位置づけられ、良妻賢母という規範に呪縛されて主体的な生き方を否定されていたことを想起すると、「一人残らず」「潜める天才」と捉えること自体、本質的には男性中心社会への不敵な挑戦であり、多くの女性たちを鼓舞し、自立への覚醒をうながしたことはいうまでもないだろう。

ところで、この『青鞜』発刊の辞のなかの「真の自由解放」を論じた箇所に、釈迦にまつわる挿話が引用されていることに着目したい。

釈迦は雪山に入って端座六年一夜大悟して、「奇哉、一切衆生具有如来智恵徳相、又曰、一仏成道観見法界草木国土悉皆成仏」と。彼は始めて事物そのままの真を徹見し、自然の完全に驚嘆したのだ。かくて釈迦は真の現実家になった。真の自然主義者になった。空想家ではない。実に全自我を解放した大自覚者となったのだ。

私どもは釈迦において、真の現実家は神秘家でなければならぬことを、真の自然主義者は理想家でなければならぬことを見る。

この箇所は、二松学舎で漢文を学んだ成果であろう。『涅槃経』の思想に由来し、『大乗玄論』『探玄記』などに説かれている。意味としては次のようなものであろうか。釈迦は端座六年にしてある夜深く大きな悟りをひらく。生きとし生けるものはみな仏の智恵と徳相をそなえもっている。また、釈尊が悟りを開けば、一切の存在がことごとくその徳を受けて成仏し、草や木や国土のように心を有しないものさえも、仏性をもっているので、ことごとくみな仏になる、と。釈迦の大悟から、「真の現実家」「真の自然主義者」は、「神秘家」であり「理想家」でなければならないと導いている下りである。

やがて、「五色の酒」「吉原登楼」事件などのゴシップにより、青鞜社の「新しい女」への非難攻撃が強まる。らいてうは、『中央公論』（一九一三・一）に執筆した「新しい女」において、不良の女を意味する「新しい女」という揶揄的表現を逆手に取り、性差別や男と闘うフェミニストの姿勢を鮮明にする。

自分は新しい女である。／少なくとも真に新しいでありたいと日々に願い、日々に努めている。／（略）新しい女はただに男の利己心の上に築かれた旧道徳や法律を破壊するばかりでなく、日に日に新たな太陽の明徳をもつて心霊の上に新宗教、新道徳、新法律の行われる新王国を創造しようとしている。／（略）新しい女は今、美を願わない。善を願わない。ただ、いまだ知られざる王国を造らんがために、自己の尊き天職のために力を、力をと叫んでいる。

この「新しい女」にも、次のように漢文の知識が盛り込まれている。

湯盤の銘に曰く「苟日新、日日新、又日新」と。大なるかな、日に日に新たなる太陽の徳よ、明徳よ。

湯盤とは、中国史上存在の確実な最初の王朝である殷朝を開国した湯王の沐浴の盤のことである。湯王は、よく制度・典礼を整えたことで知られている。盤に書かれた文言、「苟日新、日日新、又日新」とは、日に日に向上進歩することをいう。「新しい女」も、そのように日々向上進歩しなければならず、虐げられた古い女の歩んだ道を辿ってはいけないと同性を叱咤激励している箇所である。

さらに、『青鞜』（三巻四号　一九一三・四）に発表した「世の婦人たちへ」では、現行の結婚制度を批判する。なぜなら、それは「一生涯にわたる権力服従の関係」だからであり、「妻は未丁年者か、不具者《ママ》と同様に扱はれ」、「妻には財産の所有権もなければその子に対する法律上の権利ももっていない」と明治民法を批判し、「夫の姦通は罪なくして、妻の姦通は罪とせられている」と刑法の姦通罪を批判し、女性を抑圧する法律・制度との対決にまで進み出る。また、女性が独立して生きるための「高等の文化教育」「職業教育」の必要性にも言及している。

このように次第に現実社会に根差した女性解放を主張するようになったらいてうは、奥村博（のち博史）との共同生活に踏み切る際も、「現行の結婚制度に不満足な以上、そんな制度に従い、そんな法律によつて是認してもらうような結婚はしたくない」と結婚制度を否定し、入籍しないことを「独立するについて両親へ」（『青鞜』四巻二号　一九一四・二）において大胆に宣言した。

『青鞜』の掉尾を飾った貞操・堕胎論争においても、性と生殖における自己決定権を果敢に主張するのである。(4)

貞操論争は、生田花世が「食べることと貞操と」（『反響』一九一四・九）で、女性の自活とは職場におけるセクシュアル・ハラスメントに耐えることによって贖われている実態を告発したことに始まるが、論争は処女の価値を焦点化して展開された。らいてうは、「処女の真価」（『新公論』一九一五・三）と「差別的性道徳について」（『婦人公論』一九一六・一〇）において、性の二重規範を鋭く指摘し、自己の意思によらぬあらゆる処女喪失を否定している。すなわち、家や親、生活のための結婚や売春はいうまでもなく、「愛による結合においても」「自らの内に欲求」なき処女喪失は「罪悪」と言い切り、「真の意味における処女破棄の最も適当なる時がすなわち真正の結婚である日」と述べ、性における自己決定権を主張した。

今日、こうしたらいてうの一連の言動を、処女の称揚による女性のセクシュアリティの物象化を招いた、また、恋愛幻想によって女性を家庭のなかに閉じ込める結果を招いた、という批判が優勢である。しかし、家中心の結婚をはじめとして、女性が自らの性を守ることなどできない蹂躙状態にあった日常のなかで、処女とは他ならぬ自分自身が所有するかけがえのないものであると主張することで、男性や家による性への侵犯や容喙を断ち切ろうとし、また、愛による男女の関係性樹立によって、結婚という形式による女性への収奪打破をめざしたのは歴史的必然ではなかったろうか。

堕胎論争は、堕胎が可罰的犯罪であり、避妊の正当性さえ認められていないなかで、原田皐月が不敵にも堕胎を肯定した小説「獄中の女より男に」(『青鞜』五巻六号、一九一五・六)を発表したことから始まる。ほとんどの論者が貧困による堕胎の正当性を主張したのに対し、らいてうは「個人としての生活と性としての生活との間の争闘について」(『青鞜』五巻八号　一九一五・九)において、女性の社会進出や自己実現を堕胎理由の筆頭にあげ、堕胎や避妊を女性の性と生殖における自己決定権の問題として論じる必要性を主張した点が画期的であった。また、日本の法律は堕胎を犯罪とするならば、同時に母親と子どもを保護する法律をもつべきとも主張し、この観点が後の母性保護論争へと発展することになる。

さらに、論争の過程で妊娠をしたらいてうは、「避妊の可否を論ず」(『日本評論』一九一七・九)で、避妊の正当性について論陣を張り、男性の性的放縦を危惧することから禁欲による避妊を提唱する。また、当時、欧米の最先端の思潮であった優生思想の影響を受け、結核患者や性病者、精神病者の結婚を法的に制限するよう提案した。これは、後の「新婦人協会」の活動における花柳病男子の結婚制限請願運動へとつながっていく。今日では、差別的な選民思想であり、国家の性の管理システムへと収束させるものとして批判されている。たしかに時代の流行思想に乗じた逸脱はあったが、性病の背後には国家管理の売春である公娼制度が主元凶として聳えていた時代であることを忘れてはならないだろう。大多数の女性の生きる方便であった結婚における悲劇を回避するために、女性にのみ貞操を求めるジェンダー規範を改変し、男性に女性並みの純潔を要求した主張であり、少なくともこの段階では国家への明らかな挑戦でさえあった。

以上のように、『青鞜』時代のらいてうは、抽象的な女性解放論から、法律・制度はむろんこと、性と生殖における政治学まで剔抉した論へと進み出る。この時代は、らいてうにとって思想の核を形成した時代であったといえよう。また、論を展開させる裏づけや根拠に、漢文の知識を盛り込み、説得力をもたせていることは見てきたとおりである。

三　母性保護論争

母性保護論争(5)は、らいてうと与謝野晶子との論争に、山川菊栄、山田わかが加わって展開された。この論争の前史として、晶子の「母性偏重を排す〈一人の女の手帳〉」（『太陽』一九一六・二）に対して、らいてうが「母性の主張に就いて与謝野晶子氏に与う」（『文章世界』一九一六・五）で異議を唱えた経緯がある。晶子が、エレン・ケイを「絶対的母性中心説」と捉えていることに対し、らいてうは、その理解がいかに「軽率な、乱暴なものである」か、と指摘したものである。

スウェーデンの女性解放思想家エレン・ケイは、進化論の立場から精神と肉体の一致を重視する恋愛至上主義を唱え、それによって新しい生命を創りだすことに価値をおく「母性主義」を主張したといわれている。らいてうは、一九一一（明治四四）年頃からケイを知って深く傾倒し、一九一三（大正二）年一月号から約一年間、『青鞜』に「恋愛と結婚」の翻訳を連載した。一九一五（大正四）年に長女曙生を、一九一七（大正六）年に長男敦史を出産した後は、ケイの主張する「母性の保護」という問題にいっそうの共感をもつに至ったといわれ、母性保護論争後の一九一九（大正八）年には、ケイの著作の翻訳である『母性の復興』（新潮社）と『婦人と子供の権利』（大佑社）を刊行している。

本格的な論争は、晶子が「女子の徹底した独立〈紫影録〉」（『婦人公論』一九一八・三）において、「男子の財力をあてにして結婚し及び分娩する女子は、たとえそれが恋愛関係の成立している男女の仲であっても、経済的には依頼主義を採つて男子の奴隷となり、もしくは男子の労働の成果を侵害し盗用しつつある者」であり、「妊娠の時と分娩の時とに予め備える財力を持っていない無力な婦人が、妊娠及び育児という生殖的奉仕に由って国家の保護を求めるのは、労働の能力の無い老衰者や廃人等が養育院の世話になるのと同じこと」と断じたのに対し、らいてうが反論したことから論争の火蓋は切って落とされた。らいてうは「母性保護の主張は依頼主義か―与謝野、嘉悦二氏へ」（『婦人公論』一九一八・五）において、晶子の言うことは「我国の如く婦人の労働範囲の狭い、その上終日駄馬のごとく働いても、自分ひとり食べていくだけの費用しか得られないような、婦人の賃金や給料の安い国」では、「実際を観ることを忘れた空論」であり、「婦人自身の不幸」は言うまでもなく、「社会にとっても種々なる意味で大損失」であるのみならず、「私生児の数のいっそうの増加を見るに至る」と批判し、「母を保護することは婦人一個の幸福のために必要なばかりでなく、その子供を通じて、全社会の幸福のため、全人類の将来のために必要」と主張した。以降、両者の度重なる応酬に、山川菊栄と山田わかが参加し、山川菊栄は「母性保護と経済的独立〈与謝野・平塚二氏の論争〉」(『婦人公論』一九一八・九)で、晶子を女権運動の系譜に、らいてうを母権運動の系統に位置づけ、それらの主張の一面の真理を認めつつ、「その根本的解決とは、婦人問題を惹起し盛大ならしめた経済関係その物の改変に求めるほかないと考える」と結び、社会主義革命の必然性を示唆した。

総じて母性保護論争は、晶子の論が、女性の経済的自立の必要性を説きながら、女性労働に関する認識が浅く、らいてうの論は、母性の国家的保護を主張しながら、あるべき国家観への認識が欠如していたと指摘されている(6)。山川菊栄は、もっとも科学的で明晰な展望を示したと評価されてきたが、女性解放にとって社会主義が究極の解決にならないことが歴史によって検証された今日、その主張にも時代の限界をみないわけにはいかない。また今日では、たとえば育児期における女性の労働問題などに立ち入ってみると、晶子とらいてうの考え方は近似していて、論争の焦点も、必ずしも職業か育児かという単純な二者択一には収斂できないといわれているが(7)、この論争による収穫のひとつは、論者たちが各々の理想実現に向かって新たな段階へと飛躍する契機となったことであろう。晶子は、文化学院の創設に携わり女性の経済的自立を促すための女子教育に参画、菊枝は女性解放実現のために社会主義運動へと身を投じる。そしてらいてうは、母性の権利確立のために「新婦人協会」を組織して社会運動へ乗り出すことになる。らいてうにとってこの論争は、女性解放の照準を、後半生を一筋に貫く婦人と母と子供の権利の擁護へと合わせていく好機となった点で、きわめて重要であった。

四 「新婦人協会」運動

一九二〇（大正九）年三月、らいてうは市川房枝、奥むめおや『青鞜』の仲間であった山田わかや岩野清子たちと、「新婦人協会」を結成する。(8) 一九二〇年から二一年にかけて、「治安警察法第五条修正（女子の政治参加解禁）」と「花柳病男子結婚制限法制定」、さらに「婦人参政権（選挙法改正）要求」の三つの請願および法律改正を、主として議会に対する請願運動として行った。その結果、一九二二（大正一一）年二月、「治安警察法第五条第二項（女子の政談演説会禁止）」のみが両院を通過し、女性の政談集会への参加および発起が認められる。戦前の日本では女性の政治的権利獲得に成功した唯一の例である。しかし、協会自体は、同年一二月、らいてうの主張により解散し、その後、婦人参政権運動は市川房枝を中心とする「婦人参政権獲得期成同盟会」（のちの「婦人参政権獲得同盟」）に引き継がれることになる。「新婦人協会」運動に賭けたらいてうの理想や目的および解散の要因はどこにあったのか。

婦人参政権についてそれまでのらいてうは、「我が国の婦人参政権について」（『中外』一九一九・四）などで、女性がただ既存の政治に参加するだけでは女性の望む社会は実現しないという観点から消極的な発言をしていた。しかし、一九一九（大正八）年夏、元名古屋新聞記者の市川房枝の案内で愛知県下の繊維工場を視察し、劣悪な労働条件のもとで酷使される若年女子労働者の姿を目の当たりにしたことが母性保護論争のなかでみえてきた女性労働と乳児死亡の問題に対する意識を深めさせる契機となる。「名古屋地方の女工生活」（『国民新聞』一九一九年九月八日より五回にわたり連載）において、工場法の根本的改正、女子労働者の保護及び労働条件改善の訴えが証しているように、この体験が「新婦人協会」運動の構想を明確化させたといわれている。一九二〇年一〇月刊行の同協会機関誌『女性同盟』創刊号に掲載した「社会改造に対する婦人の使命」において、「婦人思想界の中心問題は、男女対等、男女同権、機会均等などの問題から、両性問題(恋愛および結婚の問題)、母性問題、子供問題へと移行いたしました。(略)初期の婦人運動においては、婦人参政権は政治上の男女の平等を持ち来すものとしてそれ自身が目的であるかの観がありました。ところが私どもの参政権要求は、獲得した参政権を或る目的に向って有効に行使せんがためであります。そしてここにいうある目的とはすでに繰返し述べた如く、女性自身の立場からする愛の自由とその完成のための社会改造であって現在の男子本位の社会を、その社会制度を是認し、その上に立つて今日政治家と呼ばれるところの男子たちとともにただ国民としての立場からいわゆる政治問題を論議せんがためでないのはいうまでもありません」と、女性の政治的権利獲得の目的は、女性が男性とは異なる性である産む性、すなわち母性として生きることを社会的に認知させ、自らの力で社会改造を実現させようとするためのものであることを明らかにしている。

このように、「新婦人協会」の構想は、当時の女性を取り巻く劣悪な環境を、産む性としての母と子供の危機として捉え、母性の権利を確立しようとする点に立脚していた。また、劣悪な条件下の女性労働同様、夫に性病をうつされる妻の悲劇も、ともに高い率の乳幼時死亡をもたらすという意味で子供の権利の破壊であると捉え、この問題を解決するために、「花柳病男子の結婚制限法制定に関する請願運動」(『女性同盟』一九二〇・一〇)や「花柳病と善種学的結婚制限法」(『女性同盟』一九二〇・一一)で主張するように、性病男子の結婚制限を求めていく。『青鞜』時代とは異なり、性病だけを問題にしている点は重要である。優生思想の影響がみられるとはいえ、女性を性病から守るためだけでなく、国家公認の公娼制度を背景にした性の二重規範を打ち破る要求であったといえよう。

「新婦人協会」の運動は、女性の政治参加という点で、ささやかだが画期的な一歩前進をみせた。しかし、らいてうの理想とする母性の権利の獲得要求は実らなかったばかりか、運動のなかでも孤立無援であったといわれており、この点が協会解散を決定づけたと思われる。この後、らいてうの母性をめぐる問題意識は、関東大震災後の無政府主義思想への傾斜と高群逸枝が主催する『婦人戦線』への参加、共同自治社会をめざす消費組合の設立などを通して深められ、戦後の平和運動へと繋がってゆく。

おわりに

らいてうの思想家としての出発とその後の軌跡を、『青鞜』運動、母性保護論争と「新婦人協会」の活動まで追ってみた。らいてうの思想形成を考える場合、従来はエレン・ケイの影響などが中心的に論じられ、近年は日本女子大学校創立者の成瀬仁蔵からの影響にも言及されるようになったが、二松学舎で漢文を学んだ成果が、『青鞜』発刊の辞や「新しい女」の文章中に見られることに注目すると、若きらいてうが吸収できるものは何でも取り入れて、自己の思想を広く深くしていったことが明らかとなろう。明治の文豪の夏目漱石や森鷗外も漢文を学んだあと、それぞれ英文学やドイツ文学やそれらの国の文化について研鑽を積んでいったことを想起すると、らいてうも女性ながら同じ真摯な道程を歩んでいったことが確認できる。

らいてうの思想的展開をまとめてみると、『青鞜』運動においては性と生殖をめぐる広範な問題に眼を向けるが、その後の母性保護論争と「新婦人協会」の運動では、婦人、母、子供の権利擁護に的をしぼって論陣を張り、社会運動にまで進み出る。翻って世界のフェミニズム運動を展望すると、公的領域における女性の市民的権利を追及した第一波フェミニズム運動に対して、一九六〇年代から七〇年代にかけて展開された第二波フェミニズム運動は、性と生殖という私的領域に貫徹する政治学に挑戦したといわれているが、らいてうの軌跡は、いわば第二波フェミニズム運動にきわめて近い主張の実践であったことに気づく。しかし、先駆的フェミニストであったがゆえに、理論的支柱を当時世界を席巻していた優生思想に求め、それが戦中の天皇賛美の発言に結びついたとも指摘されている。[9]だが、らいてうの限界を糾弾するだけでなく、その要因を明らかにして今後に生かすことこそ、今日のフェミニズムが果たすべき課題であろう。

今後は、らいてうが出発にあたり漢文を学んだことが、その後の思索とどのように関わっているのかを生涯に亙り検証することが、らいてうの思想の全域を究明することに繋がるのではないだろうか。

注

(1) 新評論社、一九五五・三

(2) 一葉日記『わか艸』所収の一九八一（明治二四）年八月八日の日記（『樋口一葉全集』第三巻（上）、筑摩書房、一九八一・九）参照。

(3) 本田和子『女学生の系譜』（青土社、一九九〇・七）参照。

(4) 拙稿「セクシュアリティの政治学への挑戦　—貞操・堕胎・廃娼論争」（新・フェミニズム批評の会編『青

轄』を読む』學藝書林、一九九八・一一）を参照されたい。
（5）母性保護論争については、香内信子編集・解説『資料　母性保護論争』（ドメス出版、一九八四・一〇）を参照した。
（6）米田佐代子『平塚らいてう　─近代日本のデモクラシーとジェンダー─』（吉川弘文館、二〇〇二・二）
（7）（6）に同じ。
（8）らいてうと「新婦人協会」については、（6）を参照。
（9）（6）に同じ。

付記

平塚らいてうの文章からの引用は、左を使用した。
『わたくしの歩いた道』（新評論社、一九五五）
『平塚らいてう著作集』七巻・補巻一（大月書店、一九八三〜八四）
復刻版『青鞜』（不二出版、一九八三）

なお、本稿は論旨の関係上、江原由美子・金井淑子編『フェニズムの名著50』（平凡社、二〇〇二・七）所収の拙稿「平塚らいてう」と重複する箇所があることをお断りしたい。

加藤常賢

——略歴とその学問——

家井　眞

加藤常賢（かとうじょうけん）、号は維軒《いけん》。一八九四（明治二七）年～一九七八（昭和五三）年。愛知県中島郡大里村（現在の愛知県稲沢市奥田町）出身。東京帝国大学支那哲学科卒業・同大学院修了。静岡高等学校教授・京城帝国大学助教授・広島文理科大学教授・東京大学教授・大東文化学院講師・駒沢大学講師等を歴任。一九三八（昭和一三）年、『支那古代家族制度研究』で文学博士の学位を授与さる。著書は、『礼の起源と其発達』『真古文尚書集釈』『老子原義の研究』『漢字の起原』ほか多数。

二松學舍へは、東京大学の定年退官後の一九五六（昭和三一）年就任。文学部長・第七代学長等を務め、一九七五（昭和五〇）年三月より名誉学長・名誉教授。また、日本中国学会・財団法人斯文会の理事長も務め、多年に渉る教育界・学会への貢献により、一九六七（昭和四二）年五月勲二等瑞宝章を授与さる。

一

本稿では加藤常賢の略歴を記すと共に、なるべく先生自身の言、またその俊足達の言を借りてその多岐に渉る学問的業績の概要を述べようと思う。

加藤常賢博士、号を維軒という。維軒とは清朝末期の考証学者王国維からとったのである。先生は東京大学中国哲学科教授を退官後、二松学舎大学に奉職し、教授・文学部長・学長を歴任された。また吉川幸次郎博士と共に日本中国学会の創設に尽力し、初代理事長となった。時に初代幹事は二松学舎大学名誉教授石川梅次郎であった。

先生の業績は後述するが、その学問は六〇歳を以て一変するのではないか。大雑把に言えば、六〇歳以前は宗教学・社会学・清朝考証学等を補助学とした実証的学問の時代、それ以後はより一層中国古代における宗教的世界探求の時代と言えるのではなかろうか。

また先生は多くの教え子を育成したことも業績の一であろう。例えば重沢俊郎博士・御手洗勝博士(『古代中国における崑崙思想の展開』昭和三七年、未刊)・宇野精一博士・池田末利博士・山田勝美博士(『塩鉄論の基礎的研究』昭和三二年、未刊)・市川安司博士(『程伊川哲学における理の研究』昭和三七年。後『程伊川哲学の研究』東京大学出版会、昭和三九年)・江頭広博士(『姓考』昭和三九年。後『姓考――周代の家族制度』風間書房、一九七〇年)・藤堂明保博士(『上古漢語の単語群の研究』昭和三七年。後『漢字語源辞典』学灯社、昭和四〇年)・水上静夫博士(『古代中国人の植物観の研究』昭和四二年。後『中国古代の植物学の研究』角川書店、一九七七年)・乾一夫博士(『聖賢の原像』明治書院・昭和六二年)等を挙げることが出来る。

二

次に加藤常賢の略歴と業績を表にして記す。

西暦	元号	歳	事跡	業績
一八九四	明27	1	10月19日、愛知県に生まる。父は早川伊兵衛、母はきん。	
一九〇〇	明33	7	4月、四ツ家尋常小学校に入学。	
一九〇三	明36	10	曹洞宗康勝寺に入る。	
一九〇四	明37	11	3月、四ツ家尋常小学校を卒業。 4月、西春日井郡北部高等小学校に入学。	
一九〇八	明41	15	1月、康勝寺住職加藤良宗の養子となる。 3月、北部高等小学校を卒業。 4月、私立曹洞宗第三中学校後、「愛知中学校」）に入学。	
一九一三	大2	20	3月、右中学校を卒業。 9月、第八高等学校に入学。同級生に久松潜一・大林旻・大塚道光などがいた。藤塚鄰に漢文を教わる。	

一九一七	大6	24	7月、右高等学校を卒業。9月、東京帝国大学文学部支那哲学科に入学。服部宇之吉・宇野哲人に教わる。	
一九二〇	大9	27	7月10日、右大学を卒業。9月11日、東京帝国大学大学院に入学。10月1日、副手を嘱託さる。	
一九二一	大10	28	3月31日、国学院大学教授を嘱託さる。	
一九二二	大11	29	7月30日、東京大学大学院を修了。	
一九二三	大12	30	3月12日、静岡高等学校漢文科講師を嘱託さる。3月29日、名古屋医大病理学教授、林直助の長女さだと結婚。林はツツガ虫病の病原体を発見。	『現代語訳荀子』(支那哲学叢書刊行会、2月1日)
一九二四	大13	31	1月12日、静岡高等学校教授に任ぜらる。5月24日、長女史子生まる。	『現代語訳近思録』(支那哲学叢書刊行会、12月10日)

一九二六	大15	33	1月5日、次女迪子生まる。	
一九二八	昭3	35	3月31日、京城帝国大学助教授に任ぜらる。 4月、京城帝国大学に赴任。	
一九二九	昭4	36		『現代語訳近思録』（金の星社、3月10日。支那哲学叢書の復刊） 「支那古代の宗教儀礼に就て」（『斯文』第二巻第六号・第三巻第一号）・「舅姑甥称謂考」（『朝鮮支那文化の研究』）
一九三〇	昭5	37	3月25日、「支那国へ在留ヲ命」ぜらる。	「娣姒姉妹考―上・下」（『斯文』第一二篇第一・三号）
一九三三	昭8	40	12月27日、広島文理科大学教授に任ぜらる。	『支那家族制度に於ける主要問題』（『漢文学講座』一） 「兄字考」（『漢学会雑誌』第一巻第二号、11月）
一九三四	昭9	41	2月15日、「学位論文審査委員」を嘱託さる。 4月18日、広島高等師範学校漢文講師を嘱託さる。	「昭穆制度起原考―婚姻階級（marriage-class）を参考して―」（広島文理科大学編『精神科学』昭和9年、第三巻）
一九三五	昭10	42	長男申郎歿、生後50日余。	8月23日、『学位申請書』を東京帝国大学総長、長与又郎に提出する。『爾雅釈親を通じて見たる支那古代家族制度研究』 「小宗の族組織に就いて」（『支那学研究』第四編）
一九三六	昭11	43		「昭穆制度続考」（『漢学会雑誌』第四巻第一号、3月）・「姨考」（『服部（宇之吉）先生古稀祝賀記念論文集』）・「兄字考、附伀及妯」（『漢学会雑誌』）

一九三七	昭12	44		「礼の原始的意味」（広島文理科大学『精神科学』昭和12年、第一巻）・「釈宗」（『漢学会雑誌』第五巻第三号、10月）
一九三八	昭13	45	「文学博士ノ学位ヲ授ク。東京帝国大学」	
一九三九	昭14	46	6月8日、岩波書店、岩波茂雄と『支那古代家族制度研究』の「出版契約書」を交わす。	「支那家族の型体」（広島文理科大学『精神科学』昭和14年、第一巻）
一九四〇	昭15	47		9月12日、『支那古代家族制度研究』（岩波書店）。「序」には「此書を世に公にするに至った所以は、一は恩師服部随軒博士、藤塚素軒博士から仰いだ御誘掖と御鞭撻に対して報恩感謝の微衷を表せむが為であり、一は初回には大正十四年から三年間、再回には昭和五年から二年間、前後二回に亘って服部随軒博士の御推挙に依り研究費の補助を受けた帝国学士院及奨学資金寄託者松方公爵家に対する負責に答へ且感謝の微忱を致さんが為に外ならぬ」とあり、「尚、此書の出版は京城帝国大学安倍能成教授の御厚意に因る御斡旋の賜である」と、岩波書店から出版された機縁が述べられている。
一九四一	昭16	48		「春秋学に於ける王」（教学局編纂『日本諸学振興委員会研究報告』特輯第二篇—哲学—）
一九四二	昭17	49	10月7日、中文館書店、中村時之助と『礼の起原と其発達』の出版契約を交わす。	「公私考」（『歴史学研究』第九六号、2月）

一九四三	昭18	50	池田末利の自宅に線装本を疎開。	4月20日、『礼の起原と其発達』（中文館書店）。後に『中国原始観念の発達』と改題、昭和26年3月30日、青竜社より発行。 「書社及社考、併せて助・徹の名義に及ぶ」（『日本社会学会年報』第九輯、7月）
一九四五	昭20	52	8月6日、広島駅にて原爆に被爆する。	
一九四六	昭21	53	1月25日、「学生課長ヲ命ズ。広島文理科大学」	
一九四七	昭22	54	東京帝国大学教授就任。	
一九四八	昭23	55		「支那古姓氏の研究—夏禹姒姓考—」（広島文理科大東洋史研究室編『東洋の社会』4月5日）
一九四九	昭24	56	1月18日、「来たる一月二十八日講書始の儀を行わせらるる際、漢書の進講控」を仰せ付けらる。宮内府長官、田島道治 1月28日、「講書始之儀」に控として参列する。 4月1日、日本中国学会理事長となる。財団法人斯文会理事長となる。	『漢字の起原』一（斯文会油印、6月25日）・『漢字の起原』二（斯文会油印、9月1日）・『春秋学—儒家国家哲学—』（東大協同組合教材部油印）

一九五〇	昭25	57		『漢字の起原』三（斯文会油印、6月24日） 「殷商子姓考、附帝嚳」（京都大学支那哲学史研究会『東洋の文化と社会』第一輯、11月）・「呉許呂姜姓考」（『日本中国学会報』第二集）
一九五一	昭26	58	1月10日、新年御講書始の儀に於いて『漢書』の御進講をつとめる。	『中国原始観念の発達』（青竜社、3月30日。『礼の起原と其発達』の改題発行）『漢字の起原』四（斯文会油印、4月25日）・『漢字の起原』五（斯文会油印、9月22日） 「扶桑の語原に就いて」（『史学雑誌』第六〇編第七号、7月）・「仁の語義に就いて」（『斯文』孔子生誕二五〇〇年記念号、11月20日）
一九五二	昭27	59		共著『中国思想史』（東京大学出版会、5月25日。「序説」第一部第一章「正統的思想」担当）・『漢字の起原』六（斯文会油印、9月27日） 「祝融と重黎」（『日本学士院紀要』第一〇巻第二号、6月12日）
一九五三	昭28	60	5月11日、「大学院人文科学研究科中国哲学課程主任を命ずる。東京大学総長、矢内原忠雄」「あわせて大学院人文科学研究科中国哲学課程担当を命ずる。東京大学総長、矢内原忠雄」「大学院人文科学研究科委員会委員を命ずる。東京大学総長、矢内原忠雄」	『尚書集解』（油印）・『漢字の起原』七（斯文会油印、7月25日） 「春秋時代の総合的研究」（総合研究報告集録人文篇）・「釈字二則」（『東方学』第五輯、2月）

一九五四	昭29	61	1月17日、次女迪子、深津胤房と結婚する。東京大学教授阿部吉雄御夫妻が仲人。	「尭と羲和の性格に就いて」（第6回日本中国学会、口頭発表、10月） 『中国古代の宗教と思想』（ハーバード・燕京・同志社東方文化講座委員会『ハーバード・燕京・同志社東方文化講座』第三輯、10月10日）・『漢字の起原』八（斯文会油印、4月25日）
一九五五	昭30	62	3月31日、東京大学定年退職。	『漢字の起』九（斯文会油印、2月26日）・『漢字の起原』一〇（斯文会油印、11月26日） 「巫祝考」（加藤常賢教授還暦記念会発行『東京支那学報』第1号、6月5日）
一九五六	昭31	63	4月1日、二松学舎大学教授に就任。	「弗忌の名義に就いて」（東京支那学会、口頭発表、6月） 『教育漢字字源辞典』（学図好学出版、2月1日）・共著『定本書道全集』第一巻殷・周・秦（河出書房、12月28日。「殷の金文、附釈文解説」担当）・『漢字の起原』一一（斯文会油印、7月28日） 「字に就いて」（『甲骨学』第四・五合併号）
一九五七	昭32	64	3月31日、日本中国学会理事長を辞任。 9月3日、二松学舎大学文学部長に就任。	『漢字の起原』一二（斯文会油印、5月28日） 「少皞皐陶嬴姓考」（『日本学士院紀要』第一五巻第二号、6月12日）
一九五八	昭33	65		『漢字の起原』一三（斯文会油印、8月30日） 「王若曰攷」（『二松学舎大学創立八十周年記念論集』3月。後に『真古文尚書集釈』に収む）・「漢字から見た中国の社会」（東洋文化振興会『東洋文化』）

一九五九	昭34	66		「允格考　附顳項」（『日本中国学会報』第一一集）・「と」（『甲骨学』第七号）・「唇歯輔車の意味について」（『二松学舎大学新聞』4月1日）
一九六〇	昭35	67		『漢字の起原』一四（斯文会油印、1月23日） 「仁人与善人」（中文）（中央研究院歴史語言研究所集刊外篇第4種『慶祝董作賓先生六十五歳論文集』12月）
一九六一	昭36	68		『漢字の起原』一五（斯文会油印、11月25日） 「仁人と善人―上―」（石川梅次郎訳、『斯文』第三〇号、3月）
一九六二	昭37	69	5月1日、二松学舎大学学長に就任。	「」（『二松学舎大学論集』昭和三六年度、3月。『中国文字』第一三冊に劉文献の訳で再録）・「仁人と善人―下―」（石川梅次郎訳、『斯文』第三四号、9月）
一九六三	昭38	70	9月9日、「加藤常賢博士古稀記念『真古文尚書集釈』刊行会」発足。	『漢字の起原』一六（斯文会油印、9月28日） 「The Meaning of Li」Philosophical Studies of Japan Vol. IV（日本ユネスコ国内委員会編、日本学術振興会、3月30日）・「周公」（東京大学中国哲学研究室編『中国の思想家（上）』勁草書房、5月所収。『大陸雑誌』第三七巻第一・二期合刊号、民国57年7月31日に洪順隆の訳で「古中国思想大家―周公―」として再録）
一九六四	昭39	71		『真古文尚書集釈』（古稀記念刊行会、明治書院、10月20日） 「・其肇」（『甲骨学』第一〇号、7月）・「文字解釈」（『国際情報』昭和39年より43年5月まで連載）

一九六五	昭40	72		『漢字の起原』一七（斯文会油印、5月1日） 「孝の孔子の新解釈」（『斯文』第四三号、9月）
一九六六	昭41	73		『老子原義の研究』（明徳出版社、3月30日）・『金文訳註輯1—毛公鼎訳註—』（日本書道教育学会、8月2日）・『漢字の起原』一八（斯文会油印、8月1日） 「老子の善・善人について」（『斯文』第四四号。『老子原義の研究』に収む。劉文献の訳で『思与言』第四巻第一期、民国55年5月15日に再録）
一九六七	昭42	74	5月8日、勲2等瑞宝章拝受。 7月26日、斯文会理事長を辞任。	『金文訳註輯二—盂鼎訳註—』（日本書道教育学会、5月25日） 「玉燭と李肘史と玉衡」（『日本中国学会報』第一九集、11月）・「文武文献考」（『二松学舎大学論集』昭和42年度）
一九六八	昭43	75		『金文訳註輯三—叔夷鐘訳註—』（日本書道教育学会、2月15日）・『漢字の起原』一九（斯文会油印、2月24日） 「釈由甾西」（『二松学舎大学論集』昭和43年度）・「弗忌考」（『東京支那学報』第一四号）
一九六九	昭44	76	9月18日、虎の門霞山会館で座談会『学問の思い出—加藤常賢博士を囲んで—』に出席。昭和45年3月発行『東方学』第39輯に収録。	『金文訳註輯四—善夫克鼎訳註—』（日本書道教育学会、5月10日）・『金文訳註輯五—令彝訳註—』（日本書教育学会、8月25日）
一九七〇	昭45	77		『金文訳註輯六—頌鼎訳註—』（日本書道教育学会、6月20日）・『漢字の起原』二一松学舎大学東洋学研究所別刊第一

				（角川書店、12月25日。3島海雲記念財団より出版補助一〇〇、〇〇〇円給付） 「詩経に見える周初に於ける王の資格—民族宗教人として—」（『二松学舎大学東洋学研究所集刊』昭和45年度、第一集）
一九七一	昭46	78		『金文訳註輯七—不𥿻敦訳註—』（日本書道教育学会、1月20日）・『金文訳註輯八—師囸敦訳註—』（日本書道教育学会、8月25日）・『漢字の発掘』（角川新書・角川書店、11月30日）・共著『教育宝典—中国教育—』上下二巻（玉川大学出版部、4月15日。「叙説」担当） 「The Origin of the Oriental Idea of Correspondence with Nature — Based on the book Laotzû —」Philosophical Studies of Japan vol.X（日本ユネスコ国内委員会編、日本学術振興会、3月30日）
一九七二	昭47	79		加藤・山田共著『角川—当用漢字字源辞典』（角川書店、10月10日）
一九七三	昭48	80		「皋と羔」（『二松学舎大学東洋学研究所集刊』昭和47年度、第三集）・「所謂伊人」（『二松学舎大学論集』昭和47年度）
一九七五	昭50	82	3月31日、二松学舎大学学長を辞任。 4月1日、二松学舎大学名誉教授。二松学舎大学名誉学長。二松学舎大学委嘱教授。	

一九七八	昭53	85	8月3日、午前6時30分死去(『毎日新聞』夕刊)。従三位拝受。 8月4日、自宅(川崎市幸区神明町一―四二)で密葬。 9月10日、二松学舎大学で大学葬。 9月17日、康勝寺(郷里の愛知県稲沢市奥田町)に、加藤喜徳導師によって「康勝寺三十三世大保常賢大和尚」として葬られた。康勝寺は10歳の時に入った寺。導師は故人の義弟。墓は故人がみずから墓誌銘を書いて生前に建てておいたもので、すでに長男申郎の遺骨がおさまっていた。

加藤常賢は一九三八年一二月九日、九州帝国大学非常勤講師を委嘱されてより、一九七四年三月三一日、日本ユネスコ国内委員会日本の思想文献翻訳文化委員会委員を辞任するまで、大東文化大学・駒沢大学・埼玉大学・京都大学・愛知大学・新潟大学・静岡大学等の非常勤講師を歴任された。

以上は、昭和五四年二月二四日、加藤の次女、深津迪子刀自が作製された「加藤常賢略歴」[1]を基にまとめたものである。唯、先生は一〇歳で康勝寺に入り、常賢の法名を得たのであるが、それ以前の幼名をついに知ることが出来なかったのは残念である。

三

前章では加藤常賢の生涯と業績を簡単な表として表した。略々この表で先生の生涯と業績は理解せられるのであるが、次いで加藤自身の言葉でその学問がどうやって、どの様な方法で成立し、またどの分野で活躍したのかを明らかにしたいと思う。

加藤は一九一三(大正二)年九月、第八高等学校に入学した。そこで「何学科をやろうか」と悩む。そこで「英文学の先生なんかおりましたけれどもね、わたしは、英語学者の先生の英語ならいいけれども、英文学者の先生の英語教育なんてものはなっちゃいないんだ」と猛烈に反発し、「東洋の学問をやる」と決定したのである。(2)

ここで加藤は生涯の師に巡り会うのである。

わたしの高等学校の先生の影響を受けまして、やっぱり「支那学」のほうがよかろうと思いまして。当時は「支那学」とはいいません。「漢文」といいましたけれども。(略)漢文を教えてもらった藤塚(鄰)先生っていう人はいいお人柄でしたね。また、いい授業もやられましたからね。しぜんとそれならひとつ漢文をやってみようと、そう思ってやりかけました。(3)

加藤を一九二八(昭和三)年、京城帝国大学に呼んだ藤塚鄰《ちかし》である。加藤は藤塚から受けた学恩が一生の学問を支配したとし、「その学恩は海山にも比すべきものであった。もしこの先生に親近しなかったなら、今日のわたくしはなかったと思うのである」とまで言い切っている。

加藤は藤塚の学問を

先生は一言でいえば、わが国ではふたりとなかった清朝の考証学の伝承者であった。ことに『論語』の文献学的研究にいたっては、当代に並ぶものがなかった。その一斑が『論語総説』（昭和二十四年五月、弘文堂刊）となって、わずかに先生の学風をしのぶにすぎないのは、いかにも残念である。(4)

と評し、その膨大な学問の略々総てが活字化されなかったことを惜しんでいる。また第八高等学校で藤塚の教えを受け、支那哲学を専攻することとなったことを述べ、東京帝国大学一年次の春期休暇中、藤塚の自宅をたずねた。その時の印象はよほど強かったらしく、

その日たまたま入手された慧琳《えりん》の百巻本の和刻『一切経音義』を前に、大学では聞き得なかった学問の方法に関する講義を拝聴する好運に遭遇した。ここでわたくしは今まで満たされなかった学問の方法と、それに対する情熱を感得したのであった。後から考えると、この時初めて、清朝考証学の学風に触れたのであった。それからは、これこそ自分の進む学問の道であることを知って、『四書』の新註に基づく学問に空疎な感を抱くに至った。この時の感得が、わたくしの一生の学問を支配することになった。大学卒業後も先生に親炙《しゃ》し、先生宅の輪読会にも、遠路を冒して、その席末を汚して、ますますこの研究法の重要性を知るに至った。

清朝の考証学は、中国の第二文芸復興の結果発生した学問であって、この文献的研究なくしては、古典は読み得ないことを知ったのである。(5)

と、熱く懐かしく語っている。京城に赴任後のことであるが、

その後わたくしは幸運にも、先生によって京城帝大助教授に引き立てられ、当時清朝考証学に関する蔵書においては、わが国第一と称せられた京城忠信洞の望漢廬において、日夕書物を伴《とも》に先生の指導をいただくことになった。なんたる幸運であろう。(6)

と、その幸運を感謝を込めて述べている。ちなみに「望漢廬」とは、言うまでもなく藤塚の書斎の名であるが、誠によく藤塚の学問的立場を表している。「漢ヲ望ム」とはただ単に京城に在って漢の地を望む、または時代としての漢を望み見るの意ではなく、恐らく漢の訓詁の学を渇望するの意であろう。清朝考証学を主とする藤塚の面目躍如たる所以であろう。繰り返し加藤は「げに、師恩は海山にも比すべきもので、筆舌では尽くし得るものではない」と記している。一九六五(昭和四〇)年四月、これを述べた加藤は七二歳、二松学舎大学学長の職に在った。評する者も評される者もまた一流の学者と言うべきであろう。

高等学校で加藤は生涯の師に会ったのであるが、また秀れた友人にも恵まれた。後に宗教学で名を成した大塚道光である。彼は加藤に「原始宗教学と原始社会学の入り口のフレイザーを読め」と薦めた。加藤は、

それで、フレイザーの『ゴールデン・バウ(The Golden Bough)』(『金枝篇』)をぼつぼつ読んだと。それがわたくしの学問の目が開いたスタートでございます。
一方では、長谷川如是閑さんのものをよんだり、如是閑さんが『我等』という雑誌をやっておられましたので、その雑誌をとって読んで、その雑誌を通じて、原始社会学に興味を持ちましてね。それでモルガンを読んだのでございます。それからはいってロウキーをよみ、宗教学の方では、

フランスのデュルケームとか、英国のアンソロポロジー、その当時はアンソロポロジーと言ったんですが、人類学。その社会組織に関するレポートを読んだりしました。そしてわたくしの学問ができていったんでございます。(7)

と述懐している。当時『金枝篇』は日本語訳が無く、あの膨大な書物を加藤は原書で「ぼつぼつ」と読み進めたのであり、ここに加藤の補助学としての民俗・民族・宗教学を使用するという学問の萌芽があるのである。

一九一七(大正六)年二四歳、加藤は東京帝国大学文学部支那哲学科に入学する。藤塚の他にまた独りの恩師と出会う。服部宇之吉である。当時服部は支那哲学科の主任教授であり、後に文学部長となった。その服部に就いて加藤は、

中国の古典中の古典である『儀礼《ぎらい》』という書の最初の部分の婚礼の講義を拝聴し、その中で先生からウエスターマークの『人間婚姻史』の名とその内容のお話を聞いた時、わたくしには本当に晴天の霹靂であった。この時先生が、不自由な手で板書されたその字が、眼底に焼きついて、今日なお思い浮かべることができる。この前後だと記憶するが、長谷川如是閑先生の主宰された『我等』誌上において、河上肇博士の論文中にモルガンの『古代社会』の名を知った時と同じ驚きであった。服部先生の口からウエスターマークの名を聞くとは、予期していなかったからである。当時の東大文学部社会学科の建部先生からも聞かなかった近代文化科学の窓を、服部先生によって指示されたのであった。

また同じ講義で、『喪服』の部分を読んでいただいたのも感激であった。この『喪服』というのも、

このころまで、否今日でも人によってはそうであるが、葬礼に着る衣服を説明したものにすぎぬと考えられていた。古代社会研究の重要な資料になるなどとは、全然考えられていなかった。なんとなれば、当時の漢学というものは、文章や詩を作る稽古をするか、しからずんば、聖人の学、今日流にいうと、哲学や思想を研究するものだと考えられていたからである。『儀礼』という書物を重要視する人はいなかった。これは、中国本土における傾向の延長であって、しかたのないことである。ましてや『喪服』一篇が、古代家族制研究の重要な、不可欠な資料であると考えた人はひとりもいなかった。ところが、実はこの喪服の記述は、古代民法の今日でいう親族篇に該当するものなのである。このことを知り得たのも、先生のこの講義においてであった(8)。

と、やや簡潔に述べている。今、服部はごりごりの漢学者として記憶されるのであるが、その服部が『人間婚姻史』を言い、『儀礼』喪服篇が古代家族制度研究の基礎資料であり、古代民法の親族法に当たる、と加藤の矇を開いたのである。一九二三(大正一二)年三月、加藤は静岡高等学校漢文科講師を嘱託される。三〇歳であり、この年にさだと結婚する。

この静岡時代の学問を加藤は、

そのころわたくしは、この『喪服』とその親族称謂《しょうい》を説明した『爾雅釈親《じがしゃくしん》』とを中心として中国古代家族制を研究テーマとして選んだ。この研究題目を選定したのも、もとをただせば服部先生の『儀礼』の講義を聞いて誘発されたからであった。今から四十年前において、当時の支那哲学界の風潮から超越して、近代人文科学を踏み台として、学問らしい学問をなし得たのも、服部先生のこの方面の学統を継承し得た結果にほかならぬと感謝の念を禁じ得ない(9)。

と回顧するのである。即ち、服部の喪服篇の講義から誘発され、親族称謂を記した『爾雅』釈親の研究を基に、学位論文『支那古代家族制度研究』に結実するのである。その間の事情を加藤は

この研究題目をまとめて、昭和十年に学位請求論文として、東京大学に提出して、先生ご在世中に学位を受けた。そのころ先生は東大を退官しておられたが、お宅に推参して親しくお礼を申し上げて、喜んでいただいたことを覚えている。(10)

と述べている。

話は前後するが、加藤の東京帝国大学における卒業論文の題目は、『支那古代宗教思想の研究』であって、後に手を加え『礼の起原と其発達』として刊行された。この書は後述するが礼の起原をタブー・マナの観念に求めた当時としては画期的なものであった。恐らくは礼の起原に関しては、今もってこの書を超えるものはないのではなかろうか。

私の学問は全体がそうなんですけれども、支那学の中からトピックを選びつつも、アイディアはほかの学問でございます。支那学の中からはそういうアイディアは出てこない。礼の起源なんて出てきませんよ。(11)

と、加藤は言う。要するにその学問のアイディアは宗教学・社会学等の補助学から得、そのアイディアを中国古代資料に拠って実証するのだと言うのである。

大学院では院生を兼ねて、竹田復から引き継いで副手を勤め、国学院大学講師となった。その間も加藤は、

（当時）私は専ら原始宗教学を研究しておりました。（略）今でも覚えているのは、タイラーの『エ

ンセントロー』、こういったものからスタートしまして、原始宗教学、原始社会学という方面に入って、ほとんど大学院時代はそればかりやっておりました[12]。

と述べている。加藤が如何に多く欧米の宗教学・社会学の文献を原書で読んでいたかがこれで分かろう。洋書の渉猟はこれだけに止まらず、静岡高等学校へ赴任してからも続く。静岡ではスミソニアンから出版されたモルガンの『古代社会』を購入し、それから親族組織における親族称呼を学んだのであり、これが後の学位論文へと発展するのである。また、丸善からウエスタンマーク『ヒストリー・オブ・ヒューマンマリエジ』三巻を購入する。これは一五〇円で、加藤の丁度一月分の給料に当たる。このことは令室が昭和五四年三月に、

ともかく東京の本屋さんからは毎月末に請求書が来て、書きにくい断り状を書いてのばしてもらったことを思い出します。その頃、主人は英語の原書をよく机の上にひろげていました[13]。

と、懐かしげに記している。この「断り状」を書いたのが新婚の加藤であったのか、令室であったのかはこの文章から分明ではない。

京城帝国大学にはかねての恩師、藤塚鄰が教授として赴任していた。彼が加藤を助教授として呼ぶのである。具体的に言うと、藤塚が服部に加藤を推轂し、その命を受けての就任であった。当時令室は病を得ていて、加藤は随分と悩んだ末の決断であったらしい。令室を国内に残しての単身赴任であった。

京城時代、加藤の学問はまた一つその基礎を固めることになる。それは契金文との出会いであった。今と異なり、当時は契金文といえば羅振玉とその弟子王国維の著作の研究であった。当時を加藤は、

京城で思い出すのはやっぱり私の学問のスタートというか、〝書経〟を調べ出したことと、それから〝契金文〟をやり出したことです。この二つだけが思い出です。(14)

と思い出している。加藤にとって、この〝書経〟と〝契金文〟の研究は極めて重要なことで、この二者の研究無くしては、後述する『真古文尚書集釈』は成立し得なかったのである。

一方、考証学者としての加藤のスタートもこの時代に在った。加藤は言う、

その時、私が読んだのが王国維のものです。王国維に私はどれだけ刺激を受けたかもしれません。（略）『観堂集林』です。（略）これで私の学問の基礎が出来たといっても、いいでしょうね。（略）ああいう史学的なやり方ね。私の号の「維軒」というのは、王国維をとったのでございます。(15)

と。『観堂集林』二四巻については、自身「観堂は王国維の字《あざな》である。中年に羅振玉に従って国学を修め、乾隆・嘉慶時代の清朝の俊英の諸学者の学術方法をもちいて、旧資料新資料に透徹した識見をもって縦横にすぐれた研究を残した。その精粋を始めて集めたものである。芸林・史林・綴杯の三部から成る。芸林・史林は古代学、古文字学の精華である(16)」と記し、終生変わらずに高い評価を与えていた。

在京城時代、加藤は二年間中国に留学する。そこで多くの中国人学者の知遇を得た。

山田　でも何か沈兼之とか著名な学者にはお会いになったんでしょう？

加藤　ええ。

山田　どういう方がおりましたですか、あの当時。私なんか書き入れ文を貸してもらったんですが、あれは沈兼之の本をお借りになって……。

加藤　いや、沈兼之から直接借りたんではなくて、人を介して借りたんです。私共がおった時にいたのは、死んだ董作賓、容庚、沈兼之あのへんですね。
山田　馬衡がおりましたね、北京大学に。
加藤　ええ。
山田　そういう方々とはみんなお会いになったんですね。
加藤　ええ、会うは会ったのでございます。それから疑古ですね、銭玄洞の。

（略）

加藤　私はあんまり当時支那人はこわくて……一番親切にしてくれたのは、徐鴻宝さんです。これは大学者でもあり、老人でもありましたから、親切にしてくれました。中に橋川（時雄）君がはさまりまして。東方文化事業委員会におられましてね。(17)

と、山田勝美との対談で沈兼之・董作賓・容庚・馬衡・銭玄洞・徐鴻宝等の名を挙げている。彼等は当代一流の学者で、今でも彼等の著述無くしては考証学を学べない程である。また橋川時雄は清朝政府の要請で『続四庫提要』の編纂を成し、後に二松学舎大学教授となった。彼もまた奈良女子大学教授金田純一郎等の俊才を育てた一大学者であった。

留学中に加藤は学位論文を書いている。

留学中に学位論文書いたんですよ。北京におって。――ところで、先生の学位論文の題目は『支那古代家族制度の研究』？――（略）あの論文で正直にわたしは材料を出したんです。もっとも、これが材料だってことがわかったのはモルガンからですが。支那の『儀礼』に『喪服篇』ていって、だれが何年の喪に服する、だれが何カ月というのをずらりと書いたものがあります。その期間にはそれぞれ程度がありますから、その程度が、そのまま親族関係の濃さの表現なんですね。それは、いわば民法の親族篇なんだということがわかったのですよ。モルガンやったからですよ。それともう一つは、『爾雅』に『釈親』ていう篇があります。親族称呼を説明したものです。だれの子をなんという、嫁さん相互はなんという……とね。これはモルガンそのままですよ。だれも気がつかない。それでわたし、あっ、これだってわけでね、やったんですよ。『爾雅釈親と儀礼喪服篇にあらわれたる親族の称謂とその組織の研究』という題名だったんです。これが正式名称です。手っとり早く言えば、『爾雅釈親と儀礼喪服篇の研究』で、それを民法の親族篇だとして扱ったわけです。そこに新しさがあるといえばあるですね(18)。

と、自らその経緯と内容を解説している。これを読むと、学位論文は大学時代、服部から喪服編の授業を受けて以来の研究課題であったことが分かる。京城時代、加藤は家族制度に就いての最初の論文「舅姑甥称謂考」(『朝鮮支那文化の研究』所収)を発表している。これは加藤にとって誠に思い出深いものであった。この論文から加藤のモルガン等を補助学とする一連の家族制度研究が始まるのである。

一九三三(昭和八)年四〇歳、加藤は広島文理科大学教授に任ぜられ、倫理を教える。この年、学位論文の概要である『支那家族制度に於ける主要問題』(『漢文学講座』一)を発表する。そして後に『支那古代家族制度研究』として発刊される学位請求論文、『爾雅釈親を通じて見たる支那古代家族制度研究』が一九三七(昭和一二)年に東京帝国大学に提出され、主査は宇野哲人であった。そして一九三八(昭和一三)年、文学博士の学位を授与された。その時のことを令室は「思い出すまま」の中で「広島での生活が始まってからは、主人は専ら学位論文の作製に打ち込んでいました。出来上がってから、その謄写印刷をして頂くのに、その頃、学生でみえた大熊充哉さんにお願いいたしました。（略）そうしてきれいに出来上った論文を、見て満足そうにしていた主人の様子が、今でも思い出されます。（略）昭和十三年に東京大学から文学博士の学位を頂いて、家族一同よろこびました」と、昭和五四年四月に懐かしく思い出している。

広島時代、加藤の学問とは関係は無いのであるが、広島駅での被爆体験がある。その時加藤は池田末利と待ち合わせていたのであったが、白い帽子をかぶり、白い上着を着ていた為に助かったのである。しかし、原爆投下時、加藤は座っていた椅子から爆風によって飛ばされ、頬と左手甲に火傷を負う。この時の思い出はそうとう辛かったらしく、「周囲でバタバタ死んでいくのは、言葉ではちょっと表わせません」「周囲の人が死んでいく、この淋しさというものは、たとえようがありませんよ」「ああ、水くれえ、水くれえ、生地獄って、あれでしょう。バタバタ倒れてるですよ」と、加藤にしてはめずらしく感情剥き出しで悲しみを込めて述懐している。この時加藤は自身助からぬと思い定め、娘達を疎開先から呼び戻し、遺言までしている。しかし、加藤はどこまでも加藤であった。後年、矮軀に眼玉をむいて学生達に「おれは原子爆弾をくぐってきたんだぞ。なんだバカにするな」と、凄むことも忘れてはいないのである。これ等は総て「座談会　学問の思ひで―加藤常賢博士を囲んで―」に詳しい。

一九四七（昭和二二）年五四歳、加藤は東京帝国大学教授に就任し、一九四九（昭和二四）年、初代日本中国学会理事長・財団法人斯文会理事長となる。ここで注目すべきは、斯文会内に説文会を設け、漢字の起原に就いての講義を始めたことである。また後に『真古文尚書集釈』として出版される『尚書』の講義も始めた。『漢字の起原』一が油印されたのは昭和二四年であり、『尚書集解』が油印されたのは昭和二八年のことであった。

　漢字の起原を研究し始めた時のことを加藤は、

けっきょくは字の意義、原始義と言いますか、古代学をやるならば、字の原始義を決定しなければだめだってことを悟ったんでございます。（略）字をやりましてもけっきょくは言葉なんだということですね。字はあとで、まずありしものは発音ですね。字なんてものは、発音を絵に書いて写しただけのものなんですから。発音は人間がこの世の中にオギャーと生まれた以上ありますからね。いちばん古いのは発音ですよ。（略）字の意味の歴史をやるってことは思想史をやることだと私はいっているんですよ。[19]

と述べ、先ず人は音を発し、後これが文字化したもので、その文字も時代ごとにその意味を変える。従ってそれを研究することは思想史を研究することに他ならないと言うのである。例えば「仁」字を例にとる。

90【仁】4 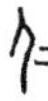 契文  古璽  篆文   古文

字形 まず古文は「仁」字でないから別として、他は皆「仁」字である。しかし根本的に言うと、「」字が「仁」の原字である。これに「二」の声符がついたのが、古璽と古文の第二字の字形である。篆文の形は、説文小徐本に言うとおり「人に従ひ（意符）二の声（声符）」の形声字である。

「人」と「二」との会意の字とみる大徐本の説は正しくない。

字音 「如鄰切」（ジン）である。「二」がこの声を表わす。この声の表わす意味は「任」である。「任」は背に任物《にもつ》を負担する意である。

字義 人が背に重い荷物を負担する意である。「」は背に荷物を負うごとき背虫人である。説文では「儿」（）を「仁人なり」と解釈しているが、これこそ背虫人である。古璽・古文はこれに「二」の声符を加えた字である。

重い荷物を背負い切る意味から延長して、「忍」（こらえる）意となり（釈名に「仁は忍なり」）、さらに進んで「親しむ」「愛する」意となった。「仁」を「忍」と解釈するは、自己に対してであり、孔子はこれを「克己」（我がままをこらえる）と言っている。「親」と解釈するは、他人に対してで、これを孟子は「不《ルノ》レ忍《ビ》心」（じっとしてはおれない心）と言っている。古文の第一字は「心に従い（意符）千（身の省略字）の声（声符）」の形声字で、「忍」と同意の字である。[20]

と解説する。〔字形〕に就いては、大徐本の如く会意字と見るべきではなく、形声字と見るべきであるとする。〔字音〕では、先ず音を確定し、その音の表す意味を明らかにする。この場合ジンの表す意味は「任」であり、これは背に任物《にもつ》を負担する意であるとする。〔字義〕では、原義から孔子・孟子が仁をどのように使用したか、同義字は何かをまで丁寧に論じ尽くして止まない。要するに「字の原始義を決定」しなければ、思想史は理解されぬということを、具体的に『漢字の起原』を著すことによって実証したのである。

一九五六（昭和三一）年六三歳の時、加藤は河出書房より『定本書道全集』第一巻、殷・周・秦に

「殷の金文、附釈文解説」を分担執筆する。加藤自身これは大いに自負するものがあったらしく、「あれはね、まあどういうふうに批評されるか知らんが、その後の学問は、あれを敷衍しているだけです。だから、あの絵文字の解釈ですね……。（略）いろいろな図形文字を字で読んだんです。そのエッセンスをあそこに出しているんです。（略）その後の私の研究は、ほとんどあれより出ていないといっていい。あの当時には、大体の構想はまとまっておった[21]」と述べている。これに拠り、以後の佝僂のシャーマンが中国古代の政治的・文化的に主と為ることを主張しているのである。それが佝僂の王たる「王若」の存在を明らかにした「王若曰攷」（一九五八年）であり、仁人も善人も佝僂の聖人であるとする「仁人与善人」（一九六〇年）であり、佝僂の周公を画いた「周公」（一九六三年）であり、それ等を集結した『老子原義の研究』（一九六六年）であった。要するに一九七〇年発表の「詩経に見える周初に於ける王の資格―民族宗教人として―」に見える如く、文王・武王等周初の王は総て佝僂人であり、それ等はまた宗教王であったとするのである。一九五六年以降、明確に加藤は中国古代には佝僂の宗教人がいて、それが王と為り、また文化を創造していったのだと主張し、耽溺していくのである。一九七三年、八〇歳、絶筆となる「皋と羔」「所謂伊人」まで、即ち六三歳より八〇歳に至るまで、加藤はひたすら中国古代に於ける宗教人としての佝僂の実像にせまり続け、論じ続けたのである。

加藤自身その学問を総括して、

わたくしは、「解釈は起源にあらず」と、こういうんです。これがわたしの学問の方法論でございます。解釈は起源ではない。したがって、解釈は解釈として、その時代その時代に意義があるが、オリジンとは違うんだと。だから、後世の考え方を上へもっていっちゃいかんてね。これは別のものだという考えをもってやらにゃいかんと、これがわたしの結論でございます[22]。

と述べている。「解釈は起原にあらず」。加藤の口癖で、常にそれを受講生に語っていたものであった。

要するに、加藤の学問は大きく三変する。一九一三年より一九二七年までは、宗教学・民族学・社会学の時代。一九二八年より一九五五年までは、契金文・考証学を基礎に宗教学等を補助学とした、中国古代家族制度の研究・思想史研究・語源研究・漢字研究・『尚書』研究の時代。一九五六より一九七三年までは、古代宗教人の研究・金文研究に費やされた時代と言えよう。

四

それでは次に具体的にそれぞれの業績がどのようなものであるかを概説的に見てみよう。

その前に二松学舎大学で作成した加藤の「功績調書」が簡にして要を得ているので、その学術的功績に関する部分を次に挙げる。但し、この調書は随分と間違いがあり、問題もあるがそのまま掲載する。

同人は、中国学の各方面にわたり研究業績があり、特に古代中国社会に関する研究に力を致し、『支那家族制度における主要問題』『支那古代家族制度研究』『支那古姓氏の研究』などの論文著書を出している。また文化人類学、社会学、哲学等の補助学問を駆使し、中国思想の研究を窮め中国思想の起原は古代宗教にあるとして『礼の起原とその発達』『中国古代の宗教と思想』『中国思想史』などの研究に業績をあげた。また、思想史に民俗学の方法を摂取し、体系的に研究を為したのは同人の一大特色である。現在一般の中国思想史は、総てこの例にならっているといっても過言ではない。また膨大な清朝考証学を駆使し、正確な文字学の裏付けと厳密な考証に拠って

『漢字の起源』『漢字の発掘』などの著書業績がある。また以上の中国古代事実を注釈の形を借りて実証したものに『真古文尚書集釈』『老子原義の研究』その他の著書がある。なお同人の著書、学術論文は別表の如く、四十年にわたる秀れた業績を示し、多くの後進の指導育成と斯学の発展に寄与したその業績はまことに顕著であると認める。（略）

○支那家族制度に於ける主要問題（昭和八年五月一八日、共立社）

姓・氏・宗（大宗・小宗）等の起原とその発展を論ず。

○支那古代家族制度研究（昭和一五年九月一二日、岩波書店）

爾雅釈親と儀礼喪服篇に見える親族称謂と組織を近代原始社会研究を参考として研究したもの。

○礼の起原とその発達（後に中国原始観念の発達と改題）（昭和一八年四月廿日、中文館書店、後に青竜社書店）

原始宗教学の立場から中国の礼の意味を追求して、経学の発達に及ぶまでを述べたもの。

○春秋学（儒家国家哲学）（昭和二四年四月一日、東大協同組合）

春秋の発生から、その特質、目的、歴史的意義、経学史上に於ける位置等を論ず。

○漢字の起原（一―一七）（昭和二四年―昭和四十年五月一日、謄写印刷、斯文会）

約千数百の漢字の形・音・義に亘って原始義を研究したもの。

○Chinese Characters（translated by Wilheim schiffer,S.J.）（1952）

（Monumenta Nipponica Vol.VI·XIX·X Sophia Universitiy）（前記の漢字の起原の英訳）

○中国思想史、第一章正統思想（昭和二七年五月廿五日、東大出版会）

中国の正統思想は中国民俗信仰が発達し、思想として組織されたものなることを論証したもの。

○中国古代の宗教と思想（昭和二九年一〇月一〇日、ハーバード・燕京・同志社東方文化講座第三輯）

中国古代のシャマニズム宗教の存在から漸次に発達した諸思想の一部を論証したもの。

○巫祝考（昭和三〇年六月五日、還暦記念会）

巫祝の文字から巫祝の性格と仕事とを考察したもの。

○教育漢字字源辞典（昭和三二年二月一日、好学社）

教育漢字の形・音・義を解明したもの。

○定本書道全集Ⅰ・殷周秦（殷の金文附釈文解説）（昭和三一年一一月二八日、河出書房）

殷金文に就いての概説。

○真古文尚書集釈（昭和三九年一〇月二〇日、明治書院）

真古文尚書二八篇の考証学的研究を集めて、新しく解釈したもの。

○老子原義の研究（昭和四一年三月三一日、明徳出版社）

軟体の民間知識人の民俗生活の知恵を思想（実在論・政治観・人世観）的に解釈したもの。

○漢字の起原（昭和四五年一二月二五日、角川書店）

前掲書に約千数百の漢字を増したもの。

○毛公鼎訳註（昭和四一年八月二〇日、日本書道教育学会）

○大盂鼎訳註（昭和四二年五月二五日、同右）
○叔夷鐘訳註（昭和四三年二月一五日、同右）
○善夫克鼎訳註（昭和四四年五月一〇日、同右）
○頌鼎訳註（昭和四五年五月二〇日、同右）
それぞれの金文に訳・註・考察を加えたもの。
○教育宝典―中国教育（昭和四六年四月一五日、玉川大学出版部）
中国思想の起原より、正統思想・反正統思想を概説。
○漢字の発掘（昭和四六年一一月三十日、角川書店）
漢字の形・音・義を、より理解しやすいように説いたもの。
○当用漢字字源辞典（昭和四七年十月十日、角川書店）
約二千字に就いて、それらの字源を平易に解説。
○舅姑甥称謂考（京城帝大法文学部　朝鮮支那文化の研究、昭和四年）
三種の舅姑甥称謂が二族連世交換婚姻組織から発生したことを論ず。
○姨姒姉妹考（斯文第十二編第一号第三号、昭和五年）
女兄弟称謂の二種の発生の根拠の研究。
○兄字考附伀及妐（東大支那哲文研究室　漢学会雑誌一ノ二、昭和八年）
兄字は家督継承者、本義は最長兄の意であるが、二義的に相対的年長者称謂となる、併せて関連称謂を論ずる。

○昭穆制度起原考（広島文理科大学　精神科学三号、昭和九年）
これは二族交換婚姻の家族様態に於いて族人を各々の系統に班別する制度であるを論ず。
○小宗の族組織体（斯文会　支那学研究第四編、昭和十一年二月）
小宗の組織の発生する家族態の研究。
○昭穆制度続考（東大支那哲文研究室　漢学会雑誌四ノ一、昭和十一年）
経伝に残存する昭穆制度の意味の討究。
○姨考（服部先生古稀祝賀記念論文集、昭和十一年）
従来不明なりしこの称謂を妻の姨妹に対するものなることを論証する。
○礼の原始的意味（広島文理科大学　精神科学一号、昭和十二年）
礼の起原は「タブー・マナ」観念なることを証明する。
○釈宗（東大支那哲文研究室　漢学会雑誌五ノ三、昭和十二年）
宗廟に於ける神主の形に関する考究。
○支那家族の型体（広島文理科大学　精神科学一、昭和十四年）
大家族と言われる支那家族の種類の考察。
○春秋学に於ける王（日本諸学振興委員会研究報告、特輯第二篇、（哲学）昭和十六年）
支那の王道思想は春秋学の中心課題であるから、その性格を解明した。
○書社及社考附助徹の名義に及ぶ（社会学年報、昭和十八年）
書社とは耡藉の意で、公田に施す耕作労力を税として収める意であって、その公田の面積は百畝であったことを論証した。
○支那古姓氏の研究―夏禹姒姓考（広島文理科大学東洋史研究室編「東洋の社会」、昭和二三年四月一日）
夏の起原は、水神を祖先神とし、禹は蛇であることを論証した。
○支那古姓氏の研究に就て（斯文一号、昭和二三年）
諸姓号、氏号に就いての概説。
○殷商子姓考附帝嚳（京都大学支那哲学史研究会編、東洋の文化と社会系一輯、昭和二五年十一月一日）
殷の祖先神は、河南省商丘県の商丘に祭る女性媒神なることを論証する。
○扶桑の語源に就いて（史学雑誌第六十編第七号、昭和二六年七月）
「扶桑」とは、本字は「巨商」であって、地平線上に太陽の出るより其の名を得たことを論証する。
○呉許呂姜姓考（日本中国学会報第二、昭和二五年）
姜姓族の起原は、陝西省呉山神なることを論証する。
○仁の語義に就いて（斯文、孔子生誕二千五百年記念号、昭和二六年十一月廿日）
「仁」とは己に対しては「忍」、他人に対しては「不忍」が原義であることを論証する。
○祝融と重黎（日本学士院紀要第十巻第二号、昭和二七年）
祝融重黎共に火の神であることと、陸終の六子八姓（鄭語）との関係の考察。
○祝融の八姓に就いて（東京支那学報一、昭和二七年）
鄭語に見える陸終の六子八姓と祝融との関連、その神話的起原を論ず。

○釈字二則（東方学第五輯、昭和二八年二月）
旅祭を燎祭と見、それが厥字であることの論考。
○春秋時代の総合的研究（綜合研究報告集録人文篇、昭和二八年）
春秋時代の思想・諸制度・構造を論ず。
○字に就いて（甲骨学第四第五合併号、昭和三一年）
「䇂」字に読むべきで、「罪人」「罪」の意なるを考察する。
○漢文教育の目標と意義—漢字教育の面より—（斯文十八号、昭和三一年）
国語中の漢字漢語の知識を培養し、語文学的に教材を解剖し、国語力を養成せしむる要を説く。
○王若曰考（二松学舎大学八十周年記念論集、昭和三二年三月）
「若」とはシャーマンの舞踊する意であることを論ず。
○漢字から見た中国の社会（東洋文化四、昭和三二年）
文字は文化現象を載せるものであり、その字原と諸関連事項に就いて論ず。
○少皐皐陶嬴姓考　東夷族の始祖神（日本学士院紀要第十五巻第二号、昭和三二年九月）
少皐皐陶は水神で、それは沇水神であること。これが嬴姓の始祖神であるを論ず。
○卿宁と矢悪（甲骨学第七号、昭和三二年五月）
卿宁・矢悪は、共に小人（佝僂）なることを論証する。
○唇歯輔車の意味について（二松学舎大学新聞、昭和三四年四月一日）

「輔車」を「軵居」と読み、共存共亡の密接不離な相互依存関係の意なることを考察する。

○と（甲骨学七、昭和三四年）

前字は「卿宁」と読み、小人の給仕人の意。後字は「矢亜」のことで、君側の小人の意。

○允格考（日本中国学会報第十一、昭和三四年）

允格は沈水神なることを考察する。

○仁人与善人（漢文）（中央研究院歴史語原研究所集刊外編第四種「慶祝董作賓先生六十五歳論文集」昭和三五年十二月）

仁人も善人も同じ意で、身体柔弱な小人の意なることを論ず。

○仁人と善人（邦文）（斯文第卅、第卅四号、昭和三六年三月昭和三七年九月）

前記論文を和訳したもの。（石川梅次郎氏訳）。

○（二松学舎大学論集、昭和三六年）

「（儋・輔）」「（虡・竭）」重言で、負挙の人を意味し、殷代の豎臣なるを論ず。

○・其肇（甲骨学十、昭和三九年）

上字は「艤白」で句縮人で、下字は「綦䟢・其跳」で足なえの意であることを論ず。

○孝の孔子の新解釈（斯文四三号、昭和四十年）

孔子は「孝」を物の面から心の面へと転換させ、新しい倫理的意味を与えたことを論ず。

○老子の善・善人について（斯文四四号、昭和四一年）

善・善人とは柔弱人で、『老子』書中の善人・聖人とは、起原的には民間シャーマンなることを論ず。

○周公（『中国の思想家』、昭和四二年）

周公は佝僂の宗教人であったことを明らかにし、それから演繹される思想を論ず。

○文武文献考（二松学舎大学論集、昭和四二年）

二語は転音で、同じく屈服婀娜の意を表わし、屈服柔弱人であることを論ず。

○玉燭と爻肘史と玉衡（日本中国学会報一九、昭和四二年）

太陰暦で閏月を計算するを玉燭（斠斣）といい、爻肘史・玉衡の同語たるを論ず。

○釈由甾西（二松学舎大学論集、昭和四三年）

三字の原義と関連とを論ず。

○弗忌考（東京支那学報一四、昭和四三年）

魯の宗廟の支配者である夏父弗忌は、背虫人のシャーマンであったことを論ず。

○周初に於ける王の資格（二松学舎大学東洋学研究所集刊、昭和四五年）

周王朝初期の文王成王は、民族宗教人としての聖人（神の声を聞き得る人）たるを論ず。[23]

加藤が著書を持つ最初は、一九二三（大正一二）年、三〇歳の時である。『現代語訳荀子』（新光社）がそれである。この書は『荀子』三二篇中、二五篇の日本語訳であり、主要な部分は総て訳しているが、原文・注等は一切無い。訳するに当たり参考にしたものは、楊倞の注はもとより王先謙『荀子集解』等の清朝考証学者の注に及ぶ。この書の目的を巻頭「訳者から」中で、「原書を披読する機会のない人の為に、思想の概要を知らせる」とし、訳出する方法は「原文に従って訳しては、繁渋読むに勝へないと思ったから、全然形式を変へた処が可成りにある」としている。また各篇の内容に就いて「一篇に摂せられた文章でも、概して単篇の集合であるのと、又篇名と全然無関係な思想を盛られた幾多の単篇があるのとで、一般に篇名の許に概要を列示することにした」と言う。例を勧学篇に取るならば、「勧学」という篇名の下に、「修学の必要―研鑽努力の必要―教学過程―社会規範―君子即ち完成人」と内容の概要を記し、次いで勧学篇の日本語訳を施している。ここでも加藤らしさが出ているのであるが、翻訳に際し、王先謙等の説に拠って文意の通じない部分を整理し、全文の意を通じている所である。また特色は「解題」部分にもあり、特に「二一、荀子思想概要」中の「四、社会生活規範(礼)」が秀れている。「タブーの観念は隔離観念である、混同接触を許さない差別観念である」とし、「礼即ち社会生活規範の遵奉と云ふことが極めて力強く述べられている。これが荀子の根本思想である」とする。この場合の「社会規範」とは、「社会的法律と倫理的規範及儀礼習俗を、内容としている」と、荀子の礼の概念を規定するのである。これは卒業論文以来、後述する如く『礼の起原と其発達』へと続くものである。但し晩年加藤はこの『現代語訳荀子』を「出来ることなら燃してしまいたい」と言っていたことを附記する。しかし、明治四三年一〇月に玄黄社から刊行された田岡佐代治『和訳　荀子』と比べると遥かに秀れている。一例を挙げれば、田岡本は書き下し文を「和訳」としているからである。

中国家族制度に関する研究書は現在に至るまで類書は少なく、諸橋徹次『支那の家族制』(大修館書店、昭和一六年)・江頭広『姓考―周代の家族制度』(風間書房、一九七〇年)・谷田孝之『中国古代家族制度論考』(東海大学出版会、一九八九年)・小寺敦『先秦家族関係史料の新研究』(汲古書院、平成二〇年)等を数えるのみである。これらの書の先駆を為したのが加藤の『支那古代家族制度研究』（岩波書店、昭和一五年）である。

この書は先述した如く加藤の学位論文であり、その構成は次の如くである。

緒言

上編　古代家族制の型体的研究

第一章　姓――血族的氏族制　第一節　姓の意義　第二節　姓制度（血族的氏族制）の特質　第三節　姓制度の起原に関する諸説批判　（イ）母系起原説　（ロ）同生而異姓説・賜姓説と姓の意義の変遷　第四節　姓字の原義と変化　第五節　姓制度の特異点

第二章　氏――領土的氏族制　第一節　氏制度の起原　第二節　氏の族制と家制　第三節　氏の家制の確立と相続制　第四節　春秋時代に官職世襲者の氏を称せし理由　第五節　左伝に見ゆる氏と族とに就いて　第六節　氏の姓化

第三章　宗制度序説　第一節　宗制度研究の態度　第二節　宗の字義

第四章　大宗――宗族的家制　第一節　大宗とは別子の継承する家なり　第二節　別子の意義　第三節　大宗組織存在の階級　第四章　大宗の族統括　第五節　公子の宗道　第六節　結語

第五章　小宗――宗族的血族制　第一節　小宗の族範囲　第二節　小宗の族範囲と生活型体　第三節　兄弟終身共住共財制と小宗の族範囲との関係　第四節　復讐義務の範囲　第五節　長子の為に斬衰し得る庶子の世代　第六節　小宗族制の存在せし階級　第七節　族生活

型体と廟制との関係　第八節　兄弟終身共住の族生活と喪服との関係　第九節　兄弟終身共住制と封建制度　第十節　継禰為小宗の意味　第十一節　小宗の血族組織的性質

下編　爾雅釈親の親族組織及称謂の研究

総言

第一章　爾雅釈親の親族組織　第一節　爾雅釈親の親族組織の全貌　第二節　宗族組織

第三節　二党組織

第二章　王父母・祖　附　高祖・曾祖　第一節　王父母　第二節　祖　第三節　高祖・曾祖

第三章　父・母・考妣　第一節　父　第二節　母　第三節　考妣

第四章　世父・叔父　附　叔・女叔・従子　第一節　世父　第二節　叔父　第三節　叔・女叔　第四節　従父・従子

第五章　失・兄・兄公・女公・弟・昆弟兄弟の問題　第一節　失　（イ）失字の先儒説批判

（ロ）失字の形音と意義　（ハ）失字の意義　第二節　兄　第三節　兄公・女公　第四節　弟　第五節　昆弟兄弟の問題　附　甥より兄弟への称謂の変遷

第六章　娣・姒・姉妹・妯娌　附　私　第一節　娣　第二節　姒　附　私　第三節　姉妹　第四節　娣姒と姉妹の別の起る理由　第五節　妯娌

第七章　孫　第一節　宗族内の孫　第二節　異族の孫

第八章　従母・従母昆弟　附　外祖父母・外孫

第九章　甥・舅姑　第一節　甥　第二節　舅　姑　第三節　舅姑と甥（異代者称謂）姪婦の関係　第四節　春秋に現れたる婚姻型相　第五節　婚姻方法と甥舅姑姪の称謂　第六節　甥舅姑の原義と其根拠
第十章　姨
第十一章　姪
第十二章　悟・婦　附　嬪　第一節　悟　第二節　婦　附　嬪
第十三章　瑚・姻　第一節　瑚　第二節　姻
第十四章　壻
第十五章　亜
第十六章　三族制
結語
附録　一　昭穆制度考　二　媵考

これに就いて、守屋美都雄は、

抑々従来の支那家族研究の欠陥は、観念的に抽象化された支那宗族《しゅうぞく》型体をば余りに不変のものと考えたがために、家族制度の史的変遷を見出すべき努力が殆ど払われなかった点にあった。斯かる欠陥は勿論、支那の宗族型体が特に発達し目立って居たためでもあるが、一面には研究対象となる経典の神聖視に災いされた学者達の史的眼光の欠如も蔽い難い事実であった。

本研究は此の神聖化された経典の記事や用語をば検討し、其れ等が家族制度史上何れの段階に位するものであるかを考察し、また斯かる方法から逆に古代家族制度の史的変遷をあとづけんとしたものであって、其の目的と方法とに於ける博士の創意には何人と雖も賛意を表するに吝かではあるまい[24]。

と、この書の特色を述べている。即ち従来の中国古代家族制度研究は、経典を神聖視するあまり、家族制度そのものが不変であると考え、歴史的変遷を考究し得なかった。しかし、この書は古代家族制度を歴史的変遷のあとづけの中に位置づけていることが特色であり、その目的と方法に於ける創意は誠に秀逸であるというのである。更に守屋は、

前述の如く本書は極めて精緻なる論攷である上に、複雑なる親族関係を看取するに足る図解が殆ど皆無である。従って全くの専門外者が之を通読するのは必ずしも容易ではない。然るを筆者が敢て禿筆稚文を弄して茲に本書紹介をなせる所以のものは、本研究が吾国に於ける支那家族制度研究のレベルを一段と高めるものであり、広く言えば最近に於ける支那古代社会史の一大収穫たるを失わぬものと確信するが故に外ならない[25]。

と結論する。誠にこの書は難解で読み難く、門外漢には手に負えぬ書であることは間違いないのである。しかし、この書が研究書としては誠に精度の高いもので、江頭・谷田の論考に甚大な影響を与えたことも事実であり、その意味で中国古代家族制度研究の嚆矢とも言うべき書であった。そのことは江頭『姓考―周代の家族制度―』に加藤が序を寄せていることや、谷田が「中国古代昭穆制度発生に関する一考察」(『日本中国学会報』第三三集、昭和五六年)に、加藤の昭穆制度の原理は父子異班であるとし、次いで詳細に加藤の説を分析・解説し、その議論の冒頭に加藤の説を置く所からも、その影響

の大が想像し得るであろう。また、宇野精一は『漢学会雑誌』第九巻第三号（昭和一六年一二月）で、この書の内容を詳細に紹介し、「我国に於ける支那の家族制度関係の研究は、（略）一般にむしろ振わざる感がある今日、加藤博士の専著を得たことは斯界の為、甚だ慶賀すべきことである」と言うが、同時に、

全篇頗る精詳な考証で敬服に勝えぬが、亦少しく晦渋の点あるを免れず、殊に上篇に於てその然るを感ずるのは私の知識の不足な為であろうか。また下篇は興味を以て一読したが多少疑問もあった。(25)

と批評し、「祖」「姉」字等の解釈に就いて疑問を呈している。

一九四三（昭和一八）年五〇歳、加藤は『礼の起原と其発達』を出版する。これは先述した如く、加藤二七歳の時東京帝国大学に提出した卒業論文に加筆補定したものである。この書は上篇「礼の起原と其原理」と下篇「礼思想の発達」から成る。要約するならば、上篇では、先ず文献に見える礼に関する部分は封建時代に成立したものであるから、これから起原を求めることは出来ない。礼の語原を知るには契文・金文に見える「禮」字の字義を知る必要がある。禮字は示・曲・豆とから成る字で、「豊」字は豆と蛤蜊の貝の音及び義を表した文字」であり、これは酒器の名であった。酒器が儀礼を象徴したのである。また礼の古音は『説文』に言う通り「履」であり、「離」と通じ、礼の基には「隔離」という観念があった。そしてこの根底には積極的禁忌たるタブー・消極的禁忌たるマナの観念があり、宗教の内容を規定するのである。それを加藤は「五礼」に即して考察するのである。これに就いて森三樹三郎は『支那学』第一一巻三号（昭和一九年九月）で、

著者が「礼」の原始的構造を究明するに当たって、この理論を適用されたことは、賢明な態度であったと思われる。従来のように漠然と祭祀に結びつけるよりも、タブーまたは神聖観念から出発する方が、「礼」の起原を遥かに明確かつ包括的に説明できるからである。もちろん礼の起原に関する説明は、著者の試みられただけでは未だ十分でなく、その細部に至っては相当異論も生ずることと思うが、礼即ちタブーという方向を明確にされたことは、著者の功績として認めてよいのではあるまいか。

と評している。下篇では宗教的起原から発達した礼が、社会的規範全体を指すものとなり、儀礼と道徳的規範を含むようになる。それ等を『論語』『左伝』『荀子』等を検討することに拠って明らかにしている。即ち宗族的起原を有する礼は、後に儀礼と道徳とに分かれ、換言するならば「政の本」としての礼、「身の本」としての礼が生ずる。前者からは政治学＝春秋学が、後者からは倫理学が生じたとする。この点に就いて森は、

少くとも従来の通念からすれば、倫理学は主として個人の行為を扱うものであった。けれども純粋な意味での個人的行為というようなものは、事実上存在し得ない。個人の行為とはいいながら、それは常に不可避的に社会に結び付くものである。最近の倫理学の傾向が、社会学への著しい接近を示しつつあるのも、かかる反省によるものと思われる。とすれば、古い支那的な道徳の伝統に従う方が、却って最近の倫理学の傾向にも一致するという結果になりそうである。

と、中国に於ける倫理とは加藤の言う如く狭義のものではなく、もっと広義のものであろうと批判している。最後に森はこの書に対して三点の疑問を示している。

総じてこの書物を見て得た印象は、前半の「礼」の起原を論じた部分が精彩に富むのに比して、後半の「礼」の発達に関する部分が少なからず見劣りがするということである。これには種々の理由が考えられる。まず第一には著者が「礼の発達」と「礼思想の発達」とを混同されたらしいこと、即ちこれである。これは前にも一言したように、全く別物であるはずである。（略）第二に礼思想の発達とはいいながら、実は倫理思想という極く限られた面にのみ重点が置かれていることである。（略）支那の礼は実に複雑な性格を具えていることが窺われる。しかも不幸にしてこれらの問題は、本書に於いては取り扱われていないのである。（略）第三に、或はこれは私の誤解であるかも知れないが、著者が礼の起原と本質とを混同していられるらしい疑があることである。

と言うものである。恐らく加藤はこの書評を読んでいたと思われるが、晩年に至るもその説を変えていたとは思えない。と言うのも、昭和四五年一二月に発刊された『漢字の起原』に、

551 【礼】 5 （略）

552 【醴】 20 （略）

字形 説文では「示（神の意）に従ひ豊（礼を行なう器）に従ひ（ともに意符）豊《れい》の声」の会意に声を兼ねた字とみる。字形に関する限りは、これでよいと思う。が「豊」は、根本までさかのぼると、蚌蜊の貝で、これで酒を飲んだ。だから、酒盛りの享宴の意である。するとこの字は会意の字となる。古文「」は、示（神）と、「擎跪《けいき》曲拳は人臣の礼なり」（荘子の人間世篇）と言う擎

跪曲拳の形の象形字である「乙」（乱字の「乚」も同じである）とを合わせた会意の字である。

字音　「霊啓切」（レイ）である。この音は「禮」字では「蜊」の酒盛りの意、後世の字では「醴」（レイ）の意を表わす。「礼」字では拝礼の意を表わす。

字義　「禮」は神に酒を献ずる意、「礼」は神に拝礼をしている意である。

礼には五礼に分類するほど多くの礼があった。この礼の根本は、神聖なものを隔離する信仰から出て、この隔離された神聖と融合するための儀式を「禮」と言った。この儀式は酒礼が中心儀礼であるところから、一般的に儀式を「禮」と言うことになった。「禮」字の「示」は、本義は「机」で、神に犠牲を献じて寘《お》く机であった。それが「神位」と考えられることになったが、この「示」を一般的な「神聖」と解釈すれば、一般儀式にもこの「禮」字を用いてもよいことになる。後世では、神に対する「禮」字が、一般の儀式にも拡張して用いられたとみるべきであろう。説文を始め古典に「禮は履なり」と解釈されているのは、この字を一般的儀式の意とみたからである。

醴は説文に「酒の一宿孰なり」とあるごとく、速製の甘酒のことである。儀礼には古代の型式をまねるために、甘酒を使ったので「醴」字が作られたと考えられる。

と礼（禮）字を解説し、豊（豐）字に就いても

字義　豆実の充満の意である（説文）。

「ホウ」なる音の「」字が他方また「レイ」音にも読まれたのであることは疑うべからざる事実である。儀礼を行う場合にはご馳走をたくさん陳列するところから、この豆実豊満の字を

借りて「醴」の字に使ったとも思われる。「豊」字に即する限りこう解釈するほかないが、非常な飛躍ではあるが、私は「レイ」なる音は酒盛りから来て、古代においては酒盛りは蚌《ほう》（蛤）蜊《り》の貝殻を盃としたところから起こったと考える。説文には「𧯛」（キン）字があって「蠡《れい》なり」とある。婚礼には「合卺《ごうきん》」を用いた。これは「瓢《ひょう》なり」とも説かれている。これは瓢《ひさご》を二つ合わせた盃であって、貝殻を合わせたと同形式である。これは「合わせ、離す」ところから来た名である。合わせる点から「ホウ」と言い、離す点から「リ」と言った。すると「ホウ」も「リ」も一義の別名に過ぎない。前の「豊」字を「レイ」と読む根本的原因はここにあると思われる。

と言っているからである。

加藤が京城時代一九二八（昭和三）年三五歳に研究を始めたものの一に『尚書』があったことは先述した。約二五年後の一九五三（昭和二八）年六〇歳、油印本『尚書集解』として斯文会より講義用に出版する。それから一一年後の一九六四（昭和三九）年七一歳、『真古文尚書集釈』として出版する。更に書けば一九六三（昭和三八）年九月九日、「加藤常賢博士古稀記念『真古文尚書集釈』刊行会」が発足し、翌年一〇月二〇日、明治書院より出版されたのである。『尚書』研究に着手してより三五年の歳月を閲していたのである。加藤はこの書を著すに際し、「序」で「解釈は起原に非ず」とする方法を立て、古典に直に接することに努めた。その方法として「第一は、（略）古代社会に関する常識を準備し、古代にありさうもない思想を以つて解釈してはならぬ」「第二は、（略）古典を読むに破字の方法を用ひることは、できるだけ避けなければならぬが、これによる外、読み得ない部分のあること」を主張す

る。即ち『尚書』を読む場合、それが製作された時代の言葉の意味で読めと言う。即ち、古文献には本字ではなく、仮借字を用いていることが多い。そこで理解し難い文字・言葉がある場合、止むを得ぬ場合のみその文字・言葉の仮借関係を調べ、破字して本字を求め、求め得た本字・本義を文脈に当ててそれが妥当か否かを検討し、読みを定めよと言うのである。加藤は「例言」で「本書は真古文尚書二十八巻だけの集釈であって、偽書二十五篇は除外した。偽書は中国古代研究の資料として全然価値がないからである」とし、尭典篇以下秦誓篇に至る迄の二八篇に厳密な訓読・語釈を附している。この書は「真古文尚書本文及訓読篇」と「真古文尚書集釈篇」から成る。前篇は各篇に篇名・各節と主題・上段原文（人名の左に|線、返り点・送り仮名、『』内に発言者の言葉を附す）・下段訳文となっている。下篇は各語に対し、誠に詳細に注を附している。例えば尭典篇の冒頭「曰若稽《カンフルニ》二古《ノ》帝尭《ゲウヲ》一曰《ク》」の訳は「曰若《えつじゃく》（天文に精しい神職者）が古《いにしえ》の帝尭のことどもを稽《かんが》えるに、〔その徳は〕つぎのようである」で、語釈は「曰若稽古帝尭　多くの注釈書は「曰若稽古」の四字を一句と見て、次の「帝尭曰放勲」の五字を一句と見てゐるが、熟考の結果、この句読に従はないで、六字を一句と見る。「曰若」は天文暦算家の意と見る。別論の「王若曰考」に詳かである。「稽古」は「考古」である。「さて茲に古の帝尭を考へるに」と読むは蔡伝の説である」「曰　通常「帝尭を放勲と曰ふ」と読まれてゐるが、従はない。一体「曰」字以下十二句は、尭帝を讃歎する頌であると思ふから、この「曰」字は「曰若」曰くで、「曰若」が以下の頌を述べる始めの「曰」と解すべきである。蔡伝は「曰《トハ》者猶《ホ》《シ》レ言《フガ》二其《ノ》説《シト》レ此《クノ》」と言ふ。これより以下の十二句は、尭典の始めに後から加へられたものと見て誤ないと思ふ」である。ここでは専ら自説に拠って語釈を施している。一方、「光二被《シ》四表《ヲ》二」の訳は「その光が四方を被《おお》い」で、

語釈は「光被四表　「光」は或は又「横」に作り（漢書王褒伝）、或は「広」に作り（礼含文嘉）、一定しない。この字に就いて、王引之は戴東原説を承けて「光桄横ハ古同声ニシテ而通用ス。…三字皆充広之義」（経義述聞巻三）と言つて、鄭玄が文字通り光耀の義に見て居るを疏なりとして、「広充」の意を採る。「四表」とは、四方の端の意である。尭を太陽と見れば、この語が使はれるのは当然であると思ふ。又「光」は文字通り解して差支へない」である。ここではテキストクリティークを行い、王引之説を引き、尭の太陽神たることを前提に語釈を施していて明解である。この書で引く清朝考証学者は王引之の他、于鬯・江声・孫星衍・楊筠如・段玉裁・孫詒譲・銭大昕・兪樾・朱彬・王先謙・王念孫・王国維等々枚挙に暇無く、また近人劉師培等の名も見える。更に文献資料で説明のつかない部分・文字に対しては、金文資料を用いて説明し語釈の正確を期している。赤塚忠《きよし》は昭和三九年一二月『斯文』第四一号に於いてこの書の発刊経過・内容・研究方法等を記し、

　博士は曾て「今どき愚かなことかも知れないが、他人の説を採用するのに苦労した」と語られたことがある。正解を得るために、他の学者の説を広く参考にしてこれを採りこれを表章するのは、学者の常道であるが、博士の場合は既に自ら解を得ていても、これと類似する説を見出すのに力め、自説に代えてその学者の説を掲げたのである。学問は協同事業であるから、他の学者の業績を没すまいとされたのであろう。

とその心情を忖度しているが、常に先人の「オリジン」を言う加藤にとって、正に千古の知己を得たものと言えるのではなかろうか。更にその書評を終えるに際し、

　本書が、これからは中国文化史研究にしても、『尚書』成立の文献学的研究にしても、その不可欠

の基本である。このことが決して阿曲の言でないことは、本書を手にされた方に直ちに理解してもらえることであろう。それにしても、博士多年の苦労が、本書の出版によって酬いられるところは、学界への寄与という本来目的の外には、経済的には現在殆どない。何れ各方面の書架に備わることを信じているが、成るべく早く広く流布することを願う情を禁じ得ない。

と、この書の出版で加藤にとっては何も金銭的に得ることはないが、学界には大いに寄与するであろうことを述べている。百目鬼恭三郎は昭和四〇年二月二四日『朝日新聞』夕刊で、ジャーナリストの立場から、

加藤氏の研究の基本は、できるだけ文字の古形を探って、その字の原始義を追求することにある。漢代の隷書（れいしょ）よりは戦国時代の篆文に。篆文よりは殷・周代の金文に。金文よりは殷代の甲骨文にさかのぼれば、それだけ文字の原始義はつかみやすくなる。

と論じ、見出しの「——新釈義の大胆さ——」では、

こうして、文字学の成果を駆使して完成した『真古文尚書集釈』は、従来の注釈書にくらべると、大胆なほど新しい釈義にみちているといわれる。たとえば冒頭の「曰若稽古帝尭曰放勲……」という句を、以前は「曰若」を発語の辞とみて「ココニ古ヲカンガウルニ、帝尭ヲ放勲ト曰ウ」と読んでいた。ところが加藤氏は「曰若」「王若」「天若」などという使用例が古文献に多いことから、「若」字の原義を探った。そして「若」に、せむしの小人が神がかりになって身体を動かしている意味があったことを知って、「曰若」は神職者の意であり、従ってこの冒頭は「曰若、古ノ帝尭ヲカンガウルニ曰ク、放勲ハ……」と、全然新しい読み方をするのである。

そして、この「若」の原義から、殷の宰相であった伊尹も、孔子の理想とした周公旦もともにせむしのまじない師であったことが導き出されるのである。聖人の道を説く『四書』の世界からは想像もつかぬ結論であろう。加藤氏が「私は文字で考古学的な発掘をやっているつもりだ」というのは、この辺を指すのである。

と論じ、同じく「──二千年の誤り正す──」で、

むろん、加藤氏の文字学に対しての批判も多い。ことに、国音化した漢字音を使っている点に、中国語学者からの批判が集中しているが、この論議はここでは避けよう。とにかく、先にあげた『尚書』の冒頭は、孟子でさえ「帝尭ヲ放勲ト曰ウ」と誤読しているのである。二千数百年間のまちがいを一つ正しても、男子の本懐といっていいではないだろうか。

と、この出版を「男子の本懐」と評しているのは正に正鵠を射たものとすることが出来るであろう。尚、この『真古文尚書集釈』を基に忠実に訳し、偽古文を加えたものに、小野沢精一『書経』（明治書院）がある。また赤塚にも『書経』（平凡社）があり、日本語訳文・語釈を載せるが、語釈の多くは加藤に拠る。かつて赤塚は筆者に「加藤先生の『真古文尚書集釈』には、六、七カ所おかしいと思う所があるが、どう直してよいか分からない」と嘆ぜられたことがある。加藤が線装本を疎開させた先の池田末利にも訳注『尚書』があって、その「まえがき」に「思えば、四十年以上も前、広島文理科大学在学中、加藤常賢先生の「尚書講読」に出席したが、テキストの孫星衍『尚書今古文注疏』（国学基本叢書本）がボロボロになって、今なお手もとにある」と記している。

一九六六（昭和四一）年七三歳、加藤は明徳出版社より『老子原義の研究』を出版する。この書の構

成は「第一部　道」「第二部　善柔人と柔弱思想」「第三部　政治観」「第四部　人生観」「第五部　弁者に対する批判」とから成る。就中、加藤が最も力を注いだのは第一部の道と無名を論じた部分と、第二部の善・善人を論じた部分であろう。頁数からいってもこの部分が七〇％弱を占めるのである。「序」で加藤は『老子』思想の生成に就いて、「「民族生活の智慧」とは、何を指すか。第一部の「道」の思想の解説で明らかにしたごとく、商林神信仰《しょうりんしんしんこう》から、天地を生んだ始原としての「姉《あね》」を想定し、男女交合《こうごう》によって子供を孕《はら》み、母体内で養育形成勢成《せいせい》する事実から、発生論的哲学と無為自然の人生観を生み出し、柔弱人の身体的柔弱という事実から、柔弱退嬰《たいえい》の思想を発生させ、彼等一流の政治観人生観を生み出したごときをいうのである」、「「軟体の民間知識人」とは、一体何を指していうか。このことは前人のいわないところであるが、「軟体《なんたい》」とは、本書第二部にまとめた「善」或いは「善人」といわれるものである。第二部の解説で述べたごとく、彼等は「偆柔人《ぜんじゅうじん》」であった。老子書中には宗教人、数術家などとして出ている。概していえば、シャーマン的能力と名徹《めいてつ》な知能をもった軟弱人《なんじゃくじん》または佝僂人《くるじん》であって、また古代の知識人たちの一部であった。中には神秘的なことをしたらしいところも出ているが、しかし老子書中に意見を述べているものは、むしろ明晰《めいせき》な知能をもっていた非常に合理的な思想の所有者であった。しかも彼等は民間人であった。そして民族生活の智慧《ちえ》を合理的に思想化したのであった」と言う。かつ『老子』思想発生基盤に就いては「このような民族生活の智慧から思想への発展は、決して一人や二人の善柔人《ぜんじゅうじん》の力ではなく、相当永い世代にわたって考え、漸次に固まって成立したのではないかと思う。であるから、老子書は、民間思想家の考えの積集《せきしゅう》で、その担任《たんにん》者《しゃ》は善柔人であったと思う。貴族の間にもこの善柔人が存在した。彼等の思想の発達したものが儒家思想であると私は考えている」と、民間の「シャーマン的能力と名徹な知能をもった軟弱人または佝僂人」達が、永い年月をかけ民族生活の知恵として本書を製ったのだと言う。かつこの軟体・佝僂のシャーマンは儒家思想の発生基盤をも荷ったのであるとする。そして、それぞれの部の構成は、それぞれ解説・原典と古義から成る。例えば「第一部　道」の次に「解説」を置き、「(ア)「道」以前の「無名」(独身女性)」「(イ)「道」の意味の変遷」「(ウ)「無」「無為」「無為自然」」「(エ)柔弱人と柔弱思想」、次いで「原典と古義」では上段に口語訳・語釈、下段に原文等を収める。この書に就いて加藤道理は『斯文』第七四号(昭和四一年一二月)で、

本書は民間の宗教人としてのシャーマンが、媒神としての商林神や、人間の具体的な行為としての性行為に着目し、起源的には男性の性行為の意に過ぎなかった「道」を万物を生ずる実在の概念にまで昇華し、それによって万物の発生を説明するとともに、女性性器の胎児形成の自然な働きを自分たち柔弱人の無為自然の思想に発展させたものが『老子書』である、との全く独創的な解釈を、文字学を基本とした徹底した本文解釈によって展開されたものである。

次に本書では以上のような立論の上に立って、善人である老子及び道家思想家の政治観・人生観などを第三部以下に簡単にまとめられている。

と、端的に表現している。山田統もまた『東京支那学報』第一三号(昭和四二年六月)で、

本書の目的は老子原義の研究にあるから、その要旨は第一・二部にのべられたところにつきている。これを細部にわたってみると、かならずしも首肯できない点もある。しかし、老子書的思想の発想を男女の性交におき「男女交合によって子供を孕み、母体内で養育形成勢成する事実から、

発生論的哲学と無為自然の人生観を生み出し、柔弱人の身体的柔弱という事実から、柔弱退嬰の思想を発生させ、彼等一流の政治観人生観を生み出した（四頁）」としているごとき、その思想の荷担者を民間知識人としての善・偆柔人であるとしている説とともに、前人未到の言として注目される。儒家思想・道家思想などが、かならずしも孔子や老子という個人を学祖として成立してきたものではないとみるひとびとには、この研究はなおさら示唆的である。

と評している。要するに「老子書については近時の学者にも多角的な観点からする多くの研究が発表されているが、その思想の本原にまでさかのぼってこれを徹底的に解明しようとする研究は、まだ十分な成果をあげていない。これは思想研究について、もっとも重要な点をおろそかにしているものといえるだろう」と、初めて老子書の本原にさかのぼって研究したものが本書だと言うのである。なおこれは昭和五七年一一月、雄山閣より水上静夫が『中国の修験道—翻訳老子原義—』として再構成し、補注を附して出版している。しかし、加藤のこの書は出版されてからも学界の反応は鈍く、ほとんど無視されている。恐らく伝統的解釈と加藤のそれとがあまりにも離れ過ぎているせいであろう。現在学界は『老子』に対して、一九七三年に発掘された湖南省長沙・馬王堆三号漢墓（前漢文帝一二年＝前一六八年造営）から出土した『老子』甲・乙本（ちなみに池田知久編『諸子百家文選』老子では、国家文物局古文献研究室編『馬王堆漢墓帛書（一）』（文物出版社、一九八〇年）の『老子』甲本を底本としている）から、更に一九九三年湖北省荊門郭店村から発掘された郭店楚簡『老子』に興味が移っている。これは紀元前三〇〇年頃（戦国時代中期）の楚墓から出土したものである。入門書として湯浅邦弘『諸子百家』（中公新書）があるので参照されたい。

一九七〇（昭和四五）年七七歳、三島海雲記念財団より出版助成を受け、『漢字の起原』が出版された。これは二五三二字の漢字それぞれに契文・金文・篆文を附し、（字形）（字音）（字義）の解説を加えたものである。加藤は本来文字学者ではなく、中国古代社会考究に必要であったから、研究したまでであったことは先述した。繰り返しになるが、加藤は古文献の研究には、必ずそこに書かれている文字の原義とその延長義を歴史的に知らなければならないと説く。しかし、加藤が文字学を志した在京城時代、文字学研究の分野では、学界は初歩的段階にあった。例えば契金文の研究と言えば、羅振玉・王国維の研究と同義語であり、また文字の研究は契金文の研究をすべきで、『説文』の研究は時代錯誤とされていたのである。今でこそ我々は藤堂明保『漢字語源辞典』・白川静『説文新義』『字統』等の語原研究を見ることが出来るが、当時加藤は正に孤軍奮闘の状態であった。そのような状況で一字一字の語原をさぐり、それが学位論文・礼の研究・『尚書』の研究等へと開花するのである。加藤の文字学講義は一九四九（昭和二四）年に斯文会において始められた。時に加藤は五六歳であった。この年、油印本『漢字の起原』一・二が出版され、この会の名を説文会と言った。本来説文会とは戦前迄継続していた狩谷棭斎の『説文』研究会の名であったが、これを継いだのである。油印本『漢字の起原』は一九六八（昭和四三）年七五歳迄、一一〇年間に渉って講義され油印出版され続け、一九冊となった。それに未発表の略々同量の文字解説を集め、単行本として出版したのが『漢字の起原』であった。加藤は「解説」で「古代社会の生活、習俗、信仰などがわからなければ、漢字の原義は解明し得ない」と誠に真っ当なことを言い、「原義追求の目的」で、「私が漢字の字源を問題として研究しているのは、学術研究上からの必要であって、他に何の目的もない。私は年来中国古代文化の研究に精進している。

この研究は古代文字を除外しては不可能である」と、あくまでも漢字研究はそれが目的ではなく、それを使用して古代文化を解明する助けとするのであると言う。その間の事情とこの書の特色を小野沢精一は『東京大学新聞』九九七号（昭和四九年四月）で、

著者はそのような学説や資料を扱うに当たって、字形そのものの厳密さは尊重しながらも、特に字音から字義にかけて、どのような考え方に立てば、諸資料の間をつないでいって、論評を科学的に成り立たせうるかに、並々ならぬ努力を払っているように受け取られる。漢和辞典との次元の相違はその点にみられるわけである。そこには、単なる漢字研究では満たされない言葉そのもののもとになる音義に関する広範な既存資料の渉猟と、それに加えて古代文化そのものに対する透徹した見通しが大きく働いているようである。（略）著者の漢字研究の態度には、他の研究者にはみられない独自の学風が出来上がってきている。それは、原義は通行義とは異なるという想定が多くなされ、声符重視が確立され、仮借、転音とか、双声・畳韻の連言についての考察が特に顕著にみられることである。

と、指摘している。加藤がこの書を著すに際し、参考にしたものは巻末「主要引用文献解題」に詳しい。『説文解字』を始め『史籀篇疏証』まで、総て一〇三種にのぼる。その中でも音は多く朱駿声『説文通訓定声』（一八巻）に拠ったものの如くで、就中、「研究の長い道程において私を感激させた書がある。それは徐灝《じょこう》の『説文解字段注箋』である。この書は名は『段注箋』であるが、その研究態度は段玉裁の注のみならず、『説文解字』そのものを離れて、漢字の原義の探求に突入しているのである」（「解説」）と、徐灝『説文解字段注箋』を推奨している。語原研究には誠に得難い一書と言わざるを得

ない。

一九七九（昭和五四）年六月、三〇五名が参加して加藤常賢先生論文集刊行会が結成され、赤塚忠《きよし》が編集委員代表となり、一九八〇（昭和五五）年八月三日、先生の三周忌に『中国古代文化の研究』が出版された。この書は先ず「維軒加藤常賢先生年譜」を巻頭に、論文三五篇、その他の文章四篇、金文に関わるもの二篇、その内「金文解読」には六〇器の銘文読解がつく、一一四七頁の大冊である。これには一九二九（昭和四）年発表の「支那古代の宗教儀礼に就て」から、一九七三（昭和四八）年発表の「皋と羔」「所謂伊人」迄、単行本を除く加藤の四四年に渉る研究業績のほとんど総てが網羅されている。それぞれの論文要旨は先に挙げた「功績調書」を参照して頂きたい。この書の内容に就いては重複するが持井康孝が『甲骨学』第一二号・加藤常賢博士・島邦男博士追悼号（一九八〇年八月）で「まず巻頭に「維軒加藤常賢先生年譜」を付して、（略）続く本文部分は、その内容から三つの部分に分けえよう。まず第一は、『支那家族制度に於ける主要問題』・『中国古代の宗教と思想』・『春秋学』などの叢書所収論文および教材と、「支那古代の宗教的儀礼に就いて」から「支那古姓氏の研究―夏禹姒姓考―」・「殷商子姓考・附帝嚳」などを経て「所謂伊人」にいたる三二篇の諸論文であって、これら計三五篇の論文が、その内容の近いものを隣り合わせるかたちで配列されている。第二は主に道徳・漢文・漢字教育を主題とするもので、「漢文教育の目標と意義―漢文教育の面より―」をはじめとする三篇の論文と、『中国教育宝典』の「叙説」を改題した「中国教育思想叙説」を収める。最後の第三部分は金文考釈集ともいうべきもので、ここには、『定本書道全集』中の著者執筆部分、および『書学』に掲載された「金文解読」・「同続」所収の六九銘中六一銘の考釈が再録されている。巻末には赤塚氏による編集後記が付され」ているとその内容が簡潔に記されている。

以上を要するに、加藤の著書・遺著は（一）『支那古代家族制度研究』『礼の起原と其発達』、（二）『漢字の起原』・殷周金文読解、（三）『現代語釈荀子』『現代語釈近思録』『真古文尚書集釈』『老子原義の研究』、（四）『中国古代文化の研究』で、総ての加藤の学問的方法・分野が理解される。加藤の学問は宗教学・社会学等の補助学を基にしつつも、あくまでもその基幹は清朝考証学にあり、そこに独自の発想に基づく研究があったのである。

五

加藤の生涯と学問を考える場合、忘れてならないものが二女迪子《みちこ》の女婿、深津胤房《たねふさ》であろう。二人は一九五四（昭和二九）年、東京大学阿部吉雄夫妻の仲人で結婚する。深津は加藤が一九四七（昭和二二）年五四歳で東京帝国大学教授に赴任して初めての教え子であった。深津もまた二松学舎大学の講師を永く勤め、二松学舎大学客員教授となり、二〇〇八年に鬼籍に入られた。その人と為りは篤実、誠実を絵に画いた様なものであり、ついに終生加藤を「先生」と呼び続けたことからもその一端を窺えよう。著書に『挙字通編経典釈文』一四冊・『論語細読』一〇冊・『老子細読』三冊・『簡約・論語細読』『簡約・老子細読』、論文に「古代中国人の思想と生活―鶏―」等二〇篇余がある。

深津は加藤の死後、三冊の遺稿集を編集し私家本として出版し加藤の関係者に配布する。即ち『維軒加藤常賢　学問とその思い出』（昭和五五年八月三日）、『維軒加藤常賢　学問とその方法』（昭和五九年七月二五日）、『維軒加藤常賢　学問とその講義』（平成四年三月一〇日）がそれであり、いずれも編者は深津軋房、発行者は加藤さだとなっている。

『学問とその思い出』の「はしがき」で深津は「先生の家は先生一代でとじられることになっている。世間ならば、後嗣ぎの方がおられて、その人となり、その骨折り、その仕事を、子孫にも語り人にも伝えられるのであるが、先生のところには、そう言うことがない。そこで、今のうちにそれらをまとめておいてあげて、将来、心ある人々が先生について何か知りたいと思われたとき、いつでもすぐ分かるようにしておいて上げたいと思った。先生が精魂こめて学界に発表された学術論文は別として、その他の忘れられやすいようなものばかりを集めて、それに、いろいろの折りに他の方々が先生について述べたり書いたりして下さったものをも加えて、一冊の本にしておいて上げることにした」と編集・出版の意図を明らかにし、「先生にかかわりのある者が、今、願うことは、この本が一冊でも多く、一里でも遠く、また一年でも長く世の中に伝わることである。それに少しでもお力ぞえ下されば、そんな有難いことはない」と、その切実な願いを述べている。しかもこの「はしがき」の署名は「東京大学受業生・女婿・深津胤房」であり、他の二冊も同じである。内容は「はしがき」〔内編〕〔外編〕から成り、〔内編〕には（講義）四篇、（雑説）九篇、（序類）六篇、（辞類）一六篇、（談話）四篇。〔外編〕には（先生の業績について）三篇、（先生の著書について）一四篇、（先生を追悼して）二五篇、（先生の蔵書について）六篇、（先生の履歴）二篇、加藤さだ「思い出すまま」「あとがき」が収録されていて、四六版四五四頁である。尚、この書の発刊は昭和五五年八月三日で、加藤の三周忌に当たり、霊前に手向けたものであった。

『学問とその方法』の「はしがき」で深津は「思うに、先生が最もすぐれておられた点は、その学問方法にあった。そうして又、先生が最も心をくだかれた点も又、その学問方法にあった。そこで『学問とその思い出』にもれていたものを、もう一度、まとめて、『学問とその方法』という題のもとに世に出すことにした。幸いにこの本は、先生の最初の『支那古代家族制度研究』についての書評と、最後の『中国古代文化の研究』の書評とを収めることができた。そうして又、中国の徐復観教授の「評」をも収めることができた。それらに、先生の二松学舎大学大学院における講義録とを合わせ見ていただけば、先生の〝学問とその方法〟のあらましは、分かっていただけると思う」と、加藤の「最もすぐれておられた点」「最も心をくだかれた点」が「学問方法にあった」ことを述べている。これも〔内編〕と〔外編〕から成る。「はしがき」〔内編〕は（論文類）七篇、（講義類）一篇、（序・辞類）一〇篇、（談話類）二篇。〔外編〕は（先生の業績について）九篇、（先生の著書について）一五篇、（「『中国古代文化の研究』刊行記念会」諸辞）一五篇、（先生を追悼して）八篇、（勤光院迪誉思慈大姉）七篇、「あとがき」が収録されていて、四六版四二二頁である。

『学問とその講義』の「はしがき」に深津はこの書の題名の由来を「先生の〝講義〟は新鮮であった。眠っている者には目をさまさせ、疲れている者には力をよみがえらせるものがあった。そんな〝講義〟が埋もれたまま朽ちはててしまうのをいと愛《お》しんで、ここに二松学舎大学大学院の演習授業を三時間分、活字にすることにした。横須賀司久さんが学生の折に録音しておかれたものである」と記している。この書も「はしがき」〔内編〕〔外編〕から成る。〔内編〕は（解説類）二篇、（講義類）三篇、（手記類）三篇、（紹介・挨拶類）九編。〔外編〕は（先生の著作について）四篇、（先生の存在について）七篇、（先生の人柄について）一八篇、「あとがき」が収録されており、四六版三三一頁である。三冊共に〔内編〕は加藤自身の論文・講義等が収録され、〔外篇〕は教え子・知人・知己等の業績評価・論評・書評・会談・家族の文章等である。

以上の三冊で、加藤の学術的専著から洩れていた総てが収録されることとなった。これを見ると加藤が如何に教え子・知己達に恵まれていたかが分かるのである。しかも忘れてならないのはこの三冊は深津が総て退職金を当てて四〇〇部ずつ出版したものであることである。

最後に深津が筆録し出版したものに『中国古代倫理学の発達』（二松学舎大学出版部、昭和五八年五月）がある。この書の発刊経緯を当時の二松学舎大学理事長浦野匡彦は「序」で「先般、前名誉学長加藤常賢博士の女婿、本学の深津胤房講師から本書の原稿が私の許に寄せられたのであるが、みると見事な博士の東京大学における講義録である。昭和二五年といえば、今日のような安価なテープレコーダーがあったわけではない、おそらく手作業であろう、一語も洩らすまいと必死に筆記する内弟子の姿が髣髴とする、師弟の人間的なつながりである」と述べている。また当時二松学舎大学教授・東洋学研究所所長であった宇野精一はこの書に就いて「跋」で「加藤博士は、昭和二十二年四月、戦後の東大支那哲学科再建の重責を荷つて、広島文理科大学から転任せられたのであつた。その学風は、従来の東大に見られなかつた清朝考証学を基礎とし、社会学・宗教学などの方法を駆使した古代学であつて、在職期間は定年退官までの八年間であつたが、遺された影響は極めて大なるものがある。博士の東大における講義題目は、「倫理以前より倫理まで」（二二）「中国古代姓氏の研究」（二三）「春秋学」（二四）「中国古代倫理学の発達」（二五）「経学上の諸問題」（二六）「中国原始観念」（二七）「東洋倫理思想」（二八）「春秋学」（二九）の諸主題（演習を除く）であつた。私は昭和二十四年に博士の下で助教授になつて、右の二十四、二十五の二年間は、学生と一緒に聴講したので、本書は非常に懐しい思出である」と記し、続けて深津の労を労っている。

この書も〔中国古代倫理学の発達〕〔経学上の諸問題〕から成る。前篇には緒論・礼と倫理・礼と儒・「儒教」「儒学」「経学」の概念区分・孔子以前の倫理・孔子の倫理・孟子の倫理・『中庸』の倫理・『大学』の倫理・荀子の倫理等、広島文理科大学以来講義し続けて来た自家薬籠中の講義がまとめられている。後篇では書社考・公私考・族祭考・神考・乙乙考等の論考が、豊富な余談・コメントと共に収録され、加藤の講義を聞いた者には誠に懐かしいものであるが、学問的には既に種々論考があり別に新しいものは見受けられない。

六

以上論じ来たったことに拠り、加藤常賢の学問の成立・その方法・その分野が略々明らかになったと思う。そこに通底するものとして赤塚は『二松学舎大学新聞』（昭和五三年一〇月一日）に「故加藤常賢先生の御学徳を偲ぶ」と題して、「先生の偉大な学績については語る人も多いであろうから、私は私の景仰して止まないことを書き留める」とした上で、「第一は熾烈な開拓創造の精神である」「第二は徹底した探求である」「第三は不断の前進である」「第四はその学問の信念である」と、加藤の学究としての特徴を四点挙げ、「私は、私の研究や教育が末枝に堕しやすいのを反省しながら、先生に及ぼうにも及ぶ由のないのを嘆ずる」とその文を終えている。これに附言する言葉は見当たらず、また必要もなかろう。

唯一言するならば、筆者は努めて個々の業績に対しての評価はなさなかった。(一)で「その学問は六〇歳を以て一変するのではないか。大雑把に言えば、六〇歳以前は宗教学・社会学・清朝考証学等を補助学とした実証的学問の時代、それ以後はより一層中国古代における宗教的世界探求の時代と言えるのではなかろうか」と評した。より具体的に言えば、六〇歳以後、加藤はひたすら佝僂のシャーマン的能力を有する者の権能、それが創造する文化の探求を事としたのである。古代文化はもとより儒家・道家思想の根源にもこの宗教人としての佝僂が存在したと言うのである。もしそうであるならば、何故に考古学的資料、即ち殷周の銅器・画像石等にその佝僂の残像・痕跡が一つも無いのであろうか。少しく疑問の残る所である。

加藤の蔵書は膨大な数にのぼる。洋書や日本語文献のほとんどは広島の原爆で焼け、手沢本で汚れのひどい物は深津に遺贈したのであるが、多くは二松学舎大学附属図書館に寄贈された。昭和五三年一〇月一日『二松学舎大学新聞』「図書館だより」に「故加藤常賢名誉学長の御遺族から旧蔵書の寄贈があった。七七五部、五七三六冊の御寄贈である。故加藤博士が病に臥されるまで、絶えず手許で愛用された手沢本の数々で、斯学の研究には何を措いても欲しい垂涎の書籍である。(略)博士はまた鋭利な選書眼を以て知られ、これらの蔵書には初印本が少なからず含まれており、加えて、その深い学殖によって選出され、新にその価値を認められるに至った『香草校書』『呉氏遺著』等の書物も多い。これらは学術上の資料としてはもとより、文化的遺産としての価値をも有するものである」とあり、線装本の多くが寄贈されたのである。二松学舎大学ではこの寄贈を受け、その遺徳を顕彰し御遺族の芳志に応える為に、「維軒文庫」として世に公開している。

先生は生前墓誌銘を自撰しておられた。その銘に曰く、

本市（愛知県稲沢《いなざわ》市）六角堂町早川伊兵衛五男、明治廿七年十月十九日生。加藤良宗養子。東京帝大支那哲学科卒。静岡高校、京城帝大、広島文理大、東京帝大、二松学舎大、各教授、同学舎大学長歴任。文学博士。法号「大保康勝卅三世」。著書『支那古代家族制度研究』『中国原始観念ノ発達』（『礼の起原と其発達』）『漢字ノ起原』『字源辞典』『尚書集解』（『真古文尚書集釈』）貞子《さだこ》、林直《なお》助《すけ》女、法号「慈室妙貞大姉」。長女史子《ふみこ》、近藤正夫《まさお》、二女迪子《みちこ》、深津胤房《たねふさ》ニ嫁ス。申郎《のぶお》、昭和十年十二月廿三日歿ス。

と。享年八五歳、郷里愛知県稲沢市奥田町、康勝寺に葬られた。

注

（1）「次女　深津迪子作る」「加藤常賢略歴」（『学問とその思い出』所収）四一六～四四五頁。
（2）「書斎訪問「漢字研究をめぐって」」（『言語生活』七月号（筑摩書房、一九六九年）所収）。
（3）（2）前掲書。
（4）『中等教育資料』（文部省中等教育課、No.一七八、一九六五年四月）。
（5）（4）前掲書。
（6）（4）前掲書。
（7）（2）前掲書。
（8）（4）前掲書。
（9）（4）前掲書。

(10)（4）前掲書。
(11)「座談会　学問の思ひで―加藤常賢博士を囲んで―」（『東方学』第三九輯（昭和四五年三月）所収）。
(12)（11）前掲書。
(13) 加藤さだ「思い出すまま」（『学問とその思い出』所収）四四九頁。
(14)（11）前掲書。
(15)（11）前掲書。
(16)『漢字の起原』（角川書店、昭和四五年一二月）九九一頁。
(17)（16）前掲書。
(18)（2）前掲書。
(19)（2）前掲書。
(20)（16）前掲書三九～四〇頁。
(21)（11）前掲書。
(22)（2）前掲書。
(23)「功績調書」（『学問とその思い出』所収）三一五～三一六頁。
(24)『帝国大学新聞』第八四一号、昭和一六年一月二七日）。
(25)（24）前掲書。
(26)「加藤常賢著『支那古代家族制度研究』」。

附記　諸般の事情で二〇〇九年一一月末日締切の原稿が二月余りも遅れてしまった。その間辛抱強く待って下さった小西明徳氏にはお詫びと感謝の念を禁じ得ない。併せて翰林書房・編集部今井静江さんにも御迷惑を掛けたことをお詫びする。

下田歌子

——百年の長計——

大井三代子

下田歌子（しもだうたこ）、一八五四年九月三〇日（旧暦安政元年八月九日）～一九三六（昭和一一）年一〇月八日没。幼名は平尾鉐（ひらおせき）、一八七二（明治五）年に和歌の才能を認められ、時の皇后（後の昭憲皇太后）から「歌子」の名を賜る。岐阜県恵那郡岩村町（現在の恵那市）出身。明治・大正期の教育者、歌人。特に我が国における女子教育の先駆者であり、私立桃夭学校の創設、華族女学校創設にかかわり、幹事兼教授、翌年に学監を兼務し、後に華族女学校は学習院に統合され、学習院教授兼女学部長となる。一八九九（明治三二）年に現在の実践女子学園を開学。

二松學舍に在籍していたと伝えられているが、それらの記録等は現存していない。しかしながら、実践女子学園の開学の地は東京市麹町区（当時）であり、二松學舍とは近接していた。また、二松學舍学祖・三島中洲が東宮御用掛となったのが、一八九六（明治二九）年、歌子が常宮・周宮両内親王の御用掛となったのも同年であったこともあり、何らかの交流はあったのではないかと思われる。

〈写真／実践女子大学図書館蔵〉

実践女子学園の創立者である下田歌子は安政元（一八五四）年八月八日、美濃国岩村（岐阜県恵那市岩村）に生まれ、昭和十一（一九三六）年十月八日に八十三歳で逝去した。江戸、明治、大正、昭和と四つの時代を生き、歌人として、また女子教育者として世に知られた。

歌子の伝記としては『下田先生伝』（西尾豊作著　咬菜塾　昭和十一年）、『下田歌子回想録』（平尾寿子著　山陽社　昭和十七年）、『下田歌子先生傳』（故下田歌子伝記編纂所編刊　昭和十八年）がある。実践女子学園は、昭和二十（一九四五）年五月に空襲で焼夷弾の直撃を受け、創立以来の貴重な資料の多くを焼失した。焼失を免れた歌子の教育論や清国留学生関係の自筆草稿、色紙、短冊などを基に、下田歌子と学園関係の資料の収集を現在も続けている。

下田歌子や明治の女子教育の状況などを調査する中で見えてきたのは、江戸から明治、大正へと移行する中で、女性が自ら考え精神的に自立して行く姿であった。明治初期に婦人問題は男性によって論ぜられていたが、婦人団体が設立され、女子教育に力をいれるようになると、女性自らがこの問題に取り組み語るようになった。女流教育者と称された下田歌子、鳩山春子、三輪田正子、山脇房子、棚橋綾子らは婦人団体に参加し、学校教育や講演活動などを通して女子教育の普及に尽力した。

歌子は教育者として活動するようになり、教科書、教養書、文学や家政学に関する著作を出版し、また婦人雑誌や少女雑誌に寄稿している。それらの中には教育的訓話を含んだ創作や海外小説の翻訳などがあり、彼女の文才の豊かさをうかがわせる。名講義と伝えられている歌子の『源氏物語』の講義は大講堂で行われ、國学院大学の折口信夫が助手や学生を連れて聴講に来るなど外部からの聴講者がいた。[1] 塩田良平は当時を回想して、「時が立つのも忘れて廊下で立ち聞きし、その素晴らしさに感動した」と語っている。(2) 歌子の『源氏物語』の講義は、『源氏物語講義』首巻（昭和九年）、第一巻（昭和十一年）の二冊が実践女学校出版部から出版された。(3)「源氏物語講義　若紫」（板垣直子編　平成十四年）は、自筆草稿「若紫」を翻刻して実践女子学園から発行したものである。また歌子の代表的な著作を編集した「香雪叢書」全五巻が、昭和七（一九三二）年から昭和八（一九三三）年にかけて実践女学校出版部から出版されている。

下田歌子は教育者として多くの業績を残している。本稿では歌子の生涯をたどりながら、業績をとおして彼女の根底にある思想を探ってみたい。

歌子は岩村藩士の父平尾鉐蔵と母房子の長女で、幼名を鉐と呼んだ。祖父は『先哲叢談後編・続編』などを著した漢学者東條琴台である。曾祖父平尾鍬蔵が太田錦城と面識があったことから東條琴台は平尾家の養子となり、妻貞子との間に一子鉐蔵を儲けた。当時の岩村藩は佐藤一斉らを中心とした程朱学が主流で、太田錦城らの経済や実学に重きを置く折衷学派は異端であるとし強く批判された。藩内の学問上の対立は激しく、苦悩の末に鍬蔵は琴台に師弟の縁を絶つように迫ったが、彼は信念を曲げることなく、貞子と離別し平尾家から去った。貞子は寡婦を通すことを条件に平尾家に残り、鉐蔵の養育に力を注いだ。

維新動乱で岩村藩は尊王と佐幕の二派に分かれ対立を深めていた。鉐の父鉐蔵は尊王派で、平尾家には日々同志の人々が集まり議論をするという有様であった。安政五（一八五八）年から五年間、鉐蔵は幽閉を命ぜられ、このため俸禄が絶えて平尾家は使用人をすべて解雇した。この間の安政七（一八六〇）年に弟錦蔵が生まれている。また鍒蔵は明治元（一八六八）年から三（一八七〇）年まで、二度目の幽閉にあっている。罪人の子と中傷されるなどの幼少期の悲しく苦しい記憶は忘れられず、後に雑誌『少女の友』に「思ひ出の記」と題して連載している。[4] 平尾家は武家の家の中でも厳格な家風であったが、鈺は祖母貞子や両親の厳しい中にも深い愛情に包まれて養育された。「私の祖母は男勝りの人で、父母も又其云ふ通りに従ひ、常に厳格な教育を施しましたので、私の幼時は叱られ通しでありました。」とあるように、祖母は平尾家の中心であり、この人の影響を強く受けて育った。[5] 幼い鈺に自刃の方法を教えるなど、武家の娘としての厳格な教育を施した。毎夜祖母や父から歴史や伝記に関連した修身の訓話があり、聞くだけではなく実行を伴わなくてはならないと教えられる。実行するという教えは、鈺の心に深く根付いた。

鈺は早くから手習いをし、父から漢籍を学び、漢詩の添削を受けている。和歌は岩村藩の大野鏡光尼に師事した。万延元（一八六〇）年三月三日、桜田門外で井伊直弼が暗殺された。これを聞いて集った人に勧められて「櫻田に思ひ残りて今日の雪」と俳句を詠んだ。数え年七歳の時で、周囲の大人を驚嘆させた。この話は、父鍒蔵の日記に記されているものとして伝記などに書かれている。

鈺は鍒蔵が「殆ど読書狂と思はるる」というほど学問を好んだ。『国民の友』第四拾八号（明治二十二年四月）の付録「書目十種」に、「私幼年の頃はいさゝか漢籍を學びて經典に心をひそめ候ひしがまた感ずる所ありて中ごろ諸子百家の書を翫味し就中老列子の類ひはことに面白く覺え候」と述べている。[6] 下田歌子は二松學舍の卒業生として伝えられているとのことだが、幼少の頃から学問を好み読書をしていたので、折を見ては聴講していたと思われる。

鍒蔵は幽閉を解かれ、明治三（一八七〇）年十月に明治政府より宣教使吏生の職を得て単身上京した。翌年の明治四（一八七一）年四月八日、鉐は岩村を出立し上京の途についた。この旅の様子が『東路の日記』（「香雪叢書」第一巻）に残されている。

綾錦着てかへらずば三國山またふたたびは越えじとぞ思ふ

四月九日、三国山を見て詠んだ和歌で、十八歳の鉐の決意を示したものである。鉐の上京後まもなく岩村に残っていた祖母、母、弟の三人が上京し、麹町平河町に住居を定めた。鉐は上京後桂園派の歌人八田知紀の門に入り和歌の指導を受けた。また歌人加藤千浪にも教えを受けている。絵は湯島の絵師河野栄斎に学んだ。眼病を患った鍒蔵の辞職により一家の生活は苦しく、鉐は家計を助けるために絵を描いて報酬を得た。

明治五（一八七二）年、鉐に転機がおとずれた。和歌の才能が豊かであった平尾鉐は、十月十九日、八田知紀の推挙を得て、宮内省十五等出仕をもって宮中に出仕することになった。明治新政府は広く人材を求め、維新の功臣や各藩の秀才が集められていた。八田知紀、後に御歌所の中心となった高崎正風、宮中女官の税所敦子は薩摩藩出身である。神崎清は「この時代は、舊来の陋習を破るべく、宮中改革の機運に恵まれたもので、（中略）一陪臣の娘にすぎぬ歌子が、公卿の関係者ばかりで固めた宮中の女官に召し出されたことは、当時全く異例の抜擢として世人を驚かしたのであった。」と述べている。(7) 八田知紀が宮内省に出仕し、歌御用掛を拝命したのは明治五（一八七二）年四月であった。知紀がその職にあったのはわずかで、明治六（一八七三）年九月一日に没している。八田知紀が歌御用掛の任についたということは、鉐の将来を開く大きな要因となった。

鉐にとっては苦労の多い宮中生活であったと思われるが、歌人として、後に女流教育者として名声を得ることになる素養と研鑽を積む機会を得たのもこの時代である。八田知紀、福羽美静、元田永孚らの御進講を陪聴し、フランス語をサラセンに学んだ。

平尾鉐の和歌の才能が認められ、出仕して二ヶ月後の十二月に「歌子」という名を賜った。篠田仙果編輯『明治英名百詠撰』（文泉堂　明治十二年十月刊）に「天質英邁にして和歌を好み年十三の折千種の染替五巻をあらわす」と、平尾歌子の才媛ぶりを紹介し、

ほともなき袖にはいかにつつむべき大内山につめる若菜を

の和歌で歌子の名を賜ったと紹介している。『下田歌子先生傳』によれば、十二月の歌会の勅題「若菜」の詠進歌である。鉐—平尾歌子は名を賜った感激を次の和歌で表した。

身につみておき所無くおもふかな大内山にたまはりしなを

安井乙熊編輯の『明治英名百人一首』（錦松堂　明治十四年四月刊）も、次の和歌を添えた絵姿とともに歌子の才媛ぶりを紹介している。

つれづれと雨にこもりて我山のさくらみる日は珍らしきかな

この和歌は明治十一（一八七八）年四月五日に開かれた第四回歌会の歌題「雨中花」を詠んだものである。

また歌題「春月」の詠進歌として次の二首がある。

手枕は花のふゞきにうづもれてうたた寝さむし春の夜の月

大宮の玉のうてなにのぼりてもなほおぼろなり春の夜の月

「大宮の」の和歌は、明治八（一八七五）年四月十三日の第九回歌会で詠まれたもので、宮内庁書陵部に

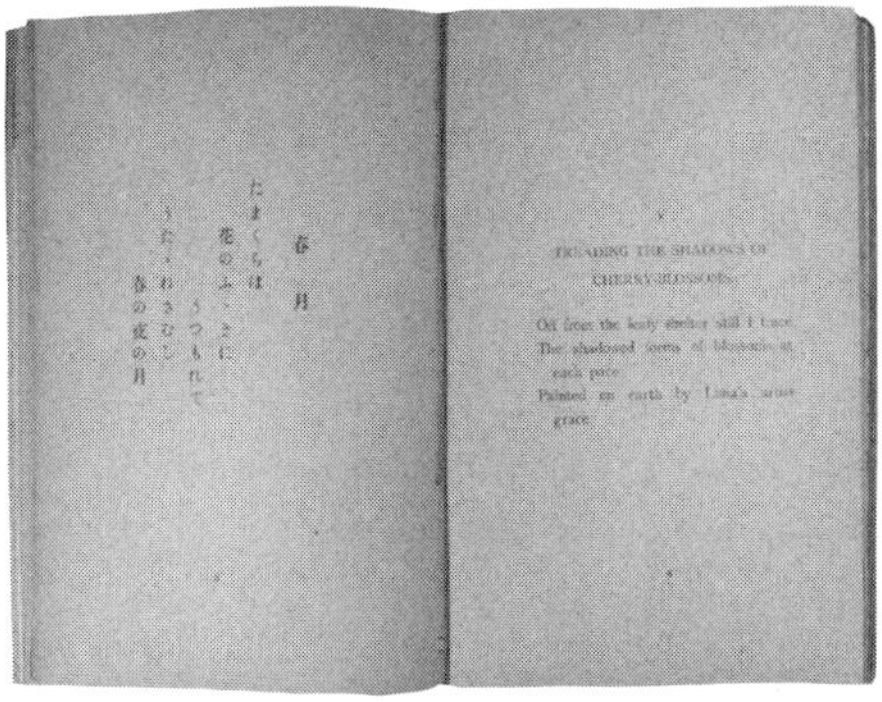

所蔵されている詠進歌短冊帖『宮中月次並京都華族等詠進』の中にある。この短冊帖は明治七（一八七四）年七月三日からのもので、それ以前のものは明治六（一八七三）年五月五日の皇居炎上で焼失している。「手枕は」の和歌は、その短冊帖に含まれていず、いつの詠進歌か確定することはできない。この和歌で歌子の名を賜ったと一部では伝えられているが、「春月」の歌題は春のものなので、十二月の歌題としては適切ではなく、艶やかな感性が好まれて世に知られていく過程の中で誤って伝えられたものと思われる。

歌子の歌集としては『雪の下草』（「香雪叢書」第一巻）や『皇国ぶり』（春陽堂　明治四十年）がある。『皇國ふり』は、アーサー・ロイド（Arthur Lloyd 一八五二―一九一一）と松浦一が歌子の和歌を英訳したもので、彼女の著作の中では特異なものである。

Imperial song という和歌の英訳本が明治三十八（一九〇五）年に金港堂から出版されている。これは明治天皇の御製の他に、皇后（後の昭憲皇太后）、女官、高崎正風の和歌を、アーサー・ロイドが英訳したものである。この歌集の刊行が、歌子の『皇國ふり』出版の契機となったと推測する。『皇國ふり』という書名は、海外に日本の伝統文化としての和歌を示そうとしたものと考える。その

他に、歌子は和歌の手引書として『新題詠歌捷径』（「家庭文庫」第三編　博文館　明治三十一年四月）、『詠歌之栞』（博文館　明治三十一年）を著している。

歌人としての歌子を世に広めたのは、明治十二（一八七九）年の歌会始であろう。本来歌会始は皇族だけのものであったが、明治三（一八七〇）年の歌会始から華族勅任官の詠進が許され、明治五年（一八七二）には判任官まで、明治七（一八七四）年には一般臣民まで許された。明治十一（一八七八）年には選歌の制が設けられ、明治十二（一八七九）年の歌会始から実施された。『明治天皇紀』の「御歌会始」（明治十二年一月）の項には次のように書かれている。

又詠進歌披講は、皇族及び大臣・参議・宮内官並びに所役人等少數の人に限られしが、一般臣民の詠進歌中優秀なるもの五首を選びて之れを披講せしめたまふ。是れ即ち豫撰歌の濫觴にして、是の光榮を蒙れるは權少教正從五位金子有卿・正五位林信立・權命婦平尾歌子・加部巖夫・小出粲の五人なり

明治十二年一月十八日の歌会始の歌題は「新年祝言」で、選歌五首の中に権命婦平尾歌子の次の和歌が選ばれた。

九重の大宮柱あたらしくたつらん年のひかりをそおもふ

東京歌人見立一覧

永田町 高崎正風
小川町 佐々木弘綱
猿楽町 故 飯田年平
永田町 黒田清綱
小崎町 黒川直頼
黒門町 小中村清矩
永田町 伊藤祐命
池ノ端 間島冬道

有栖川熾仁親王
三條内大臣
近衛忠熙公

六番町 福羽美静
飯田町 鈴木重嶺
中徒町 本居豊穎
二番町 千家尊福
錦町 海上胤平
練塀町 三田保光
在西京 小出粲
加賀町 松波資之

坂本村 木村正辞
在讃岐 故 堀秀成
二番町 有賀長隣
下谷 前田夏繁
本郷 久米幹文
竹早町 鈴木弘恭
四谷 故 久保秀茲
牛込 加部厳夫
番町 三輪義方
牛込 小杉榲邨

小石川 久我建通
有楽町 故 中山忠能
錦町 九條道孝
仝 徳大寺實則

神保町 谷森種松
赤坂 橋本直香
四谷 寳田通文
同仲町 植松有經
平川町 谷勤
四谷 阿部眞貞
同 丸山作楽
永田町 故 香川景敏
四谷 加藤安彦
紀尾井町 飯田武郷

有楽町 師岡正胤
牛込拂方町 速水行道
越前堀 會田安昌
池ノ端 白石千別
飯田町 松尾勇雄
皆川町 故 岡野伊平
芝 西村高遠
浅草 大畑弘國
小アミ町 綱野延平
下谷 稲垣千穎

寳田町 千種有任
下谷 嵯峨實愛
在西京 山本實政
番町 藤池致忠

番町 八木雕
市谷 佐藤誠
沙土原町 大澤清臣
牛込 柴田花守
佃島 津守好國
三番町 足立正聲
花園町 江刺恒久
須賀町 大田喜春成
弓町 物集高見
小川町 宇津木貞夫

元園町 醍醐忠順
築地 東久世通禧
小石川 久我通文
神保町 石山基文
沙土原町 橋本實梁
長谷信篤
牛込 藤井行道
錦町 風早公紀
不二見町 山縣有朋
溜池 佐々木高行

麹町 故 大久保一翁
赤坂 勝安房
麻布 田中頼庸
三番町 丸岡莞爾

小石川 松平慶永
柳原町 松浦詮
弓町 前田利鬯
横網町 藤堂高潔
濱町 蜂須賀茂昭
高輪 毛利元徳
蠣殻町 井上正直
三田 稲葉正邦
仲徒町 脇坂安斐
森元町 本多忠貫

有栖川宮薫子
權典侍千種任子
權掌侍税所敦子
永田町 小池道子
西黒門町 故 三田花朝
松井町 鶴久子
チリペイ町 大野定子
徒町 日尾直子
三十間堀 西舛子
下谷 故 河内荻子

四谷 故 矢野玄道
番町 井上頼國
柳島 平田胤雄
松倉町 橘道守

華頂宮郁子
權典侍柳原愛子
權掌侍樹下範子
三番町 下田歌子
猿楽町 間宮八十子
水道町 中島歌子
大鋸町 松戸三草子
大元町 河村茂子
緑町 増山三雪子
氷川町 服部磯子

宮中における女流歌人としての存在を示すものである。また明治二十（一八八七）年の歌会始の歌題「池水浪静」を詠んだ和歌、

朝日影うつりそめたる方にのみ浪はありとも見ゆる池かな

が選歌されている。

明治二十二（一八八九）年頃に作成されたと推測される『東京歌人見立一覧』（前頁参照）には、当時歌人として知られた高崎正風、福羽美静、佐佐木弘綱等の名前が列記されている。女流歌人は宮中関係者六名の他に、下田歌子、小池道子、中島歌子等の名が挙げられている。明治中期に、歌人として下田歌子の名が知られていたことをうかがわせる。

明治十二（一八七九）年十一月、歌子は病を理由に宮中奉仕を辞し、十二月に父の定めた婚約者の下田猛雄と結婚した。下田猛雄は剣客として知られており、明治維新後に警察署で剣技を指導していた。猛雄は結婚する二年前の秋頃から胃病を患い、結婚後一年ほどで病床に臥し、歌子は看病に追われる日々であった。夫猛雄は気難しく、歌子は病に倒れ、伊香保に静養している。この時の紀行を書いたのが『伊香保の記』（「香雪叢書」第一巻所収）である。

家計も苦しく、伊藤博文、佐々木高行らの勧めにより女塾を開くことになり、明治十四（一八八一）年に麹町一番町の自宅に塾を開き、教育者として出発する。明治十五（一八八二）年三月、下田学校と校名を定め東京府に申請し設立、同年六月に桃夭学校と改称した。桃夭とは『詩経』周南篇にある詩の一節「桃之夭夭　灼灼其華　之子于帰　宜其室家」から採ったものである。正式に女塾を開く前からの教え子である本野久子によれば、明治十二、三年頃の女塾は、跡見花蹊と下田歌子の塾のみであ

った。塾生として伊藤博文、山形有朋、田中光顕等の大臣の夫人が多く、本野久子のように小学校を卒業した少女の数は少なかった。『源氏物語』『徒然草』『古今集』などの講義のほか、和歌の添削があった。歌子の父鍒蔵は漢詩を添削し、母房子が塾生の世話をしていたと回想している。

当時の女子教育についていえば、日本における女学校の設立は宣教師によるもので、明治三（一八七〇）年に米国婦人宣教師のメアリー・エディー・キダー（Mary E. Kidder 没年一九一〇年）が、横浜のヘボン施療所で女子教育を開始した。これは、明治九（一八七六）年にフェリス女学校となる。明治四（一八七一）年十一月に、山川捨松、津田梅子らが最初の女子留学生として米国に出発している。明治七（一八七四）年三月にお茶の水女子大学の前身である東京女子師範学校が設立され、翌年の一月には初の私立女学校である跡見女学校が開校となった。以後、同志社女学校、梅花女学校、女子師範学校が設立され、女子教育の進歩を見ることになる。津田梅子は明治十五（一八八二）年に帰朝し、華族女学校で教授補となり、明治三十三（一九〇〇）年に女子英學塾（後の津田塾）を設立した。

明治十七（一八八四）年五月に夫猛雄が、六月に祖母貞子が逝去した。明治十八（一八八五）年九月に学習院女子部が廃止となり、華族女学校が開設された。校長は谷干城、歌子は幹事兼教授に任命され、翌年二月に学監になった。華族女学校学監の地位の高さは、明治二十二（一八八九）年の帝国憲法発布式典に、皇后、女官、大使館夫人とともに、華族女学校学監下田歌子として参列していることからも理解される。(8) 歌子は明治三十九（一九〇六）年四月に学習院教授兼女学部長に任命され、明治四十（一九〇七）年十一月まで在職する。新設された華族女学校には学習院女子部から移った三十八名の生徒に、桃夭学校の生徒約六十名も新たに入学試験を受けて編入された。先の本野久子はそのうちの一人である。

桃夭学校は閉校となったが、寄宿舎に残っていた生徒のうちの有志は、夜に歌子の授業を受けていた。これが桃夭塾（桃夭女塾ともいう）である。この塾がいつまで続いていたかはわからないが、明治二十六（一八九三）年十二月五日の時事新聞に「十二月五日　在佛國　下田歌子」の広告が掲載されている。

桃夭塾の儀は私留守中奥山照子女子に監督教授等一切の事を委任し又秋山四郎坂正臣の両君にも講義及作文の添削を囑託し從前の通り永田町一町目に於て教授致し居候謂外來入塾とも御望の方は御申込なさるべく候此段併せて御知らせ申上候

歌子は明治二十六（一八九三）年九月から明治二十八（一八九五）年八月まで、欧米の女子教育視察のために日本を離れているが、この広告にあるように、歌子の留守中は奥山照子が塾を運営していた。帰国後に、歌子は華族女学校の校務のほかに講演や著作の執筆などで多忙となり、塾で授業をすることが難しく、授業回数も少なくなり閉鎖に至ったと推測している。

歌子は、明治十八（一八八五）年十二月に『和文教科書』全三巻を編著、出版した。この教科書は宮内省御歌所御用掛の植村有経の助力を得たもので、『徒然草』と『十六夜日記』を抜粋したものである。また明治十九（一八八六）年に新たな教科書の編纂に着手し、歌子の弟鍗蔵を出版人として、翌年十月に『小学読本』全八巻九冊を出版した。この教科書は初等教育読本として編纂され、第一巻下には英語表記を付しているところに特色がある。しかし、全国の小学校にはすでに教科書が採用されており、『小学読本』は全国に普及することがなかった。

華族女学校は、満六歳から十八歳までの女子を対象とし、温良貞淑の女徳の養成、良妻賢母、孝順の子婦、温良慈恵といった貴族女子の資徳を完備することを学習の目的としていた。生徒の服装心得の一に、「本校ノ生徒タルモノハ袴ヲ着シ靴ヲ穿クベシ。」とあるが、この袴とは、下田歌子の創案によるものである。体育・衛生に注意を払い、心身の健全な発育を期して、明治二十（一八八七）年から普通体操の授業を開始した。生徒の年齢によって机の寸法を定め、これに従って製作した生徒机を明治三十一（一八九八）年四月から使用している。近視、脊椎湾曲などの疾病は机の不適合によると考え、理想的なものを案出しようとしたことによる。知育、徳育に偏らず、健康な身体をつくることを意識した指導を心掛けていたことが理解される。

華族女学校の教育指導をする中から生まれた『家政学』は、下田歌子の代表的な著作の一つで、明治二十六（一八九三）年四月に上下二冊に分けて博文館から出版された。この当時、家政学関係の著作としては、シー・イー・ビーチャル、エッチ・ビー・ストウ著『家事要法』（海老名晋訳　有隣堂　一八八一　文部省蔵版）、瓜生寅著『通信教授女子家政学』（通信講学会発行　教科書専売所普及舎発売　一八八九年）、清水文之輔著『家政学』（金港堂　一八九〇年）が代表的である。これらは海外の家政学に関する著作を翻訳、あるいは参考にして日本の実情に合わせて書かれたものである。歌子の『家政学』は、女性読者の支持を得て、四ヵ月後の八月に増補訂正第二版を刊行した。

歌子は華族女学校で家政学の教授を担当して四年を経過していた。緒言によれば、「家政学は実地応用を主とすべきもので、「本校（華族女学校）に於いては、行い難き事も、家塾（桃夭塾）に於いては、大抵実地に就業せしめた」とあり、実学としての授業を行っていた様子がうかがわれる。家政学の講義内容を公刊することを周囲から再三勧められたが、歌子には、「近来女子教育の風潮、激変の余、一たび蹉跌せし後は、遂に、女子の修学を、逡巡する者あるに至れり。此書もし出で、、世人、女学のたゞ空疎に流る、ものならざるを知らば、一般女子の幸福いくばくぞ」という思いがあった。歌子が出版に積極的でなかったのは、草稿の内容が充分でないと認識していたこともあるが、世論の批判を考慮しなければならない時代背景を感じるのである。(9)

歌子の『家政学』によって、日本の家政学は最初の一歩を踏み出したといえる。この『家政学』に欧州視察で得た知識や体験が加わり、家政学としての体系化が図られ、客観的に科学的な記述を心がけた『新選家政学』が、明治三十三(一九〇〇)年九月に出版された。『新選家政学』が家政学概論として成立し、『家政学』の各章は『家庭文庫』十二編に姿を変え、実用的な各論として明治三十(一八九七)年から明治三十四(一八九一)年にかけて博文館から次々に刊行された。『家庭文庫』の各編は、『女子書翰文』(第一編)、『女子普通礼式』(第二編)、『詠歌の栞』(第三編)、『料理手引草』(第四編)、『婦女家庭訓』(第五編)、『母親の心得』(第六編)、『家事要訣』(第七編)、『女子手芸要訣』(第八編)、『女子普通文典』(第九編)、『女子作文の栞』(第十編)、『女子遊戯の栞』(第十一編)、『泰西所見家庭教育』(第十二編)である。博文館は、『女子遊戯の栞』の巻末の広告に、「一般社会の家庭上に適用するは勿論なり全部十二冊皆是れ著者が多年の実験上より出たるもの如何に在来の家庭書類と其趣を異にせるかを験せられよ」と書き、実際的なものであることを強調している。曽紀芬夫人(中国一八五二―一九四二)は、『新選家政学』を中国の国情に合うように一部を改めて、『聶氏重編家政学』と題し、光緒二十九(一九〇三)年に刊行した。

明治二十四(一八九一)年、常宮昌子内親王、周宮房子内親王、未来の東宮妃九條節子の教育の任に

当たる者として下田歌子が候補にあげられた。歌子は華族女学校学監としての経験をもとに、皇女教育についての見解をまとめた『内親王殿下御家庭教育に關し、常宮周宮殿下御養育主任、佐々木高行殿よりの下問に對する鄙見』を佐々木高行に提出した[10]。この意見書で歌子は、知育、徳育、体育を柱に、日本における女子教育と欧州の女子教育の状況を延べ、内親王殿下の教育について次のように結論づけた。

実に、わが大日本帝國女子教育一般の前途に及ぼす所の影響、決して小しならざるが故に、其要点中、一、躰育の事に関してハ、務めて、滋養の食物を適当に薦め奉り、又務めて四肢筋肉の発達を助長せしめ奉らんが爲に、十分の運動を爲させ奉る事、二、徳育に於てハ、人間以外、別ニ一箇の安心立命場、即ち、万古一通の大活力を有する神の現世に関る信仰心を堅うし、其皇女たるの品格を、備へ玉ハんことを学バせ奉る事、三、智育は即ち専ら其居家處世、日常実践に必要なるべき、普通学上より生ずる智識才能を発達せしめ奉ることに関し、目下、実行上の大注意ハ、必ずともに、泰西の事を其侭に模倣する事を要せず。彼れが精神を探り、所謂換骨脱躰して、以て、我が実態に應用すること是なりとす。即ち、日本古来の敬神説、亦は、養生論等、之を今日に敷衍應用し、以て其目的を全うし得べきこと、歌子が篤く信じて疑はざる所なりとす

健康な身体発育のために十分の運動をさせる。神への信仰を堅くして、日常実践に必要な知識才能を発達させる。欧米諸国の教育をただ模倣するのではなく、我が国の実情を考慮しながら取り入れるという考えである。華族女学校には米国から帰国した津田梅子や石井筆子がおり、彼女たちから外国の女子教育の実情を聞いたことは想像に難くない。

明治二十四（一八九一）年四月二十六日、佐々木高行は明治天皇に「十分の學問出來る者も、一度欧州に行かずしては軽蔑される風あり、同人に一ヶ年も外遊仰付けられたれば、向來の御為に相成るべしと存じ奉ると申し上げた」ところ、「外遊せしむるは然るべき事」と判断され、皇女教育視察を目的に歌子の欧州行きは決定した[11]。明治二十六（一八九三）年九月、歌子は欧州に向かって日本を出発した。この欧州視察のための費用は、下田歌子一名のみに支給されたものである。明治二十年代に、女性が一人で欧州に留学するということはまれなことであり、視察を終えるまでの二年間の努力と苦労は想像するにあまりある。

イギリスで下田歌子は、E・A・ゴルドン夫人（Elizabeth Anna Gordon 一八五一―一九二五）の家庭に寄宿し、学校制度の調査、施設の見学、資料の収集をした。ゴルドン夫人は、マンチェスターのクラムセールに生まれ、原始キリスト教と仏教の比較研究をテーマとする比較宗教学者で、歌子のヴィクトリア女王謁見に尽力した人である[12]。歌子は、ゴルドン夫人の家庭で、主婦の家事管理、子どもの教育、女性の家庭内における権力などを見て日本との比較をし、彼女との対話をとおして帰国後の教育についての構想を練った。日常生活では独立した精神を持ち、自分でできることはするというヴィクトリア女王の躾教育や、皇女が一般の女生徒とともに受けている生理衛生などの授業を実際に見ることができた。また、職業婦人たちの実力や家庭での様子、国民生活の中の宗教と博愛慈善の活動の様子を見て、日本と欧州の違いを認識した。

欧州滞在中の明治二十七（一九八四）年八月に日清戦争が起きた。遠く祖国を離れていた歌子は国家の危機を予測し、日本の外交政策などを批判する手紙を谷干城や佐々木高行に送っている。明治二十七年五月三十一日付の佐々木高行宛ての手紙で、歌子は欧州留学を延期したいという希望を伝えた。その後の六月の手紙には「実に欧州諸国が今東洋に驥足を延べんとすることは、非常に切迫致居候之を筆に致し候に及び、手ふるへて脳醤の渋ることを覚え申候」と書かれていた。差出人も下田歌子ではなく「優國賤女」とあり、非常に切迫した不安な様子がうかがわれる。[13]

同様の手紙が明治二十七年七月六日付けで谷干城宛に出されている。その中で、歌子は「日清は兄弟の国既往の師に候はずや」と、両国の良好な関係を維持することが望ましいと述べている。日清は「兄弟の国」という言葉は、アジアの連携を意識したものである。[14] また女子教育については、

女子教育の如きは是非とも欧列国の基礎より細かに観察し而て換骨脱躰して始めて能くわが国に実行可致に其慣習を知らずして教育せば寧ろ教育無きにしかずことに女子教育に於ては先其家庭の容子を女子の目を以て充分に賢察不致候ては百般の教育法の何によりて起るかはわかり申まじく候

と書かれている。内親王殿下の御教育に関する意見書と同様の見解が述べられている。

佐々木高行に願い出た滞欧期間の延長の許可はなかなか下りず、谷干城にも「是非とも来年迫は滞欧して」と希望を伝えている。また伊藤博文には、津田梅子が米国女子師範学校卒業仕度請願のため二度目の米国行きを許可されているので、歌子の一ヶ年の滞在延長の願いを叶えることはできることではないか。是非とも自分の願いを認めてほしいと訴えた。[15] 明治二十八（一八九五）年一月、ようやく歌子の滞欧期間の一年延長が認められた。

日清戦争は日本の勝利で終結し、諸外国はこの結果に驚き賞讃した。歌子は欧州のアジア政策を知

るにつれて日本の未来に不安を抱き、欧州諸国と肩を並べて引けを取らない国家を作り上げることが必要であると考え、佐々木高行に「何卒此後わが政府の充分強固に、百年の善後策を論ぜられる候事をのみ祈り入り候。」と政府に対して国家の将来構想を立てることを促し、「私は百年の長計をたて候」と述べて、教育によって国民の育成を目指すという構想を立てた。その後も「戦後日本の真価を外人の始めて知り候と共に、今迄は小児の如く考え居たる国民の事に一々目をそがれ居候」（明治二十七年十二月上旬）「今の内に日本の羽翼を削ぎて働かざる様にせねばとの密談往々有之候様子、実に実に容易ならぬ」（明治二十八年五月二十一日）と手紙に書き、日本の将来に危機が迫っていることを伝えている。欧州各国は、神への信仰を篤くし、愛国精神を養うことに力を注ぐという国民教育を行った結果、国家に対する愛国忠誠の念が高まり、強固な国家になった。こうした歴史的事実を知るにつれて、歌子は上流階級の子女の育成だけでは不足があることを痛感し、中流以下の女子教育に力を注ぐことを決意した。

下田歌子の百年の長計とは教育の根本理念を確立し、多くの国民に教育の機会を与え、自分でできることはするという自立自営の精神を養い、実際的な学問を学び、社会に貢献できるようにするというものである。それはまた、アジア全体に共通の思想を広げることを目指したものであった。社会の幸福は個々の家庭の幸福の上になり立つものである。そのためには、家庭の中心となる女性が精神的に自立し、自らの考えを述べて行動する力を持てるように教育をしなければならない。新しい教育の力で育てられた女性の力が、社会の変化と進歩を促す。その可能性を信じ、女子教育に力を注ぐことが自分の使命であると考えたのである。

明治二十八（一八九五）年五月八日、歌子の願いであったヴィクトリア女王との謁見が実現した。ヴィクトリア女王に拝謁するときは、女性は白のドレスを着用することになっていたが、歌子は礼服として日本古来の袿袴を着用し日本女性の誇りを示そうとした。歌子は謁見前に二カ月ほどの視察旅行をしていて、そのために日焼けした顔をしており、また洋服を新調する費用の負担がかかるという事情もあった。この時の様子はロンドン・タイムズなどに掲載されている。

帰国後歌子は欧州視察の報告として、明治二十九（一八九六）年に『英独仏墺白瑞米女子教育の大要』（自筆草稿）、『欧米二州女子教育実況概要』（自筆草稿）を認めた。欧州視察をとおして特に印象に残ったのは、女性の体格が優れていることである。女性たちは日常生活の中でスポーツを楽しみ、心身を鍛えている。神への信仰は生活の中に深く浸透し、博愛の心を養い、貧民街などで慈善活動をしている。また、愛国精神を強く持ち、各国は国民教育に力を注いでいることを力説している。洋行前に、佐々木高行に提出した内親王殿下の教育についての意見書で示した見解を確認したかの感がある。明治三十五（一九〇二）年三月、文部省は海外の女子教育の調査結果をとりまとめ、『英米獨女子教育　附歐米諸國女子實業教育』を刊行した。英米独国の教育の実情、教科内容などを報告している。明治中期には、欧米諸国の教育実情は認識されていたと思われる。

欧州での見聞は、後に『泰西婦女風俗』としてまとめられ、大日本女学会から明治三十二（一八九九）年に『女学講義』の付録として刊行された。『泰西婦女風俗』の中で、歌子は教育の柱としての知育、徳育、体育をバランスよく機能させることにより、人の精神と身体に効果があるとし、さらに心の美と形の美を整えるものとして美育を加えた。その他に欧州での体験などを書いたものとして、『枕草子』と同様の形式で書いた『外の濱づと』や『欧米諸国の家庭に見る特色』がある。[16]

帰国の船の中で、歌子は中流以下の女子教育の必要を痛感し、華族女学校を辞任する意思を伝えたが受け入れられなかった。帰国して三年後に、華族女学校と並行してという条件付きで、歌子の思うところの教育事業を行ってよいと許された。

歌子は帝国婦人協会を結成、女子教育をその協会の事業とし、学校を設立した。明治三十二（一八九九）年に「帝国婦人協会設立の主旨」の起草を作成し、「揺籃を揺かすの手は、以て能く、天下を動かすことを得」るもので、「社会風潮の清濁は、其源、男子にあらずして、女子にあり」と述べ、「余等は、爰に今、中等以上の女子に対ひて、云々するものにあらず」と女子教育の門戸を広げることを明言した。「中等以下の女子が、辛ふじて得たる資金を費やして」学ぶには、「泰西女子教育の風を、直訳的に写す」のはよくない。従来の学問が実利実益に疎いことを批判し、教育の内容は実学であるべきと主張した。「下層婦人の徳を高め、智を進め」、それを助けることで、「以て、自他の利益を謀らしめんが為に、漸次、其実力をも養はしめ、其の自活の道をも立てしむるにしく者なきを、信ずること切なり。」と女子教育の目的を述べている。

帝国夫人協会の事業として、明治三十二（一八九九）年四月十八日に帝国婦人協会私立実践女学校と女子工芸学校を創設、同年五月四日に実践女学校付属慈善女学校を開設し、歌子は校長に就任、五月七日に開講式を挙行した。下婢養成所は女子工芸学校の付属とした。

明治中期には、大日本婦人衛生会が『婦人衛生会雑誌』（明治二十一年二月創刊）を刊行しているように、婦人団体の設立に伴い機関誌が刊行された。それと同様に、明治三十二（一八九九）年十二月に帝

国婦人協会は機関雑誌として『日本婦人』を発刊した。『日本婦人』は明治四十三（一九一〇）年九月、第十二年第九号まで刊行された菊判の雑誌である。内容は日本婦人、学苑、家庭、彙報、文藻、小説、叢談、買物案内、本会記事に分けて構成している。日本婦人の欄はこの雑誌の中心となる論説で、歌子の教育に関する主張を掲載したものである。

　創刊号の日本婦人欄「帝国婦人協会々上に於て」で、歌子は明治になって女性を一人の人間として認めるようになり、この風潮にともなって女子自らが教育の必要を生じ、男子に拮抗するに至ったと述べている。男女平等の考えに基づき、婦人に関する社会全体の利害は団体のもとに意見発表し、人間社会に婦人が尽くすべき天職を全うして、家庭は円満に社会は健全になる。日本婦人が文明の前途に貢献することは、国家の将来に貢献することである。そのためには先進国である「泰西諸国の実例を、斟酌折衷し、固隔に泥まず、急進に躓かず、以て、巧みに、これを、わが現時に応用するに在り。」と述べた。帝国婦人協会を設立し、婦人の交流をはかり、「吾が固有の女徳を舒暢し彼れが斬新の知識を加味し、実践躬行して、彼我、共に裨益あらしむるに在り」と訴えている。

　家庭の中の女性―母、妻、娘を問わず、個々の立場にある女性たちに向けて参考になることを記したのが、日本婦人欄の「妻のため」「母のため」「少女のため」「婢女のため」などと題する論である。第一号の「母のため」で、「それは、一人、母親のことばかりでなく「妻のため」「むすめのため」「めしつかいの女の為」までも書かんと欲するものは、本会付属学校に於いては、「婢傅街婢《こしもとこもり》、下婢《みずしめ》までを教へたいと云ふ精神なる故」と述べ、家庭の中の女性たちを教育することを明らかにした。そして日本の女子教育は進歩し、欧米諸国のようになり、数年のうちに女子教育の場から女性の新聞記者、医師、文学者、理学者などを出すであろうと予測した(17)。

教育事業の一つとして掲げた慈善女学校の規則には「孤独貧困なる女子を教育して之に自活の道を授くる」、下婢養成所は「下婢たらんと欲するもの若くは現に他人の下婢たる者の為に必要な教育を施す」と設置の目的を記した。孤独な貧困者を対象とし、宗教的、道義的観点から設立されたイギリスの慈善学校を参考に、日本国内において実現しようとしたのが慈善女学校といえよう。慈善女学校では三カ年の簡易課程では授業料を徴収せず、教科用具一式を貸し与えている。下婢養成所は就業年限六カ月で、授業料は普通女学校の半額であった。下婢である人には夜学の課程があり、基本となる修身、読書、算術、習字のほかに清掃、料理、洗濯などの実習があった。従来教育に恵まれない女性に教養と品性を身につけさせ、賤業に身を落とすことのないよう、自活の道を見出すためであった。しかし、校舎の狭さや入学者の少なさなどで、慈善女学校と下婢養成所は長く続かなかった。下婢養成所は入学者が無く、明治三十四(一九〇一)年春に閉鎖になっている。

華族女学校と実践女学校での指導、講演、執筆等で、歌子は多忙な日々を送っていた。歌子の著作である『信越紀行』(明治三十三年)や『北海紀行』(明治三十五年)には、体調を崩しながら、信念に突き動かされるように講演や視察をする歌子の姿が見えるようである。帝国婦人協会の顧問には土方久元、品川弥次郎らがいたが、実質的な運営管理に当たる役員や嘱託員の多くは女性であった。明治三十三（一九〇〇）年三月十五日に書かれた徳富蘇峰宛の書簡に、歌子は協会は婦人ばかりなので行き届かないと書き、蘇峰に今後の支援を依頼している。[18] 協会の運営に苦慮することも少なくなかったと思われる。そうした中で、実践女学校は清国留学生の受け入れを始めることになった。

下田歌子の清国女子留学生教育に対する関心は高く、彼女に面会するために、近衛篤麿や新聞記者、軍人らが実践女学校を訪問していた。近衛篤麿は西洋帝国主義による中国分割の危機を感じて東亜同文書院を結成していたので、歌子と支那教育や清国女子留学生教育などについて話をしていた。[19]

次の『婦女新聞』の記事に、歌子の清国女子教育に対する考えの一端を見ることができる。

清韓婦女教育　下田歌子女史は世界に於いて最古等の地位にある支那朝鮮の女子を啓発誘導するは隣邦たる日本国婦人の義務なりと（二十号　明治三十三年九月二十四日）

下田歌子女史の渡清計画に付て　清国女子教育開発の為渡清の計画を為しつつありとの風評に対し同女子自ら語る所に依れば、自分が支那の女子教育に付き研究を始めたるは数年前よりのことなるが殊に両三年来は支那人の側より頼りになる渡清を勧められ目下数名の支那婦人を預かりて日本語其他の教育を為し自分も昨今支那語を研究し居る（中略）元来婦人は先入主になり易き者なれば清国婦人の脳中に日本的風教を浸み込ませて他日日清結託の思想を作ること今日の急務なるべし（一一〇号　明治三十四年六月十六日）

明治三十三（一九〇〇）年、横浜大同学校名誉校長である犬養毅は歌子に日本人教師の推薦を依頼、歌子は河原操子を紹介した。明治三十五（一九〇二）年、二十五歳の河原操子は、歌子の推薦により清国上海の城内にある務本女学堂の教師として赴任した。翌年十一月まで指導をしていたが、蒙古の喀喇泌王の招聘を受け、毓正女学堂で王妃や王女をはじめとした蒙古の女子教育に従事した。明治三十八（一九〇五）年に実践女学校は、清国に女教師として木村芳子を送っている。これは北京の粛親王からの依頼によるもので、木村芳子は後宮の夫人や王女たちの教育に当たった。木村芳子はこの地で成田安輝と結婚し一児を儲けるが、明治四十三（一九一〇）年に急逝した。

日清戦争に敗れた清国は、日本が欧州の文明を積極的に取り入れた結果、清よりはるかに進歩していることを痛感し、日本を経由してではあるが、留学生を派遣して欧米の文化を吸収しようとした。日本留学は、英米留学よりは費用が安く、両国の風俗習慣に似たところが多く派遣しやすいと考えられたのである。清国は明治十三（一八八〇）年に十三名の留学生を派遣した。以後その数は増加し、明治三十九（一九〇六）年には一万二千人の留学生が日本に滞在していた。

清国の碩学である呉汝綸は、視察官として明治三十五（一九〇二）年六月二十日から十月二十日までの四カ月間日本に滞在した。呉汝綸はこの年の二月に、京師大学堂の総教習に推挙されていた。その間彼は、日本の教育制度や学校運営の実態などについて調査し、また文部省は日本の教育事情を系統的に紹介するために十九回の特別講義を設けた。呉汝綸は帝国婦人協会常集会で演説し、女子留学生派遣の理由を次のように述べている。

現今貴国女子教育に於いては智識體育共に愈々改善進歩の結果女子の知識は開發せられて身體は健康となるに至りしこと實に女子其人の爲めのみならず國家の爲めに深く羨望の至りなり然るに我國の如きは古來女子に對しては單に家庭教育あるのみにして女子は終世深閨に閉され從て身體は虚弱に知少なきを免かれざるは深く遺憾とする處なり而して我國にては女子は内に束縛せら

る、のみにて外國に留學するがごときは古来絶えて無き處なりしが時勢の必要に迫まられ今回貴國に向け始めて幾多の女子留学生を出すに至れり[20]

清国は、日本が西洋文明を取り入れたことが戦勝につながったと考えた。かつて下にみていた日本に留学生を派遣しなければならなくなった苦しさが見られる。

実践女学校は明治三十五（一九〇二）年七月に清国女子留学生四名を迎え、特設課程である清国女子速成科を設置した。この時の留学生のうち陳彦安（二十五歳）と銭豊保（二十歳）の二人は予定より早く帰国することになり、明治三十七（一九〇四）年七月に繰り上げて卒業することになった。清国公使楊枢、東久世枢密院副議長等が出席して盛大に卒業式が挙行された。陳彦安は駐日公使章仲和婦人となって大正五（一九一六）年に来日し、歌子と師弟の交わりを続けていった。明治三十七（一九〇四）年には湖南省から二十名の留学希望者があり、翌年七月に赤坂区桧町に留学生部の分教場を開設することとなった。坂寄美都子と松本晴子は舎監兼教諭として寝食を共にし、日本語を教え、教材を準備し、留学生の生活面での指導に当たった。彼女たち留学生の年齢は、最年少は十四歳、最年長は五十三歳と開きがあり、纏足のために不安定な動きに苦労しながら生活をし、熱心に学業に取り組んだ[21]。

実践女学校に学んだ留学生の中には、中国の革命で処刑された秋瑾がいる。秋瑾は明治三十八（一九〇五）年八月五日に入学した。日本においても革命運動が活発になり、集会が開かれ、女子留学生も熱心に参加するようになった。文部省は明治三十八（一九〇五）年に「清国留学生取締規則」を公布し、留学生の校外の取締りや監督を強化した。秋瑾は中国革命同盟会が結成されると入会し熱心に活動した。秋瑾は他の留学生とは異なり、一人詩実践女学校を中退すると帰国して革命行動を起こし刑死した。

を吟ずるなど独特の雰囲気があったという。舎監の坂寄美都子がそうした秋瑾の様子を報告したところ、歌子は「よく見抜いて大きく扱えよ」と答えたという。

明治三十九（一九〇六）年、渋谷の実践女学校の敷地内に清国留学生分教場を移転した。明治四十（一九〇七）年には奉天省より官費、私費を合わせた留学生四十四名を受け入れている。大正三（一九一四）年まで清国各省の留学生が就学し、二百余名の卒業生を出した。

明治三十九（一九〇六）年四月に華族女学校は学習院に併合され、学習院女子部となり、翌年十一月二十八日、歌子は学習院女学部長を辞任した。この年の十二月に勲四等宝冠章を授章、翌年に従三位に叙せられた。歌子は実践女学校に主力を注ぐようになり、児童の教育にも力を入れるようになった。実践女学校付属幼稚園の認可が明治四十二（一九〇九）年五月に下り、歌子は園長に就任した。この幼稚園は男女共学である。辞任後も執筆を続け『婦人常識の養成』（実業之日本社　明治四十三年）、女性研究の草分け的存在である『日本の女性』（実業之日本社　大正二年）、『家庭』（実業之日本社　大正四年）などを出版している。

大正七（一九一八）年四月に大日本慈善会が運営する順心女学校校長に就任したのを最初に、淡海女子実務学校（大正七年）、明徳女学校（大正十年）、愛国夜間女学校（大正十三年）の校長となる。多忙の中、歌子は愛国婦人会第五代会長に選出された。貴族以外から出た最初の会長である。

明治三十四（一九〇一）年奥村五百子は、戦地にある軍人たちの困苦に満ちた生活を見て、「半襟一掛」の費用を節約して傷病の兵士を救護したいと考えた。また一家の中心であった男が戦地に行ってしまうと収入の道が途絶え、生活を維持することができなくなった家庭の救済を目的に、愛国婦人会を結成した。愛国婦人会は、近衛篤麿、小笠原長生、下田歌子、山脇房子らの賛同を得て発足した。

愛国婦人会の会員数は急速に上昇し、日本で最も規模の大きな婦人団体に成長した。後に銃後婦人団体と言われるものと、愛国婦人会は性格を一にするものである。奥村五百子は明治四十（一九〇七）年二月七日に六十三歳で亡くなるまで、「半襟一掛」分の寄付を依頼して全国を歩いた。五百子の晩年には、会員は五十万人になり、台湾に支部が設立された。

大正時代になると明治三十年頃に設立された婦人会の活動は弱まり、社会から批判を浴びるようになった。会員数の最も多い愛国婦人会には特に批判が集中したといえる。大正九（一九二〇）年九月、愛国婦人会会長に就任した歌子は六十七歳で、老齢といってよい年になっていた。『婦女新聞』は「愛國婦人會の改革如何」（一〇六二号　大正九年九月）で、「吾等は、數年来最も熱心に愛國婦人會の改革を主張して來た（中略）天下の大勢は、専制より協議制へ、官僚より民衆へ、保守より進歩へ、慈善行爲より社會事業へ向かって動きつ丶ある。此の際、愛國婦人會のみがこの大勢に逆行することは許されない」と厳しく批判した。今まで『婦女新聞』は、下田歌子に対して好意的に才能、性格、力量などを評価していたが、彼女の会長就任については次のように述べている。

下田女子の會長就任は、果たして偶像化したる愛國婦人會に発剌たる精神を吹き込むことになるであろうか。又女子の老後を飾ることになるであらうか。（中略）この人が久しき不遇の地より脱して突如として愛國婦人會長となり、百万の大衆を率ゐて社會改造の一代要部なる婦人社會事業に従事せんとするを見て、口には快哉を叫びながら、心には危惧の思ひがせぬでもない。けれども女子や既に老いて居る、吾等は女子の會長就任が、偶像に魂を附與するものにあらずして、益々之を硬化するか、然らずんば之れを爆破する起因になりはしないかと恐れる。

こうした不安を他所に、歌子は積極的に社会福祉事業に取り組み、翌大正十（一九二一）年三月には児童健康相談所を設置し、四月には婦人職業相談所を本部においた。『婦女新聞』は「愛國婦人會覚醒」（一一一一号　大正十年九月）と題して次のような記事を掲載した。

偶像化していた愛國婦人會も、漸く覺醒して、吾等が熱心勸説した社會事業に着々その手を広げてきた、時勢の然らしむる所とはいへ、新會長下田歌子女子の手腕が多きに居ること否むべからざる事實である。吾等は女子の會長就任に反對したものであるが、今日まで一年間の成績に徴すると、女子未だ老いては居なかつた。女子は之によつて其の晩年を飾ることが出來やう。

歌子は会長に就任するとまず規約の改正に着手し、大正十五（一九二六）年までに本部規則中改正（社会部の設置）、愛国夜間女学校規則及同学則設定など三十六の規則を改廃、新設した。また、新聞の形体で刊行してきた『愛国婦人』を月刊雑誌に変更した。世論の批判に答える形で、社会救済事業を実施した。

歌子が会長を退任したのは昭和二（一九二七）年四月十五日で、在任年数は六年七ヶ月であった。「下田前会長功績の概要」（『愛国婦人』第五百三十七号　昭和二年一月）に、歌子の業績について総括している。それによると新入会員数は約四十六万人と増加し、本来の目的である軍事に関する救護のほか、特に幼少児童および婦人の救済を目的とした社会救済事業を実施している。本部や支部に婦人職業紹介所、授産事業、隣保館、夜間女学校、婦人宿泊所、児童図書館、託児所、小額資産貸与（生業補助）、乳幼児々童保護事業、幼稚園、妊産婦保護事業、産院、社会教育事業、実習女学校、盲唖学校、無料診察所等を開設している。
大正に入り、歌子は女子教育のための事業として新たに二つの構想を持った。それは帝国少女団と女子農芸学校の設立である。大正四（一九一五）年に『帝国少女團設立趣意書』、大正五（一九一六）年に『女子農芸学校設立趣旨』及び『女子農芸学校施設目論見書』を起草している。歌子は明治三十四（一九〇一）年に『少女文庫』六冊を出版、明治三十五（一九〇二）年には大日本少女会の会長に就任し、機関誌『日本の少女』に少女を対象に啓蒙的な記事を執筆していた。大正初期にボーイスカウトの前身である海外の少年団を参考に、日本では大日本少年団が組織され、地方には地方少年団が結成されるに至っていた。大正九（一九二〇）年にはその団体数は四十八あり、団員は二万人余となった。[22]歌子は『帝国少女團設立趣意書』に少年団はあるが少女団は無いと述べ、少女団の設立こそが最も重要と主張している。女子農芸学校の設立については、慈善女学校と下婢養成所を設置したときの自立自営の教育をここに新たに実現しようとしたと思われる。女子農芸学校、帝国少女団の設立については詳細な記録がない。副校長の青木文造が大正八（一九一九）年七月に逝去したこともあり、構想の段階で終わったのではないかと推測している。[23]
大正に入ると、新しい女といわれる女性たちが台頭してきた。『青鞜』第四号第九号（大正三年十月）に、伊藤野枝は「下田歌子女子へ」と題する評論を発表している。野枝は若い者の時代を意識し、新旧折衷の方法と下田が主張してきた道徳や常識は中身のない形式的な空虚なものであると否定した。
徳富蘇峰は「マダム・アダム女子と下田歌子女子」と題する一文を『婦人公論』（第二十一巻第十二

号　昭和十一年十二月）に寄せている。マダム・アダムとはフランスのジャーナリスト Adam Juriet のことで、彼女は昭和十一（一九三六）年八月二十四日に逝去した。続いて十月八日に歌子が世を去っている。時をほぼ同じくして逝った二人の女性に対して、蘇峰には感慨深いものがあったのだろう。蘇峰は、歌子について次のように評している。

今日の人は下田女史が何人であるかを、殆んど知らないかも知れぬ。けれ共明治の中期に於ける下田女史は、実に有力なる女性であつた。（中略）彼女の勢力は畏れながら、宮廷、名門の上より、政治家若しくは上流社會に擴がり、若し彼女にして政治的野心があつたならば、或ひは大なる足跡を遺したかも知れぬが、その華やかなるに比すれば、何等それほどの痕跡を剩さなかつたのは、彼女が案外政治的野心が無かつた爲とも云はねばならぬ。

江戸から明治へと移り、文明開化の波の中で人々は新しい道を模索した。下田歌子もその一人である。歌子は従来の習慣や伝統を踏まえながら、未来に生きる女性の意識の覚醒を願っていた。伊藤野枝の批判や、蘇峰の「今日の人は下田女史が何人であるかを、殆んど知らないかも知れぬ。」という言葉に、時代の変遷を思わずにいられない。歌子は多くの教え子を我が子とし、慈しみ、彼女たちの幸福を願っていた。実践女子学園では、歌子の教育理念を継承し、彼女の描いた百年後の絵を具現化する努力を続けている。

最後に、下田歌子について執筆する機会を与えてくださいました二松學舍前学長今西幹一先生に深く感謝いたします。実践女子大学学長湯浅茂雄先生、大久保洋子先生、徳富蘇峰記念館の高野静子さんには多くのご教示をいただきました。心からお礼を申し上げます。

注

（1）「下田歌子と折口信夫の出会い」　岡野弘彦著　実践女子大学生活文化フォーラム　第六号　平成十三年七月

（2）昭和四十五年実践女子大学国文学科の講義の中で話されたことである。（筆者聴講）

（3）首巻　総論及梗概　昭和九年刊、第一巻　桐壺、帚木、空蟬　昭和十一年刊

（4）第七巻第二号（大正三年二月）〜第七巻第十四号（大正三年十二月）

（5）「お母様やお父様から褒められた事叱られた事」『少女の友』第十巻五号（大正六年五月）春の増刊

（6）「書目十種」は「日本諸名家六十餘名之嗜好書目及其書翰」を掲載したものである。この中で女性は下田歌子一人である。

（7）『近世名婦傳』朝日新聞社　昭和十五年

（8）宮内庁書陵部編『儀式関係資料』（展示目録　平成十六年十月二十五日（月）〜三十日（土））　参考　式部職山田光忠書簡控（明治二十二年八月三十日付床次正精宛）　宮内庁　床次正精が憲法発布式図を製作するにあたり、参列した婦人たちの着用したドレスの色目などを問い合わせたのに対し、式部職の山田光忠が回答した書簡。この文中に「白色　下田華族女学校学監」とある。

（9）明治十六年の新聞紙条例は新聞撲滅法といわれるように厳しく取締りを強化し、言論の弾圧が行われた。この条例の第七条で「内国人ニシテ満二十歳以上ノ男子ニ非サレハ持主社主編集人印刷人トナルコトヲ得ス」と規定し、女性が言論の場を自ら作り持つことを禁止している。この条項はそのまま明治二十年の新聞紙条例に移行する。

（10）『下田歌子関係資料総目録』（実践女子大学図書館編　実践女子学園　一九八〇年）では推定した書名「内親王殿下御教育案」と表記されている。また作成した年を明治二十九年と推定しているが、『下田歌子先生傳』を参照すると明治二十四年と判断される。

(11) 津田茂麿　明治聖人と臣高行　自笑会、昭和三年
(12) 中村悦子　E・A・ゴルドンの人と思想―その仏耶一元論への軌跡―　比較思想研究　比較思想学会　一九九五
(13) 谷元臣氏（谷干城の孫）所蔵。
(14) 日清戦争が始まった八月一日付けの佐々木高行宛の手紙に、「如斯硝煙砲声の間に兄弟の国たる日清相見る事に立至候事、残念千万に候。」とあり、同様の表現が見られる。
(15) 伊藤博文関係文書研究会編　伊藤博文関係文書　五　塙書房　一九七七年　二七九頁　197　下田歌子明治二十七年六月七日
(16) 『外の濱づと』は、明治二十八年に雑誌『太陽』（博文館）に掲載され、後に「香雪叢書」（第一巻）に収録された。『欧米諸国の家庭に見る特色』は『増補訂正家庭訓』（「香雪叢書」第五巻）の第三章である。
(17) 「家庭の王国」『日本婦人』第三号　明治三十三年一月
(18) 徳富蘇峰記念館所蔵（二宮町）
(19) 岩沢正子　日本語教育史の証言者、坂寄美都子先生―坂寄美都子先生講演より―　歌子　三号
(20) 「帝国婦人協会常集会と呉汝綸氏」『婦女新聞』　一一七号　明治三十五年十月十二日
(21) (17)と同
(22) 植木政次郎　社会教育の理論と実際　東京　新進堂　大正一三年一二月（社会教育文献集成　第九巻　大空社　一九九一年一月）
(23) 『婦女新聞』一一三七号（大正十年三月五日）の「女學生に農園趣味」という記事によれば、実践女学校では生徒に園芸趣味を養成するために、職員生徒共に荻窪に約五千坪の土地を開墾し、農作物のための実際的労働に努めたとある。女子農芸学校の設立はなかったが、その目的に沿うものとして実施されたものと考える。

参考文献

恒川平一　御歌所の研究　還暦記念出版会　一九三九
片山清一　近代日本の女子教育　建帛社　一九八四
平塚益徳　人物を中心とした女子教育　帝国地方行政学会　一九六五
厳安生　日本留学精神史　近代中国知識人の軌跡　岩波書店　一九九一
さねとう・けいしゅう　中国人日本留学史　くろしお出版　一九八一
陶徳民　明治の漢学者と中国―安繹・天囚・湖南の外交論策　関西大学出版部　二〇〇七
中国人女性の日本留学史研究　周一川　国書刊行会　二〇〇〇・三
女子学習院五十年史　女子学習院　一九三五
実践女子学園１００年史編纂委員会　実践女子学園百年史　実践女子学園　二〇〇一

あとがき

連続学術講座「二松學舍の学芸」は、前学長今西幹一の立案によるものである。明治十年（一八七七）に三島中洲によって漢学塾として設立された二松學舍は、一三〇年を超える歴史を持つ。今日までの歩みの中で、本学は優秀な人材を数多く輩出してきた。出身者の顕彰、調査研究はこれまでにも、むろん行われてきたが、個別的であり、総体としてとらえようという機運には結びつかなかった。ゆかりの著名人は、二松學舍で何を学んだのか、また卒業生の活躍から見えてくる本学の教育の特色はどういうものか、ふりかえる場が設けられることは珍しかった。「この度、本学では、大学の理念、建学の精神の源泉への遡及と現実化を目的とし、本学の教育研究基盤を改めて探究し、学生及び広く社会に対して建学の理念の浸透を図るため、標記学術講座を開催することと致しました。」は、告知文の一節である。そこにあるように、先人の足跡をたどりながら、建学の精神を改めて確認し、現在における活用を探る機会となることを目指して、本講座は開催された。

講座は、二松學舍大学の教員が受け持ったほか、第一線でご活躍中の批評家・研究者の方にご担当いただいた。ご多用の中、ご講演をお引き受けいただいた先生方に感謝申し上げる。連続学術講座「二松學舍の学芸」は、二〇〇九年一月三十一日から七月十一日まで、全八回が行われた。詳細は、左記の通りである。

第一部　二松學舍と文学者

第一回　一月三十一日（土）

夏目漱石――夏目漱石・昭和戦後――

第二回　二月七日（土）

落合直文――「和」と「洋」の折衷、推進者――

第三回　二月二十八日（土）

前田夕暮――都市と青春――

第四回　三月二十八日（土）

近松秋江――書簡体小説の名手――

第二部　二松學舍の学術

第一回　四月十八日（土）

山田方谷

第二回　五月十六日（土）

三島中洲

第三回　六月二十日（土）

橋純一

第四回　七月十一日（土）

平塚らいてう

梶木　剛（文芸評論家）

今西幹一（前二松學舍大学学長）

山田吉郎（鶴見大学短期大学部教授）

山口直孝（二松學舍大学教授）

吉田公平（東洋大学教授）

松川健二（二松學舍大学客員教授）

町　泉寿郎（二松學舍大学准教授）

岩淵宏子（日本女子大学教授）

いずれも、会場は、二松學舍大学九段キャンパス一号館二〇一教室、時間は、一五時から一六時三〇分までであった。どの講座にも一〇〇人を超える申し込みがあり、参加者には、講師の話に熱心に耳を傾けていただいた。

今回の催しでは、講演を文章化することで、当日来場できなかった人にも供することが最初から計画されていた。これも、今西の意見であった。統一テーマの下で展開された各専門の講話を、まとまりとして活かすことが、おそらく意図されたのであろう。ご講演いただいた先生方には、引き続きそれを原稿にまとめる労をとっていただいた。また、本書をさらに充実した物とするために、下田歌子、加藤常賢については、新たにお願いし、書き下ろしの論をご執筆いただいた。各位のご協力により、当初の予定通り、ここに『二松學舍の学芸』を刊行することができた。ご寄稿いただいた先生方には、重ねてお礼を申し上げる。

本講座を企画し、落合直文の回を担当した今西幹一は、二〇〇九年五月一日、肝不全のため、死去した。享年七十三歳。今西は、学長在任中の二〇〇七年夏に胃に悪性腫瘍が見つかり、治療を行いながら、職務をこなしていた。今西は、二〇〇九年三月三十一日で学長職を全うし、療養に努めつつ、さらに研究を続けようと目論んでいた矢先に還らぬ人となった。そのため、今西の分については、やむをえず講演をそのまま掲載した。録音テープから起こされた原稿に山口が手を入れたが、補筆が充分でなく、今西の意図を伝えきれていない部分もあろう。ご海容いただければと思う。

刊行に関しては、翰林書房の今井肇氏、今井静江氏にお世話になった。時が迫ってからのご尽力に、とりわけお礼申し上げる。また、諸連絡や人物紹介執筆などの実務を担当した二松學舍大学学務課のスタッフにも感謝したい。
本書が、二松學舍が育んできた人脈の広がりを知る一つの媒体となるならば、大きな喜びである。大方のご愛読をお願いしたい。

二〇一〇年二月一日

山口直孝

執筆者一覧

梶木剛（かじき　ごう）一九三七年生、文芸評論家。『子規の像、茂吉の影』（短歌新聞社）、『写生の文学』（短歌新聞社）、『正岡子規』（勁草書房）、『折口信夫の世界』（砂子屋書房）、『柳田國男の思想』（勁草書房）、『夏目漱石論』（勁草書房）、『斎藤茂吉』（紀伊國屋書店）ほか。

今西幹一（いまにし　かんいち）一九三六年生、二〇〇九年逝去。前二松學舍大学学長（二〇〇五年四月～二〇〇九年三月）。著書・論文多数。二〇〇七年に刊行された『佐藤佐太郎短歌の研究―佐藤佐太郎と昭和期の短歌』（おうふう）で、第六回日本歌人クラブ評論賞を受賞。

山田吉郎（やまだ　よしろう）一九五四年生、鶴見大学短期大学部教授。『前田夕暮研究　受容と創造』（風間書房）、『丹沢の文学往還記』（夢工房）ほか。一九九三年、前田夕暮の研究により第十回岡崎義恵学術研究奨励賞を受賞。

山口直孝（やまぐち　ただよし）一九六二年生、二松學舍大学文学部教授。『横溝正史研究』創刊号（共編著、戎光祥出版）、「大西巨人と新日本文学会、あるいは『神聖喜劇』の前夜―佐多稲子文庫『渓流』関連資料を補助線として」（『日本近代文学館年誌　資料探索』五）、「内面の卓越化から凡庸化へ―近代日記体小説をめぐる覚書」（『日本近代文学』八一集）ほか。

岩淵宏子（いわぶち　ひろこ）一九四五年生、日本女子大学教授。『宮本百合子―家族、政治、そしてフェミニズム』（翰林書房）、『フェミニズム批評への招待』（共編著、學藝書林）、『日本女子大学に学んだ文学者たち』（共編著、翰林書房）、『はじめて学ぶ　日本女性文学史〔近現代編〕』（共編著、ミネルヴァ書房）、『ジェンダーで読む　愛・性・家族』（共編著、東京堂出版）ほか。

大井三代子（おおい　みよこ）一九四九年生、実践女子大学図書館司書。「下田歌子と家政学」（共著、『実践女子短期大学紀要』第二八号）、「明治の婦人雑誌―下田歌子と「日本婦人」」（『現代の図書館』Vol.31 No.4）ほか。

吉田公平（よしだ　こうへい）一九四二年生、東洋大学文学部教授。『陸象山と王陽明』（研文出版）、『日本における陽明学』（ぺりかん社）、『陽明学が問いかけるもの』（研文出版）、『伝習録』（たちばな出版）、『菜根譚』（たちばな出版）、『洗心洞箚記　上・下』（たちばな出版）、「二松學舎の陽明学―山田方谷・三島毅・三島復・山田準」（二松學舎大学東アジア学術総合研究所紀要『陽明学』第一七号）ほか。

松川健二（まつかわ　けんじ）一九三二年生、北海道大学名誉教授・二松學舎大学客員教授。『宋明の思想詩』（北海道大学出版会）、『論語の思想史』（編著、汲古書院）、『宋明の論語』（汲古書院）、『王陽明のことば』（斯文会）、『山田方谷から三島中洲へ』（明徳出版社）ほか。

町泉寿郎（まち　せんじゅろう）一九六九年生、二松學舎大学東アジア学術総合研究所准教授。『倉石武四郎講義　本邦における支那学の発達』（共著、汲古書院）、『中国出土シリーズ　五十二病方』（共著、東方書院）、『杏雨書屋所蔵　医家肖像集』（共著、武田科学振興財団杏雨書屋）ほか。

家井眞（いのい　まこと）一九四七年生、二松學舎大学大学院文学研究科教授。『『詩経』の原義的研究』（研文出版）、「『詩経』甫田之什の構成に就いて」（『二松學舎大学論集』第四五号）、「『詩経』臣工之什の構成に就いて」（『二松學舎大学東洋学研究所集刊』第三二集）、「『詩経』工字攷」（『二松學舎大学創立一三〇周年記念論文集』）ほか。

二松學舍の学芸

発行日	2010年 3 月31日 初版第一刷
編　者	今西幹一・山口直孝
発行人	今井　肇
発行所	翰林書房
	〒101-0051 東京都千代田区神田神保町1-14
	電 話 03-3294-0588
	FAX 03-3294-0278
	http://www.kanrin.co.jp/
	Eメール● kanrin@nifty.com
装　釘	須藤康子+島津デザイン事務所
印刷・製本	総　印

落丁・乱丁本はお取替えいたします

ISBN978-4-87737-297-2